I0662239

فرار از مجتمع دخترانه

محبوبه موسوی

نشر آسمانا، تورنتو، کانادا
۱۴۰۴/۲۰۲۵

فرار از مجتمع دخترانه

نویسنده: محبوبه موسوی

ناشر: آسمانا، تورنتو، کانادا

طرح روی جلد: محمد قائمی

صفحه‌آرا: واحد طراحی نشر آسمانا

نوبت چاپ: اول، ۱۴۰۴/۲۰۲۵

شماره آی‌اس‌بی‌ان: ۹۷۸۱۰۶۹۰۲۱۰۹۰

آسمانا

فرار از مجتمع دخترانه

رُمان

محبوبه موسوی

«ما شیشه‌ها به زمین کوفتیم و

او که از همه برناتر بود

بر زخم پا و زق‌زق پی رقصید.»

از: (محمود طراوت‌روی)

فهرست

پیش‌آغاز

در کنج تاریک آپارتمان، در اتاقی بی‌نور که زمانی باید اتاق خواب کودک بوده باشد، با دیوارهای صورتیِ چرکمُرد، بر مبلی با روکش قرمز تند، سه عروسک دراز به دراز افتاده‌اند. موهای اولی بور و وز بالای سرش گوجه شده، دیگری موهای لخت خرمایی دارد که با بافه‌ای به روی شانه‌ی بی‌جانش افتاده و سومی با موهای مشکی وز کرده و چشم‌های قهوه‌ایِ سیر به سقف زل زده. اتاق جز این مبل و سه عروسک وسیله‌ی دیگری ندارد و لُخت و لَخت نفس می‌کشد. از جایی صدای شکستن می‌آید و «دری که صدای بستن» می‌دهد، صدای پایی را به دنبال دارد که به اتاق عروسک‌ها راه می‌کشد. طناز است و حالا زانو زده کنار مبل، عروسک‌های دست‌سازش را یکی‌یکی درون کیفی که خودش از گونی برنج ساخته و روی آن را با دانه‌های برنج گلدوزی کرده است، می‌تپاند و در همان حال، نگاه سریعی به اتاق خالی می‌اندازد و به صدای پشت دیوارها گوش می‌خواباند. سایه‌ای از پشت پنجره‌ی جایی که زمانی هال و نشیمن خانه بوده است می‌گذرد؛ چیزی شبیه بال زدن عجیب پرنده‌ای. خانه حالا بی‌سکنه است و طناز مهمانی که هر چه زودتر باید برود، پیش از این‌که صدای پاهایی از پله‌ها به بالا برسد که به گرفتن و بردن او می‌آیند. سه عروسک را با عجله از کیف بیرون می‌کشد و چند تکه

لباس در آن می‌تپاند. مراقب است که کیف باد نکند و گنده دیده نشود. از طبقات بالایی صدایی نمی‌آید؛ همه چیز از همکف شروع می‌شود از روی زمین و او هم باید برای فرار از همان‌جا بگذرد. پیش‌تر، این‌جا و آن‌جا شنیده بود که تند تند می‌آیند، همه چیز را زیر و رو می‌کنند، اشیای به دردبخور یا لوازمی که ممکن است از خود در آن‌ها ردی گذاشته باشی مثل موبایل و کامپیوتر را برمی‌دارند و خودت را هم می‌برند به جایی که نخواهی فهمید کجاست حتی اگر رهایت کنند باز هم نخواهی فهمید که آن چند روز یا چند ماه یا چند سال را کجا بوده‌ای و در کدام نقطه از شهری که همه‌جایش برایت مثل کف دست بوده است. اغلب این جاها زیرزمین است؛ بیرون‌آمده‌ها می‌گفتند از روی شعاع‌های باریک نور دریچه‌های تنگ پی برده بودند که آن‌جا جایی است در زیرزمین. همه‌ی کسانی که پایی در راه داشتند مظنون بودند و طناز یکی از آن‌ها بود، نیز دوستانش هم. برای همین خانه به خانه جا عوض می‌کردند. طناز چند شبی که در آن خانه‌ی بلاصاحب ماند، صدایی جز صدای شکستن از سقف و دیوارها و زمین زیر پا نشنید. سه عروسک، بیرون افتاده از کیف، دراز به دراز روی زمین جا ماندند.

قدم که به بیرون گذاشت، حس کرد مردم شهر همه دارند می‌دوند. همه می‌رفتند. به سر کارهایشان، به مکان قرارهایشان یا شاید فرار می‌کردند. هنوز همه نمی‌دانستند که برخی از این کسانی که هروله‌کنان طول خیابان‌ها را می‌پیمایند در حال فرارند. گرچه

خودشان از روی نگاه‌های گریزانشان که بر چیزی ثابت نمی‌ماند همدیگر را پیدا می‌کردند ولی دیگران درنمی‌یافتند که تعجیل‌شان در فرار از چه روست گرچه اگر می‌فهمیدند خودِ فرار را درک می‌کردند اما تعجیل را نه. تحت تعقیب‌ها، به محض شناخت هم، اولین تماس را برقرار می‌کردند و بعد تماسی دیگر تا دایره‌ای مخفی قرارها گسترده می‌شد؛ قرارهایی که باز، در زیرزمین بود. این بار در زیرزمین‌های آشنا که اگر لو می‌رفت سر و کارشان به همان زیرزمین‌های مگو می‌افتاد؛ فرقی نداشت که عروسک‌ساز و عروسک‌گردان باشی مثل طناز یا صخره‌نوردی که آموزش بالارفتن از دیواره‌ی کوه‌ها می‌دهد یا فقط معلم ساده‌ی ریاضی یا عربی یا کارگری بنا. قرارها همچون شرابی در خمره درون دخمه‌ای مخفی می‌ماند تا زمان رسیدن سررسد. کسی نمی‌دانست چرا عده‌ای راه افتاده‌اند و دیگرانی را دنبال می‌کنند و شایع بود که بعد سر به نیستشان می‌کنند. این از آن پدیده‌هایی نبود که در اخبار گفته شود. در چنین وقت‌هایی تکیه‌ی آدمیزاد به حس‌های خودش است و حواس همه‌کاره است. طناز حس کرد آن زمان دارد نزدیک می‌شود چون افراد بیشتری را دید که در گذر پرشتاب‌شان، زیرچشمی اطراف را می‌پاییدند مبادا به کلاه‌خود به سرها بربخورند. حالا، با کیف دست‌سازش بر دوش، سر یکی از آن قرارهایش می‌رفت. خود را در هیاهوی شهر گم کرد تا ترس از سایه‌ی مهیب کلاه‌خودها از

سرش بیفتد. حتی او هم هنوز از مجتمع دخترانه و آنچه در آنجا می‌گذرد خبر نداشت.

مجتمع دخترانه

زیرزمین، به سمت حیاط، ده پله دارد و به سمت راهروی همکف، سیزده پله. اگر ده پله زیرزمین، یکی‌یکی از زیر پایت رد شوند، رسیده‌ای بالا؛ به حیاط. در آن‌جا به جای وررفتن به دو قفل بزرگ درِ ماشین‌رو، اگر خودت را برسانی به اتاقک نگهبانی که درش همان بارِ اولِ فرار با لگد محکمی باز شد، در کوچک‌تری آن‌جا می‌بینی که چندان قفل و بستِ محکمی ندارد و اگر همه خواب باشند راحت می‌شود با یک پیچ‌گوشتی، بی‌سر و صدا آن را باز کرد و قدم به بیرون گذاشت. طرز یافتنِ پیچ‌گوشتی در این‌جا از اسرار مگوست. در آن اتاقک نگهبانی، نوری، سرایدار ساختمان، به جای قفل خرابِ زبانه، در را با پیچ کوچکی چفت می‌کند. در وقت‌های دلتنگی و بیخودیِ زمان‌های کشدار حبس شده در زیرزمین که از دریچه‌ی چرک آن به بیرون زل زده باشی، خواهی دید که غروب‌ها با یک پیچ‌گوشتی در دست از اتاقک بیرون می‌آید.

دو بار مرخصی نوری، گره‌گشای این مشکل بود و بعد دیگر باز کردن آن در با گیره‌ی سر مثل آب خوردن شد– (امّن یجیب مضطر اذا دعا و یکشف السوء؛ هر صبح ورد این دعا به تمام درز و دیوارهای مجتمع نشت می‌کند و اگر هفت مرتبه خوانده شود، دیگر روزنه‌ای در دیوارها خالی از این صدا نمی‌ماند). از آن در که

پا به بیرون بگذاری، برهوت بزرگی از تپه ماهورهای خاکی، نخاله‌های بنایی مثل گچ، آجر و شن، تپه تپه شانه به شانه‌ی هم داده و آهن‌پاره‌ها و چارچوب درهای اسقاطی و نوکِ تیز شیشه‌ها را می‌بینی که از لای آت و آشغال‌ها بیرون زده. و تازه با از عبور از کنار این‌هاست که چهره‌ی واقعی منطقه رخ می‌نماید: کپه کپه زباله، از پلاستیک‌جات و خرده‌ریزهایی مثل فرش و ظرف و ظروف و کفش و لباس گرفته تا جابه‌جا آت و آشغال‌های بزرگ‌تری مثل میز و تخت و صندلی‌های رهاشده، مبل‌های پاره‌پاره‌ای که زیر آفتاب شکم‌شان ورآمده و امعا و احشایشان بیرون ریخته، کمد دیواری‌های بزرگ و بوفه‌های شیشه‌ای که نامتعادل، اغلب بر یک پایه معلق و تکیه به کوهی از دیگر آشغال‌های سر پا مانده مثل آدم‌های لنگ از پا نیفتاده‌ای۔ هنوز از پا نیفتاده‌ای۔ بر و بر زل زده‌اند و تا چشم از آن‌ها برنگیری، حالت تهدیدکننده‌شان برجاست. سینک ظرفشویی، وان حمام، تلویزیون‌های اسقاطی که حالا نشانی از چیزی که زمانی بوده‌اند، در آن‌ها هویدا نیست؛ هویت باخته، جان باخته، بی‌خود، زباله‌ی صرف. ساختمان است که این همه را می‌بیند؛ هم زباله‌ها را و هم او را که دزدانه از در باریک اتاقک نگهبانی، هر ظهر خلوت، بیرون می‌زند.

از سمت دیوارهای بیرونی حیاط، ساختمان می‌بیند که آیدا، در دوردست، به‌زور راه خود را از میان این آشغال‌های بزرگ باز می‌کند و مراقب است بر اشیای نوک تیز و برنده پا نگذارد. حالا از

کنار تل زباله‌های بدبو هم گذشته است؛ زباله‌های تر که حالا به توده‌ی لزجِ سیاهی تبدیل شده که زمین از شره‌ی شیرابه‌ی زیرش خیس و لیز و اسفنجی است.

از ساختمان، امکان ندارد این کرم‌های کاراملی‌شکل را ببینی که دارند این‌طور خوشگل سر و بدن تکان می‌دهند و زود خود را در توده‌ی زباله فرومی‌کنند تا در آفتاب خشک نشوند. این‌جا را باید محتاط و قدم به قدم رفت. جهنم که شاید کسی متوجه شود از مجتمع بیرون زده است! اول یک قدم کوچک و بعد وقتی جا پا محکم شد قدم بعدی. هیکل گنده و تنومند هم همیشه مایه‌ی دردسر است اگر سُر بخوری- که خدا نیاورد- دست و پا که چه عرض کنم- در لغزندگی این رود لزج سیاه، فک و دندان هم خرد می‌شود.

از سمت آجرهای بالایی بنا، دیده می‌شد که دارد به همان جایی می‌رسد که برای آن بیرون زده بود و بعد ذره ذره از دیدرس دیوارهای بیرونی بنا هم گم خواهد شد. در این چند باری که مخفیانه از در مجتمع گذشته است، جز دو بار، دیگر کسی ردش را نگرفت، برای همین ترسش هم کم شده است. دو بار اول و دوم به قصد فرار دررفت و گیر افتاد، به مجتمع برگردانده شد و تنبیه تازه روی تنبیه قبلی‌اش آمد و باز در زیرزمین حبس شد؛ بدتر از این تنبیهِ تنهایی، تنبیه دیگری وجود نداشت و همین مدیریت را به تنگ می‌آورد که از انفرادی طولانی‌مدت نمی‌ترسد. حتی زحمت عوض کردن قفل و چفت در زیرزمین و حیاط را به خود ندادند. تمدید

تنبیه حبس در زیرزمین آن‌قدر طولانی شد که دیگر سیاهچال جای همیشگی‌اش شد. حالا فاصله‌ی او تا هدفش، رودخانه‌ی کف است که از سمت دیوارهای بیرونی ساختمان به رنگ آبی فسفری در آفتاب می‌درخشد. رد شدن از آن رودخانه که بوی گندش سال‌هاست در آجر به آجر مجتمع هم خانه کرده، کار راحتی نیست. رودخانه حاصل فاضلاب کارخانه‌ای چند متر آن‌طرف‌تر است. آیدا قبلاً عبور از آن را تجربه کرده است: کوچک‌ترین تماس پوستش با آن آب، تاول‌های بزرگی بر ساق پایش می‌نشاند که تا روزها سوزش و خارش دارد که با هر بار خاراندن خون از تاول بیرون می‌زند. اگر شانس می‌آورد، تاول‌ها می‌ترکید و عفونت نمی‌کرد و گرنه مثل توده‌های بزرگ طاعونی تا چند روز آب و چرک پس می‌داد. این رودخانه بدترین مانع سر راه است ولی راهی برایش یافته است. دیده می‌شود که پر هیبش خم شد و از بین زباله‌ها چیزی جدا کرد؛ شاید یک تخته سه‌لایی. دست‌هایش را درون دو کیسه پلاستیکی فروبرد تا کار دستکش را برایش بکند و با هر قدم از گدار رود کثیف، خم می‌شود، تخته را برمی‌دارد و جلوی پا می‌اندازد و قدمی پیش می‌رود. حالا به اندازه‌ی جنبش سنگ‌ریزه‌ای میان کف فسفری رنگ آب به چشم می‌آید. آفتاب رو به ساختمان می‌تابد و بازتاب نور مانع نمایان کردن دوردست است. پرهیبش کوچک و کوچک‌تر و در پستی پیچاپیچ زمین آن‌جا مدتی محو و بعد در تپه‌ی روبه‌رو پیدا می‌شود.

در نگاه اول، به چشم نمی‌آید که این رودخانه‌ی کثیف چنین کم‌جان باشد ولی شکر خدا انگار این کف‌آب‌دیو دارد خشک می‌شود. قدم برداشتن از روی تخته سه‌لایی به تمرین بندبازی می‌ماند. با عبور از این گنداب، دشت باز روبه‌روست که لابه‌لای هر خاربوته یا پشته‌ی خاکی از آن پر است از تکه‌های سرگردانِ زباله‌ی خشک که با وزش باد هوا می‌رود و می‌نشیند، مثل بچه‌ی تخسی که آدامسش را بجود و   تف کند و بلافاصله خم شود و با دهان آدامس را از هوا بقاپد. کیسه‌های پلاستیک، کاغذ و کارتن و روزنامه‌هایی که حروف چاپ‌شان در هم شده و به صفحه‌ی سیاه بدبویی تبدیل شده‌اند. هر چیز سبکی که با باد توان جنبش داشته باشد در این‌جا هست و تازه از این‌جاست که می‌توان روی زمین هموار دوید.

*

دیوارهای آجری بیرون و شیشه‌های پنجره‌ی مجتمع بار اولی را که آیدا از مجتمع فرار کرد به یاد داشتند. دیدند به این پهن‌دشت که رسید، مثل همان زباله‌های خشک کاغذی و پلاستیکی، سبک و آزاد شد و دوید. باد در روسری و مانتویش افتاد و او می‌دوید بی‌این‌که یادش به مچ آسیب دیده‌ی پایش باشد که در کف‌آبه‌ی رود به چیزی گیر کرد و او را میان کف کثافت به زمین زد و مچش را پیچاند. آن دفعه نتوانست چندان که برای فرار از مجتمع لازم است دور شود چون از آن برهوت زباله راهی به جایی نبود و او نه دنبال نخاله که به دنبال راهی می‌گشت تا از مجتمع جان به در برد. انگار آن‌جا نه بیرون ساختمان مجتمع که ادامه‌ی زندان مجتمع دختران بود که در دشت غورآباد، میان زباله‌ها کش آمده بود ولی او همچنان می‌دوید. آن دفعه، دم غروب، نوری، سرایدار مجتمع، او را گیر آورد و برگرداند و وانمود کرد به مدیر خبر نمی‌دهد. اما صدای نوری که خبر فرار او را به توحیدیان ـ مدیره‌ی مجتمع ـ می‌داد بر در و دیوار دفتر مدیریت مجتمع نشست. به دوره‌ی تنبیهی قبلی‌اش اضافه شد و او در زیرزمین ماند. جز این تنبیه چیز دیگری مقرر نشد چون خودشان هم می‌دانستند از آن بیابان راهی به جایی نیست.

حالا نمی‌دود آیدا. مقصد خاصی را در نظر دارد. همان‌جا که بعد از چند بار فرار پیدا کرده است و شده است دریچه‌ی گشوده‌ی او به بیرون. قصدش رسیدن به کوه زباله‌های کامپیوتر

است. باطری‌های اکسید شده، مانیتورهای درب و داغان خرد شده. حالا باید رسیده باشد به جایی که حروف صفحه‌کلیدهای خرد شده را کنار زند و با دقت، زانو زده بر زمین، مراقب باشد تا تیزی شیئی نوک انگشت‌هایش را نیازارد، (یک شب در مجتمع از بریدگی دل انگشت‌هایش خون می‌آمد)، دنبال هارد، مادربرد یا سی پی یو کامپیوترهایی بگردد که هنوز اطلاعاتشان قابل بازیافت است. در زیرزمین، با همین خرده‌ریزها برای خودش یک کامپیوتر سر هم کرده است و حالا مدیره هم خبر داشت که او چه‌قدر در سخت‌افزار و نرم‌افزار تبحر دارد و کامپیوترهایش را می‌آورد تا او برایش درست کند.

«فقط یه ذره‌ی ناقابله! خداجونم! خدای آشغال‌ها! روح سرگردان آشغال‌ها، همین زیر باشه! ای کوه آشغال، دستمو پس نزن، جون مادرت!» هزاران هزار هارد در این بیغوله بی‌مصرف افتاده است که بازیافت اطلاعاتشان ساعت‌ها و روزها وقت را پر می‌کند و زمان را جان‌دار اما حالا یکی‌شان هم برای این خوره‌ی کامپیوتر پیدا نمی‌شود. خورشید اندکی کج شده و آجرهای پایینی نمای ساختمان دیگر در آفتاب نیست؛ دیر نیست که مجتمع از خواب بعدازظهر بیدار شود و جای خالی او... «در هر کامپیوتر تقریباً سی و خرده‌ای درصد پلاستیک هست. بله سی و خرده‌ای! خرده برده ندارم نرگس جان توحیدی! خانم مدیر! ها...ها، زینب! هه! حدود هفت درصد سرب و بیش‌تر از چهل درصد آلومینیوم و تازه فقط

این نیست. نوری احمق اگر از آرسنیک و دیگر فلزات سمی هم در ساخت کامپیوترها خبر داشته باشه، فوراً با سر میاد که منم هستم!» زیرلب با خود می‌خندد. «کاش طرحی پیدا می‌شد (مال خود خودم) که زباله‌های کامپیوتری را بازیافت کنه. سخت‌افزارهای کربنیزه شده کنار! این‌جا باید چیزی باشه. لعنتی مجتمع که اینترنت نمی‌ده و کتاب هم که... از کجا پیدا کنم تازه اگه کسی باشه که بیاره. کتابایی که فرستادن، مفتش گرون بود. به درد عمه‌شون می‌خورد! پولای خرحمالی مجتمع اگه جمع بشه، شاید این‌بار به درد خریدن یه کتاب به درد بخور بخوره تا بشه کامپیوترهای بهتری سرهم کرد. لعنت بهت توحیدیان که میگی هر چقدر هم خوب و مؤدب باشم، باز هم خبری از اینترنت نیست. ولی بیکاری هم کار نیست. طفلکی زهرا که باور کرد وقتی گفتم از داستان‌هایی که سرهم‌بندی کردم میشه بیرون از این‌جا خوب پول درآورد. حالا بهم کمک می‌کنه. شایدم پول بدن، کی خبر داره؟ کی تا حالا از کامپیوتر داستان درآورده؟ حالا کو تا بیرون؟ کو تا کسی بیاد بخره. حالا عوضش سرشون که گرم میشه. خنده‌بازاره. بدون اونا نمی‌تونم همه چیزو درست کنم. کامپیوترای پر راز و قصه... چرا؟»

ولی حالا این لعنتی باید پیدا شود. آن‌قدر ظریف است که باید با حوصله و دقت جزء به جزء این خرده‌ریزها کنار برود تا دست به آن برسد یا لااقل به چیزی که آن لوح یا چیپ را داشته باشد. «کتابه گفته بود: چیپی به مساحت هشت سانتی‌متر مربع و ضخامت

دو میلی‌متر از جنس شیشه‌ی کوارتز که در مقابل همه چیز آسیب‌ناپذیر است. شاید بشه باکمک کامپیوتر قراضه‌ی نصفه نیمه‌ام اطلاعاتشو بازیافت کنم.»

اگر به دقت و حوصله بگردد، باید از آن قطعه‌ای که می‌خواهد چندین و چندتا در زباله‌های کامپیوتری پیدا شود. بارها از سمت ساختمان مجتمع دیده شده که آن ماشین‌های بزرگ، می‌آیند و بار سنگین آشغال کامپیوترشان را آنجا خالی می‌کنند. در آن حوالی، به فکر کسی جز آیدا نرسیده بود که کامپیوترها زباله‌های بازیافتی‌اند و نه فقط اجزای سخت‌افزاریشان که حافظه‌شان هم قابل برگشت است. از سمت ساختمان درست دیده نمی‌شود ولی حالا باید روی هیکل سنگینش خم شده باشد و کنار کوه زباله‌ها زانو زده باشد. حتماً پای راستش را که زود خواب می‌رود، دراز کرده است. عرق! عرق باید از سر و گوشش چکه کند. سیاهه‌ای تکان خورد. شاید برخاست. بال‌های روسری‌اش را باز کرد و داد پشت گوش‌ها و باز نشست. دارد با دقت و حوصله قطعه به قطعه را برمی‌دارد، زیر و بالایش را نگاه می‌کند و کنار می‌گذارد. کوهی از قطعاتی که قبلاً نگاه و جدا کرده بود، دست نخورده مانده است. خودش روی دیوار سمت کمد دیواری بزرگ زیرزمین نوشت: «کوه ۱، وارسی شده: خالی.» تمام در و دیوار زیرزمین سلولش پر از این یادداشت‌هاست.

از تک و توک موجودات این برهوت، موش و کلاغند که سرشان را هم بزنی جلوی این کپه پیدایشان نمی‌شود. «اوه، اوه، یک ساعت شد. چه پرغباره هوا!»

خورشید، اندوهگین از کار هرز هر روزه‌اش بر این زباله‌دان، قادر نبود رخ از آن‌جا برکشد. پشت سرش را نگاه می‌کند. اثری از نوری یا دیگر آدم‌های مجتمع نیست. حالا از هره‌ی بام دیده می‌شود، خیلی ریز. روسری‌اش را باز می‌کند تا کهنه آفتاب خوب پشت گوش‌هایش را بسوزاند و نرمه بادی اگر هست لای موهای وزش برود و همان‌جا خفه شود؛ جدال همیشگی موی او با باد که همیشه مو برنده است بدون ذره‌ای جنبش یا لرزش. ناگهان، انگار در آن طرف کپه‌ی زباله‌های کامپیوتر، چیزی چشمش را گرفته است. درست روی نوک شرقی آن طرف کپه‌هاست. حالا که کپه را دور زد و رفت آن‌طرف، پاک از دیدرس محو شد.

«کیس و مانیتور؛ کنار هم. جدیده. تازه آوردنش. نکنه از کامپیوترای مجتمع باشه! دو تا کامپیوتر که بیش‌تر اون‌جا نیست، مال مدیر و مال دفتر!» شاید به این می‌اندیشد که به اشتباه خیال می‌کرده دیگر در این‌جا زباله خالی نمی‌کنند و هر چه هست زباله‌های قدیمی است. پس باید از این بن‌بست زباله راهی به جاده باشد. «یک طرفش که اون کانال بزرگ خندق‌مانند که ماشین نمیشه بیاد. اونورش هم که بیابون برهوته که جاده‌ای چیزی نداره. حتی سگ و گربه هم اون‌جاها نیس. اینم همون لپتاپ وارونه با در باز روی

همین کپه، کنار این کامپیوتر تازه اسقاط. چقدر داغ شده لپتاپه تو
آفتاب. داغ شده، نمیشه بهش دست زد!» خرده‌ریزها را از سر راه
کنار می‌زند و حالا به سمت کامپیوتر راه باز می‌کند. «خوشگل لبو!
خب این از کیس. آهسته بفرمایید این کنار.» پا روی زمین، نه زباله.
«بعله! این هم مانیتورش. به دردم نمی‌خوره. فعلاً هم سه تا خوبشو
دارم. شاید بعداً بشه در قبال چیزی با نوری جان تاخت زد!»

از کپه‌ی زباله فاصله می‌گیرد. خم می‌شود و یک پیچ‌گوشتی
از روی زمین برمی‌دارد. همان‌جا، در زل آفتاب دل و روده‌ی
کامپیوتر را باز می‌کند.

*

از صداهای نشسته بر در و دیوار پیداست که در مجتمع روال معمول زندگی در جریان است. دخترها، ناراضی از تحمیل چرت اجباری بعد از ظهر، گُلهگُله، کنار تخت‌ها، گرد هم جمع شده‌اند و مشغول بازی فکری من درآوردی‌شان هستند. داشتن هر وسیله‌ای جز مسواک و شانه و حوله در آنجا غدغن است. البته به جز کتاب‌های درسی و یک مداد که شب‌ها باید تحویل معاون بدهند و صبح‌ها تحویل بگیرند. لوازم کار کارگاهی‌شان هم در کارگاه می‌ماند؛ در آنجا هر کس باید کاری یاد می‌گرفت مثل خیاطی و گلدوزی و جوراب‌بافی ولی نه نقاشی و کارهای هنری. درون خوابگاه، کلاً دست‌خالی بودند، همه‌چیز، حتی عروسک که برخی دخترهای نوجوان تازه‌وارد شب‌ها در آرزویش گریه می‌کردند. قدیمی‌ترها کمتر به عروسک فکر می‌کردند، چون برای عروسک‌بازی باید خلوتی باشد ولی خلوت در آنجا بی‌معنا بود مگر این‌که تنبیه می‌شدند و به انفرادی زیرزمین می‌افتادند که به آن سیاهچال می‌گفتند و حتی اسمش دخترها را به هول و هراس می‌انداخت. زهرا، مریم، عهدیه و ثریا دور زهرا حلقه زده و به چشم‌هایش زل زده‌اند. باید حدس بزنند که همان لحظه چه چیزی از ذهن زهرا گذشته است مثلاً به چه رنگی یا چه وسیله‌ای فکر کرده است. در تمام این‌مدت، زهرا نباید پلک بزند و گرنه از بازی بیرون می‌افتد. ساکت‌ترین بازی اختراعی ممکن است. این وقت روز اگر

از کسی صدایی درآید تنبیه و جریمه می‌شود، نه تنبیهی به سنگینی حبس در سیاهچال ولی خطکش خوردن کف دست، محروم شدن از شام یا شستن راهرو و دستشویی‌ها، یک وعده اضافه بر نوبت، تنبیهی معمول بود. اگر کسی با پاسخ درست برنده می‌شد، دستشان را محکم روی دهانشان می‌گرفتند و بی‌صدا می‌خندیدند آن‌قدر که توجه هیچ جنبده‌ای را به خود جلب نکند چه برسد به دیوارها.

توحیدیان، مدیره‌ی مجتمع، بعد ازظهرها، خودش به‌طور اختصاصی به اتاق‌ها سرکشی می‌کرد تا ببیند چه کسانی از قانون چرت اجباری بعد از ظهر تخطی کرده‌اند اما مدتی بود که تنبیهات معمولش دیگر چندان دخترها را نمی‌ترساند؛ به‌خصوص این چهارنفر یاران حلقه‌ی آیدا را.

ثریا چشم در چشم زهرا پچ‌پچ می‌کند: «رفیق جون جونیت؟» زهرا پلک بالا می‌اندازد و بعد هم سر تکان می‌دهد.

- آیدا؟

چانه به گردن نزدیک می‌شود.

- در چه حاله؟

سر را به چپ و راست می‌چرخاند. ثریا خفه می‌گوید: در حال لمباندن! یکی از دخترهای تخت کناری، پق خنده‌اش بیرون می‌پرد. صدای هیس‌هیس از همه جا بلند می‌شود و همچون ماری به روی دیوارها می‌خزد. مریم به صدایی شبیه هیس ماری خفه‌شده ناتوان از پرتاب زهر نیش، رو به او براق می‌شود: هی! ... باز مث

اون دفه که لومون دادی، توحیدیان رو نکشی این‌جا که حالتو می‌گیرم!

عهدیه ادامه می‌دهد: خواب؟

زهرا چانه را تکان می‌دهد.

مریم: چی خواب می‌بینه؟ بابا این‌که نمیشه!

زهرا چشم‌هایش را گشاد می‌کند.

ـ تک زده به شیرینی‌های خانم نوری؟ یواشکی رفته خونه‌ی سرایدار؟

ریز و بی‌صدا می‌خندند. از سمت سقف، چهار صورتند که روبه‌روی هم لب‌هایشان کش آمده و صدای خنده‌شان چیزی جز هه...هه نفس‌زدن نیست. زهرا پلک می‌زند و بازی را می‌بازد. در سالن خوابگاه، صدای پا کشیدن کسی در راهرو می‌آید. بازی در همهمه‌ی هیس‌هیس دخترها تمام می‌شود. یک لحظه بعد هر کس همان‌جایی که هست روی زمین دراز کشیده و چادر نمازی روی خودش کشیده است. در باز می‌شود و نگاه توحیدیان سُر می‌خورد روی تخت‌های بالایی و بعد می‌افتد روی دخترهای کف خواب. لب‌های قیطانی‌اش از طرح مبهم پوزخندی کش می‌آید. دست سفید لاغرش دراز می‌شود و دستگیره را می‌کشد، زنجیر طلایی ساعتش روی مچش سر می‌خورد و پایین می‌افتد. برای او، تظاهر به خواب هم کافی است؛ همین یعنی از او حساب می‌برند.

جوان‌تر که بود کسانی را که خودشان را به خواب زده بودند هم تنبیه می‌کرد اما نه حالا که می‌دانست پاپیچ شدن زیاد به معنای باختن نبرد نابرابر با جمعیت دخترهاست. صدای پا که در راهرو دور می‌شود، دخترها هم یکی یکی چشم باز می‌کنند و به خمیازه‌های مصنوعی هم بی‌صدا می‌خندند. «خنده را از دخترها بگیر، خواهی دید مثل آب است که از ماهی گرفته باشی!» روی تخت اول، پشت پایه‌ی تخت طبقه دوم، از ردیف سوم تخت‌ها، کسی با نوک کُند مداد سیاه این جمله را نوشته بود. نگه داشتن ته مداد چندان کار راحتی نبود. زهرا پچ‌پچ کرد: الان کجاست؟ عهدیه گفت: گمون نکنم مونده باشه. همیشه یه جوری درمیره ولی باز برمی‌گرده.

- پس بگو سوپرمنه!

مریم گفت: برای همین انفرادی بهش میخوره مرتب.

- نگو انفرادی!

- پس بگم کوفت؟ تو سیاهچال تنها ولت کنن پس چیه؟! ثریا لب ورچید: تقصیر من چیه؟ فتحعلیان گفت نباید به اونجا بگیم انفرادی. انفرادی ندیدیم که اینو میگیم.

مریم دهن‌کجی کرد و ادای ثریا را درآورد. زنگ بیدار باش عصر به صدا درآمد و دخترها سلانه سلانه از خوابگاه بیرون رفتند. کل جمعیت این مجتمع به چهل نفر نمی‌رسد. مجتمع دخترانه «راضیه قریشی» به سرپرستی زینب توحیدیان. زیر

نظر سازمان زندان‌ها و بهزیستی و آموزش و پرورش. این‌جا زندان نیست. مدرسه‌ی شبانه‌روزی هم نیست. دارالتأدیبی اختیاری است که سنگ بنای طرز فکرش را توحیدیان گذاشته است. این‌جا ساختمانی یک طبقه است؛ ساختمان خود منم.

***

حالا روسری آیدا افتاده است کنار تل دل و روده‌ای که از کیس بیرون کشیده است و حتم عرق هم از سر و رویش شره می‌کند.

حالا حالاهاست که با اتمام وقت خواب بعد از ظهر، دخترها نظافت حیاط و راه‌پله‌ها را هم تمام کنند و بعد نوبت حضور و غیاب عصر شود و به زیرزمین هم سر بزنند.

شیئی را توی جیب بزرگ کنار زانوی شلوار می‌تپاند. «اینم از مادربرد Mini-ITX». کوچک‌تر از جیب گشاد شلوار است به اندازه‌ی تقریبی ۱۷ تا ۲۰ سانتی‌متر در طول و عرض. تکانی به پاهای خواب‌رفته می‌دهد و برمی‌خیزد. روسری را باید سر کند و محکم زیر گلو گره زند. خیلی وقت است مقنعه نمی‌پوشد و چون از پسش برنیامدند دیگر اجبارش نکردند. بدون نگاه به دور و بر دارد راه رفته را برمی‌گردد. فرصت خیلی کوتاه است و همین حالاست که همه برای حضور غیاب در حیاط جمع شوند. در دوردست چیزی تکان می‌خورد. این نه ذرات معلق هوا در آفتاب دوردست بر کپه‌ی زباله‌ها که حرکتِ چیزی به جز شیء است. سه اسب انگار؛ نه سه اسب‌سوار. آبی‌پوش شاید، سوار بر اسب‌هایی سفید؛ کوچک، خیلی کوچک. در فاصله‌ی بین دو کپه‌ی زباله‌ی دوردست یک آن به چشم آمد و بعد تصویرش پرید. وجود اسب و سوار در این‌جا محال است. یک آدم است. دوباره پدیدار شد. قدش کوتاه است و مثل باد می‌دود. آیدا هم انگار دیده است که رو به آن

سمت دستش را سایبان صورت کرده است. «کوتوله‌ها این‌جاها زندگی می‌کنند؟! لابد برای همین توی شهر دیده نمی‌شدن وقتی که بودم؟!» شاید به‌خاطر فاصله کوتاه دیده می‌شود. انگار تا نیمه درون کانالی، گودالی چیزی باشد. محال است. هرچه هست انگار کسی آن‌جا هست؛ کسی غیر از او، نه سوار بر اسب که نشسته کنار کپه‌ی زباله‌ای.

آیدا می‌دود. ناگهان به‌کل از دیدرس ساختمان دور می‌شود. حالا جز هرم آفتاب دوردست که ذراتی نامرئی در آن می‌لغزند، چیزی نیست. همچون نقطه‌ی سیاهی یک آن پدیدار می‌شود. خم شده جلوی کپه‌ای که کسی در آن‌جا به چشم آمد. زباله‌های این کپه درهم است؛ نامشخص. سرگردان دور کپه دور می‌زند. دارد دیر می‌کند، همین حالاست که در حیاط جمع شوند. زانو زده است؟ فقط اگر زانو بزند باید اینطور کوتاه بشود. کسی را نیافته. حالا آمده به سمت کپه‌ی زباله‌های کامپیوتر؛ از همان جایی که به آن سمت دوید. ایستاده و دارد پشت سرش را نگاه می‌کند. حالا دارد برمی‌گردد و ذره ذره پرهیبش جان می‌گیرد.

«خیالاتی شدم. دوست داشتم خیال کنم کسی اون‌جا باشه. یکی مث خودم. شاید یه مجتمع دیگه هم این‌جاها باشد یا یه زندان؛ یه زندان دیگه؟!... قبلاً اینورا زندان نبود. ها... از خونه‌ی سالمندان دررفته شاید. خونه‌ی سالمندان کاها   از این‌جا دوره خیلی... چطوری میشه بفهمم از اینور میشه به اون‌جا رسید؟ این‌جا که راه

نداره همش برّ بیابونه... اگه خیالی نباشه، باز سر و کله‌اش پیدا می‌شه.»

بین خیابان و بیابان که ساختمان مجتمع در دو نبش آن واقع شده، کانالی بزرگ هست که رفتن از بیابان به خیابان و برعکس را با ماشین و پای پیاده ناممکن می‌کند. در این منطقه، در انتهایی‌ترین نقطه‌ی شهر، فقط ساختمان گرد و بزرگ مجتمع است که در پشتی‌اش به بیابان می‌خورد. «یکی بود مث خودم که داشت توی زباله‌های پلاستیک وول می‌زد، دنبال چی؟ چیزای به دردنخور! شایدم اصلاً دنبال زباله نبوده. شاید اصلاً آدم نباشه!...» همه چیز دارد عوض می‌شود و این‌جا دیگر همان‌جایی نیست که مثل کف دست برای آیدا آشنا بود. حتی کف‌آبه‌ی این رود کثیف هم کم‌جوش و خروش شده و مثل قبل کف بالا نمی‌آورد. مگر می‌شود آدم‌ها فاضلاب کم بیاورند؟! ...اسب‌سوار نبود، بازتاب نور بود که تصویر سوار را ساخت. «باد به چشمم خاک پاشید که درست ندیدم. یه نفر بود؟ بعداً برمی‌گردم و باز می‌گردم.» حالا دیر است. همین حالاست که جمع شوند و مچ او را در برگشت بگیرند. وقتی می‌رسد نباید کسی در حیاط باشد. «اگه زندانی باشه، لابد دفه‌ی اولشه که نمی‌دونه ازین بیابون به هیچ جا راه نیس. باید دوباره برگرده زندانش.» حالا همه در حیاط جمع شده‌اند.

پشت در مانده است معطل تا حیاط خلوت شود و هوا هم کمی تاریک. حالا آن‌قدر دیر شده که فرقی نمی‌کند کی برسد چون

اگر به زیرزمین سرزده باشند، دیگر فرقی به حالش ندارد. در نگهبانی را هل می‌دهد و باز می‌کند. می‌داند که نوری نیست ولی اگر هم باشد، خودش را به کوچه‌ی علی چپ می‌زند و دور و بر اتاقک پیدایش نمی‌شود. بعد از کنار دیوار خود را می‌رساند به سه پله‌ای که او را به در زیرزمین می‌رساند. در شکاف باریک کنار در بسته چمباتمه زده است. انبری را که زیرخاک مدفون کرده، بیرون آورده و حالا می‌گذارد زیر پایه‌ی در و وزنش را می‌اندازد روی اهرم. کمرش باید تیر بکشد تا لولای زنگ‌زده‌ی در از جا دربیاید.

در سنگین را از سمت لولا چرخاند و باز کرد و بعد از آن طرف روی لولا انداخت. خون به کف دست‌هایش دوید و نفسش دمی بند آمد. همان‌جا ماند. رسید به راهروی بی‌نور زیرزمین. ایستاد تا چشمش به تاریکی درون عادت کند و بعد، درست روبه‌رویش، توحیدیان سیخ ایستاده بود. چراغ برق خاموش بود.

دهان آیدا خشک شد و سرش گیج رفت و همان‌طور که قلبش در سینه می‌کوبید، سطل آب یخی را حس کرد که روی سرش خالی شد. چشم که باز کرد، دید نشسته روی زمین و سر تا پایش خیس است. سطل یخ دست توحیدیان بود و لبخند یخی روی لب‌هایش. محکم مچ تپلش را گرفت و کشاند به کنج انباری زیرزمین که سلول آیدا شده بود.

-   تو هر غلطی که بکنی من خبر دارم، چی خیال کردی؟

حالا، بعد سال‌ها زیستن در این مجتمع، آیدا یاد گرفته

است سکوت کند. دیگر مثل پیش‌ترها نیست که برای هر چیز جوابی داشت و هر جوابش هم تنبیهی به دنبال.

- خبر هم دارم که بار اولت نیست. نظرت چیه که چرا تا حالا سکوت کردم؟

- ...

- پس لال‌بازی بازی تازه‌ات شده!

آیدا حس کرد چیزی مثل انبر به قفسه‌ی سینه‌اش فرو می‌رود. دست گذاشت بر نقطه‌ی درد.

- سینه‌های گنده‌ات رو به رخ من می‌کشی؟! یالا جواب بده.

(و دست آیدا را با نوک کفش از روی قفسه‌ی سینه به پایین سراند.)

صدایش جیغ شد و خورد به دیوارها، خراشید و پایین افتاد. آیدا دهان خشکش را باز و بسته کرد. راه بر حمله‌ی عصبی بست و گفت: ن... نمی‌دونم چی بگم!

- به لحاظ ماهوی و البته فنی، اگر از این‌جا راهی به بیرون بود، خیلی از تو باهوش‌تراش قبلاً رفته بودن. پس خوب گوشاتو باز کن. این از این. تمام!

هر دو می‌دانستند که عبور از آن کانال بزرگ زباله برای رسیدن به خیابان از سمت در حیاط پشتی مسدود است و برای فرار باید از در اصلی بیرون زد که با وجود دوربین بالای در، و دزدگیر پر سر و صدا و قفل محکمش حتی اگر روبه‌روی دفتر توحیدیان

هم نبود، شدنی نیست. دیوارها خوب می‌دانند قدیمی‌تر از آیدا کسی در مجتمع نیست؛ هفت سال از یازده سالگی تا حالا.

- توی اون زباله‌دونی هر غلطی می‌کنی به من مربوط نیست که البته الان معلوم میشه چه غلطی می‌کنی که میری و برمی‌گردی و شده حیاط خلوتت. ولی وای به حالت اگه یکی از دخترای من بفهمه که تو چه غلطی داری می‌کنی یا اصلاً داری غلطی می‌کنی. دیگه سیاهچال و این حرفا نیست، این بار یک‌راست می‌فرستمت زندان. خیال هم نکن که از لحاظ ماهوی نمی‌تونم و از لحاظ قانونی نمیشه. نخیر! خوبم میشه. اولاً که از صدقه سری من تو دیگه خیلی بیش‌تر از سنت موندی و امروز و فرداست که باید جل و پلاستو جمع کنی بری. ولی مگه من میذارم همین‌جور خالی خالی بری؟! فوقش یه دزدی کوچیکه که گردن می‌گیری، چاره‌ای هم نداری بعدش می‌فرستنت زندان. منم راحت میشم.

دهان خشک نمی‌گذاشت خوب فکر کند. پس یعنی دوره‌ی تأدیبی تمام شده و جرم تعریف‌شده‌ای ندارد ولی هنوز نگه‌اش داشته‌اند! «پس آن همه جرم‌های ریز و درشتی که برایش قطار کرد تا ماندگاریش بیش‌تر شود، راستکی نبوده؟ عزیز شاید گفته نگه‌ام دارند. پول داده؟ پولش کجا بود؟! شاید اصلاً اسمی ازم در سازمان زندان‌ها نباشه.»

از خطی خطی‌هایی روی گچ کف زمین و گاه کاغذهای مخفی زیر زیلو می‌شود فهمید که او با حک اسمش در کنار

گوشه‌ها، هر جا شد، می‌خواهد خودش را جایی ثبت کند. اسمش را بدون فامیل. مدام اسم خودش را می‌تراشد، خاک درون حروف را فوت می‌کند و کنده‌کاری اسم «آیدا» هویدا می‌شود. هیچ‌وقت فامیلی‌اش را نمی‌نویسد حتی حرف اولش را. یک شب که تنهایی گلویش را خشک کرد و کابوس او را از خواب پراند، زیلو را کنار زد و با ته‌مداد نتراشیده‌ای که پیدا کرده بود، نوشت: «نه نامی و نه فامیلی/ نه حتی یک خط کج و معوج از کسی در جایی/ که بگوید این نام ـ آیدا ـ جایی هست/کسی هست/ جایی گرچه دور و نادیده ولی هست و روزگاری بازخواهد گشت. نام من در هیچ کاغذپاره‌ای نیست مگر دفتر این زندان و مگر ورق‌های پاره شناسنامه‌ام که نام پدر را پاره کرد. اگر دفتر این زندان بسوزد نام من به تمامی تمام خواهد شد.»

حالا رو به موزاییک نقش کثیف زیلوی زیر پایش بغض کرد. گفت: نه! من به هیچ‌کس نگفتم. به خدا قسم.

ـ بگو ببینم توی کثافتا دنبال چی می‌گردی؟

و از تجسم کوه‌های زباله‌ی بیرون که آیدا از درونشان گذشته است، چهره‌اش ترش شد. در سیاه‌چال نیمه‌تاریک هم معلوم بود که چهره‌ی آیدا از آسودگی روشن شد. بلند شد و ملافه‌ی زیر نیمکت لکنته‌اش را کنار زد. توحیدیان که از موش‌های زیرزمین وحشت داشت جیغش را در خود خفه کرد و گفت: بشین سر جات! کی گفت بری اونجا؟ آیدا نفس نفس‌زنان، بی که دست از کار

٣٥

بکشد، گفت: می‌خوام بگم... و هم‌زمان یکی از کیس‌هایی را که خودش، برای همچین روز مبادایی سر هم کرده بود بیرون کشید.

- فکر کردم شاید با سرهم‌بندی این بتونم پولی دربیارم. خودم می‌دونم دیگه باید برم اما نه جایی دارم و نه پولی.

حالا روزنه‌ای به درون توحیدیان باز کرده بود که از تماشای فلاکت آدم‌های زیردستش خوشش می‌آمد.

- روشن میشه؟

- اگه مانیتور باشه، بله.

- نوری خبر داره؟

- بله. فکر کردم به شما گفته. (و به صورت زیرکش، حالت معصومانه‌ای داد).

- بردار بیارش بالا.

و بلافاصله پشیمان شد: نه، تو نیا بالا. نمی‌خوام بچه‌ها تو رو ببینن، باز هیجانی میشن. بدبختی با تو یکی دو تا که نیست! می‌گم نوری برات مانیتور بیاره. اگه کار کرد این‌بار از سر تقصیرت گذشتم. چون می‌بینم یک‌بار داری یک کار مفید می‌کنی. فقط به‌خاطر دلسوزی برای خودت... همین! و در حالی که می‌رفت اضافه کرد: فقط خدا به روت رحم کرد. تمام!...

تا به پله‌هایی برسد که زیرزمین را به راهروی بالا متصل می‌کرد، حساب قدم به قدمش را داشت، مبادا موش یا عقربی از لباسش بالا بکشد. آیدا من‌من‌کنان ادامه داد:

- ولی اونجا خیلی از این چیزا هست که باید حوصله کرد و پیدا کرد و بعد از سرهم‌بندی...

رگ خواب توحیدیان را قلقلک داده بود و حالا باید صبر می‌کرد تا خودش پیشنهاد دهد. داشتن شریک جرم همیشه بهتر از تنهایی است. توحیدیان جوابی نداد.

نفس محبوس آیدا که آزاد شد، زیرزمین هم نفس کشید.

توحیدیان هیچ وقت جرأت نمی‌کرد زیاد در کنج اتاقک او در گوشه‌ی انباری زیرزمین بماند چه برسد به این‌که زیر و بالایش را نگاه کند. آنجا پر از موش بود که در روز روشن هم رژه می‌رفتند. درون اتاقک چنان مملو از خرت و پرت‌های به درد نخور و کارتن‌های خالی و پر روی هم چیده بود که معلوم نبود اصلاً مال مجتمع است یا مربوط به ساکنین قبلی ساختمان و برای همین آیدا که ترس از موش و تاریکی و تنهایی و کثافت را از سرگذرانده بود، در آنجا می‌توانست به راحتی کامپیوتر و بند و بساط خود را در یکی از سوراخ سنبه‌هایش مخفی کند. زیرزمین که برای بچه‌ها سیاهچال مجازات بود برای آیدا اتاق کار شده بود. اندک نور خزنده از شیشه‌های چرک در و دریچه زیرزمین خود را پس کشید و زیرزمین غرق ظلمت شد. آیدا کلید را زد. چراغ کم‌جان هاله‌ی زرد کثیفی را روی سقف روشن کرد و انعکاس تیره‌ای بر اشیای تلنبار درون زیرزمین انداخت. این تنها چراغ برق زیرزمین بود. اتاقک سلول‌مانند آیدا از لامپ بی‌بهره بود.

«تا این کفش و جوراب‌ها رو نکنم، سم رودخونه از پام پاک نمیشه.» رفت سمت چهاردیواری کنج زیرزمین که با ورقه‌ی ایرانیت توالت کوچکی ساخته بودند و با لوله، هواکش کوچکی را از شیشه‌ی در بیرون داده بودند. از آفتابه داخل لگن آب ریخت. اول روسری‌اش را خیس کرد و بعد اثر کف‌آبه را از پا و جورابش شست. تا ساعت هشت باید صبر می‌کرد تا نوری برایش آب تازه بیاورد. برای دستشویی کردن دیگر آب نداشت. بعد برگشت و نشست روی زمین و چشمش افتاد به بچه موشی که پیش‌تر در بین موش‌ها ندیده بود. «تازه از سوراخ دراومدی فسقلی؟» نان مانده‌ی ظهر را خرد کرد و تکیه داده به دیوار، در حال استراحت به تماشای نان خوردن موش نشست. «لیدا پناهی هم اسمش جایی ثبت نبود مگر در دفتر قدیمی مدرسه. هم‌فامیلی من. شاید همزادم. شایدم خواهرم. رنگ آفتابو ندید و رنگش سفید شد.» این اسم را در حافظه‌ی کامپیوتری دید که پیدا کرده بود. داستان لیدا پناهی را برای دخترهای مجتمع ـ یکی از دفعاتی که از زیرزمین خلاص شده بود ـ تعریف کرد. روسری خیس را به سر کشید تا مورمور خنکی را در گل و گردنش حس کند. حالا بود که نوری برسد و اگر او را بی‌حجاب می‌دید، چغلی‌اش را می‌کرد؛ «توحیدی خالی بست. نوری چغلی کامپیوترا رو هم کرده بود. کامل خبر داشت!» داستان را جسته‌گریخته روی کاغذی نوشته بود:

لیدا، دخترک درس‌خوان و کم‌روی مدرسه‌ی شهید محبی،
اول، یک هفته‌ای مدرسه نیامد. بعد که جویای احوالش شدم گفت
حالش خوب است و چیزهایی گفت که سر درنیاوردم. از او خواستم
برای موجه کردن غیبتش با یکی از والدینش بیاید. بعد از سه چهار
روز پرس و جو بالاخره پیرمردی آمد که گفت پدرش است ولی
می‌توانست پدربزرگش هم باشد. پیرمرد گفت که مادرش مریض
بوده و باید از او مراقبت می‌کرده. کمی که درباره‌ی احوال مادرش
پرسیدم متوجه شدم پیرمرد طفره می‌رود. زیاد پاپیچ نشدم. بعدها
از بچه‌های مدرسه که اهل همان محل بودند شنیدم که مادرش از
خانه گذاشته و رفته. از خودش که پرسیدم گفت مادرش فوت کرده.
متوجه شدم که چیزی درست درنمی‌آید و من به عنوان معاون مدرسه
وظیفه داشتم این قضیه را پیگیری کنم. بعد دیگر مدرسه نیامد. چند
باری که سرایدار را به خانه‌شان فرستادم پدرش او را دست به سر
کرد. خودم که رفتم مرد جوانی در را به رویم باز کرد که شبیه پدرش
بود و برادر لیدا بود. مرد محترمی بود. به خانه دعوتم کرد و درباره‌ی
وضعیت روانی پدرش توضیح داد. درباره‌ی مادرش همچنان
سکوت کرد اما از لابه‌لای حرف‌های جسته گریخته‌اش متوجه شدم
که مادرش گذاشته رفته و این برای آبرویشان خوب نیست. قول داد
خواهرش را به مدرسه بفرستد. من چند بار دیگر هم رفتم. همایون
پسر بدی نبود ولی چیزی در نگاهش بود که مرا به خودش نامطمئن
می‌کرد. بعد من گرفتار مشکلات مادرم شدم. مدتی در مرخصی

بودم و وقتی برگشتم گفتند لیدا پناهی ترک تحصیل کرده و
خانواده‌اش دوست ندارند مزاحمشان شویم. چند باری با همایون
تماس گرفتم اما هیچ‌وقت حرف‌هایمان به جای خوبی نرسید تا با
هم قطع رابطه کردیم. لیدا هم دیگر مدرسه نیامد. شایع شده بود که
لیدا یک روز ناغافل به داخل چاه آب حیاط می‌افتد و پایش
می‌شکند. بعد از آن خوب نمی‌شود و چون چلاق شده به مدرسه
نمی‌آید. باز شایع شد که لیدا مرده. شایع شد که پدرش او را کشته،
همان‌طور که مادرش را کشته بود. این‌ها تمام شایعاتی بود که
بچه‌های مدرسه از خانه‌هایشان به مدرسه می‌آوردند اما همه بدون
مدرک. کسی هم پیگیری نمی‌کرد. من یک پایم روستا بود و یک
پایم شهر تا به وضعیت مادرم برسم که درآخر هم مجبور شدم او را
به آسایشگاه بفرستم. تنزل سمت گرفتم و بعد از دو سال مرخصی
که برگشتم معلم بودم و اجازه نداشتم در مسائل مدرسه پیگیر باشم؛
صورت قضیه این بود که یکی ترک تحصیل کرده و همین. چهار
پنج سال از آن ماجرا گذشت. لیدا پناهی را یکی از معلم‌های جوان
پیدا کرده بود. محبوس درون قنات قدیمی خانه‌شان. سال‌ها دور از
آفتاب و آدمیزاد. در وضعیتی خیلی بد. با دندان‌های ریخته و موی
سفید. برادرش فرار کرده بود و پدرش را نیمه‌جان در قبری کنده
شده در همان باغ بی‌برگ‌شان پیدا کرده بودند. لیدا پناهی در
بیمارستان تا حدودی سلامت جسمش را یافت اما از لحاظ روحی

داغان‌تر از این است که بتواند کلمه‌ای ادا کند. شاید این خلاصه به کار پژوهش شما در مورد وضع دختران در آن منطقه بیاید.

پری کیانیان. معلم پیشین مدرسه محبی.»

از بازیافت کل اطلاعات یک هارد فقط همین درآمده بود با یک مشت بخشنامه و نامه‌های اداری و نمره. حتی مخاطب نامه معلوم نشد. شایعه بوده یا واقعیت یا داستان؟!... فکر کرد «شاید مدرسه‌ی محبی همین اطراف باشه!» به خودش جواب داد: «امکان نداره. کامپیوتر قدیمیه.» و بعد: «چی به سر طرف اومده که کامپیوترشو دور انداخته‌ان؟» بر پایین دیوار، کنار چارچوب در اتاقک با همان مداد کند نتراشیده‌اش نوشته بود: پری کیانی و بالاتر لیدا پناهی. دور هر دو دایره کشیده بود.

*

طبق برنامه‌ی هر روز صبح، دخترها حیاط را جارو کردند و
با پارچه‌ی مرطوب خاک کنج دیوارها را گرفتند. موزائیک‌ها برق
افتاد و تن به گرمای کرخت صبح داد. خاک فراوان‌ترین موجودیِ
آن‌جا بود. دخترها برای شستن دست و رو، جلوی تنها شیری که از
آن آب می‌آمد، صف بستند. آب به باریکه‌ی شیر سماور می‌آمد و
شستن دست و رو طولانی شد. بعد از پس دادن سینی‌های صبحانه،
رفتند در نمازخانه دوره نشستند تا معلم قرآن برسد. به جزء بیست
رسیده بودند. بعد از یک دور کامل، اگر سر به راه بوده باشند و به
قول توحیدیان پرونده‌شان پاک، می‌شد خارج از نوبت معمول به
خانواده‌هایشان زنگ بزنند تا یا به دیدنشان بیایند و یا اگر در نوبت
مرخصی بودند و مدیر هم اجازه می‌داد چند روزی به خانه بروند.
کم‌تر کسی از دخترها خانواده‌ای درست و درمان داشت ولی
به‌هرحال همیشه تماس با بیرون برای دخترها غنیمت بود. زهرا در
جایش وول می‌خورد و مدام چادر سیاهش سر می‌خورد و پهن
زمین می‌شد.

- اگه خانم قرآن ببینه هنوز چادرتو کش نزدی، این دفعه
عصبی میشه و به توحیدیان می‌گه.

با حرف مریم، زهرا با عجله چادرش را سر کرد و لبه‌هایش
را محکم لای لبه‌های مقنعه‌اش فروکرد. دستش را زیر چادر مشت
کرد و محکم کوبید روی زمین. ترسان به بچه‌ها نگاه کرد تا ببیند

توجه کسی به او جلب شده یا نه. نمی‌خواست حتی دوستانش هم بفهمند که از این طریق با آیدا در ارتباط است. کف نمازخانه سقف انباری سلول آیدا بود و فقط در آنجا می‌شد از او خبر بگیرد ولی هیچ‌وقت هم نمی‌شد در نمازخانه تنهای تنها بود. دو سه باری مشت کوبید. بعد چهارزانو و پهن و قوزکرده، چادرش را دورش خیمه کرد و شش دانگ حواسش را داد به صدا تا پاسخ احتمالی آیدا را بشنود. زمین زیرپایش دو صدای تقه‌ی گنگ داد. یعنی حالش خوب است. بعد یک ضربه‌ی کوتاه، یعنی آماده است. زهرا خیالش راحت شد. نفس راحتی کشید. دوباره روی پا جابه‌جا شد و باز چادرش را درون مقنعه‌اش سفت کرد و زل زد به در نمازخانه تا ببیند خانم قرآن کی وارد می‌شود. بچه‌ها قرآن‌های کوچکشان را باز کرده بودند و هر کس داشت بخشی را که قرار بود بخواند تمرین می‌کرد.

فتح‌علیان وارد شد و بچه‌ها صلوات فرستادند. چادرش را کمی از خودش دور می‌گرفت و مراقب بود زیر پایش نرود. همان‌طور که چشم به گوشه‌ای از پایین چادر داشت، چهارزانو روی زمین نشست و باز چادر را از خودش دور کرد. هنوز همهمه‌ی روخوانی‌های زیرلب و پچ‌پچ‌های درگوشی مثل ذرات معلق غبار از دهان بچه‌ها به سقف بالا می‌رفت. خانم فتح‌علیان روی پایش جابه‌جا شد و این‌بار دو زانو نشست و باز چادر را از خودش دور گرفت. یکی از بچه‌ها بلند شد و رحلی جلوی او باز کرد. فتح‌علیان قرآن خودش را از کیفش زیر چادر درآورد و روی رحل گذاشت.

باز جابه‌جا شد و تا آمد بنشیند نچی کرد و بلند شد. یک لحظه، هر و کر دخترها مثل شعله‌ای رو به سقف قد کشید و فروخوابید. با ابروهای درهم گره شده اول به دخترها و بعد به پایین چادرش نگاه کرد که به مچ شلوارش چسبیده بود. خم شد تا چادر را از پاچه‌ی شلوارش جدا کند که به تندی دستش را پس کشید و گفت: نمی‌دونم چی چسبیده به چادرم، شاید پاک نباشه. با این نمیشه نشست.

بچه‌ها همهمه‌کنان دورش حلقه زدند. تیغ‌های تیز بوته‌ای خار چادر مشکی را به پاچه‌ی شلوارش چسبانده بود و اگر چادر را می‌کشید پاره می‌شد و اگر دست می‌زد به دستش فرومی‌رفت.

- خانم، خار نیست، چسبه! از توی آشغالا چسبیده.

فتحعلیان رنگش مثل گچ سفید شد. نجاست و کثیفی او را به وحشت می‌انداخت.

زهرا تیز و فرز خودش را به او رساند. مظنون و دقیق به پایین چادر نگاه کرد و بعد انگار که راه‌حل مسأله دست اوست زود گفت: خانم! از این بد خارهاست. تیغشون سمیه. حتماً با باد چسبیده به چادرتون. این‌جا از اینا زیاده. بذارین من بکنم.

دخترها از خودشیرینی او لب کج کردند. بعضی بر و بر و بی‌خاصیت چشم دوختند. زهرا تکه‌کاغذی را که در دست آماده داشت، حائل چادر و لنگه‌ی شلوار کرد و خار را از شلوار کند. تیغه‌های خار به انگشتش فرو شد و چشم‌هایش به اشک افتاد. حالا پاچه‌ی شلوار آزاد شده بود اما خاربوته هنوز با ماده‌ی چسبناکی به

سختی به چادر چسبیده بود. زهرا پایین چادر را به دست گرفت و مشغول وارسی شد: خانم انگار آدامس بهش چسبیده!

فتحعلیان به‌تندی کش چادر را از روی سرش سراند. زیپ جلوی چادر را که مثل گونی لبه‌های جلوی چادر را به هم متصل کرده بود باز کرد و زود چادر را از سردرآورد و چرخاند تا گلوله‌ی خار را جلوی چشمش بگیرد. بعد گفت: نمیشه پوشید. این کثیفه.

حالا همهمه مثل دود به هوا بلند شد و در کنج‌های سقف جا خوش کرد و همان‌جا چسبید. یکی دو نفر، دور از جمعیت به هم گلوله‌ی کاغذی پرتاب می‌کردند و از فرصت کوتاه ایجاد شده برای بازی از سر و کول هم بالا می‌رفتند. زهرا همچنان میخ ایستاده بود. هرچه چادر را بیش‌تر بهم می‌مالاند، لایه‌های بیشتری از چادر به قیر و به خاری که قیراندود شده بود می‌چسبید. به شنیدن سر و صدای بچه‌ها، توحیدیان از در نمازخانه گردن کشید و بعد که معلم قرآن را دید، با پوزخندی روی لب و اخمی به ابروها وارد شد. «چه خبره؟!» و بعد رو به فتحعلیان: «فکر کردم نیستید!» فتحعلیان سرخ شد. به دخترها تشر زد که سر جای‌شان بنشینند و مستأصل بال چادرش را به سمت توحیدیان تکان داد که نمی‌داند چی چسبیده به چادرش.

زهرا حالا مؤدب برگشته بود سر جای خودش و چادرش را هم سرکرده بود و داده بود لای لبه‌های مقنعه تا معلوم نشود که کش ندارد. توحیدیان جلو رفت و خواست لبه‌ی چادر را بگیرد که یکی

٤٥

از بچه‌ها داد زد «خانم سمی‌یه!» توحیدیان تندی دستش را پس کشید و هر و کر بچه‌ها به سقف خورد. در تن خسته‌ی سقف شعفی پیچید. هر دو رو به دخترها اخم کردند و دخترها با دهان هنوز به خنده باز ساکت شدند. «من بعداً حساب شماها رو می‌رسم.» و بعد رو به معلم قرآن: «فعلاً بذاریدش کنار شاید توی دفتر چادر باشه که موقع برگشت سر کنین. من کمدها رو نگاه می‌کنم.» مریم که کمی ساده‌لوح می‌زد گفت: «خانم! به پاچه‌ی شلوارشون هم چسبیده.» دخترها دوباره هره و کره کردند. فتحعلیان خیس عرق، صورت تپلش باز سرخ شد و هر دو ناخودآگاه به پاچه‌ی شلوار فتحعلیان زل زدند. گفت: «دختر خوبم، زهرا جداش کرد. چادر رو هم باید می‌دادم دست اون تا به این روز نندازمش. معلوم نیست چه جور خاریه. بچه‌ها انگار قبلاً دیدن همچین چیزی رو.» توحیدیان زل زل نگاه کرد و چیزی نگفت. بعد رو به بچه‌ها گفت: «زود بنشینن سر جاهاتون. همین حالا هم یک ربع از ساعت درس گذشته!» و بعد نگاهی به فتحعلیان انداخت و از نمازخانه بیرون رفت. باز همهمه‌ی خفیفی بین دخترها درگرفت. بعضی انگار که دل‌شان برای معلم قرآن سوخته باشد گفتند خانم، تمیز می‌شود. مریم گفت: «چادر توی دفتر هست.» ثریا به او تشر زد که «حالا نمی‌شد پاچه‌ی شلوارو نگی خل مشنگ؟!» فتحعلیان هیس کشید و گفت «بچه‌ها دعوا نکنید. چیزی نیست.» بعد آهی کشید و گفت: «آدم گاهی بدبیاری میاره. من امروز از صبح روی بدبیاری‌ام.»

دخترها حالا ساکت شده بودند و به دهانش زل زده بودند. گفت: «مادرمو بردم بیمارستان و تا اومدم خودمو برسونم دیدم کلی وقت گذشته و ماشین هم گیر نمیاد.» عهدیه پرسید: «خانم، بدبیاری نتیجه اعمال است؟» عهدیه داشت درباره‌ی درس دینی جلسه‌ی قبل حرف می‌زد که همین خانم فتحعلیان آن را درس می‌داد. داشت فکر می‌کرد جوابی پیدا کند که زهرا بلند شد. بال‌های چادرش را زیر بغل داد و گفت «خانم بدین من می‌تونم بکنمش. فقط باید ببرمش جلوی شیر آب تا آدامس با آب سفت بشه، بعد خار خودش کنده میشه. آب که بخوره تیغش هم دیگه تیز نیست.» فتحعلیان که معلوم نبود چرا یک‌دفعه حالتش طوری شده که انگار همین حالاست که بزند زیر گریه، سپاسگزارانه چادرش را به زهرا داد و گفت «این آدامس نیست دخترم. قیره. زود برگرد چون خانم توحیدیان اگر ببینه کلاس نیستی ناراحت می‌شه.» زهرا گفت که توی حیاط نمی‌رود. «همین‌جا داخل دستشویی‌ها درستش می‌کنم.» و زد بیرون. فتحعلیان که وسواس شدید نجس و پاکی داشت فرصت نیافت که بگوید چادرش را آن‌جا نبرد.

نگاه زهرا اول در دو طرف طول راهرو سر خورد. از اتاق توحیدیان صدای قرآن بلند بود و معلوم بود که او هم نشسته به دوره کردن عم جزوی که نذر داشته و صدای کامپیوترش را بلند کرده. بی‌سروصدا رفت داخل دستشویی. در راهرو دستشویی را بست. چادرش را برداشت و روی جالباسی آویزان کرد. شیر آب را که

باریکه‌اش حالا تبدیل به قطره قطره شده بود باز کرد ولی پشیمان شد و زود شیر آب را بست. رفت از کمد خانم نوری دستمال لاستیکی را درآورد و به دست کرد و بعد دید باز هم تیغه خار دستش را می‌خراشد. ایستاد وسط راه دستشویی و فکر کرد و یادش آمد به پنبه اما نمی‌توانست برود از اتاق بهداشت پنبه بردارد. «اگه توحیدیان یا یکی از خبرچیناش ببینه شر می‌شه.» همین‌طور ایستاده بود وسط راهرو توالت‌ها و داشت دنبال راهی می‌گشت که از شر تیغ‌های خار رها شود. «انبردست؟ نه به درد نمی‌خوره و تازه از کجا معلوم که هنوز اون زیر باشه و تازه اگه توحیدیان یا یکی دیگه در دستشویی رو باز کنه و انبر به دست ببیندش چی؟» «روسری؟» روسری کوچکش در اتاق بود و بعد آه شیطنت‌آمیزی سر خورد روی دیواری که پنجره‌ی کور بر آن نشسته بود و زهرا شادمان خم شد و کفشش را درآورد و بعد جوراب یک پایش را و بعد جوراب پای دیگرش را و هر دو جوراب را کرد توی دست و بعد دستکش پلاستیکی را بی این‌که انگشت‌هایش جا بیفتد به دست کشید و محکم گلوله‌ی بزرگ خار را گرفت و تیغه‌هایش را با دقت لایه به لایه باز کرد. چادر را از یاد برده بود. «به جهنم که پاره بشه، من چی‌کار کنم؟!» خار از چادر جدا شد و افتاد توی کاسه‌ی دستشویی. چادر پهن زمین شد و مثل بختکی زمین را سیاه کرد. ماده‌ی چسبناک بوی بدی داشت. حالا فهمید چرا فتحعلیان بیچاره هر بار به آن تکه نگاه می‌کرد این‌قدر رو ترش می‌کرد. طرح لبخندی بر

لب‌های گوشتالودش نشست. «از کجای زباله‌ها اینو درآورده!» و بله. تکه‌ی چسبناک درسته از تنه‌ی کاکتوس جدا شد و زهرا با دست دستکش‌پوشش خوب آن را مالاند. بعد تکه کاغذ کوچکی پیدا شد. تای کاغذ را باز کرد و فلش مموری را برداشت و در جیبش سراند. هراسان به بالای در دستشویی، جای دوربین مداربسته، نگاه کرد. چروک کاغذ را با احتیاط صاف کرد و دست‌خط ریز آیدا را دید و آن را هم نخوانده سر داد داخل جیبش. از در توالتِ اول صدای تق ملال آهن بر لولا برخاست و زهرا را ترساند که مبادا کسی در توالت باشد. به خودش که آمد دید پابرهنه وسط دستشویی ایستاده و یک چشمش به دوربین بالای در توالت است. ترس‌خورده از این‌که حالاست که در باز شود، چادر پهن‌شده را جمع کرد. «اگر فتحعلیان فقط یک لحظه‌ی این صحنه رو ببینه، برای همیشه این‌جا موندم. چادرش... وای!» شیر آب را باز کرد و دست دستکش پوشش را زیر شیر آب گرفت و ناگهان آن مایع لزج چسبنده در آب حل شد و چیزی مثل قیر سیاه مایع از دستکش چکه کرد و درون راه آب رفت. دستکش از خاربوته جدا شد. تیغه‌های خیس حالا دیگر جان نداشتند. خار را انداخت درون سطل زباله. دستکش را از دستش کشید. سوراخ سوراخ شده بود. جوراب‌هایش را یکی یکی درآورد و ایستاد روی یک پا و نامتعادل به پایش کشید و بعد پای دیگر. شیر آب را باز کرد تا آب کم‌فشار و قطره‌چکانی پایین چادر را خیس کند. به آینه نگاه کرد. سرخ شده بود. صبر کرد تا

چند قطره اشک بیاید. حالا بینی‌اش هم سرخ شد. چادرش را سر کرد و فراموش کرد بدهد توی مقنعه و رفت داخل کلاس. بر زمینه‌ی صدای عهدیه که سوره‌ی یاسین را با ترتیل می‌خواند یاد صدای هق‌هق در قبرستانی افتاد که مادرش در آن خاک بود. چادر ریش‌ریش‌شده را رو به فحتعلیان گرفت. «خانم به‌خدا هر کار کردم نشد. چادر پاره شد.» فحتعلیان که وقتی چادر نداشت مثل آدم‌هایی راه می‌رفت که با بیکنی، خجالت‌زده کنار ساحل قدم برمی‌دارند، چند قدم به طرفش رفت و گفت: «عیبی نداره دخترم. همین‌که ازش جدا کردی خوبه. همین الان یکی از بچه‌ها رفت پرسید و معلوم شد چادر اضافه توی دفتر نیست. من بدون چادر چه‌طور می‌تونستم برم؟ همین‌که شستی‌اش خوبه. اشکالی نداره. گریه نکن. برو بشین سر جات. دستات زخمی شد؟» زهرا به دستش نگاه کرد. خون از انگشت وسطش می‌چکید. از ذهنش گذشت، نکند دستکش را سر جایش برنگردانده باشد! قلبش به سینه کوفت. «خانم، برم بشورم.» «بذار برن برات از اتاق بهداشت پنبه بیارن.» «نه خانم، نجسه بذارین برم بشورم.» رفت بیرون. فتحعلیان چادرش را سرش کرد. پارگی زیاد هم نبود. نوار باریکی از پایین چادر بود که چون خودش در حالت ایستاده آن را نمی‌دید خیال می‌کرد چندان دید ندارد.

دستکش را به جایش برگردانده بود. همه چیز دستشویی مرتب بود. انگشتش را مکید تا خونش بند آمد. جیب مانتویش را چک کرد و خشنود به کلاس برگشت. نوبت او بود که بخواند. وقتی

رفت سر جایش که بنشیند محکم پا به زمین کوفت. موزاییک‌های کف خندیدند و خنده در سقف سیاهچال آیدا پیچید، در حالی که زمینِ کف، انگار یک لحظه زیرش خالی شود، جا خورد. شره‌ای خاک در ذرات زیرِینِ خاک از روی هم غلتید و زمین، بی‌که کسی بفهمد، در خود رمبید.

***

خیلی بعد از ساعت خاموشی و پایان سرکشی شبانه، دخترهایی که خود را به خواب زده بودند پاورچین‌پاورچین روی یک تخت دور هم جمع شدند. از تخت‌های دورتر گاهی صدای سکسکه‌ی خفیف خنده‌ی خورده شده بلند می‌شد، بر سقف برقی می‌انداخت و فرومی‌نشست. تخت زهرا، بالاترین تخت از ردیف تخت‌های سه تایی روی هم بود و درست نزدیک در، آن‌قدر که اگر در باز می‌شد، در نگاه اول، تخت او به چشم نمی‌آمد. ثریا، مریم و عهدیه، هر سه روی همان تخت، با هر تکان جزئی، صدای جیرجیر تخت را درمی‌آوردند. عهدیه پرسید: «یعنی بازم تونسته بره بیرون؟ ایول!» شانزده سالی داشت و هیکلش از بقیه‌ی دخترهای همسنش در آنجا درشت‌تر بود. سبزه‌رو با موهای لخت مشکی و بدن پر. او را به خاطر دزدی به این‌جا آورده بودند؛ دزدی کوچکی که از خانه‌ی همسایه کرده بود ولی بعد که همسایه‌شان رفت و به مدرسه‌اش خبر داد، کار بیخ پیدا کرد و دزدی‌های ریز دیگرش هم در مدرسه فاش شد. مدیر هر روز به بهانه‌ای جیب‌ها و کیفش را می‌گشت و همیشه هم چیزی پیدا می‌شد. بعد سرِ کل افتادن با مدیر و بچه خبرچین‌ها، یک‌جور بازی برای خودش درست کرد؛ جلوی چشم همه چیزی کش می‌رفت ولی نمی‌توانستند در جیب‌ها و کیفش پیدا کنند. بچه مثبت‌ها پسش می‌زدند و با او دوستی نمی‌کردند و بقیه هم از دوستی با او می‌ترسیدند مبادا پای خودشان به کارهای او باز شود. حتی

۵۲

کسی با او روی یک نیکمت نمی‌نشست. تک و تنها شده بود و باز بیش‌تر زجرشان می‌داد. چیزهایی را که کش رفته بود در جاهایی مثل درون کمد لوازم ورزشی، کشوی مدیر و کیف بقیه بچه‌ها پنهان می‌کرد تا در واقع جلوی چشم باشد. همه می‌دانستند که او کش رفته ولی سر از وسایل خودشان درمی‌آورد. هربار هم که وسیله‌ی دزدیده شده در کیف یکی از بچه‌ها پیدا می‌شد و آن دانش‌آموز را کشان‌کشان به دفتر می‌بردند، عهدیه چشمکی حواله‌ی طرف می‌کرد تا خوب حالی‌اش کند با کی طرف است. بالاخره یک‌جا اشتباه کرد و لو رفت. مدیر که به تنگ آمده بود، این مجتمع را به خانواده‌اش معرفی کرد و بعد او را به این‌جا آوردند. این مدرسه ابتکار توحیدیان بود، برای نوجوانانی که نه آن‌قدر بزهکار بودند که به دارالتأدیب فرستاده شوند و نه آن‌قدر سر به راه که مزاحمتی برای بچه‌های دیگر در مدارس عادی نداشته باشند. او معتقد بود می‌شود نوجوان‌ها را تربیت کرد؛ نوجوان‌هایی که محیط خانوادگی خوبی نداشتند و همیشه مستعد بزه بودند. توحیدیان یک دوره‌ی طولانی بیماری را از سر گذرانده بود. در یکی از شب‌های دوره‌ی بیماری که تب بالایی داشت و حالش خیلی بد بود با خود عهد کرد اگر از بستر بیماری بلند شد دیگر نگذارد هیچ نوجوانی از تربیت درست برخوردار نباشد. دلیل بیماری‌اش را کم‌کاری و بی‌توجهی در تربیت یکی از دخترهایی می‌دانست که زمانی او معلم پرورشی‌اش بود. دختر زیبایی چشمگیری داشت و به هیچ طریق به راه نمی‌آمد تا این‌که

بعداً شنید همان روزی که او والدینش را خواسته بود و از کلاس بیرونش کرده بود، خودکشی کرده است. دختر از تجاوز ناپدری‌اش حرف زده بود. این تهمتی نبود که او بگذارد بر مرد محبوب و خیر مدرسه روا شود. حالا از خانواده‌های اغلب آشفته‌ی نوجوان‌ها خوشش نمی‌آمد؛ اگر قوانین دست و پایش را نمی‌بست اصلا نمی‌گذاشت به دیدن بچه‌هایشان بیایند ولی خب کسی به اجبار این‌جا نیامده بود و همه‌ی خانواده‌ها به میل خود و اغلب با راهنمایی مدیران مدارسی که بچه‌هایشان در آن‌جا درس می‌خواندند این خانه‌ی امن را پیدا کرده بودند. خودش دوست داشت به آن‌جا بگوید خانه‌ی امن تا یادآور شود که بچه‌های خانواده‌های آشفته را از چه فلاکتی به در برده است. اسم این‌جا را گذاشت «مجتمع راضیه قریشی». اسم همان دختر چشم آبیِ خودکشی کرده و خیلی راحت مجوزهای تشکیل مدرسه‌ای شبانه‌روزی برای نوجوان‌های مشکل‌دار را گرفت. مدرسه اما به اسمی معروف شد که بیش‌تر برازنده‌اش بود: «مجتمع دخترانه». چون تنها مجتمعی است که نه مدرسه شبانه‌روزی است و نه دارالتأدیب ولی هر دو ویژگی را با هم دارد. عهدیه در این‌جا آن‌قدر کتک خورد و در سیاه‌چال حبس شد که حالا دیگر اضطرابی مزمن جایگزین منش دزدی‌اش شد. خنده‌های عصبی او همیشه برای دوستانش دردسر بود. مریم که هم خوابش می‌آمد و هم می‌خواست بیدار بماند، گفت: «شاید خانم فتحعلیان رفته بوده پیشش برای کلاس قرآن!»

- اصلاً. کی تا حالا توی دوره‌ی تنبیهی کلاس برگزار شده؟

مریم از بقیه کوچک‌تر بود و از لحاظ هوشی هم از دیگران ضعیف‌تر اما چهار دخترون او را در خودشان پذیرفته بودند و تحملش می‌کردند. چهار دخترون اسمی بود که توحیدیان به آن‌ها داده بود در مقابل پنج‌خواهرون که گروه آیدا روی خودشان گذاشته بودند تا بدین ترتیب اعلام کند حساب آیدا از آن‌ها جداست. ثریا گفت: «سیاهچال برای اینه که از تنهایی دق کنی و بمیری.» برق اشک چشم‌هایش یک لحظه تاریکی را جان داد. مریم پرسید: «تو چند روز رفتی؟» ثریا گفت: «ده روز!» و لب گزید. زهرا هم رفته بود؛ سه روز. زود به گریه زاری افتاده بود و آن‌قدر التماس کرده بود که نوری از صدای گریه‌اش به تنگ آمد و شفاعتش را به توحیدیان برد. گفت: «پر از موش و مار و عقربه.» دخترها آه کشیدند. زهرا کاغذ را صاف‌تر کرد و گرفت جلوی چشم: «بچه‌ها بسه دیگه، بیایین!»

دخترها یکی‌یکی سر خم کردند روی تکه‌کاغذ. سوسوی نوری که از چراغ روشن راهرو می‌تابید آن‌قدر کم بود که خط ریز و کج‌ومعوج آیدا دیده نشود.

- چیزی ننوشته. از همون جوکای بی‌مزه‌ی همیشه. فقط خط خطی. ولی...

زهرا دست گذاشت روی تشک و باسنش را از تخت کند، تخت جیرجیری کرد و از جیب عقب شلوار لی‌اش، (آن‌قدر عشق

۵۵

شلوار لی بود که چون در مجتمع اجازه‌ی پوشیدن لی نداشتند، شب‌ها می‌پوشید و با آن می‌خوابید)، گوشی کوچک نوکیا صورتی‌رنگ را درآورد. هوشمند نبود ولی مانیتور داشت. بعد به دقت گوشی را با تقی باز کرد و سوزن نوک‌شکسته‌ای را گذاشت روی مموری ظریف قبلی و بیرون کشید و مموری جدید را جا انداخت. بعد گوشی را بست و روشن کرد. قبل از این‌که دلنگ روشن شدن گوشی دربیاید دو بالش روی گوشی گذاشت که صدایش درنیاید. ثریا آهسته از تخت پایین آمد و رفت توی راهرو چرخی زد. سکوت در نور سفید مهتابی راهرو به خواب پرملالی می‌مانست که به دیوارها چسبیده باشد. برگشت و اشاره کرد که: «هیچی.» حالا همه‌جا امن بود. مریم از همان‌جا که نشسته بود به تخت‌های پشت سری نگاه کرد و بعد دور هم حلقه زدند.

بر زمینه‌ی سیاه تصویری که پدید آمد اول، هیچ چیز نبود آن‌قدر که نزدیک بود حوصله‌شان سر برود ولی بعد ناگهان تصویر آمد.

اول یکی و بعد یک نفر دیگر جلوی در بزرگ گاراژمانندی ایستادند. دست فیلمبردار لرزید و دوربین صحنه‌ی باز شدن در را نگرفت. صحنه‌ی بعد سه نفر داخل انباری بزرگی بودند که کم تاریک نبود. ویدئو هیچ صدایی جز خش‌خش نداشت. مردها نه جوان و نه پیر، هر سه پیراهن‌های طوسی یا سفیدی به تن داشتند با شلوارهای سیاه. که روی شلوارهایشان انداخته بودند. عهدیه پرسید:

تفنگه؟!... دست اون یکی تفنگه؟ هرسه نفری هیس خفه‌ای
کشیدند. بعد مریم گفت: آره فکر کنم. س... دهان یکی از سه مرد
باز شد و چیزی به یکی‌شان گفت. آن یکی رفت سمت ته انباری و
بعد با چیزی شبیه اره‌برقی برگشت. دو نفر دیگر پرده‌ی بزرگی را که
روی شیء غول‌آسایی را پوشانده بود پایین انداختند. هر دو از
سرفه‌ی بی‌صدا خم شدند. دخترها بی‌صدا خندیدند. ثریا گفت:
«این چیه؟!» دخترها جوابش ندادند. همان که اره‌برقی دستش بود
رفت و کلید برق را زد. لامپ روشن نشد. دو سه بار با کلید بازی
کرد ولی انباری همچنان کم‌نور بود. چراغ‌قوه را درآورد و گرفت
روی وسیله‌ی بزرگی که تمام عرض انباری را گرفته بود.

- فهمیدم، اومدن دزدی. این خیلی بی‌مزه است من
حوصله‌ام سر رفت. تازه صدا هم نداره. خیلی هم تاره.
- اگه دزد بودن کلید برق رو نمیزدن عقل‌کل خانم.
- میرن خونه‌های خالی رو تصرف می‌کنن.
- ولی تفنگ به اون گنده‌ای دارن یعنی سربازن.
- هر کی تفنگ داشت سرباز نیست نابغه!
- من شنیدم اون موقعا دست همه تفنگ بوده. لباساشون
مال همون وقتاست. صدای سرفه‌ی کسی از تخت‌های
دورتر آمد. دخترها ساکت سرجایشان میخ شدند.
- مردمو که نمیزدن.
- خودم میدونم.

- هیس... پس کی رو میزدن؟
- هیس...

زهرا ادامه فیلم را پلی کرد.

- هیس! فکر کنم یکی توی راهرویه.

دخترها پاورچین پریدند پایین و رفتند روی تخت‌های خودشان درازکش و نفس در سینه حبس ماندند. صدای لخ لخ کشیده شدن آرام دمپایی بر کف راهرو آمد. ثریا از ترس سرش را هم زیر پتو برد. زهرا نیم‌خیز، چهارچشمی هم در را می‌پایید و هم حواسش به زیر بالشش بود که گوشی را گذاشته بود تا نور بیرون ندهد. صدای لخ‌لخ به پشت در رسید. پشت در مکث کرد. مریم حس کرد که صدای نفس نفس زدن کسی را پشت در می‌شنود. چشم‌هایش از ترس داشت از حدقه در می‌آمد. نفس‌ها پشت در ماند. در خیال زهرا، حتی روی نوک پنجه بلند شد تا از شیشه بالای در داخل راکه در تاریکی فرورفته بود ببیند اما در باز نشد همان‌طور که نفس از سینه‌ها بیرون نیامد. چند شبی بود که دخترها حس می‌کردند یک نفر شب‌ها در راهرو راه می‌رود اما اگر به توحیدیان یا معاونش، پورانیان، خبر می‌دادند بعید نبود شب‌ها هم به‌پا بگذارند و برای خودشان که کلی کار زیرجلکی داشتند بد می‌شد. صدای پا از راهرو گذشت و از دری که آن‌ها نفهمیدند کدام در است؛ در اصلی مجتمع که به خیابان باز می‌شد یا دری که به حیاط می‌رود بیرون رفت و در آهسته بسته شد. یکی از دخترهای

تخت‌های روبه‌رویی که صورتش زیر نور مهتابی رنگی که از راهرو می‌تابید به رنگ گچ شده بود، نیم‌خیز شد و گفت: مگه درها قفل نیست؟ این بدون کلید راحت از درا رد میشه. روحه! صدای هق‌هق خفیف یکی از دخترهای کم سن و سال‌تر بلند شد. دخترها هیس کشیدند و در سکوت خودشان را به خواب زدند. بعد از چند لحظه سکوت سنگین، در حالی که به‌نظر می‌رسید دوستانش دیگر خوابیده‌اند یا از ترس خودشان را به خواب زده‌اند، زهرا آهسته گوشی را از زیر بالشش درآورد، غلت زد رو به دیوار و پتو را کشید روی سرش و بقیه فیلم را پلی کرد.

مرد جوان‌تری که تفنگ به دست داشت رو به جاهای تاریک انباری اسلحه کشید. دومی رفت روی دستگاه غول‌پیکر و قدم می‌زد. انگار راه رفتنش صدا داشت که مرد پایینی انگشت روی نوک بینی گذاشت و ساکتش کرد. همه‌گی به سرفه افتادند و در سرفه به چیزی جلوی چشم‌شان نگاه کردند. دستگاهِ بزرگ و عجیب و غریبی که اصلاً سر و تهش معلوم نبود انگار گیج‌شان کرده بود. در این‌جا صدا به فیلم برگشت. صدای کلفت مردی بود کمی از بقیه مسن‌تر و گویا رئیس: ابزار جاسوسیه. مرد بالایی تلق تولوق از روی وسیله پرید پایین. زهرا با عجله دنبال دکمه‌ی صدا گشت تا صدا را خفه کند. دستی به پشتش خورد. ثریا برگشته بود. و بعد دخترهای دیگر یکی‌یکی مثل اشباحی خواب‌زده دوباره روی تخت زهرا گردآمدند. زهرا صدا را بست. همان مرد گوشش را چسباند به

دیواره‌ی دستگاه که قدش دو برابر او بود. حالتش طوری بود که انگار بگوید خاموش است. گشتن و چرخیدنشان دور دستگاه طوری بود که معلوم بود از کارش سردرنمی‌آورند. راه بازکردنش را بلد نیستند. بعد هر کدام به سمتی رفتند و با ابزارهایی که پیدا کرده بودند برگشتند. از گوشه‌ی تصویر، بیرون انباری، زنی که انگار تازه متوجه حضور غریبه‌ها در انباری شده، پیدا شد. تا چشمش به مردها افتاد خودش را کشید پشت دیوار و از کادر بیرون رفت. مردها دست از کار کشیدند و هراسان بیرون و اطراف انباری را نگاه کردند.

- صدا بده ببینم چی شد؟ (عهدیه بود که با خمیازه‌ای کشدار و صدای خفه گفت). زهرا کمی صدا را باز کرد.
زن داد می‌کشید: دزد، آی دزد!

مردها او را کشان‌کشان به انباری آوردند. مرد جوان‌تر اسلحه‌اش را برداشت و رو به او گفت: دزد نیستیم. برای پاکسازی آمده‌ایم. بعد مشغول کار روی دستگاه شد. زهرا با زیاد شدن صدای تلق تولوق صدا را بست. زن، ترسیده، ساکت در گوشه‌ای نزدیک در انباری ماند و به کار مردها خیره شد. ناگهان پلمپ دستگاه باز شد و چیزی مثل غول فنری آزاد و به بیرون پرتاب شد. بلافاصله بعد از آن، اره‌های بزرگی به کار افتاد. اره‌های پرس‌شده که ناگهان مثل فنر از حفاظ خود باز شدند، همان دم سر مرد مسن‌تر را که

جلوی دستگاه بوده قطع کردند. دخترها جیغ خفیفی کشیدند و دست روی چشم‌هایشان گذاشتند. ثریا صورتش را چنگ زد.

با باز شدن اولین اره، اره‌های دیگر هم تند تند پشت سرش باز شدند و دیگران که هنوز مجال تکان خوردن نیافته بودند، یکی یکی سرشان قطع شد. جویی از خون در انبار راه افتاد. با قطع شدن سر زن که داشت به بیرون می‌دوید، مریم به گریه افتاد و چشمانش را بست: آخ!... این گناهی نداشت، گناهی نداشت.

در فیلم، پسری حدوداً نه ساله از فاصله‌ای دورتر داشت به سمت انباری می‌دوید که در جا خشکش زد. دوربین روی خون و جسدها و اره‌هایی که هنوز در حال چرخش بودند ماند. بعد آمد روی پسر که بیرون ایستاده بود و اشک می‌ریخت. بعد صورت مردی خیلی نزدیک به دوربین دیده شد. نوشته‌ای روی تصاویر آمد: کارگردان: م.ب و بعد یک سطر دیگر: این داستان واقعی بود؛ ماجرای دستگاه‌های اره‌های مکانیکی هیچ‌وقت فاش نشده است.

- چه ترسناک بود! به چه درد می‌خوره؟

- ببخشید که فیلم درخواستی شما نبود.

- فیلم درخواستی من بود، من بهش گفته بودم فیلم ترسناک بفرسته.

- کم بود خیلی.

- رو این مموری از این بیش‌تر جا نمیشه.

- عجب کلکیه آیدا! چه‌جوری پیداش کرده؟

- معلومه از توی کامپیوتر.
- خب چه‌جوری؟
- سسسس... میخواد بدونه فضول کیه!
صدایش را خفه کرد: خب، اون‌که کامپیوتر نداره.
مریم طره‌ای از موی ثریا را به دست گرفت و بازی‌کنان دور انگشت می‌پیچاند و باز می‌کرد.
- بچه‌ها بریم بخوابیم. صبح شد. نماز خواب بمونیم دیگه هیچی ها!
- هیچم. دیگه کار ندارن. فقط تو از بس ترسویی بیدار میشی هی...
- حالا معلوم میشه. تو خودت ترسویی!
- خوابم میاد بابا.
- بچه‌ها من باید برم دستشویی.
- خب برو.
- می‌ترسم.
- راست میگه منم می‌ترسم.
زهرا گوشی را درون پنبه‌ی نوار بهداشتی چپاند و نوار بهداشتی را کرد توی بالشش. «پس کلکت اینه وقتی برای گشتن وسایل میان؟» «آره، همون لحظه پریود میشم.» هرهر خفه‌ی خنده. بعد روسری‌هایشان را سر کردند و چهارتایی پاورچین از تخت پایین آمدند و به سمت در سالن رفتند. در را با احتیاط باز کردند و

خوب که نور راهرو چشم‌شان را زد دو طرف راهرو را نگاه کردند و چسبیده به هم به سمت دستشویی‌ها راه کشیدند. عهدیه پرسید: اگه پیداش کردن چی؟ زهرا سر تکان داد که نه، یا مهم نیست. مریم نفهمید. پرسید: چی؟ در دستشویی قرچی صدا داد و باز شد.

***

آیدا شمرد: سه، چهار، پنج، شش، هفت، هشت، نه، ده.
نوری بود. نوری همیشه از سمت پلکان حیاط می‌آمد و با عجله و
بی‌محابا راه می‌رفت. برعکس توحیدیان، که خیلی کم پیش می‌آمد
بیاید پایین، یا پورانیان، معاونش که از سمت پله‌های راهرو پایین
می‌آمدند و سیزده پله می‌خورد به زیرزمین. هر چه خود نوری چست
و چالاک و فرز بود همسرش، ملیحه، کند و سنگین بود و یک پا
یک پا پایین می‌آمد. نوری کمی خودش را در راهرو معطل کرد.
کارتنی را به گوشه‌ای هل داد و پایه‌ی اجاقی را جابه‌جا کرد و
بازبرگرداند سر جای خودش و در آخر هم در یکی از چهار یخچال
بزرگ را باز کرد و مشغول تماشای داخل یخچال شد. آیدا در
سلولش را در کنج انباری باز کرد و زل زد به نوری. نوری بطری
آب معدنی را برداشت و گذاشت زمین، کنار پایش و در یخچال را
بست و قفل زد. هنوز چشمش کامل به تاریکی عادت نکرده بود و
گرنه می‌دید که آیدا روسری سر نکرده است و به عادت سرش را
پایین می‌انداخت. خال برجسته‌ی بزرگی روی ابروی چپ داشت که
صورت او را از تقارن خارج می‌کرد؛ حالتی که حس دوگانه‌ی
اطمینان و شک را، بنا به موقعیت، در دل آیدا می‌انداخت. پرسید:
«آوردی؟» صدایش که در اثر حرف نزدن با کسی تا آن‌وقت روز
خشک شده بود خورد به دیوارهای محقر زیرزمین که بازتابی نیافت

و در خود خفه شد. نوری من و منی کرد. دست در جیب جلیقه، پیچ‌گوشتی کوچکی بیرون کشید و گرفت جلوی آیدا.

- همین؟!... دو روزه معطلم کردی برای این؟
- خب نتونستم...
- نتونستی؟ مگه می‌خواستی آچار پیچ‌گوشتی بسازی که نتونستی؟ بگو میخوام سر بدوونم.
- بابا برای من مسئولیت داره. اگه بزنی بلایی سر خودت بیاری بعد من جواب هفت پشتت رو باید بدم، توحیدیان به کنار!
- خیله‌خب، من چیزی برات ندارم.
- به درک!... مسئولیتش با خودت ها! اگه پیدا کردن اسم منو نمیاری.

و یک سیم‌چین، انبر دست، چسب حرارتی صنعتی و چسب قطره‌ای را به طرفش دراز کرد. هر کدام از یک جیب.

- سیم‌چین و انبردست امانته، باید برگردونی.

آیدا همه را گرفت و گفت: مگه من تا حالا چیزی گفتم؟ ولی توحیدیان از همه‌چیز خبر داشت.

- دیروز اومده بود پایین چی می‌گفت؟
- چرت و پرت! کامپیوتر میخواد.
- فهمیده که رفتی بیرون!...
- ئه! نه بابا... از کجا فهمیده؟

- من چیزی نگفتم! ...

- پس کلاغه گفته؟!

- مثل جن همه‌جا هست. من مگه زده به سرم که بگم؟ برای خودم بد میشه.

- حالا به رفتن گیر نداد. گیرش چیز دیگه بود انگار.

- به‌هرحال خودشم می‌دونه این در لقه و چفت و بستش درست نیست.

- پس چرا قفلش می‌کنین به این گندگی!

- بیشتر برای اینه که نری بالا پیش بچه‌ها. ملیحه گفت نگرانیش اینه نه دررفتنت.

- چقدرم که میشه دررفت از توی زباله‌ها. خودش میدونه!

نوری سر چرخاند و دور و بر را نگاه کرد. انگار از دیوار سمت راستی صدایی شنید. آیدا گفت: صدای سقفه. بچه‌های بالان.

- علامت میدن بهت؟

- بدو برو خبر بده به توحیدیان!

- نه که خودش نمی‌فهمه!

- بازی میکنیم، چیه؟ پاکوبیدنم غدغنه؟ من که اینجا حبسم. انگار ابد خوردم.

- قضیه چادر کار تو بود؟

- چادر؟

- بله، چادر فتحعلیان؟ بنده خدا ناراحت بود خیلی. چه بدی کرده به تو؟

- اذیتم می‌کرد سر کلاس.

- اون‌قدر که جلوی توحیدیان سنگ روی یخش کنی؟ ملیحه چی بهت گفت؟ ملیحه رو که قبول داری، خیرخواهته!

نگاه آیدا افتاد روی موزاییک‌های کج و کوله و خط باریک لبخند زیر سایه‌ی بینی‌اش از نور چرکمرد سقف کوتاه، گم شد: مگه چی گفت؟

- بنده خدا روحش هم خبر نداشت کار تو بوده. فقط گفت نمیدونه این خار از کجا چسبیده به چادرش که ندیده. چسب که خودت داشتی!

- اون چسب رو خودم درست کردم با این تومنی سه‌زار فرق داره. (بعد که مکث کرد و چون نوری چیزی نگفت ادامه داد): جلوی آب‌خوری توی حیاط وضو می‌گرفت. می‌خواست دور و برشو بپاد.

- بعله، درست فهمیدم کار خودت بوده.

- آورده بودمش برای همین کار.

- لااله الا الله... چه جوری چسبوندی به چادرش؟ جنی تو؟!

- برای خنده!... من آدم نیستم؟ از کنار این لوله که برای هواکش از شیشه بالای در درآوردین. یک وجب بازه... نیگا! بیخ

آبخوری... دستمو دراز کردم وقتی داشت مسح میکشید چسبوندم به چادرش.

- اگه از این کارات دست برنداری حالا حالاها اینجا موندگاری. همه هم که مرخص بشن تو یکی رو نگه میداره برای عبرت جدیدا.

آیدا چیزی نگفت.

- بگو بهتر هم هست.

همانطور که رفت سمت سلولش که در اصل گنجهای بزرگ بود دهنکجی کرد: «بهتر هم هست!» و با چراغقوهی کوچکی بیرون آمد.

- اینو پیدا کردم. فکر کنم به دردش بخوره. فقط ببین... کلاهک روی چراغ قوه را چرخاند و روشن کرد. با چرخاندن کلاهک نور چراغ تنظیم میشد.

- اینجوری که بچرخونه خودبهخود نورش تنظیم میشه که نقطهای باشه یا گسترده.

نوری چراغ قوهی کوچک را گرفت و سبک سنگین کرد: دستت درد نکنه. دیگه داشتم بهش میگفتم که پیدا نمیشه، فکر دیگهای برای کار مدرسهاش برداره.

- خیلیگشتم تا پیداش کردم. شک دارم اینجا پیدا میکردی مگه میرفتی تهران و خداتومن میخریدی. ولی اینجا رو ببین...

آیدا چراغ قوه را گرفت و کلاهک را خلاف جهتی که چرخانده بود دو سه بار چرخاند و جابه‌جا کرد. بعد رو به دیوار گرفت و رقص نور بر دیوار، هزار لک پیدا و ناپیدا را روشن و خاموش کرد.

- اینش کار خودمه. تحویل بگیر!

نوری، ذوق‌زده، چراغ قوه را از دست آیدا گرفت و رقص نور را روی دیوار امتحان کرد. بعد پرسید چه‌طوری؟

- دیگه!

- منظورم اینه تو که وسیله نداشتی!

- خیال می‌کنی. از همون جایی که همچین چیزی پیدا می‌کنم، ابزار هم پیدا می‌کنم. خیال کردی حالا یه بار ازت سیم چین و انبردست خواستم این‌قدر کارم کساده؟

- خیلی خب حالا. بلند حرف نزن صدات بیرون نره.

و از پشت سر به پله‌های سمت حیاط سرک کشید و نگاهی به در بسته بالای پله‌های راهرو کرد. آیدا ادای حرف زدن او را با صدای کوتاه درآورد: با... شه و پشت بندش هیس کشید و نزدیک بود بزند زیر خنده که یک‌دفعه ساکت شد.

نوری رفت که از سمت پله‌های راهرو بالا برود اما پشیمان شد و برگشت بطری آب معدنی را برداشت و به سمت پله‌های حیاط راه افتاد. آیدا گفت: «به ملیحه جون سلام برسون.» در لحنش چیزی بین تمسخر و طنز بود. نوری همچنان که پشت به او داشت، مکث

کرد: «ملیحه نگران حرف دختراست. حالا خودش اومد میگه بهت.»

- چه حرفی؟

دیشب به‌نظرشون یکی توی راهرو راه می‌رفته. توحیدیان که نبود. پورانیان هم که وقتی خوابه با صدای بمب بیدار نمیشه. من و ملیحه هم نرفتیم. میگن چند شبه. جرأت نکردن به توحیدیان بگن.

- نگی ها!

- نه!... ولی فکریم کی می‌تونه از کجا وارد بشه؟ اصلاً مگه این‌جا غیر از توی این مجتمع آدمیزادی هست؟ همه‌ی خونه‌های اطراف خالی شدن. حتی مغازه سوپری هم جمع کرد رفت. همه‌چیزو باید صبر کنیم براموِن بیارن. تو که نرفتی بالا؟!

- من؟! چه جوری می‌تونم قفل و نرده گنده در راهرو رو باز کنم؟

نوری چیزی نگفت. آیدا ادامه داد: من توی زباله‌ها یکی رو دیدم. شایدم دو سه نفر. شایدم خیال کردم کسی بود.

- شاید کسی اون‌جاها باشه ولی داخل؟!... زیرزمین آزمایشگاه رو نگاه می‌کنم. فقط شاید اون‌جا راه دررویی به بیرون داشته باشه.

- پس تو هم میگی میشه که کسی بیرون باشه. سمت زباله‌ها. یعنی اون کاناله یه جایی راه داره به اون‌ور.

- خیال کردی کانال تا ابد کش اومده؟

- پس چرا توحیدیان نمی‌ترسه که من بذارم برم؟

- چون جایی نیست. اون‌جا بیابون برهوته. تا بخوای به جایی برسی از پا افتادی پای پیاده.

- بلکم نیفتادم.

- حالا نری امتحان کنی! برم زیرزمین آزمایشگاه رو نگاه کنم.

- چند قرنه کسی نرفته زیرزمین اون‌وری؟

- مثل این‌ور نیست. یه جای تنگ و تاریکه. اون‌جا کاری نداریم که بریم. افتاده خالی... تا حالا حتماً پله‌هاش رمبیده.

بعد نگاه گنگی به سقف بالای سرش انداخت و گفت: ما هم شاید بریم. ملیحه این‌جا می‌ترسه شب‌ها.

- خوش به‌حالتون. به منم گفت سنم دیگه از نووجونی گذشته باید برم ولی می‌فرستتم زندان.

- مگه الکی میشه کسی رو فرستاد زندان؟

- گفت می‌تونه.

- تو دست از پا خطا نکن تا بهانه نیاد دستش.

- اون چراغ قوه در اصل باطری‌خوره ولی من شارژیش کردم. فکر کردم حتماً باطری نداری. الان گذاشتمش شارژ شده ولی هر وقت ضعیف شد، بیار تا شارژش کنم.

- شارژرو بده توی خونه شارژ می‌کنیم. امشب این‌قدر باهاش بازی کنه برای فردا مدرسه‌اش شارژ نمی‌مونه.

- نه دیگه، شارژر جزو برنامه‌ی سفارش نبود... مدرسه‌اش بازه؟

- مدرسه‌ی کاها که مثل این‌جا نیست. جای آبادیه. بله که بازه.

یک لحظه انگار عدم تقارن صورت نوری به هم ریخت و کامل قرینه شد که بی‌پلک‌زدن به او زل زد.

- راستی توحیدیان گفت آخر شب که بچه‌ها خوابند بری کامپیوترشو نگاه کنی. خودش امشب میمونه توی مجتمع.

- چه افتخاری!

بعد پشت کرد و رفت سمت سلولش. نوری ده‌پله را بالا رفت. باید به بچه‌ها خبر می‌داد که امشب توحیدیان هست و باید مراقب باشند چون او اصلاً خواب نداشت و مثل گرگ بیدار بود.

آیدا سیم‌چین و انبردست را گذاشت روی کارتنی پشت پرده‌ی اتاقکش که مثل کمد بود برای خرت‌وپرت‌هایی که در طول سالیان آن‌جا انباشته بود و جز خود این دیوارها کسی نمی‌داند از کی ذره‌ذره آن‌جا تلنبار شده چه برسد به محتوای دقیق تمام خرت‌وپرت‌های پشتی.

نوری، پشیمان از رفتن به سمت خوابگاه دخترها، چراغ‌قوه را گذاشت توی جیب شلوارش و رفت سمت زیرزمین آزمایشگاه که سال‌ها بود دربسته مانده بود. چارچوب در نشست کرده بود و اولین لگدش گرچه در را هل داد اما لولای زنگ‌زده از جایش تکان نخورد

و در بسته ماند. برگشت و رفت از داخل اتاقک سرایداری روغن دوچرخه را برداشت و روی لولا چکاند. در قرچی کرد و مثل مرد مسنی که تومور خوش‌خیمی در مغزش عصب‌های یک پایش را از کار انداخته باشد، پا به زمین کشید و کنار رفت. ذرات کپک خاک مرطوب در اثر ورود هوا مثل غباری در هوا پیچید. نوری به سرفه افتاد و پا بر پله‌ی اول گذاشت.

آیدا ابزارش را کنار دستش چید: یک سنجاق سر، یک پیچ‌گوشتی چهارسوی ریز و دو پیچ‌گوشتی معمولی متوسط، دریل بی‌سیم، جعبه عینک، چسب حرارتی صنعتی، چسب قطره‌ای. یک سوزن خیاطی که نوکش را کج کرده بود. استوانه‌ی باند(اسپیکر) را گذاشت روبه‌رویش و زیر و بالایش را برانداز کرد.

نوری چراغ‌قوه را از جیب شلوارش درآورد و کلاهکش را چرخاند و نورش را به شکل گسترده تنظیم کرد. و پله‌پله با احتیاط پایین رفت. نور کم‌جان از میان غبار به‌زور راه خود را باز کرد و او را رساند به جایی که جلوی رویش دیوار بود. بعد پیچید سمت چپ که دالان‌مانندی بود باریک و پر از سنگ و آجر و خرت و پرت‌های بنایی مانده از سال‌های سال پیش؛ از روزگارانی که این‌جا تازه‌ساز بود و دور و اطراف سرسبز و این ساختمان قرار بود خانه‌ای اعیانی باشد با سردابی بزرگ به‌عنوان مکانی مخفی یا انبار چیزهای مگو. ساختمان چندان رنگ آن صاحب اولیه را به خود ندید. بعد از او، سال‌ها روی خود ماند و بعد پادگان آموزشی شد. بعد ساختمان

اداری. بعد مدرسه و بعد خالی ماند. آب قنات‌های دور و بر خشکید
و زمین خالی از سرسبزی شد و بعد هم خالی از سکنه. بعد
تک‌وتوک اهالی حاشیه‌ی شهر بزرگ یکی‌یکی کوچ کردند و این‌جا
خانه و مغازه ساختند و ساختمان همچنان روی خود ماند در حالی
که زیرزمین ساکن نماند و در خود فرونشست. زیرزمین سمت
راستی که آیدا در آن ساکن بود با گچ و آجر کار شده بود و بیش‌تر
دوام آورد ولی این یکی، سرداب‌مانندی بود کاهگلی که بعدها
بی‌استفاده ماند. نوری به دالانی دیگر از دل همان دالان پیچید.
صدای همهمه‌ی خاک دیوارها را شنید و گوش به دیوار چسباند.

روی درِ باند پنج دکمه‌ی پلاستیکی بود و لبه‌ای که کمی
در را بالا می‌داد. آیدا به‌دقت نگاه کرد و جای اتصال سیم شارژر را
پیدا کرد. می‌خواست با باز کردن دل و روده‌ی آن باند طرز
سرهم‌بندی دقیقش را یاد بگیرد تا جای اتصال قطعات را بداند.
دنبال جای سیم اتصال باند به گوشی یا کامپیوتر می‌گشت.

وهم هوا نوری را به سکسکه انداخت. هوا هر دم سنگین‌تر
و نم و نا بیش‌تر می‌شد. پایش به چند بطری خورد که واژگون شد.
خم شد و بو کشید. شاید مواد آزمایشگاه بود که فراموش شده این‌جا
جا مانده. مثلاً جیوه‌ای یا اسید سولفوریکی، چیزی. این سرداب
درست زیر آزمایشگاه بود. حس کرد دیوارها تنگ‌تر می‌شوند و
همین حالاست که او را در خود خفه کنند و جز آیدا کسی خبر
نداشت که می‌خواسته به این‌جا سر بزند. قدم‌هایش را محکم کرد و

به دقت جلو رفت. بعد هاله‌ی نوری به چشمش خورد که از کنج نزدیک سقف روی زمین حلقه زده بود. چیزی تکان خورد و نوری خود را عقب کشید. نور چراغ‌قوه‌اش را متمرکز کرد و انداخت روی همان نقطه از زمین که چیزی‌تکان خورده بود. کارتن کوچک دربازی بود.

آیدا محل اتصال سیم شارژر را به باند پیدا کرد؛ شارژ نمی‌شد. بعد رفت و از داخل کیف کوچک جاسازی‌شده‌اش، باطری لیتیوم یونی و دو درایور نئودیمیم، یک آهن‌ربای قدرتمند و سبک درآورد. باند اسپیکری که پیدا کرده بود آمپی فایر بود که محل اتصال شارژر هم داشت. جعبه‌ی عینک را باز کرد و دو بلندگوی کوچک را روی آن گذاشت و دورش با مداد خط کشید. بعد دور آن را به دقت با سوزنش تراشید و برش زد. در جعبه‌ی عینک را بست و روی عرض عمودی‌اش سوراخ درست کرد. دوباره در جعبه را باز کرد، درایورهای اسپکیر را در محل علامت مدادی گذاشت و دورش را چسب زد. بعد رسید به بخشی که از مدت‌ها پیش در آن مهارت یافته بود و آن نصب مدارهای الکترونیکی اسپیکر بود که دقت زیادی لازم داشت و در تمام مدتی که مشغول بود از دیوارها صدایی درنیامد.

نوری چراغ‌قوه را انداخت روی جعبه‌کارتن و چهاربچه‌گربه با چشم‌های نیمه‌باز در هم لولیدند. آهِ نفسش را بیرون داد و نشست. ظرفی شیر کنار کارتن بود و از مادرگربه خبری نبود. نوری ظرف

شیر را بالا گرفت و زمین گذاشت. چراغ‌قوه که روی زمین افتاده بود کنجی را روشن کرد که خرت‌و پرت‌هایی جلوی سوراخی تلنبار شده بود. آشغال‌ها را کنار زد و بله! زمین پشت ساختمان پیدا شد. تند تند خرت و پرت‌ها را چید سرجایشان و نور چراغ قوه‌اش را به زیر و بالای دیوارها انداخت. روزنه‌ای زیر سقف بود. جعبه‌ها را روی هم کشید و رفت بالا. جعبه‌های زواردررفته از زیرپایش دررفت و به زمین افتاد. همان‌طور نیم‌خیز نور را انداخت روی سوراخ و چیزی ندید. سوراخ درست نزدیک سقف بود که از بیرون هم‌سطح خیابان می‌شد.

آیدا دو لبه‌ی جعبه‌ی عینک را روی هم گذاشت و دورش را چسب کاری کرد اول یک دور که لبه‌ها از روی هم لغزیدند و مجبور شد دوباره چسب بزند، دستش لرزید و کمی بی‌دقت کار کرد. چسب را فوت کرد و بعد سیم شارژر را زد به باند بلوتوثی دست‌سازش. فاتحانه نگاهش کرد و خرت و پرت‌هایش را از روی زمین جمع کرد و پنهان کرد. یک روسری انداخت روی جعبه‌اش تا اگر کسی ناغافل وارد شد مجبور نشود با عجله شارژش را قطع کند. می‌دانست عمر شارژ آن باطری ۹ ساعت است.

نوری از همان راهی که آمده بود بیرون رفت. پایش به ظرف شیر گربه گرفت و ظرف وارونه شد. درد شدیدی در شقیقه‌هایش پیچید. زود خودش را به در رساند و با عجله بیرون آمد. در را بست اما قفل نکرد. نیازی هم نبود؛ در چنان روی لتش سنگین بود

که باز و بسته شدنش بدون سر و صدا ممکن نبود. رفت سمت راهرو که برود دفتر.

آیدا بلوتوثش را روشن کرد؛ صدای موسیقی بلند در زیرزمین پیچید.

نوری جلوی سه پله‌ی حیاط که به بالا می‌رفت، مکث کرد و به صدای زیرزمین آیدا گوش کرد. سر تکان داد و بالا رفت.

***

آیدا سیم‌چین را که برداشت و سیم ظریفی را جدا کرد تا به جای سیم کنده شده‌ی درون واکمن جاسازی کند، در خاطره‌ی دیوارها تصویر اولین روزی چرخید که پایش به این مجتمع باز شد. به کندی بلند شد و رفت سر در کارتن کرد تا هویه‌اش را برای لحیم سیم پیدا کند. همین که چسبیده به مادربزرگش از در ساختمان که آن موقع در نظرش خیلی بزرگ و با عظمت بود، پا به درون گذاشت، طنین لغت «زباله‌ها» از دیوار روبه‌رو به دیوار پشت سر خورد و مثل سیلی روی پرده‌ی گوشش نشست. راهرو مثل دودکشی که دود را به خود کشد، طعم گس این لغت را از بلندگوی حیاط، هوف، به داخل راهرو کشید. و بعد جمله کامل شد: «زباله‌ها... همه زباله‌ها را، از کوچک‌ترین ناخن انگشت گرفته تا نوار بهداشتی، اول توی کاغذ می‌پیچید و بعد می‌گذارید توی پلاستیک سطل‌های آشغال و سر شب همه‌ی پلاستیک‌ها را گره می‌زنید می‌گذارید دم درِ هر جایی که هست. دستشویی: جلوی در دستشویی و اتاق‌ها جلوی اتاق‌ها. همین، تمام!... فهمیدید؟! آدم هر چی هم آشغال باشد باید این یک کار را بلد باشد و گرنه گند می‌زند.» کتابی حرف می‌زد و آیدا که تا آن زمان هنوز پریود نشده بود، ناگهان زیر دلش درد گرفت. مادربزرگ را تکان داد تا خبر فاجعه‌ی زیر دلش را درست همان لحظه و در آنجا بدهد: «عزیز!» مادربزرگ هراسان‌تر از او، دستش را محکم‌تر گرفت و تا جلوی دفتر کشید. زنی در

انتهای راهرو پشت به نور ایستاده بود و از تمام هیکلش طرح محوی به چشم می‌خورد که در چادر مشکی‌اش قاب گرفته شده بود. گفت: «برنامه صبحگاهی تموم بشه، خانم توحیدیان میان دفتر. همین‌جا منتظر باشین.» و آیدا و مادربزرگ را جلوی در باز دفتر مدیر، یک لنگه پا ایستاند. آیدا سر خوردن مایع گرم را زیر دلش حس کرد؛ شره کردنش را درون لباس زیر. تجسم فوران و بعد نشت خون او را ترساند. می‌دانست پریود چیست و چه موقع سراغ دخترها می‌آید اما تصوری از اندازه و میزان خون‌ریزی نداشت. دوباره گفت: «عزیز!» و بعد هر دو گوش‌شان رفت به ادامه‌ی سخنرانی: «این‌جا خانه‌ی خاله نیست. آمده‌اید آدم شوید و تا وقتی فقط یک نخاله در جمع شما باشد، من همین جا هستم تا آدمش کنم.» آیدا زد زیر گریه. فقط یازده سال داشت و بعد از زیر مانتوی کوتاهش دست به خشتکش برد. مادربزرگ سقلمه‌ی محکمی به او زد.

سیم را که به دقت روی نقطه‌ی مورد نظر تنظیم کرده بود تا با ناخن انگشت کوچکش بگیرد، تکانی خورد و از زیر انگشتش دررفت. زیر دلش درد گرفت. جابه‌جا شد و دوباره چمباتمه زد. تکه‌ای قلع را از زیر ناخنش سر داد روی محل اتصال و هویه را گرفت رویش. «مرگ! چه مرگته باز گریه می‌کنی؟» «فکر کنم پریود شدم.» «دست از سر این عادتات بردار که هر چی می‌شنوی همونو می‌خوای. شنیدی که! این‌جا خونه‌ی خاله نیست. خیال نکنی اینا مثل منن. بیچاره‌ات می‌کنن.»

«نه که تو تحمل کردی!؟»

سیم لحیم شد. یک قسمت از کیت درست شده بود. بلند
شد و همان‌جا که ایستاده بود شلوارش را کشید پایین. بعد به پشت
سرش نگاه کرد و رفت در باز اتاقک سلول را بست. حالا اتاقک
بی‌نور تاریک‌تر شد و چیزی نمی‌دید. در را نیم‌باز کرد و رفت در
گوشه‌ی دور از دیدی ایستاد و زل زد به فاق شورتش. لباس‌هایش
را بالا کشید و رفت داخل راهرو. کمدی در آن‌جا بود که انبار لوازم
بهداشتی بود و او یاد گرفته بود چه‌طور قفلش را آهسته باز کند که
نشکند و بعد دوباره قفل شود. با تیغه‌ی بریده چاقوی میوه‌خوری
در محل اتصال، قفل تقی کرد و باز شد. سرکی کشید که خبری از
آمدن نوری یا کس دیگری به زیرزمین نباشد. بعد چند تکه آجر زیر
پایش گذاشت و از بالاترین طبقه‌ی کمد بزرگ، دستش رسید به
مشمای بزرگ بسته‌های نوار بهداشتی. یک بسته را بیرون کشید.
درش باز بود و چند تایی از آن بیرون کشیده شده بود. برگرداند سر
جایش و بسته دیگری بیرون کشید. این یکی در بسته بود. زیر بغل
زد. ریزش خون را میان پاهایش حس کرد و دلش ریش شد. قبل از
این‌که در کمد را قفل کند خوب نگاه کرد که بسته‌ی باز شده را
درست سر جایش گذاشته باشد. پورانی، معاون توحیدیان، روی این
موضوع حساس بود و گذشته از این‌که حساب تک تک نوار
بهداشتی‌های داخل یک بسته‌ی بازشده را داشت، حساب تک‌تک
دخترهای پریود شده و زمان پریودشان را هم داشت و هیچ‌کس

نباید خارج از برنامه دچار خون‌ریزی می‌شد. قفل نازک را با فشار انگشت شستش فشرد تا رفت داخل. دو لبه‌ی در را کنار هم چفت کرد و بعد با تیغه‌ی کاردکش ضربه‌ی ظریفی به پشت زبانه‌ی قفل زد و زبانه بیرون زد و در قفل شد. هر دختر، سهمیه ماهانه‌ی نوار بهداشتی داشت که به رایگان دریافت می‌کرد ولی اما و اگرهای زیادی هم داشت. مثلاً نباید بیش از حد مصرف می‌کرد یا اگر بسته نواربهداشتی دختری زودتر از زمان بند آمدن خونش تمام می‌شد، باید ثابت می‌کرد که هنوز خون‌ریزی دارد یعنی می‌بایست نوار را بعد از استفاده نشان می‌داد تا پورانی ببیند که بعد از چه اندازه آلوده شدن نوار را دور انداخته است و تمام این‌ها همیشه تنش‌هایی بین دخترها و پورانی ایجاد می‌کرد که نهایتاً توحیدیان مجبور به حل و فصلش می‌شد. توحیدیان در مصرف نواربهداشتی دست و دل باز بود چون وسواس پاکیزگی داشت. آیدا هم از این سهمیه مستثنی نبود اما پورانی به او همیشه نصفه بسته می‌داد هم برای تنبیه و هم برای این‌که به حرفش اطمینان نداشت. آیدا در هر ماه، یکی دوتایی از دوستانش که اضافه آورده بودند، قرض می‌گرفت و پیش خودش برای ماه بعد احتکار می‌کرد اما این روش چندان فایده نداشت و او اغلب نواربهداشتی کم می‌آورد. تنبیه دیگر برای دخترهای زبان درازی مثل آیدا این بود که در دوران پریود، قبل از هر استفاده برود و یک تک دانه بگیرد. آیدا همیشه بیش از حد معمول خون‌ریزی داشت و همیشه دردسر نشت خون از روی لباسش را درست تا خود

روز هفتم داشت. ولی حالا با یافتن جای گنج، دیگر خیالش راحت شده بود. نوار را درون لباسش گذاشت و دوباره روی کارش چمباتمه زد.

هفت سال پیش، اولین روز پریودش مصادف شد با ورودش به این مجتمع. بغضش را که داشت می‌ترکید و همراه اشک از بالا و خون از پایین سرازیر شده بود قورت نداد. وقتی عزیز، مادربزرگش، او را به آنجا آورد، حاضر بود هر کاری بگوید بکند ولی او را در آن مجتمع با دیوارهای پرصدایش تنها نگذارد. توحیدیان لاغر و لغزان از سخنرانی داخل حیاط به راهرو و بعد به دفترش برگشت. انگار نه انگار که دو نفر آنجا جلوی دفترش ایستاده‌اند. چند قدم که رفت برگشت و پشت سرش را نگاه کرد. بی‌حواسی‌اش را به رو نیاورد و رو به مادربزرگ گفت: بفرمایید داخل و خودش رفت تا سمت میزش در آن اتاق درندشت بزرگ. راه که می‌رفت انگار نخ قیطانی باشد که همین حالا به خود بپیچد و بخورد زمین. ترس زمین خوردن او و وسوسه‌ی این‌که اگر هلش دهد، خواهد افتاد یا نه، دوباره زیر دل آیدا را منقبض کرد و انگار یک لحظه خون خشک شد و بعد قلپی بیرون ریخت. مادربزرگ پرونده را گذاشت روی میز. آیدا به مادربزرگش سقلمه زد. مادر بزرگ محل نگذاشت. میز قرچی کرد و توحیدیان خم شد تا کارتن تا شده‌ی زیر پایه‌ی میز را نگاه کند که در جایش مانده باشد. آیدا هم خم شده بود و محکم و دو دستی شکمش را چسبیده بود که از

زیر میز با توحیدیان چشم در چشم شد. توحیدیان اخم کرد و سر بلند کرد. درد تازه‌ای که آیدا تا حالا تجربه‌اش نکرده بود تن و جانش را از هم می‌گسست که صدایش بلند شد و: «آی آی دلم...»

دوباره جابه‌جا شد. حالا هم دوباره مثل آن روزها دل‌درد سراغش آمده بود و نمی‌توانست علتش را پیدا کند، شبیه دل‌دردهای همیشگی نبود. خانم نوری به او گفته بود نوشابه و چیزهای ترش نخورد ولی مگر غیر از غذایی که این‌جا به او می‌دادند چیز دیگری می‌خورد؟ نکند خانم نوری هم فکر می‌کرد حالا که او در زیرزمین حبس مطلق شده، آن‌جا را خانه خودش کرده و هر چه دلش می‌خواهد از یخچال‌ها کش می‌رود. در یخچال‌ها را لابد برای همین قفل می‌کردند. حرف از دکتر هم بی‌فایده بود. سه ـ چهار ماهی یک‌بار خانم دکتر مرتضوی خودش به مجتمع می‌آمد و رایگان چشم و گوش و دندان بچه‌ها را معاینه می‌کرد ولی برای پریود هیچ‌وقت راه چاره‌ای نداشت مگر مسکن که خودش هم توصیه می‌کرد نخورند بهتر است. نوری و زنش، ملیحه، با او بد نبودند اما زنش بهتر بود و گاهی واقعاً مادرانه هوای او را داشت. فکر کرد هیچ‌وقت دقیقاً نفهمیده محبت مادرانه چگونه است. کارش را نیمه رها کرد و رفت سراغ کیت بزرگی که تازگی از داخل کیس یک کامپیوتر قدیمی بزرگ درآورده بود. نوری، معلوم نیست از کجا فهمیده بود که در ساخت کیت‌های الکترونیکی داخل این سخت‌افزارها طلا هم به کار می‌رود. آیدا به روی خود نیاورد چون

می‌دانست منظورش از این حرف چیست، در عوض بهانه آمد دستش تا از او بخواهد اسم چند تا کتابی را که نوشته برایش پیدا کند که در این زمینه کمکش کند. نوری که خیال می‌کرد آیدا میتواند از این قطعات طلا بیرون بکشد تا مطمئن نشد که این حرف بین خودشان بماند، قول پیداکردن کتاب نداد. آیدا با همان سرتقی همیشگی گفت معلوم هم نیست که بشود چیزی از توی کتاب‌ها درآورد و بنابراین قولی نداد که حرف بین خودشان بماند و برای همین نوری را در منگنه گذاشت.

آن روز، هر چه بیش‌تر گریه می‌کرد توحیدیان بیش‌تر داد می‌زد و مادربزرگ بیش‌تر لب و لوچه‌اش را گاز می‌گرفت و به او سقلمه می‌زد تا آیدا داد زد: «خون...» و بعد هر دو یک‌دفعه ساکت شدند و نگاهش کردند. بعد مادربزرگ گفت: «خانم شما ببخشید!... اگه این بچه مشکل نداشت که این‌جا نمی‌آوردمش خودم ازش نگهداری می‌کردم. همیشه یک چیزی پیدا می‌کنه تا حواسش از کاری که هست پرت بشه و حرف خودش به کرسی بشینه. ناراحتی اعصاب داره خانم.» توحیدیان با غیظ ولی با ظاهر خونسرد گفت: «معلومه.» بعد پرسید: «در خانواده، زندانی دارین؟» آیدا همچنان جیغ و داد می‌کرد و از دل‌درد می‌نالید.

مادربزرگ سر تکان داد که: نه.

«بستری در بیمارستان روانی چی؟» و مادربزرگ باز نه گفت. توحیدیان مثل مسلسل می‌پرسید و مادربزرگ که همیشه

جلوی از ما بهتران ـ (این حرف پدرش بود)ـ دست و پایش را گم می‌کرد، تند تند سر تکان می‌داد.

بعد ناگهان درد گریه‌ی آیدا را بند آورد. در سکوت ایجاد شده، طنین هق‌هق آیدا در بن دیوارها فرورفت و فروتر تا روی موزاییک‌های زیر پا، درون زیرزمین افتاد و همان‌جا ماند. آیدا میخ ایستاده از درد، همه چیز را به رنگ بنفش دید و بعد دیگر ندید. به خود آمد و گوش تیز کرد و ابهام بنفش ناگهان ترکید؛ صدای مشت و لگدی را شنید که به دری می‌خورد و صدای خراش چیزی به در. و بعد، ناگهان صدای محکم دسته کلیدی بر روی کمد فلزی جلوی در. آیدا از جا پرید. مردـ که نوری بود و آیدا برای اولین بار می‌دیدش ـ دسته کلید را که گذاشت، از همان‌جا به توحیدیان گفت: این دسته کلید برا زیرزمین اگه اذیت کرد... آیدا دیگر نشنید. دید که دو طرف صورت مرد یک شکل نیست و تا آمد دهان باز کند برای جیغ‌زدن، نیشگون محکم مادربزرگ بر بازویش سنجاق شد. توحیدیان سرش را از روی پوشه بلند کرد و گفت: «پس چرا، چرا این دختر در این سن باید همچین کار وحشتناکی بکنه؟» و برای نوری سر تکان داد که مرخص شود. صدای جیغ و خراش از زیرزمینی می‌آمد که آن لحظه آیدا روی آن ایستاده بود. بعد متوجه شد که دیگر نمی‌خواهد به عزیز نگاه کند که لب می‌گزد و با چشم و ابرو و ایما و اشاره از توحیدیان می‌خواهد حرفش را پیش نکشد. توحیدیان به آیدا زل زد: «بچه چندمی؟» آیدا سکوت کرد و زل زد

به سقف که لکه‌ای ناجور رویش نشسته بود و از دورش گچ شره می‌کرد و دستش را محکم روی شکمش فشار داد: دلم درد می‌کنه.

صدا خورد به سقف: «مگه کری؟» و دنباله‌ی حرفش، بلافاصله ادامه داد: «صدای سیاهچاله. باید بهش عادت کنی. جای هر کسی که مثل آدمیزاد نباشه اونجاست. جای دخترهای ناجور تا ادب بشن. حالیت شد؟»

حالا هم درد در زیر دل می‌پیچید و داشت از آستانه‌ی تحملش بالاتر می‌رفت. رفت سمت در زیرزمین و چند بار نوری را صدا زد. نوری توی حیاط نبود. رفت سمت پله‌های راهرو و از همان پایین چند باری پورانی را صدا زد. انگار همه دسته‌جمعی رفته بودند. درد در دلش حلقه زد. دایره‌ی سرخی شد و دوار چرخید. مادربزرگ گفت: «تک فرزنده خانم جان.» درد نقطه شد و مثل سوزن نوک تیزش را به اعماق جایی از شکم که آیدا نمی‌شناخت فرو برد و به سرعت داغ شد و دایره شد و دور زد. مادربزرگ دهان باز کرد که: «به لحاظ قانونی آیدا...» توحیدیان با سؤالش به او تودهنی زد: شغل پدر؟

- شغل نداره فعلاً. آزاد. درس می‌خوانه.

- چه درسی؟

- حوزه.

- شغل مادر؟

٨٦

آیدا به مادربزرگ نگاه کرد. مادربزرگ گفت: مادر نداره خانم.

- این‌جا چیزی مبنی بر فوت مادر نوشته نشده.

آیدا صدایش را به زیر میز فرستاد: مادرم فوت نکرده.

و درد را محکم قورت داد. حالا صورت چاق سبزه‌اش، سرخ و کبود، محکم درد را در خود می‌کشید تا آرام باشد.

- خب، پس زبون داری.[بعد رو کرد به مادربزرگ]: این‌جا فرقی بین بچه‌هایی که از دارالتأدیب اومدن با کسانی که از طرف خانواده ثبت‌نام شده‌ن، نیست. زندانی و غیرزندانی نداریم. همه باید آدم بشن. زندانی‌ها هم آدمند، این‌جور نیست که اصلاح‌پذیر نباشند.

آیدا سکوت کرد.

- بله یا نه؟

مادربزرگ سقلمه‌ای به او زد. آیدا گفت: آی دلم...

- منتظرم. بله یا نه؟...

آیدا خم شد روی شکم و باز آخ گفت.

- بله یا سیاهچال زیرزمین؟ همین اول کاری.

مادربزرگ آمد سقلمه بزند که آیدا خودش گفت: بله...

- بله زبون دارم.
- بله زبون دارم!

- حالا شد. (و پوسته لبش را با دندان کند). گفت: حق استفاده از قیچی، چاقو، ناخن‌گیر، در بازکن و چنگال نداره. به لحاظ ماهوی، ما خودمون وسایل مورد نیاز رو در اختیارشون قرار میدیم. ملاقات روزهای جمعه است از ساعت ۹ تا ۱۲. اگه خودتون تمایل داشته باشین یا بچه بخواد که ماهیتاً تمایلی ندارند.

- خانم جان، من راهم دوره اگه میشه خودشو بفرستین.

درد باز محکم در حفره‌ی شکم آیدا پیچید و دلش را بهم زد. خم شد تا عق بزند. نوار باریک خون راه افتاده را در کنار مچ پایش دید و جیغ کشید. مادربزرگ سراسیمه خم شد. آیدا در عق زدن‌ها دیگر چیزی را ندید یا حالا به خاطر نمی‌آورد.

حالا هم، تنها در زیرزمین، می‌ترسید عق بزند و عق زدن، این‌بار، واقعاً او را می‌ترساند. رضای نقاش را می‌آورد جلوی چشمش. همان‌جا کنار پله‌های زیرزمین نشست تا درد آرام بگیرد. فکر کرد حتی حالا هم از آن‌ها می‌ترسد. چه‌طور ممکن است حامله شده باشد وقتی که درست سر وقت زمان قاعده‌اش پریود شده؟

نخ باریک و لغزان توحیدیان را که از پشت میز دور زد و به سمت او می‌آمدـ که خم شده بود و به مچ پای خون‌آلودش در میان اشک و درد زل زده بودـ ندید. خم که شد باز با او چشم در چشم شد و این‌بار او بود که اخم کرد. بعد دختر بود که دور تا دورش حلقه زده بود. دخترها با صورت‌های چهارگوش و گرد سبزه و سفیدشان.

۸۸

انگار تماشاخانه‌ای مجانی پیدا کرده باشند. گوشه‌ی حیاط ایستاده بود و دیگر توجه نداشت که صورت عزیزش ـ انگار کار بدی از او سر زده باشد ـ تا جایی که روسری‌اش دور صورتش حلقه زده بود، سرخ سرخ بود. کسی چادری به سر او انداخته بود و هیکل بزرگش وسط دخترهای داخل حیاط مثل درختی بود که شاخ و برگ و تنه‌اش از همه بزرگ‌تر و بلندتر باشد. با خون‌ریزی شدیدی ناگهان پریود شده بود. توحیدیان که بدجور از نجاست می‌ترسید، زود او و عزیز را بیرون، به حیاط فرستاد و برای پنهان کردن خفتی که خون برایش به ارمغان آورده بود، سرش چادر کشیدند تا اگر لکه‌ای بر مانتویش نشسته باشد دیده نشود. مسخره‌بازاری راه افتاده بود ولی انگار لخته‌ی بزرگ خون دیگر سرازیر شده باشد، درد آیدا کمتر شد. بعد مادربزرگ را با اخم و تخم به دفتر احضار کرد و آیدا نمی‌دانست قرار است در آنجا که او نیست چه حرف‌ها و قرارها رد و بدل شود. دلش مثل سیر و سرکه می‌جوشید و ترس دست از جانش برنمی‌داشت؛ قرار بود هیچ‌وقت نترسد حتی همان‌وقت که با قیچی سراغ پدرش رفت هم برای همین بود. پدر!... حتی لغت پدر هم، از انزجار لب‌هایش را شکل میم می‌کرد. یک‌دفعه، نگاه بی‌قرارش را که به پنجره‌های دفتر چرخانده بود برگرداند و رو به دخترها داد زد: «چیه؟ تا حالا آدم ندیدین یا اومدین نمایش؟ پریود شدم بابا! آدم که نکشتم!» دخترهای بزرگ‌تر پوزخند زدند و یکی یکی از

دوروبرش رفتند. یک چند تایی از بچه‌ترها هنوز ایستاده بودند و به او زل زده بودند تا شاید اثر خون را پیدا کنند.

حالا، این‌بار تنها در زیرزمین، تمام نیرویش را جمع کرد و هراسان ناگهان از جلوی پله‌ها برخاست و در حالی که شکمش را محکم گرفته بود، پشت خم پشت خودش را به اتاقکش رساند و تند تند وسایلش را جمع کرد. این درد پریود نبود و نه درد ساده‌ای. ترسید بیهوش شود. ترسید بیایند او را ببرند. هر چه را داشت تا جایی که دستش رسید و چشمش دید جمع کرد و در کارتن‌های چیده شده‌ی دور و بر اتاقک که نقش لوازم باطله را داشتند گذاشت. بعد تکیه داد و چشمانش را بست و صبر کرد تا درد بنفش که شد داد بزند. و درد بنفش شد و ارغوانی شد و کبود و سیاه شد و آیدا از اعماق جان چنان فریادهایی زد که دیگر چیزی نفهمید و زمانی چشم باز کرد که روی تخت بیمارستان بود.

***

در بالا، نرگس توحیدیان، مدیره‌ی مجتمع، با تغییر اسمش
به زینب که داده بود اسم و سمتش را با خط خوش بر دیوار پشت
سرش نوشته بودند، یکی یکی کاغذهایش را جمع کرد. بندهای
ساق‌بندش را درون دو انگشت شستش حلقه کرد. چادرش را سر
کرد و کش آن را روی سرش مرتب کرد. چند قدم منظم با کفش‌های
پاشنه سه سانتش برداشت و بعد انگار که چیزی را فراموش کرده
باشد ایستاد و پشت سرش را نگاه کرد. شیشه‌ی پنجره نور را اریب
روی صورت سفیدش می‌تاباند و او را از همیشه رنگ‌پریده‌تر
می‌کرد. برگشت روبه‌روی میزش و کیف دستی‌اش را روی میز
گذاشت بعد حلقه‌ی ساق‌بند دست چپش را از درون انگشت
شستش بیرون کشید و ساق را کمی بالا داد. ساعت مچی‌اش را باز
کرد و گذاشت روی میز و ساق‌بند را دوباره پایین کشید و حلقه را
جا انداخت. ساعت طلایی بند ظریف را روی ساق‌بند دست چپش
بست و بند کیف را روی ساعدش انداخت و دستش را همان‌طور
سیخ نگه داشت. نگاه کرد تا بند ظریف ساعت خوب آویزان شده
باشد و بعد بندهای کیف را روی ساعد چپ میزان کرد و همین‌که

با قدم‌های شمرده از در بیرون رفت، صدایی از ته زیرزمین گوش‌هایش را خراشید. صدا، چیزی از گذشته‌ی او در خود داشت؛ از همان جایی می‌آمد که زمانی دختری دیگر که او معلم پرورشی‌اش بود، بعد از اینکه رازش را در درددلی به او گفته و راهنمایی خواسته بود، خودش را از درخت حیاط پشتی مدرسه آویزان کرد و کاغذی به سینه‌اش چسباند که: خانم پرورشی گفت مرگ بهتر از آبروریزی است. بعد از آن بود که توحیدیان خانه‌نشین شد و مرخصی اجباری به او دادند. ترسید از کار اخراج شود. دو ماه در بستر افتاد و به نظر خودش تا پای مرگ رفت. حالا هم این صدای جیغ و داد معمول آیدا نبود؛ آیدا پناهی مدت‌ها بود که دیگر به زیرزمین عادت کرده بود و حتی آن‌جا را تبدیل به اتاق شخصی خودش کرده بود و به در و دیوار لگد نمی‌زد. در واقع بعد از دومین سال، دیگر از لگدپرانی دست برداشت و نرگس توحیدیان پیش خودش فکر کرد که الحق، خوب از پس این دختر برآمد و توانست او را آدم کند. اما این صدای لگدپرانی و مشت نبود. صدای جیغ عجیبی بود. جیغی چنان جانکاه که بر تن نحیف توحیدیان خط می‌انداخت و او را پرت می‌کرد به صدای جیغی دیگر. جیغ راضیه وقتی شکایت ناپدری‌اش را پیشش آورد که به او تجاوز می‌کند و توحیدیان از چموشی دختر به تنگ آمد. نامه‌ی دعوت به مدرسه‌ی پدرش را به دست خود دختر داد و دختر از وحشت جیغ کشید و گریه کرد اما توحیدیان خونسرد از دفتر بیرون رفت و پشت سرش را نگاه نکرد. خیلی با خودش

فکرکرده بود که به‌خاطر نحوه‌ی بیان گستاخانه‌ی این راز از طرف دختر بود که با او خشن برخورد کرد یا به‌خاطر انزجار از شنیدن چنین چیزی؟! هر بار به یک نتیجه می‌رسید؛ یک‌بار دختر و نحوه‌ی بیانش مقصر بود و بار دیگر پدرش که اصلاً نمی‌توانست باور کند او این‌کاره بوده باشد. پدر دختر رئیس انجمن اولیا و مربیان مدرسه بود، از همه پدرهای دیگر بیش‌تر هوای مدرسه را داشت و در خیلی چیزها با اولیای مدرسه هم‌رأی بود. ولی یک لحظه هم شک نکرد که دروغ می‌گوید فقط از دختر بدش آمد؛ خیلی بدش آمد. «نباید اسمش را روی این‌جا می‌گذاشتم!» و حالا آیدا پناهی بود که جیغ می‌کشید و جیغش سردردهای هولناک توحیدیان را در بیمارستان به یادش می‌آورد. «نکنه این دختره هم بلایی سر خودش...» در دل به افکارش لعنت فرستاد. جیغ بعدی او را به خود آورد. هول‌زده برگشت به دفتر. حلقه‌ی کیف را از دستش درآورد و انگشت گذاشت بر زنگ خانه‌ی سرایداری تا ببیند این نوری کدام گوری است که صدا را نمی‌شنود. اما خبری از نوری که همیشه خودش را مثل برق می‌رساند نبود؛ نه از خودش و نه زنش. پورانی هم هنوز نیامده بود چون توحیدیان امروز قرار بود زودتر برود و یک ساعت واگذاشتن مؤسسه را در صورتی که دخترها خبردار نشوند، چیز مهمی نمی‌دانست. جیغ آیدا در تمام راه پله‌ها پیچید، به در و دیوار خورد و از درز درها به راهروی طبقه‌ی همکف سر خورد و کشیده شد روی زمین تا زیر تخت‌های دخترها و دخترها را کشاند بالای پله‌ها.

توحیدیان که خودش را رساند، همه آنجا جمع بودند و برخی گریه
می‌کردند. با تشر کنارشان زد و کلید را انداخت درون قفل زنگ‌زده
که به راحتی در آن نمی‌چرخید و رنگش مثل گچ دیوار شوره‌بسته‌ی
کنار پله‌ها به رنگ سفید چرکمرد درآمد. حلقه‌ی دخترها به دور
توحیدیان تنگ‌تر شد. این صدا، ترس‌شان را از زیرزمین از بین برده
بود که با باز شدن در، در سکوتی خزنده، همراه با کشاله‌ی فریاد
درد، پله پله آهسته و لرزان پایین رفتند؛ چند تایی فقط دو سه پله و
بعد همان‌جا که بودند ماندند. حالا حلقه‌ی چادر را از انگشت
شست بیرون کشید و در حالی که از پله‌ها پایین می‌دوید، بال چادر
زیر پایش رفت و نزدیک بود با کله زمینش بزند. کش چادر به
گردنش افتاد و مثل حلقه‌ی دار راه نفسش را تنگ کرد و باز فکر
کرد قریشی موقع خودکشی که جیغ نزده بود و گرنه دیگران متوجه
می‌شدند. او هم وقتی سیاه و کبود روی تخت بیمارستان جان داد،
جیغ هولناک مادرش بیمارستان را روی سرش خراب کرد. ناپدری
که نامه‌ی دختر را در دست داشت که نوشته بود «تقصیر توحیدیان
است،» همان جا، جلوی مدیر مدرسه به او سیلی زد.

پایین پله که رسید داد زد: «کسی پایین نیاد. زهرا بدو برو
توی دفتر زنگ بزن ۱۱۵.» و خودش رفت پایین. می‌دانست الان
زمان پریود آیداست و خیلی وقت بود که دیگر دردهای پریودش که
او را تا مرز بی‌هوشی می‌رساند کم شده بود یا آن‌قدر بود که تحمل
کند و از هوش نرود. خودش دلیلش را می‌دانست اما نمی‌خواست

به روی خود بیاورد. نکند آبروریزی راه انداخته باشد! همان‌طور که به سمت اتاقک می‌رفت فکر کرد پاره شدن بکارت یک چیز است، حامله‌گی یک چیز دیگر. نکند دختره احمق فرق این دو را نداند! او خوب فهمیده بود که چرا دردهای پریود آیدا اخیراً کم شده بود. ولی تازگی‌ها که مرخصی نرفته بود؟! شاید نوری؟... اصغری حراست؟... یا کسی در بین زباله‌ها!... درد میگرنی به کاسه‌ی سرش چنگ انداخت و خودش را جلوی سلول یافت. آیدا مچاله در خود، یک لحظه نگاهش کرد و بعد بی‌هوش شد.

جیغ آیدا که آرام گرفت، ضجه‌ی التماس راضیه هم که می‌گفت «تو رو خدا به کسی نگین،» در سرش خوابید. تا آمبولانس برسد، آیدا یک‌بار به هوش آمد و باز از درد بی‌هوش شد. توحیدیان شک نداشت که او بکارت ندارد. پیش خودش به فکرهای جسته گریخته‌اش در اثر هول از موقعیت شرمنده شد. نگاهی به بالای پله‌ها انداخت. دخترها مثل سایه‌هایی از دوزخ، پشت به نور در ورودی بالای پله‌ها ایستاده بودند و صورت‌هایشان تیره و هیکل‌شان از پایین پله‌ها بلند بود. از همان جایی که آیدا به آن‌ها نگاه می‌کرد، به بچه‌ها نگاه کرد و چیزی در دلش لرزید. فریاد زد: «برین عقب! مگه نمایشگاه‌ست؟ یالا... عقب!... بذارین هوا بیاد. یک نفر فقط بیاد پایین به من کمک کنه! همین... تمام!» دخترها از جلوی پله‌ها پا پس کشیدند. ذره ذره عقب رفتند. هیچ‌کس جرأت نکرد از جایی که آمده بود، یک پله پایین‌تر برود. همه‌شان حداقل

یک‌بار تجربه‌ی آن سیاهچال را داشته بودند. همه‌شان شب‌های بی‌خوابی، ترس، موش، کابوس، جیغ، و گاهی کتک‌های منظم روزانه را در خاطره‌ی زیرزمینی خودشان داشتند. دخترها عقب رفتند و توحیدیان با کشی که گردنش را خفت کرده بود سر روی دست‌هایش گذاشت. ترسید و ترس اشکش را جاری کرد. یادش نمی‌آمد آخرین باری که گریسته کی بوده است. اگر یک دختر دیگر هم روی دستش می‌ماند، دیگر چه کسی به او اعتماد می‌کرد؟ همان یک‌بار هم شانس آورده بود که کسی چندان خر او را نگرفت چون ماجرای پدر دختر آن‌قدر مسأله‌دار بود که توجه‌ها زود از او برگردد. دستی به پیشانی سرد به عرق نشسته‌ی آیدا کشید. از درد بی‌رمق شده بود یا از داد؟ پرسید: «آمبولانس توی راهه. من نمی‌تونم کاری بکنم فقط بگو کجات درد میکنه و از کی شروع شد؟» آیدا دست به شکمش گرفت. حفره‌ی شکمش را نشان داد و بعد ناگهان در همان حالت چمباتمه به پهلو که افتاده بود عق زد. توحیدیان با عجله رفت سطل ماستی را پیدا کرد که از یخچال افتاده بود بیرون و نیمی از ماست‌هایش ریخته بود و گرفت زیر دهان آیدا و همچنان که چشمش به تاریکی بیش‌تر عادت می‌کرد دید که در یخچال باز مانده و آیدا در تقلا بوده تا چیزی بخورد. پرسید: «چیزی خوردی؟ مسموم شدی؟» آیدا عق زد و سر تکان داد. کمی سبک شد و عقب نشست.

- چی‌کار کردی با خودت؟

بی‌حال و بی‌رمق نالید: حا...مله شدم...

بهت نگاه یخ کرده‌ی توحیدیان را روی خود نفهمید و باز سیاهی چشم‌هایش رفت و بلافاصله به سکسکه افتاد. توحیدیان اول ترس‌خورده از چیزی که شنید بعد دستپاچه از سکسکه‌ی ناهنگام سیلی آرامی به او زد:

- ببین منو! ...

دست گذاشت روی پیشانی‌اش: هذیان می‌گی؟! بطری آب معدنی را برداشت و به حلقش آب ریخت. سکسکه در درد و حرارت بدنش از رمق افتاد.

- چه بلایی سر خودت آوردی؟ چی خوردی؟

درد دوباره در شکم آیدا حلقه زد و باز ناله‌اش به هوا رفت. نیم ساعت بیش‌تر طول کشید تا آمبولانس رسید. دخترها کلید نداشتند در را برای‌شان باز کنند. توحیدیان پله‌ها را رفت بالا. حالا انگار کمی می‌لنگید و کمرش خم شده بود. در را باز کرد. دو مرد جوان بودند. توحیدیان از هر تماس این مردهای جوان با دخترها وحشت داشت. فریاد کشید: «همه توی خوابگاه. یالا...» و پرستارها را راهنمایی کرد پایین. دو مرد جوان با تعجب از پله‌ها پایین رفتند و توحیدیان پشت سرشان. یکی‌شان پرسید: «شکنجه شده؟!»

- آقا چرا مزخرف می‌گین. حالش بهم خورده. نمی‌دونم چی خورده چی کار کرده. ناخلفه!... همین، تمام!

دخترها جلوی در خوابگاه خف کرده بودند و سرک
می‌کشیدند؛ همه جز عهدیه که ایستاده بود جلوی در خروجی
مجتمع و به دقت بالا پایین خیابان را ورانداز می‌کرد. برگشت و به
دخترها که جلوی در خوابگاه با چشم‌های گردشده رج کشیده بودند
نگاه کرد. باد از درِ باز هره کشید و به داخل راهروگلوله شد. عهدیه
صدای بالا آمدن پرستارها را از زیرزمین شنید. با هول و هراس،
یک قدم به بیرون برداشت. دستی به آمبولانس کشید. کابینش بسته
بود. جرأت نکرد جلو را نگاه کند. نگاهی به سقف ون انداخت.
پایش را گذاشت روی گلگیر و پرید بالا. روی سقف دراز کشید و
صورتش را چسباند به فلز. باد در مانتویش افتاد. فرصت کرد تا
مانتو را به خودش چسباند. دخترها یک قدم یک قدم از اتاق‌هایشان
بیرون آمدند و جلوی در جمع شدند. اول عهدیه را ندیدند. عهدیه
زیر چشمی از لای انگشتانش که از ترس جلوی چشمانش گذاشته
بود نگاهشان کرد و خف کرده ماند. بعد ترسید. خواست اشاره کند
که بروند داخل ولی جرأت حرف زدن نداشت مبادا بدتر شود.
هیچ‌کدام انگار هم را ندیدند. سر و شانه‌ی دو پرستار که زیر
بغل‌های آیدا را گرفته بودند بالا آمد. دخترها دویدند عقب و با
رسیدن توحیدیان جلوی خوابگاه میخ شدند. یکی از دخترها آمد
دهان باز کند به خبرچینی. دستی محکم او را از موهایش گرفت و
به داخل کشید: «اگه فقط یک کلمه از دهنت دربیاد خودم
می‌کشمت.» توحیدیان داشت پشت سرهم غر می‌زد: «بدون

برانکارد که درست نیست. نامحرمید شما...» و یکی از پرستارها، همین‌که پایش را از در مجتمع بیرون گذاشت، با صدایی نزدیک به پرخاش گفت: «برانکارد از این پله‌های تنگ و تاریک؟» و همکارش ادامه داد: «باید مسئول زندان هم بیاد.»

- «کی گفته این‌جا زندانه...»

در بلبشوی جر و بحث، کسی عهدیه را ـ که خودش را روی سقف ماشین کوچک‌تر و باریک‌تر می‌کرد ـ ندید. برزنتی نارنجی‌رنگ روی نردبان فلزی سقف بود که عهدیه کمی بازترش کرد و خودش را از دید پنهان کرد و منتظر شد. پرستارها در عقب را باز کردند. برانکارد را بیرون کشیدند. آیدا را روی برانکارد خواباندند و هل دادند داخل اتاقک. عهدیه دیگر ندید چه شد. شنید که توحیدیان گفت: «توی حیاط نرین. نوری که اومد بهش خبر بدین. خانم پورانی الان میرسه.»

در بسته شد. کلید سه بار در قفل چرخید و طرح شطرنجی اندام توحیدیان در پشت شیشه، اول از هم پاشید و بعد محو شد. ماشین بی‌آژیر راه افتاد و دخترها این سمت در به جنب و جوش افتادند. دقیقه‌ای نگذشته بود که در به شدت باز شد و توحیدیان عهدیه را که از گوشش گرفته بود محکم به داخل راهرو پرتاب کرد و باز بیرون رفت. نوری از سمت در حیاط وارد شد و بی‌خبر به منظره‌ی پیش رو چشم دوخت. عهدیه با مقنعه‌ای که داشت از

سرش بیرون می‌زد و موهای وزی که کشیده شده بود روی زمین بلند بلند گریه می‌کرد.

- خاک تو سرم. خاک تو سرم... خودم ترسیدم. هیچکی ندیده بودم.

خبرچین خندید. دخترها خندیدند. دوستانش او را بلند کردند و به اتاق بردند.

- می‌برتم سیاهچال؟

زهرا ساکت شد. مریم سر پایین انداخت و گفت: نه... سیاهچال دیگه جای آیداست.

- حالا که نیست!

- شاید ببرن اون یکی زیرزمین.

- مار زده بودش؟ سیاهچال مار داره، من دیدم...

مریم دو دستش را گذاشت روی صورتش: واااى... و زد زیر گریه. چند تا از دخترهای کم سن و سال‌تر هم گریه می‌کردند.

- خر نشین بابا... من صدای پرستاره رو شنیدم با بیسیم حرف میزد. گفت مشکوک به آپاندیس.

- معلوم نیس از کی داشته داد میزده.

زهرا گفت: بچه‌ها بریم زیرزمین ببینم آیدا اون‌جا چی داره؟

دخترها با ترس و نفرت نگاهش کردند. کسی درباره‌ی زیرزمین یا رفتن به آن‌جا حرف نمی‌زد. کسی هم که بیرون می‌آمد

چیزی درباره‌ی آن نمی‌گفت. در قانونی ناگفته حرف زدن از ترس‌ها آن‌جا ممنوع شده بود مبادا که پای دیگران به آن باز شود.

- نه که نوری در رو واز گذاشته برای سرکشی خانوم؟!

- زهرا تو واقعاً دوستشی؟ پس چرا الان اصلاً نگران خودش نیستی بیش‌تر دلت میخواد بری ببینی چی‌کار میکرده.

- به تو ربطی نداره.

- خیلی هم ربط داره... خیال نکن که ما نمی‌دونیم چشم دیدنشو نداری، ادا درمیاری.

- کی میگه ربط داره نداره؟ خیلی هم ربط داره! به وسایلش چیکار داری؟ اصلاً از کجا میدونی وسایل داره؟

- بچه ها دیدین توحیدیان فقط به خانم اعتماد داره! بهش گفت بره دفتر زنگ بزنه؟

- من که از اول می‌دونستم خبرچین تویی... پس برا چی نورچشمشی؟

و با گفتن این حرف زهرا ناگهان بلند شد و به سمت ثریا خیز برداشت.

من که دارم از تو دفاع میکنم برای رضـ...

ولی هنوز حرفش تمام نشده بود که موهای ثریا در مشت زهرا بود و او را به سمت در می‌کشید صدای جیغ و داد از همه جا درآمد و تن سردِ آموخته به سکوت ساختمان را به لرزه انداخت.

- احتیاج ندارم تو ازم دفاع کنی لاشی.

ثریا همچنان که به زمین کشیده می‌شد لگدی به سمت زهرا پراند که خورد به ساق پایش، همان‌جایی که ردِ زخمِ ناسورِ تیغ خودزنی‌اش هنوز چندان کهنه نشده بود و دادش درآمد و دستش شل شد. مریم هم از پشت هلش داد و ثریا از دستش رها شد. ثریا برخاست و پرخاش کرد: از بس که خری دروغ میگی.

عهدیه دوید رفت سمت زهرا تا پایش را وارسی کند که خون از آن شتک زده بود: «یکی وسایل پانسمان بیاره. توی دفتره.»

زهرا داد کشید: خفه!... یک‌بار دیگه اسم رضا رو بیاری، جرت میدم.

عصبانی که می‌شد صدایش بدجور نازک می‌شد: «حا...لیت ... شد؟» و دست گذاشت روی زخمش و فشار داد.

- سگ کی باشه رضا؟ من میگم تو خری خر. وگرنه آیدا که خیلی هم آدمه. اصن تو سگ کی باشی که به اون برسی.

- من میگم تو دهنتو اگه ...

دوباره به سمتش خیز برداشت: نکنه دلت سیاهچال میخواد؟

عهدیه گفت: اگه الان پورانی برسه یا نوری بشنوه، نه فقط تو که همه‌مونو می‌برن.

- نترس! تا وقتی تو هستی به ما نمیرسه. دسته جمعی جایی نمیبرن ترسو خانم. خودش خودشو لو داده... خدااااا...(خنده‌ای عصبی سر داد). دخترهای تماشاچی هم با خنده‌اش دم گرفتند.

ثریا که حالا طرف عهدیه را گرفته بود گفت: ترسو هفت جد و آبادته جنده خانم. اهه! چرا آدم نمیشی؟

زهرا که به سمت ثریا حمله‌ور شده بود وسط راه چشمش به در افتاد که باز شد. پورانی جلوی در ایستاده بود: خانم ببینین چقدر منو زدن؟! پام داره خون میاد.

- همگی خفه!... چه خبره؟!... ده دقیقه دیر کردم آ...

- خانم کسی بهش کار نداشت خودش پرید به من پاش کشیده شد، زخمش باز شد.

- خفه!...

پورانی هنوز قدمی از دم در برنداشته بود.

- زود روسری‌هاتونو درست سر کنین ببینم، کورین نوری تو ساختمونه؟! چرا آدم نمیشین شما؟! خدا رو شکر کنین خانم مدیر نیست و گرنه همه‌تون الان توی سیاه‌چال بودین با سه روز بدون غذا و حق دستشویی بیرون. کثافتا!

یکی از دخترهای تماشاچی که تا حالا فقط داشت گریه می‌کرد، پرسید: خانم، آیدا پناهی خوب میشه؟

- چرا خوب نشه؟ آپاندیسشو عمل میکنن خوب میشه. حالا مثل آدم بهم بگین کی دعوا رو شروع کرد؟

همه ساکت، سر به زیر انداختند.

- که اینطور!... خفه‌خون گرفتین ها؟!

- عهدیه؟!

- بله!...

با من بیا زیرزمین یه کم لوازم بهداشتی بهت بدم برای زهرا بیاری.

- خانم تو رو خدا غلط کردم... خانم بخدا شیطون گولم زد. خانم آی.... آی... و

و باز آن صدای آشنای درد و ترس که دیوارها و سقف اتاق و راهروها به آن عادت داشت. بیش‌تر از همه سقف زیرزمین. پورانیان جلو آمد و دو دست عهدیه را محکم چسبید و از زمین بلندش کرد. عهدیه ضجه زد و پورانی او را روی زمین کشید و بی‌صدا به سمت پله‌ها برد. در را باز کرد و او را هل داد روی پله‌ی اول. بعد در را قفل کرد. پشت در ایستاد. نفسی تازه‌کرد. چادرش را روی سر جا به جا کرد. نگاه کرد تا ببیند دخترها همه به خوابگاه رفته باشند. بعد بینی‌اش را اسپری کرد. راه نفسش باز شد. کسی نباید از آسم او خبردار می‌شد. دخترها از ضعف او سواری می‌گرفتند و تا همین جا هم او خیلی ضعیف‌تر از توحیدیان بود. رفت توی دفتر و در را به روی خودش بست؛ گوش‌هایش را به روی ضجه و ناله‌های زیرزمین.

***

آیدا چشم‌هایش را باز کرد و به اولین چیزی که اندیشید درد بود. اثری از آن درد عجیب دیگر نبود. خواست بلند شود تا توی شورتش سرک بکشد و از وجود نوار بهداشتی مطمئن شود که سوزشی زیر شکمش حس کرد.

- تکون نخور! این‌جا هم دست برنمی‌داری؟! لاش‌مرده! بخیه‌ات باز میشه.

صدا آشنا بود و او جا خورد. صدای مردی که فارسی را شمرده و دقیق حرف می‌زد و یکی یکی کلمات را کامل و بدون جویدگی می‌گفت. منظم بود. «لاش‌مرده!» تکیه کلامش بود. سر چرخاند و اول تاسی خفیف جلوی سرش را دید که خم شده بود روی تکه کاغذی و بعد صورتش را دید که سر بلند کرد. دایی علی بود؛ دایی پدرش که کشته مرده‌ی پدرش هم بود. این‌جا چه می‌خواست؟! کی از زنجان آمده بود؟

- دایی... کی اومدی؟

بدون اینکه سر از روی کاغذ بلند کند گفت: از شانس کچل منه که از وسط این همه آدم قرعه به اسمم دربیاد که گیر تو بیفتم.

همراه مریض تخت بغلی بلند شد و پرده‌ی حائل بین دو تخت را کشید. آیدا چشمش به رنگ نارنجی پرده میخ شد. دکتر با سبیل و روپوش سفیدش آمد. جای زخمش را نگاه کرد و گفت:

«به‌به دختر قشنگ ما بیدار شد بالاخره. طولانی‌ترین بیهوشی بود یا شاید خوابت می‌اومد، ها؟!» آیدا برچسب روی جیب دکتر را خواند: دکتر رامین پوریان، متخصص اورژانس. و در زیر با خطی ریز: بیمارستان سالمندان کاها. چه اسم و فامیل قشنگی داشت. به نظرش دکتر شبیه طنین اسمش بود، نوایی که آرام بالا می‌رفت و آرام پایین می‌آمد. گفت:

- خیلی دکتر... اندازه یه عمر کم خوابی دارم.

و به روی دکتر لبخند زد.

دکتر چیزی روی نسخه نوشت و لبخند آیدا را جواب داد:

خسته بودی شاید.

- خیلی.

دایی علی چشم غره رفت.

- یکسری آزمایش دیگه هم برات نوشتم که بهتره حالا که اینجا هستی انجام بدی قبل از اینکه برت گردونن اونجا که دسترسی به پزشک نداری. البته اجباری نیست ولی درخواست مدیرت هم بود.

آیدا نیم‌خیز شد و جای بخیه‌اش سوزن سوزن شد. سرخ شد. خیس عرق و ترسیده گفت: چه آزمایشی دکتر؟

- آزمایش خون.

- نه...

حرفش تمام نشده بود که دکتر نسخه را گذاشت کف دست علی حیرتی و رفت سراغ تخت بعدی. دایی علی گفت: هیس... این‌جا سر و صدا نکنی!

دکتر از پشت پره‌ی تخت کناری سرک کشید: مشکلی هست؟

آیدا گفت: فقط یک سؤال دارم، این آزمایش برای چیه؟

- برای چکاپ سلامتی. سرپرستت گفت گویا دردهای پریود شدیدی را هم تجربه کرده‌ای.

آیدا سرگذاشت روی بالش. نالید: نه نمیخوام بدم.

- بعدا میام دلیلشو بهم بگو.

دایی علی اخم کرد و با نسخه از در بیرون رفت. فکر سنگسار از سر آیدا گذشت. تجسم درستی از وضعیت و میزان شکنجه و اصلاً امکان چنین چیزی نداشت. اینکه توحیدیان درخواست آزمایش کرده بود او را می‌ترساند. تنها چیزی که می‌دانست درس‌های فتحعلیان بود و مجازات کسی مثل او که احتمالاً می‌بایست سنگسار باشد. از بقیه‌ی حرف‌های او چیزی سر درنیاورده بود. ولی از روی آزمایش، چه چیزهایی را می‌توانستند بفهمند؟ ترس تا بن دندان‌هایش خانه کرد که بی‌اختیار فک‌هایش را بهم فشرد و قراچاقروچ دندان‌هایش را متوجه نشد. بهیاری با روپوش خاکی و مقنعه‌ی قهوه‌ای آمد و زیر تختش را تی کشید. آیدا سر چرخاند و نگاهش کرد. او هم داشت زیر چشمی نگاهش

می‌کرد. پرسید: شما می‌دونین جواب آزمایش‌ها رو کجا نگه میدارن؟

- آزمایش داری؟... خودشون میدن فامیلات.
- الان ندارم. بعدا ازم می‌گیرن.

زن لبخند نصفه نیمه‌ای زد و سر تکان داد. از کار دست کشید. دسته کلیدش را جیب به جیب کرد و ایستاد زل زد به آیدا: هر چی زودتر از این‌جا خلاصت کنن، بهتر! یه عمل آپاندیس که اینقده قر و فر نداره دختر!

- اتفاقاً من هر چی این‌جا باشم بهتره. از دارالتأدیب اومدم.

زن ساکت شد و زل زد به آیدا. خم شد روی صورتش تا وانمود کند مشغول درست کردن پتو است و آهسته گفت: خیله‌خب... اگه جواب آزمایش میخوای خرج داره.

- چقدر؟
- صد تومن.

آیدا پوفی گفت و به خنده افتاد و سرفه از پی خنده دوید: اوه لَله. من از این پول‌ها اگه داشتم همچین جایی نگهم نمی‌داشتن.

زن چیزی نگفت. آیدا زل زد به سقف و زن رفت.

بر سقف بالاسرش در بیمارستان، کف نمازخانه‌ی مجتمع تداعی شد. در آن‌جا، دخترها، چادرهای سیاه بر سر، دوره حلقه می‌زدند. آیدا در آن حلقه‌ی تیره‌ی روی سقف، دنبال لکه‌ی خودش گشت؛ از همه چاق‌تر و درشت‌تر بود. چادر هم که سر می‌کرد بدتر

می‌شد. همیشه حالش از هیکل خودش بهم می‌خورد و نمی‌خواست به آن نگاه کند. دو زانو نشستن برایش راحت نبود و مدام وول می‌خورد. نگه داشتن چادر که از اول هم برایش دردسر بود، موقع نشستن چند برابر می‌شد و هی کشِ بند شده به چادر، سرش را عقب می‌کشید و گردنش را درد می‌آورد و موهایش هم از زیر مقنعه و چادر وز کرده بیرون می‌افتاد. فتحعلیان کاری به کارش نداشت. خیلی وقت بود با او طوری رفتار می‌کرد که انگار اصلاً در کلاس نیست مگر کلاس را بهم می‌ریخت که در این صورت فتحعلیان چنان اختیار از کف می‌داد که سرخ و برافروخته فحش‌بارانش می‌کرد و اگر این هم دلش را خنک نمی‌کرد، می‌خواست که از کلاس بیرون برود و آیدا هم هیچ‌وقت بیرون نمی‌رفت و همین فتحعلیان را مجبور می‌کرد خودش قهر کند و برود بست در دفتر بنشیند تا مدیر یا معاونش بیایند و با پادرمیانی او را برگردانند. آیدا ککش نمی‌گزید. از همه‌ی دخترها بزرگ‌تر بود و بیش‌تر از همه در آن‌جا سابقه داشت. نگاه از سقف برگرفت و لکه‌ها ناپدید شد. زل زد به رنگ نارنجی پرده‌ی پنجره. شاید اگر دایی علی بفهمد کمکش کند تا خبر به گوش مجتمع نرسد. «خودش تنهایی پوست از سرم می‌کنه تازه اگه حاج باباخان رو خبر نکنه!... به درک که اون بفهمه.» از بیرون صدای صلوات شنید. چرا مردم در خیابان صلوات می‌فرستادند؟ دایی علی با کیسه‌ی داروها در دست وارد شد. کاش زنش هم می‌آمد، به او می‌شد بگوید.

- بیرون چه خبره؟ چرا مردم صلوات می فرستند؟

پوزخندی دهان خوش‌فرم دایی را کج کرد: «خبری نیست. موقع اذانه. صدای بلندگوی مسجدِ این پشته. این هم صلوات نیست صدای الله الله ست در جواب قاری. هنوز نمیدونی صلوات چیه؟!»

- فکر کردم صدای صلواته... چرا عزیز نیومد؟

- کار داشت.

- چه کاری؟!...

- کار داشت، زیاد حال نداشت.

آیدا نیم‌خیز شد: عزیز چی شده؟ راستشو بگو. دایی ... دایی تو رو خدا!

- شارلاتان بازی درنیار. وقتی می‌خواست مواظبش باشی که مدام اذیتش کردی تا به این روز افتاد. حالش خوبه. گرفتاره.

- گرفتار بابا لابد دیگه...

- نخیر. این‌بار گرفتار مامان جانت!...

نپرسید بابا کجاست. نمی‌خواست بداند. در سکوت، سعی کرد چهره‌ی مادرش را به خاطر بیاورد.

- مادرت به‌خاطر تو ازش شکایت کرده که عمداً توی دارالتادیب نگه‌ت داشته.

طرح گنگ لبخندی بر چهره‌ی آیدا نقش بست و بعد لبخند شکفت:

- غیر اینه؟

- عجب!
- حالا چی میشه؟
- هیچی دادگاه داره بررسی میکنه. امروز جلسه دادگاه بود.
- خب؟!
- یعنی پرونده‌ی جناب‌عالی دوباره به جریان می‌افته. قلم به قلم کارهای خلافی رو که در این مدت در دارالتأدیب انجام دادی دوباره میشمرن. دوباره قلبش به درد میاد و مامان‌جانت می فهمه که خود دارلتأدیب برات اضافه بریده نه‌که عزیز عمداً خواسته بوده باشه اونجا نگهت دارن.

چیزی ته دل آیدا تیر کشید. پس تشکیل پرونده‌ی پزشکی و انجام آزمایش‌های بیش‌تر برای همین است. می‌خواهند مدرکی برای رابطه‌ی او با رضا پیدا کنند؟! وقتی بیهوش بوده بکارت او را معاینه کرده‌اند؟ یعنی با هم زدن این گندکاری‌ها- به‌قول توحیدیان- مشتش که تا حالا پنهان مانده بود باز می‌شود و بعد ... بعد چی؟

چشم‌هایش را بست تا راه اشک و بغض را ببندد. حالا صدای فتحعلیان در سرش دایره دمبک می‌زد که از روابط نامشروع می‌گفت و بند بند میزان مجازات را برایشان می‌خواند و می‌خواست تا تکرار کنند. *«وَلا تَقْرَبُوا الزِّنِی إِنَّهُ کانَ فاحِشَةً وَ ساءَ سَبِیلًا»* صدا به تمام در و دیوار نمازخانه می‌خورد و برمی‌گشت. در دهان‌ها تکرار می‌شد و باز به حلق می‌نشست و برمی‌گشت. همه را حفظ شده بود

چون پیش‌تر، تنبیهِ انجام ندادن تکالیف دیگرش، حفظ آن بندها بود.

در نمازخانه، بچه‌ها دور هم نشسته بودند و فتحعلیان از روی جزوه‌ای می‌خواند و آن‌ها یادداشت می‌کردند: «زنا عبارتست از عمل زناشویی با غیر همسر شرعی (دائم یا موقت). حرام و گناه است و کارهای دیگری که از آن‌ها به عنوان مقدمه و عوامل قرب به زنا نام بردیم نیز گناه است. تنها تفاوتی که بین زنا و کارهای دیگری که به حد زنا نمی‌رسد، این است که حاکم شرع و دستگاه قضایی بر مرد و زن زناکار حد شرعی (مجازات معینی را که خداوند در قرآن بیان فرموده است) جاری می‌کند اما اگر اعمال منافی عفت و کارهای خلاف شرع زن و مرد نامحرم به مرحله‌ی زنا نرسد باز هم گناه انجام داده‌اند و حاکم شرع و دستگاه قضایی می‌تواند با توجه به شدت و ضعف گناه آن‌ها را به مجازات‌های کمتر از حد شرعی زنا تنبیه (تعزیر) نماید.»

چشم باز کرد. لکه‌های روی سقف دور هم می‌چرخیدند. اول فقط جنبش کوچکی بود، همان‌جا که نشسته بودند در جای خودشان جلو و عقب می‌رفتند و فتحعلیان لغت به لغت می‌گفت و آن‌ها تکرار می‌کردند. حفظ کردن متن عربی برای کسانی بود که بازیگوشی می‌کردند یا سر کلاس حواس‌شان به درس نبود و خوب گوش نمی‌کردند، و گرنه فتحعلیان خودش می‌گفت به متن ترجمه

اهمیت می‌دهد. آیدا لکه‌ی سیاه خودش را روی سقف یافت که با
دیگران می‌خواند:

- هر یک

- هر یک...

- از...

- از...

- زن و مرد زناکار را ...

- زن و مرد زناکار را...

- صد

- صد...

- تازیانه بزنید

- تازیانه بزنید...

- و نباید رأفت نسبت به ...

- خانم!... خانم!... رأفت یعنی چی؟

- هیس... نسبت به آن دو...

- شما را

- شما را...

- از انجام احکام الهی...

- از انجام...

سرش گیج می‌رفت. روی بالش انگار درون قایقی بی‌قایقران دراز به دراز افتاده باشد و سقف روی سرش مثل آونگی بزرگ جلو و عقب برود.

- رأفت یعنی محبت کاذب
- محبت کاذب...
- یک‌بار دیگه... رأفت...
- رأفت...
- محبت کاذب
- محبت کاذب...
- کاذب یعنی چی؟
- هیس...
- هیشششش...

صدای هیس هیسِ مار از تمام سوراخ و سنبه‌های اتاقک زیرزمین می‌آمد. از کی آن‌جا جا خوش کرده بود که آیدا تازه او را می‌دید. سردی عرق را بر پیشانی‌اش حس می‌کرد و بعد به شدت کنار رفتنِ پرده‌ی نارنجی بین دو تخت و سرهایی که رو به او خم شده بود.

- افت فشار. تزریق...
- خط سفید لباس پرستار رفت و آمد.

سیلی به گونه‌اش خورد: نخواب... نخواب... چشماتو باز نگه دار...

مکش سوزن درون پوست. درد خوشایند زنده بودن... هنوز
زنده بودن. نه به تیزی شلاق و نه به خشونت خط‌کش چوبی.
سوزنی ظریف درون پوست کشیده شد. آیدا چشم باز کرد و باز
بست.

- به هوش اومد. (صدا از تخت بغلی بود).

پرستار با تشر پرده را بیش‌تر کنار زد: هیچ وقت این پرده‌ی
حائل رو باز نکنین. تمام بیمارها باید از داخل راهرو دید داشته
باشند.

- آخه این زندانی...

صدای دکتر دور سرش چرخید: چیزی نیست. به نظر
حمله‌ی عصبیه. سابقه داشته قبلاً؟

- بله.

- همین حالا زنگ بزنین مؤسسه پرونده‌ی پزشکیش رو
بیارن.

آیدا تکان خورد. گفت، «نه» اما طرح هندسی لغت نه وقتی
در حفره‌ی دهانش چرخید و بیرون آمد شکل آ داشت: آی...

- چیزی نیست. با این تزریق حالت بهتر میشه.

حس کرد تمام مریض‌ها دور تختش حلقه زده‌اند و
تماشایش می‌کنند. توحیدیان لباس صورتی با روسری صورتی
بیمارستان را در تن داشت. بند ساعتش، لغزان از مچ دستش آویزان
بود. (حالا بازم زبون درازی می‌کنی؟! می‌کنی؟... می‌کنی؟...)

- سابقه تنبیه بدنی؟!

- در خونواده،

- نه...

- در مؤسسه؟

- خبر ندارم دکتر.

- خبر نداری؟ ... پس برای چی اینجایی؟ ... با من بیا...

صدای کشیده شدن پای دکتر بر سنگفرش مرمر کف. صدای تلق تلق پای پرستارها بالا سر تخت‌های دیگر... آیدا به زور چشم باز کرد تا رد لکه‌ها را در سقف بگیرد. چیزی نبود. سقف سفید و صاف رو به صورتش به او زل زده بود. لبخند بی‌جانی لبانش را باز کرد.

«رنگ‌کاری سقف از همه جا سخت‌تره.» «به خاطر گردنت میگی که باید بچرخه بالا و نمی‌تونی منو ببینی؟!» رضا غش‌غش خندیده بود: «بله، پس چی! بدجور لکه می‌مونه روش. باید مدام قلم‌مو رو در جهت خوابش بکشی و باز برگردی و اینقدر اینکارو بکنی تا جونت دربیاد. بیا امتحان کن.»

قلم‌مو بر تن دیوار می‌رفت و می‌آمد، رنگ با خنده‌های سرخوشانه‌ی رضا می‌آمیخت، با برق شیطنت چشم آیدا روشن می‌شد و خنده را در تنِ کهنه‌ی دیوار می‌نشاند. دیوارها، نه اینکه صدای خنده نشنیده باشند اما با صدای گریه و بغض بیش‌تر آشنا بودند. صدای بغض و گریه خراش می‌شد بر تن دیوار اما صدای

خنده صیقلی و صاف بود و زود از تن دیوارها می‌ریخت و با جاروب هر صبحگاه روفته می‌شد و می‌رفت به سطل‌های بزرگ زباله‌ای که درش کیپ تا کیپ بسته می‌ماند و سپس دفن می‌شد جایی نه چندان دورتر از آن‌جا؛ زیر خاک.

دو هفته‌ای به همه‌ی دخترها مرخصی داده بودند تا دیوارهای مجتمع رنگ‌آمیزی شود. جز نوری و همسرش که در آن سر حیاط خانه داشتند کسی در مجتمع نمانده بود. سه روز بعد آیدا برگشت. گفت گفته است که مجتمع باز شده تا مادربزرگش پاپیچ او نشود. «عزیز فرصت نداره پاپیچ من بشه چون اون نره‌غول طبقه‌ی بالا جا خوش کرده شاگرد جمع میکنه.» «پدرت معلمه؟» «آره اروای عمه‌اش؛ لافزنه.» «نه جدی!» «معلمش کجا بود؟ یه مدت آخوند بود، بعد آخوندی دلشو زد. الان خیال میکنه خیلی سرش میشه آدم جمع میکنه چرت میگه براشون. راهنمای حلقه‌ست مثلاً. حلقه‌ی ترکیا؛ اونایی که ترک کرده‌ن. بیش‌تر دنبال جنسه.»

روزهای اول که راهرو و دفتر و نمازخانه و آزمایشگاه رنگ می‌شد، دخترها هم بودند. همان‌جا بود که زهرا و رضا زیر نگاه خاموش در و دیوار نگاه‌شان به‌هم تلاقی می‌کرد و بعد نظربازی کارشان شد. شب‌ها، از لابه‌لای صدای جیرجیر تخت‌های کناری، تک سرفه‌های دختری بی‌خواب شده یا پچ‌پچ و خنده‌های فروخورده‌ی تخت‌های کناری، زهرا در گوش آیدا از عشق می‌گفت؛

طعمی که تازه یافته بود. عشق به پسر نقاش که به دیوارهای زندگی‌شان رنگ می‌پاشید و به این خاموش‌خانه زندگی آورده بود.

رضا بلندبالا بود با صورتی استخوانی و ظریف. موی طلایی‌اش فر داشت و دستمال هدمانندی که بر پیشانی می‌بست تا موهایش را از چشم دور کند چهره‌اش را شبیه مجسمه‌ای خوش‌تراش می‌کرد که رنگ آبی ـ خاکستری چشمانش به میل تماشاکردنش می‌افزود. لباس‌های یکسره‌اش، به رنگ سفید، پر از لکه‌های رنگ بود و خودش می‌دانست که چقدر این لباس کار یکسره و رفتار شاد و پسرانه‌اش دلبرانه است.

سوراخ کلید درِ خوابگاه، رد چهل جفت چشم را از داخل به راهرو در خود ثبت دارد. در نیمه‌باز هم بود برای وقت‌هایی که چشم توحیدیان و پورانی را دور می‌دیدند اما نه چهل نفر که شاید ده یا پانزده نفری در لیست تماشای لای در بودند. بقیه، حالا یا رضا برایشان تحفه نبود یا حوصله درافتادن با دیگر دخترهای کشته مرده را نداشتند یا دلِ افتادن به دام تنبیه و پرس‌وجو را. یک‌بار رضا که رد شد یکی زهرا را هل داد. زهرا با دو زانو افتاد بر کف موازییک‌پوش راهرو و از شرم سرخ شد. رضا خم شد و دستش را گرفت و بلندش کرد. توحیدیان از دفتر بیرون دوید. پیش از آمدنش دست رضا رها شده بود. آیدا گریست. حسادت و خشم او را برافروخته کرد. همان شب تب کرد. همان شب زهرا به سیاهچال فرستاده شد و درون تاریکی جیغ زد و گریست. بعد که برگشت،

انگار خرده‌حسابی تسویه‌شده، رابطه آیدا و زهرا با هم گرم‌تر شد. و هر وقت زهرا سر درگوش آیدا از طپش‌های بی‌خود دلش گفت که با شنیدن صدای قدم‌های او حتی زیاد می‌شد، آیدا همدردانه به او نگریست و عشق خود را زبان گرفت. (چه‌طور می‌شد با کسی که به تو اعتماد کرده تا رازش را، گو که همه بدانند، نزدت برملا کند، بحث و دعوا کنی که او عشق تو هم هست؟!)

شب‌ها، تمام مدت، به حرف زدن درباره‌ی رضا و شوخی‌هایش می‌گذشت. روزها رضا چنان بلند با استادکارش شوخی می‌کرد تا دخترها صدایش را بشنوند و دخترها پشت در خوابگاه صدایشان را به دیوارهای این‌طرف می‌کوفتند تا از آن طرف دیوار، صدا جسم یابد و به تن رضا سُفته شود. در راه دستشویی دخترها گام‌هایشان را چنان تنظیم می‌کردند که رضا در دیدرسشان باشد و جلوه‌ای بفروشند. رضا اما گرچه همه را می‌خنداند اما چشمش دنبال زهرا، رفت و آمد دخترها را می‌کاوید. در لحظه‌های بی‌خود، آیدا در را باز می‌گذاشت و بلند برای دخترها جوک می‌گفت. کاری می‌کرد که مدام اسمش را صدا کنند و بعد صحبت کند تا نامش به‌گوش رضا بنشیند. یک‌بار حتی کاغذی جلوی پایش پرت کرد که رضا اول برنداشت ولی بعد برداشته بود و برایش نوشته بود فقط زهرا...! و آیدا حرصش از زهرا می‌گرفت که چه‌طور در سکوت و انزوا دل از آن پسر برده بود ولی جرأت نزدیک شدن هم نداشت. «فقط زهرا... زکی!»

بعد آوازه‌ی این بازی چنان در و دیوار مجتمع را پر کرد که توحیدیان اول از اوستا خواست که شاگردش را عوض کند و اوستا در حرفش نه آورد که او برادرزاده‌اش است و در اصل رضاست که همه‌کاره است چون سرمایه‌ی این کار متعلق به پدر رضا بود و گرچه او استادکار اما رضا رئیس است. توحیدیان که دید نمی‌شود وسط کار، نقاش دیگری به جای آن‌ها بیاورد چه به‌خاطر برآورد هزینه و چه صرفه‌جویی در زمان کار، فکر بکر خالی کردن خوابگاه به ذهنش رسید. «آخرش که باید خوابگاه خالی شود تا بشود تخت‌ها را جلو کشید و آنجا را هم رنگ زد!» و بعد خوابگاه خالی شد و دخترها به مرخصی رفتند. آن روز که آیدا به مجتمع خالی برگشت به مادربزرگ گفت باید برای حاضر و غایب بروند و بعد برگردند. می‌دانست که شب نمی‌شود آنجا ماند. نوری هم بود که اگر می‌فهمید آیدا چاره‌ای برایش نداشت. پس تمام صبح را در کوچه‌ها چرخید تا ظهر شد و بعدازظهر که می‌دانست نوری و زنش از خواب بعد از ظهرشان نمی‌گذرند و شاید استادکار هم در چرت سبکی باشد، از در اصلی نیمه‌باز گذشت و پاورچین خودش را در دستشویی مخفی کرد. جز صدای خش‌خش راه رفتن یک نفر، جنبشی نبود و بوی رنگ و تینر از تمام منافذ خالی و غبارگرفته‌ی سالیان مجتمع سرریز می‌کرد. آیدا فهمید فقط یک نفر هست: یا فقط استادکار یا فقط رضا و فقط رضا بود. رضا آمد توی دستشویی. در حین شستن دست‌ها، سوت می‌زد. آیدا از توالت

بیرون آمد. رضا برگشت و نگاهش کرد. آیدا لب گزید و لبخندش را زیر گزش لب پنهان کرد.

-   این‌جایی؟

و نزدیکش شد. آیدا هم. دست دور کمرش انداخت. چادر آیدا دورش روی زمین پهن شد. آهسته گفت: کسی نیست؟

-   هیچ‌کس. عمو رفته خونه استراحت کنه. فقط ممکنه نوری سر برسه.

و رفت در راهروی دستشویی را بست. آیدا خودش را به او نزدیک کرد و به دوربین بالای در نگاه کرد. یک آن تمام دردهای دنیا از روحش کنار رفت. او آرام‌ترین جای جهان را یافته بود. رضا گفت: «کورش کردم با رنگ.» بعد خندید. اول‌بار بود چنین نزدیک به تن و نفس مردی. بوی عرق، قاطی بوی رنگ و تینر، بوی مردانگی را از تمام منافذ پوستش بیرون می‌داد.

آیدا خجولانه گفت: نوری الان خوابه.

رضا برافروخته شده بود. انگار نمی‌دانست باید عجله کند یا باید مراقب باشد. باید سریع باشد یا نرم. دختر از او طلب می‌کند یا فقط نوازشی کوچک می‌خواهد. از جیغش هم می‌ترسید. قبلاً صدایش را از خوابگاه شنیده بود و نامه‌های زهرا را هم داشت که نوشته بود از جیغ جیغ آیدا می‌ترسد. آیدا خبر نداشت. بال‌های روسریش را باز کرد و گردنش را یله کرد عقب. دست رضا زیر گردنش را نوازش کرد.

- از کجا می‌دونی؟
- نزدیک هفت ساله اینجام ها...
- هفت سال؟ ...

و لب‌هایش روی هم سفت شد و روی لب آیدا نشست. طعم اولین بوسه چنان شیرینی گذاریی داشت که تا لب از لب جدا می‌شد، دوباره طلب می‌کرد. رضا کارکشته بود و می‌دانست باید چه کند. آیدا بی‌خبر و ناشی، بوسه‌هایش را اول به نرمی و بعد به سختی جواب می‌داد. تا لب پایینش گزیده شد. آه خفیفی کشید. دست رضا سرید بر تنش و روی پستانهای درشتش نشست. آیدا عقب رفت.

- چته خره؟
- اگه حامله بشم چی؟!
- پوف... خانمو باش! تو مثلاً بزرگترشونی؟
- چه میدونم! پس زهرا چی؟! مگه اونو نمیخوای؟
- اون بچه‌اس این چیزا سرش نمیشه.

چیزی زیر دل آیدا داغ می‌شد و راه می‌رفت. مور مور می‌کرد و تن می‌طلبید و چیزی در اعماق او را برحذر می‌کرد.

آهسته رفتند درون خوابگاه که رضا مشغول کار در آن‌جا بود. تخت‌ها را وسط جمع کرده و روی‌شان پلاستیک بزرگی کشیده بودند. پلاستیک آغشته از رنگ، ملافه‌ها و پتوهای روی تخت را پنهان می‌کرد. رضا گوشه‌ی پلاستیک را کنار زد و آیدا را روی تخت اول نشاند. بعد رفت و چهارپایه را آورد جلوی تخت گذاشت تا راه

دید را ببندد. رفت سمت در تا طول و عرض راهرو را نگاه کند. فقط دیوارها ایستاده بودند. چهره پدرش در ذهن آیدا نشست که زود به نفرت دورش کرد. با این‌کار تمام نشانه‌های او را پاک می‌کرد؛ بزرگ می‌شد و دیگر او برایش مهم نبود؛ بودنش یا نبودنش. لذت او را از گذشته می‌کند و به حال می‌انداخت. آیدا نمی‌دانست دارد گنگی تنفر را با روشنی لذت عوض می‌کند. رضا رفت و در ورودی مجتمع را بست و تکه‌ای فلز پشتش گذاشت که اگر باز شد، صدای قرچش در خالی دیوارها زنگ هشدار باشد. رفت و حیاط را هم نگاه کرد. چند بار نوری را صدا زد. صبر کرد تا اگر بیدار شده از پنجره‌اش رو به حیاط سرک بکشد. خبری نشد. برگشت و بیخ دل آیدا، درست چفت او نشست و آه کشید و عرق سر و گردنش را به صورت آیدا مالاند. آیدا بوسه را می‌پذیرفت و دست را پس می‌زد. آن روز با هم ناهار خوردند با طعم بوسه و کنار و بعد آیدا خیس عرق و پرشتاب، گفت باید برود و گرنه نوری سر می‌رسد. نفهمید چه‌طور خودش را به ایستگاه کاها رساند تا از آنجا خودش را برساند خانه. ولی هر چه بود گذشت. بعد از آن هر روز کارش همین بود و رنگ‌کاری سقف و دیوارها هم هر روز بیش‌تر طول می‌کشید. هر روز آیدا به بهانه‌ی حضور و غیاب رخت و لباس مجتمع به تن می‌کرد و خودش را به رضا می‌رساند که ظهرها عمویش را می‌فرستاد خانه تا استراحت کند و تا شب همه کارها گردن خودش می‌افتاد؛ انگار که عمو خبر داشته باشد و خوب

سوءاستفاده کند. روز سوم یا چهارم بود که رضا گفت به خانه‌اش بیاید. آدرس هم داد. آیدا یکی دو روز معطل کرد و بالاخره یک روز رفت.

روی تخت جابه‌جا شد و درد بخیه قلقلکش داد و به خنده‌اش انداخت. یاد اولین‌باری افتاد که رفت خانه‌ی رضا. رضا، سر کوچه که به استقبال او آمد، به عمویش تلفن زد و عمو از خانه بیرون رفت و آن دو تا رفتند داخل خانه. تا رضا بیاید، آیدا سر خیابان روی یک لنگه پا ایستاده بود. مانتوی کوتاه زیبایش را پوشیده بود و روسری قرمزی سر کرده بود. مادربزرگش هر چه التماس کرد که لباس‌های مجتمع را برای حضور و غیاب بپوشد آیدا گفت چادرش را کنار نمی‌زند و نمی‌فهمند چه لباسی تنش است. می‌دانست مادربزرگ از پس او برنمی‌آید و «تازه، به کسی چه؟ مگه منم خونواده دارم؟ اگه بله، پس توی مجتمع چه غلطی می‌کنم؟ پیش دخترای خلافکار! بابا که بی‌بابا. مادرم طفلکی انگار اصلاً نیست. دایی علی هم که مریدحاج بابای خر!» حاج‌بابای خر لقبی بود که به پدرش داده بود و جلوی روی مادربزرگش هم می‌گفت.

آیدا سوار خطی‌ها شد و رفت سمت مالک‌آباد. مراقب بود کسی از اهالی مجتمع، تصادفاً در خطی‌ها منتظر مسافر نباشد. رویش را سفت گرفته بود. یک ایستگاه جلوتر از ایستگاه کاها پیاده شد. از روی پل هوایی بلند جلوی مترو، که همیشه ترس از بلندی‌اش داشت رد شد و رفت آن طرف خیابان و وارد فرعی خاکی

شد. کمی که رفت به راست پیچید و کنار یک دکه ایستاد. سر ظهر بود و هیچ‌کس در خیابان پرت فرعی دیده نمی‌شد. چند قدم جلوتر رفت تا از دید مجتمع سالمندان کاها دور شود و بعد داخل کوچه‌ای چادرش را برداشت و رژ لبش را پر رنگ کرد. زیاد معطل نشد که رضا از آن طرف خیابان برایش دست تکان داد و آمد سمتش.

- چقدر خوشگل شدی!

دستش را گرفت. آیدا به نظرش رسید که مانتویش برای هیکل زیادی چاقش تنگ‌تر شده است. رفتند توی خانه.

- عموت رفت؟!

- آره. رفت سر کارش. امروز مرخصی نوبت منه.

- چیزی نگفت؟

- چی مثلاً؟

- که شک کرده باشه.

- شک کنه؟ یقین کرد.

و های های خنده‌اش را رها کرد. آیدا شرمزده روی پتو نشست و زل زد به دور و بر اتاق خالی دو مرد مجرد.

- این‌جوری نگاه نکن. تازه تمیزش کردم.

- نه بابا! دارم فکر می‌کنم کسی باهاتون نیست! زن عمویی، مادری؟

رضا رفت آشپزخانه و با دو لیوان چای برگشت: چقدر سؤال داری ها؟ این‌جا من و عمو برای کار اومدیم. کار که نباشه برمی‌گردیم شهرستان. هر کی رود خانه‌ی خود.

آیدا معلوم نبود به‌خاطر خانه معذب است یا به‌خاطر این‌که برای اولین بار به خانه‌ی مردی آمده است، سرخ شد. نگاهش کرد. حالا قیافه‌اش شبیه پسر کارگری نبود که در مجتمع می‌دید. شبیه مرد جاافتاده‌ای بود که نفسش داغ بود و شیطنت نگاهش کم. نشست روبه روی آیدا.

- فردا پس‌فردا کارمون تموم میشه.

- واقعاً؟!

خودش را به آیدا نزدیک کرد: بله. این همه وقت داشتیم نیومدی. خیلی بهم برخورد. فکر نمی‌کردم بیای.

- حالا که اومدم.

- انگار از من می‌ترسی؟

- از تو؟!...

- نه؟

- نه! خودت میدونی خب من خیلی مسأله دارم. اون از وضع خونه‌مون و اینم از وضع مجتمع. مدام موندنمو تجدید می‌کنن.

- چرا؟

- همیشه یه خلافی دارم.

و زد زیر خنده و یخش باز شد. رضا، ناغافل، دندان‌های به خنده باز شده‌اش را بوسید و باز هم همان‌طور که روبه‌رویش بود خودش را جلوتر کشید. کنش در برابر کنش، پاسخ از پی پاسخ. رضا استکان‌های چای را هل داد کنار و دست‌هایش به کار افتاد. آیدا نفس در سینه حبس کرد. «انگار امروز در خانه خبر دیگری بود.» ولی مقاومت نکرد. آیدا حس کرد مانتویش زیادی تنگ است و دگمه‌اش را به‌زور باز کرد.

- آها... از چی می‌ترسی آخه؟

- نمی‌ترسم.

- به من اعتماد داری؟

- دارم.

و کنشش را پاسخ داد. حالا دست رضا این‌ور آن‌ور می‌گشت و تمام تن آیدا ناگهان شل شد. خودش نمی‌فهمید چه اتفاقی دارد برایش می‌افتد. حظی که از آن دست می‌برد چیزی بود که در عمرش تجربه نکرده بود. دوست داشت همین حالا زلزله‌ی بزرگی بیاید و کل دنیا وراونه شود. هیچ‌کس نباشد جز او و رضا که جان او را سفت در دست‌هایش مشت کرده است. تمام غم‌های عالم از جانش بیرون ریخت. آیدا به خودش نگاه کرد و قهقهه خنده را سر داد. بعد یله در آهِ نفس، زمزمه‌های رضا را هم‌خوانی می‌کرد.

- دوست داری.

- آره.

- چه خوشگل میگی آره، دوباره بگو.

- آره... آره

- محکمتر بگو.

- نچ... نمیگم.

- سرتق... خب بگو...

و باز آهی و غرق شدن در نیرویی تا به حال ناشناخته که راه نفس را بند می‌آورد و نمی‌آورد.

آیدا خودش را جمع‌وجور کرد و صاف نشست و دکمه‌ی لباسش را انداخت.

- هیچ‌وقت به حرف کسی نمی‌کنم. هر جور که خودم بخوام میگم.

رضا، امید از دست نداده، گفت: باشه، سر تق. تمام پوستش عصب شده بود. صدای در زدن بلند شد. آیدا نگران چشم گشاد کرد. رضا رفت پشت در. صحبت کوتاهی رد و بدل شد و بعد برگشت.

- کی بود؟

- همسایه.

- چی میگه؟

- هیچی! کثیف! میگه تنها تنها... منم هستم. گفتم این از اوناش نیست.

آیدا یخ کرد. یک نفر تمام رشته‌های عصب داغ تنش را مشت کرد و از پا تا سرش بیرون کشید.

- چرا ناراحت شدی؟ ردش کردم رفت. میخوای تا آخر عمرت باکره بمونی؟

نمی‌خواست در آن مجتمع باکره بماند و بپوسد. می‌خواست برای یک‌بار هم که شده این طعم تازه را امتحان کند. معلوم بود که توحیدیان هیچ‌وقت او را ول نمی‌کند و می‌خواهد برای عبرت دیگران تا همیشه نگهش دارد. رضا از او فاصله گرفت و استکان چای‌اش را برداشت: «ترسو!» بر صورت هندسی خوش‌فرمش، هاله‌ای گلگون افتاده بود که آیدا نمی‌توانست از آن چشم بردارد.

رگ خواب آیدا جنبیده بود و حالا دیگر چیزی مانعش نمی‌شد. رضا خوب دستش را خوانده بود. دوستش داشت؟ آیدا گاهی از خود سؤال می‌کرد و بعد از رضا می‌پرسید و او همیشه می‌گفت: «آره آره... هیچ‌کس مثل تو تا حالا ندیده بودم. این‌قدر تو پر. این‌قدر با احساس. این‌قدر ناشی.» و می‌زد زیر خنده و آیدا هم.

حالا، در بیمارستان، زل زده بود به سقف و رد قلم موی نقاش را بر تاش‌های رنگ پیدا می‌کرد. فکر کرد: «همیشه؟ در کل چند باری بیش‌تر نشد.» ولی آن روز اول را همیشه یادش بود. سراپا عریان. اول دچار شرم شد. بعد هرم داغ پوست که از تپش سلول به سلول تن می‌آمد راه بر شرم بست. رضا از آشپزخانه برگشت.

خواسته بود او عریان شود و بلند شود بایستد. آیدا دست‌هایش را باز کرد و به روی رضا لبخند زد. مدام از او می‌خواست صدایش را رها کند و جیغ بزند. آیدا نمی‌توانست. فکر مرد همسایه که همیشه انگار پشت درگوش خوابانده باشد از سرش بیرون نمی‌رفت. طعم گس درد، لذت دردناک در پایین شکمش می‌پیچید و خیلی زود چنان رها می‌شد که گاهی فکر می‌کرد مرگ باید این‌طور باشد یا نه، این چیزی فراتر از آن است، سکوت تن در عین هیاهو. رهاشدگی روح در تپش تنی که به عرق نشست. هر دو نفس‌شان را سبک بیرون دادند و بعد به گریه افتاد اما دست برنداشت تا فتح پایان یافت. آیدا با حیرت داغی خون را حس کرد و ترس‌خورده به رضا زل زد و گفت: خون!

رضا بی‌خیال نگاه کرد و گفت: دختر بودی خب!

- حالا چی میشه؟

- هیچی... من مراقب بودم بخدا...

- عیبی نداره. خودم خواستم. خودم خواستم... حالا چی میشه؟

و حالا رو در روی رضا زد زیر گریه.

- چرا گریه می‌کنی؟

- از بس خلم.

- نه خب بگو. نمی‌خواستی خودت؟

- نه به‌خدا! اصلاً این نیست. می‌ترسم حامله بشم بعدش سنگسارم می‌کنن.
- خره حامله نمیشی. نگاه!

آیدا چیزی نفهمید. چشم و گوش بسته‌تر از این حرف‌ها بود. بعد بلند شد تا برود. رضا خواست شب پیشش بماند تا نگرانی‌اش برطرف شود. به عمویش می‌گفت مهمان دارد. آیدا رفت از سر کوچه به مادربزرگش تلفن کرد که مهمان دوستش است. مادربزرگ آمد چند و چون کند، آیدا گوشی را قطع کرد. برگشت پیش رضا و تا صبح چند بار طعم گس شیرین میوه‌ای نوبرانه را به رگ زدند تا همچنان و بعد از این همه سال زیر زبان آیدا بماند.

- پرستار... پرستار...!

صدای کفش بر کف.

- انگار بیهوش شده.

صدای نفس پرستار که غذایی با طعم سیر خورده بود: نه آقا. خوابش برده. اثر آرام‌بخشه.

دایی علی دیگر چیزی نگفت. آیدا فکر کرد اثر رضاست. همیشه آرامش می‌کرد. بعد همه انگار آمدند. پورانی، نوری، توحیدیان...

*

در قاب شیشه‌های مشجر درِ رو به کوچه، اول فقط نقطه‌ای سیاه بود توحیدیان که قدم به قدم به مجتمع نزدیک می‌شد. در هر قدم انگار مکثی داشت و به اطراف نگاه می‌کرد. پیشتر در این‌جا، صدای بازی بچه‌ها بود که از کوچه سرریز می‌کرد به درون راهروی بی‌روح مجتمع و حالا خیابانی بود خالی و دراز با درخت‌هایی خشکیده و پرغبار. از بلوارِ عمود بر کوچه‌ی مجتمع، مگر چند ساعت به چند ساعت، ماشینی عبور نمی‌کرد و خانه‌ها اغلب خالی. بی‌آبی و بی‌کاری جمعیت این منطقه را به پایتخت کوچانده بود. همه رفته بودند تهران، فرقی نداشت اهل کدام شهر باشند. همه‌ی مردم، از هر جا، در تنها نقطه‌ی قابل سکونت جمع شده بودند. تنها خواربارفروشی کوچک باقی‌مانده که کفاف معدود خانواده‌های جا مانده از مهاجرت را در فنفورمان می‌داد، نیز چند روزی می‌شد که بسته شده بود. فنفورمان شهر کوچکی که مجتمع در آن بود، در حاشیه‌ی شهر بزرگ مثل فرزندی ناتنی فراموش شده بود. سر کوچه، سمت چپ، درونِ درندشتِ بانک مسکن از پشت شیشه‌های عظیم ورودی‌اش، به صورتی بی‌چشم می‌مانست که خالی و تعطیل افتاده بود. و سمت راست، زمین‌های بایر و خانه‌های نیمه‌سازِ رو به ویرانی. توحیدیان نزدیک در که رسید، از آن گذشت و پیچید داخل بن‌بستِ باریکی و از دیدرس ساختمان دور شد. بن‌بست به موازات خندق بزرگی است که دو ضلع ساختمان را از

هم جدا میکند؛ سرتاسر جایی که قرار بوده زمانی خیابان بزرگی شود ولی رها شده و به مرور گود و گودتر شده و امکان عبور و مرور را سلب کرده، همچنان که دور زدن در اطراف ساختمان را هم. حالا توحیدیان دوباره لکه‌ی سیاه کوچکی شد و بعد، بزرگ و بزرگ‌تر شد لکه و برگشت سمت مجتمع. نان سنگکی در دست داشت که از عرض گرفته بود. نوار باریک سبزرنگی با باد در هوا رقصان بود و با تغییر جهت باد پیچ و تاب می‌خورد. توحیدیان به نوار باریک سبز نگاه کرد و دهانش نیمه‌باز ماند. رقص زیبای رشته‌ای باریک از پارچه‌ای دورریز به دست باد. حالا از خانه دور بود و این دوری، تا مادامی که به مجتمع نرسد و چشم دخترها ناظرش نباشد، او را به سرچشمه‌ی شکفتگی و شادی می‌رساند. پرهیبش بزرگ و بزرگ‌تر شد و درست رسید پشت در شیشه‌ای. تصویرش در قطعات شیشه‌ی مشجرِ در شکست، در را باز کرد و وارد شد. سکوت مجتمع خبر از خواب ماندن دخترها تا دیروقت صبح می‌داد. «چه بهتر!» پیش‌ترها برای سحرخیزی‌شان اصرار می‌کرد حالا اما فهمیده بود خواب آن‌ها، هم برای خودشان و هم برای خودش از بیداری‌شان بهتر است. سری به خوابگاه مسئولین زد. پورانی هم خواب بود. آهسته در را بست تا صدای در بیدارش نکند و پاورچین به دفترش برگشت. خوابگاه دخترها را نگاه نکرد می‌دانست حتی اگر بیدار هم باشند با دیدن او خود را به خواب خواهند زد. علیرغم اینکه محبت مادرانه‌اش را حس می‌کردند از او ترس هم داشتند؛

خودش این‌جور دوست داشت و همین‌طور فکر می‌کرد. حسی که دلش را غنج می‌انداخت. چادرش را روی جالباسی ایستای جلوی در انداخت. سفره‌ی کوچکی روی میزش پهن کرد و نان را گذاشت رویش. رفت روبه‌روی آینه ایستاد و کمی لب‌هایش را به طرفین کشید. بعد لپ‌هایش را باد کرد و روی گونه‌هایش ضربه زد. پوستش کمی افتادگی پیدا کرده بود ولی نه آن‌قدر که مشخص باشد. آینه خطوط ریز گوشه‌ی چشم‌ها و یک خط مورب نازک را در کنار لب به او یادآور شد و بعد که توحیدیان از آینه بیرون رفت، دیوار پشت میزش را نمایاند. شوهرش خیلی پیش از این، نشان داده بود که نیازی به او ندارد مگر در خانه و مگر برای وظایف زناشویی ولی او سرسختانه ایستاد تا شغلش را نگه دارد و حتی در آن پیشرفت کند اما نه دیگر آن‌قدر که بتواند در سی و هشت سالگی از بارداری سر باز زند. حالا حامله شده بود ولی نه دخترها و نه پورانی هیچ‌کس خبر نداشت. تنها نشانه‌ی مشترک او در محیط خانه با محیط کار، همان ساعت ظریف طلا بود که زنجیر نازکش به مچ لاغر دستش فرم می‌داد و گاه نوازشگرانه قلقکش می‌داد. ساعت را باز کرد و گذاشت روی میز جلوی خودش و بندش را صاف کرد. مقنعه‌ی سورمه‌ایش را کمی عقب کشید انگار که در اثر فشار کار، خود به خود عقب رفته باشد و کامپیوترش را روشن کرد. کار با کامپیوتر او را که تازه‌کار بود به دردسر می‌انداخت اما تصمیم نداشت از کار با کامپیوتر دست بکشد تا خوب به چم و خمش

مسلط شود و لااقل بتواند کارهای خودش را پیش برد. یاد گرفته بود هر چیزی را در فایل جداگانه برای خودش ذخیره کند. آیدا حتی به او یاد داده بود که چگونه فایل‌هایش را مخفی کند ولی به او گفت نیازی به این‌کار ندارد گرچه خودش از این امکان خیلی لذت می‌برد. این دختر خوب به درد اینکار می‌خورد. پسورد اینترنت را چک کرد و تغییر داد. تقریباً هر دو سه روز یک‌بار پسورد را عوض می‌کرد. نگران بود کسی اینترنتش را کش برود گرچه جز خودش و کامپیوتر امور دفتر در آن‌جا کامپیوتری نبود و اطراف مجتمع هم خالی از سکنه شده بود اما این وسواس هم چیزی مثل حفظ حریم خصوصی خودش، مثل وسواس پاکیزگی، و خیلی وسواس‌های دیگر به جانش افتاده بود و او هم از وسواس‌هایش اطاعت می‌کرد. دست‌هایش را دو طرف صفحه کلید گذاشت و زل زد به صفحه‌ای که بالا آمد: «خاطرات یک بانو.» اسم وبلاگش بود که مدتی بود با اسم مستعار و شخصیتی نیمه‌واقعی و ساختگی در آن می‌نوشت.

پیش از باز شدن در دفتر، راهرو، صدای لخ لخ کشیدن دمپایی نوری را بر کف موازییکی‌اش به گوش او رساند. توحیدیان منتظر باز شدن در، همان‌طور که نشسته بود پشت کامپیوتر ماند و زل زد به صفحه بدون این‌که کلمه‌ای بخواند و منتظر تا در باز شود و شد. نوری سلام کرد و پرسید: چای برایش بیاورد؟

- تشکر. صبر می‌کنم با پورانی صبحانه بخورم. همه چیز روبه راهه؟ عهدیه اذیت نکرده؟

- نه خانم. خوابیده.

- خوبه. درو آهسته ببند کسی بیدار نشه. حوصله ندارم از
حالا.

نوری صدایش را پایین برد: چشم خانم. خانم پورانی بیدار
شد بگم اومدین؟

- نه، صبر کن هر وقت خودش خواست میاد. من الان یه
کم کار دارم.

و به دستش حرکتی داد که نوری زود و بی‌صدا در را ببندد
و برود. اول سری زد به کامنت‌های عمومی. بعضی از او تشکر کرده
بودند و بعضی نکته‌ای تکمیلی یا آموزشی در ادامه‌ی یادداشتش
نوشته بودند. دنبال یک فرد خاص می‌گشت که معمولاً برایش
کامنت می‌گذاشت و روابط دوستانه‌ای با او بهم زده بود علیرغم
اینکه مدام نوشته‌هایش را در آن وبلاگ زیر سؤال می‌برد. کامنتی
نگذاشته بود. بعد رفت به پنل مخصوص مدیر وبلاگ و نگاه کرد
دید یک کامنت خصوصی دارد. آیدا این وبلاگ را برایش درست
کرده بود. گاهی چنین لطف‌هایی در حق این دختر می‌کرد و او را
که خوره‌ی کامپیوتر بود، می‌گذاشت به کامپیوترش نزدیک شود تا
خوی چموشش را مهار کند. دخترک عشق کامپیوتر بود و برای
همین هر کاری را در این زمینه، با وجود هر دلخوری که داشت،
انجام می‌داد. آیدا حتی تغییر پسورد وبلاگ را هم یادش داده بود
اما طول کشید که پسوردش را تغییر دهد. می‌ترسید خرابکاری کند

و مجبور شود دوباره از آیدا بخواهد کارش را راه بیندازد و او هم از این که هست پرروتر شود. کامنت خصوصی مربوط به یکی از پست‌های قدیمی‌ترش بود. یک نفر به اسم RB_tokhs.boy نوشته بود تو یا خودت ج... هستی یا اینکه خانمی وگرنه هیچ مادری با دخترش از این‌کارها نمی‌کند. بهتر است خودت را جمع کنی وگرنه تو را به مدیر سایت ریپورت می‌کنم. به نظرم تو مدیر خنده‌خونه‌ای. و بعد شکلک خنده‌ی نیشدار گذاشته بود؛ آن هم نه یکی که شش تا. و امضا کرده بود: یک پسر تخس. «مدیر سایت مگر خودم نیستم؟! نه، نه... من مدیر وبلاگم. پس یعنی مدیری هست که مطالب بخش خصوصی مرا می‌خواند؟!... خالی‌بندی کرده!...»

قلبش به کوبش افتاد. این دیگر کی بود؟ نکند شوهرش رد او را یافته باشد؟ شوهرش خیال می‌کرد او هنوز در کامپیوتر بیغ بیغ است پس رد او را هم در اینترنت دنبال نمی‌کرد. خودش هم بدش نمی‌آمد همین‌طور فکر کند. عمداً طوری وانمود می‌کرد که او مطمئن شود هیچ از کامپیوتر سر در نمی‌آورد. یک‌بار در خانه راجع به ایمیل پرسید که چیست و به چه کار می‌آید آن هم به‌خاطر اینکه نگران دخترهایش بود که در خانه از این‌کارها بکنند. شوهرش یکی از همان پوزخندهای همیشگی‌اش را تحویل داد. توحیدیان پرسیده بود که منظورش این است شاید وبلاگی چیزی داشته باشند و ایمیل برای این‌کار لازم است که همسرش قهقهه را سر داده بود که:

«وبلاگ؟ مگه عهد بوقه؟ وقتی این همه گوشی توی دست و بال مردمه و کلی امکانات چت و ارتباط مجازی داره، مگه مریض باشن که برن ایمیل‌بازی. انگار کن کبوتر نامه‌بر در مقابل پست. کی حالا وبلاگ میخونه؟ کدوم خل‌وضعی وبلاگ می‌نویسه؟!» نرگس توحیدیان در جواب سرخ شد. نه بخاطر شرمنده شدن از پوزخند او بلکه به‌خاطر اینکه نمی‌توانست ثابت کند اتفاقا وبلاگ‌ها خواننده دارد و خواننده‌های جدی خوبی هم دارد بر خلاف امکانات مسخره‌ی گوشی‌های هوشمند. بعد از همان بود که سعی می‌کرد به دخترها مرخصی ندهد یا اگر می‌دهد خانواده‌یشان را خوب در این زمینه توجیه کند که نگذارند دخترها پای کامپیوتر بروند یا گوشی هوشمند داشته باشند. فضای دنج او اول چهاردیواری مجتمع و بعد وبلاگ خاطرات بانو بود.

روی اسم فرستنده‌ی کامنت کلیک کرد. اسم او را به جایی نبرد. «پس آدرس وبلاگش را نگذاشته!» در وبلاگ، توحیدیان، خودش را مادر مجرد پنج دختر معرفی کرده بود که تربیت‌شان سخت است و هر کدام مشکلات خود را دارند. در این‌جا او خود دیگرش بود و حق به جانب خاطرات مربوط به آنان را می‌نوشت که یکی‌شان سال‌ها پیش خودکشی کرده بود. در بیش‌تر خاطراتش راضیه هم بود، همان‌طور که آیدا و دیگر دخترها ولی نوشتن از راضیه او را به حسرتی می‌رساند که کاش آن سال‌ها این مجتمع را

داشت و راضیه را و... از همان دوران مدرسه انشایش خوب بود و حالا با وبلاگ‌نویسی بهتر هم شده بود.

رفت دوباره بخشی از همان پست قدیمی را خواند: «من دوربینی را که در توالت گذاشته بودم دیدم. هیچ‌کدام از پنج دخترم خبر ندارند من کسی را آورده‌ام تا دوربین مداربسته در آن‌جا کار بگذارد. به‌هرحال وقتی آدم مادری تنهاست مجبور است کارهایی بکند که دیگران را متعجب کند. ما خانه را خالی کرده بودیم چون خانه‌کار نقاشی داشت و یک هفته‌ای ساکن خانه‌ی مادرم بودیم. دختر بزرگم یک روز رفت بیرون تا دوستش را ببیند. من برای رفت و آمد دخترهایم سخت‌گیری نمی‌کنم و آن‌جا در دوربین چیزی دیدم که مو به تنم سیخ شد. دختر بزرگم رفته بود خانه‌ی خودمان و با پسر نقاش توی توالت خانه‌مان بود و پسر داشت به او تعرض می‌کرد و دخترم هم خوشش می‌آمد. خیلی ناراحت شدم. هیچ‌وقت فکر نکردم به پدربزرگش بگویم؛ این موضوع به خود من مربوط بود و باید تنبیهش می‌کردم. برای این‌کار اول باید به رویش می‌آوردم یا مستقیم می‌رفتم سراغ پسرک و حسابی حالش را جا می‌آوردم که در این صورت پدربزرگشان متوجه می‌شد و رشته‌ی کار از دست خودم درمی‌رفت. شاید هم نمی‌فهمید ولی فکر بهتری کردم. چرا باید مانع او شوم؟! مگر قرار است دخترم را شوهر بدهم که نگرانم؟! بعد متوجه شدم دخترم به خانه‌ی آن پسر رفت و آمد...» حوصله نداشت بقیه‌اش را بخواند. ضربان قلبش خیلی بالا رفته بود. می‌دانست چه

نوشته است. نوشته بود او که نه می‌خواهد و نه دوست دارد دخترانش را با ازدواج تلف کند پس بهتر است روابطی در حد معمول با جنس مخالف داشته باشند و به‌خصوص اگر مسأله دوشیزگی‌شان حل شود دیگر هیچ‌وقت به فکر ازدواج نمی‌افتند. صفحه را سریع بست. اگر او را ریپورت می‌کردند و هویتش را درمی‌آوردند چه؟! او فقط در توالت دوربین گذاشته بود و نه سالن خوابگاه. هم هزینه‌ی زیادی برایش داشت و هم این‌که خود دخترها به اندازه‌ی کافی از هم برای او خبر می‌بردند؛ خودش با تربیت درست، دخترها را به چند دسته تقسیم کرده بود و هر دسته، خبر دسته‌ی دیگر را برایش می‌آورد. بهترین چشم و گوش ممکن بود، بهتر از هر دوربینی. در توالت هم که دوربین گذاشت، همه را از وجودش باخبر کرد تا مراقب رفتارشان باشند و کار خلافی از آن‌ها سر نزند. حتی کاری کرده بود چو بیفتد که در آزمایشگاه و حیاط و نمازخانه هم دوربین مخفی هست. هر کس هم باور می‌کرد، آیدا تا با چشم خودش نمی‌دید باور نمی‌کرد. حتی وجود دوربین را در سیاه‌چال که واقعاً می‌خواست نصب کند منتفی کرد چون می‌دانست او به ترفندی کورش خواهد کرد، از طرفی در آن‌جا نور مناسب برای ارسال تصویر نبود. صفحه را بست و بعد سریع باز کرد. می‌توانست پست را دیلیت کند ولی از کمترین نوشته‌اش هم نمی‌گذشت و حتی یک سطر نوشته را هم نگه می‌داشت. به‌خصوص که این پست کلی کامنت داشت و بیشتری‌ها تحسینش کرده بودند

چون تابوی بکارت را شکسته بود. عده‌ی زیادی هم مخالفتش را با ازدواج ستوده بودند. این‌ها همه خوانندگان و دوستان مجازی‌اش بودند و او نمی‌خواست نظراتشان را با حذف این پست از دست بدهد. اما راه دیگری هم بود؟ پست را مخفی کند. گرچه از دسترس مدیر وبلاگ خارج نمی‌شد ولی لااقل آن کامنت‌گذار ناشناس دیگر آن پست را پیدا نمی‌کرد تا موی دماغ شود. پست را به تنظیمات پیش‌نویس برگرداند و صفحه‌ی جدیدی باز کرد و در عنوانش نوشت: «آپاندیس: امروز دختر بزرگم با دل درد شدیدی از خواب برخاست. اول خیال کردم بخاطر پریودش است چون او معمولاً در این دوره دردهای شدیدی دارد. از دیشب حواسم بود که امروز باید قاعدگی‌اش شروع شود ولی مدتی بود (بعد از رابطه با همان پسر نقاش و البته زیر نظر خودم و بارعایت اصول بهداشتی) که دیگر آن دردهای وحشتناک پریود را تجربه نمی‌کرد و نیازی به دارو و اورژانس نبود.» مکث کرد. نفسی کشید و دست گذاشت روی گونه‌هایش. حس کرد گر گرفته و هنوز از برخورد پسر تخس عصبانی است. آنقدر که یادش رفته بود بقیه کامنت‌های خصوصی‌اش را بخواند. پست را در حالت پیش‌نویس نگه داشت اما نتوانست ببندد و برود سر وقت کامنت‌های نخوانده. به ساعتش نگاه کرد. پرتو باریک آفتاب صبح به زور خودش را از لای پرده سرانده بود و بر بند طلایی ساعتش می‌درخشید. ساعت هفت و نیم بود. حالا بود که پورانی بیدار شود. یادداشتش را بار دیگر خواند

و رفت عبارت داخل پرانتز را حذف کرد. و باز پست را ذخیره کرد. فکر کرد کاش راهی بود که وبلاگش را از دید آن پسر تخس خارج می‌کرد. خود پسر نقاش نبود؟ با خود گفت او نمی‌داند کامپیوتر با کدام کاف نوشته می‌شود چه برسد به وبلاگ؟ خروج از وبلاگ را زد و اینترنت را خاموش کرد و فایل یکی از بخشنامه‌ها را باز کرد تا روی صفحه‌ی کامپیوترش بالا بیاد. بعد بلند شد و پرده را کنار زد. از شیر آب دستشویی داخل دفتر، برای خودش لیوانی آب ریخت و بعد دوباره خود را در آینه‌ی بالای روشویی نگاه کرد. نفهمید چرا چشم‌هایش قرمز شده است!

زنگ زد و نوری چای آورد با بشقاب پنیر و گردو. پورانی هم آمد. حالا به جای نرگس، زینب شده بود. زینب توحیدیان به روی پورانی لبخند زد.

- بد خوابیدی؟

- اصلاً خوابم نبرد دیشب از فکر این دختره!

- معلومه، چشات قرمزه. طوری نیست که! مرخص میشه میاد.

- گویا مشکلات دیگه‌ای هم داره. دکتر آزمایش‌های کامل‌تری خواسته.

پورانی با اشتها نشست آن طرف میز و آماده‌ی خوردن صبحانه شد. همین حالا بود که دخترها یکی یکی بیدار شوند و راه

بکشند به حیاط تا از دکه‌ی نوری سهم صبحانه روزانه‌شان را بگیرند و با خود به خوابگاه ببرند.

- این‌قدر تخسه که می‌ترسم توی بیمارستان هم کاری دست خودش بده، حرفی بزنه!...

پورانی خندید: هههه... تخس! چه لغت جالبی. معمولا به پسربچه‌ها میگن.

- جداً؟...(بعد گفت): یعنی به نظرت به لحاظ ماهوی این کم میاره از پسرا؟

پورانی لقمه‌ای نان برید: در این‌که همه رو حریفه شکی نیست ولی به لحاظ عاطفی به شدت شکننده است. برمی‌گرده به همون اتفاقی که در بچه‌گی‌اش افتاده. برای همین برای جلب محبت به هر چیزی چنگ می‌زنه. من حتی فکر کردم تمارض کرده.

توحیدیان بلند شد و رفت پشت پنجره تا به حیاط مسلط باشد. ثریا اولین دختری بود که داشت به سمت دکه می‌رفت.

- کاش به نوری می‌گفتم صبحانه‌ی عهدیه رو جا نذاره.

- تو هم خودتو برای اینا کشتی، بی‌خیال بابا... نوری هواشونو داره اگه تازه باهاشون دست به یکی نباشه!

و نگاهش کشیده شد به سمت شکم توحیدیان: چاق شدی ها؟

توحیدیان نگران از فاش شدن حاملگی، شکمش را تو کشید و گفت: مدتیه خودمو ول کردم نه ورزشی، نه چیزی.

- خوبی بابا... ورزش برا چی؟ اندامت میزونه. یه ذره چاقی
بهت میاد.

بعد گفت: نگران پناهی نباش. دایی پدرش عین شیر جنگل
بالاسرش وایساده نمیذاره جنب بخوره. شک ندارم تا الان صد بار
آرزو کرده کاش برگرده مجتمع.

توحیدیان، یخ، خندید. دل و دماغ خندیدن نداشت و گرنه
می‌دانست آن دایی آیدا هر وقت مراقبش باشد بدجور بیچاره‌اش
می‌کند فقط حیف که نزدیک‌شان نبود و خانه زندگی‌اش زنجان بود.
پرسید: اومده تهران موندگار شده؟

- گویا!...

توحیدیان نشست. هنوز در فکر کامنت وبلاگش بود، «از
کجا معلوم که کار همین پورانی نباشه! آب‌زیرکاه که هست!» و
جرعه‌ای چای لب زد. خنده خنده گفت: پس تخس فقط به پسرا
میگن ها؟ یادم باشه جایی دیگه نگم.

- گمونم. حالا من یه چیزی همین‌جوری گفتم!... امروز
باید زود برم. کار خاصی که نداری؟

- نه، کاری که ندارم ولی طوری شده؟

- مدرسه‌ی دخترم جشن دارن باید باشم. خودم باشم بهتره.
باباشم قراره امروز مرخصی بگیره بیاد.

- چه خوب!...

- گرچه جشنشونم عزاداریه. همش گدایی می‌کنن از خونواده‌ها. تازگیا به بچه‌ها گفتن هر کس آب برای خودش از خونه بیاره. مدرسه آب نداره!

- یعنی برای خوردن؟

- نه کلاً. برای دستشویی رفتن هم. خانواده‌ی هر بچه، هر صبح یک گالن آب میبره به مدرسه تحویل میده. دیدیم اینجور نمیشه. قرار گذاشتیم پولشو بگیرن خودشون آب بچه‌ها رو تأمین کنند. حالا پولو گرفتن ولی از آب خبری نیست. هر روز بچه میاد خونه یه مصیبتی. میگن هر مدرسه یه سهمیه‌ی مشخص داره که این مدرسه مصرف کرده و تموم شده.

- مثل خود ما دیگه، آب اندازه‌ی شیر سماور به‌زور میاد. امروز فردا اینم قطع میشه. فقط این بچه‌ها خونواده‌ای ندارن، به کی بگیم آب بیاره؟ پاک ولشون کردن به امون خدا!

و بعد نگاهش سر خورد به دیوار روبه‌رو و یادش آمد که خیلی وقت است دخترش کارهای مدرسه‌اش را عمداً نه به او که به پدرش می‌گوید. فکر کرد مهم نیست. در وبلاگش پنج دختر دارد که در اصل چهل‌تایند. «شایدم بیشتر! اگه قبلیا رو حساب کنم.»

*

در زیرزمین باز شد و باریکه‌ی نور اول بر پله‌های کج‌ومعوج افتاد و بعد توانست خودش را ذره‌ای جلوتر بکشد تا به کف راهرویی برسد که عهدیه در آن چمباتمه، زانوهایش را بغل گرفته و خوابیده بود. جرأت نداشت به آن اتاقک پر از کارتن و موش برود که آیدا آن‌جا را اتاق خودش کرده بود. موزاییک‌های کثیف، دست به دست، نور چرکمرد را به چشم‌های خو کرده به تاریکی عهدیه رساندند. قیه خفیفی کشید و سر بلند کرد. توحیدیان بالای پله‌ها، قد بلندتر شده بود و چادر به سر نداشت؛ عروسکی باربی را می‌مانست که شکمش ورآمده باشد و عهدیه اگر آن عروسک را می‌داشت حتماً به شکمش سوزن فرومی‌کرد تا بادش بخوابد یا عروسکش ناکار شود و دورش بیندازد. دو پله را پایین آمد: بلند شو!

-   خانم تو رو خدا! بخدا دیگه تکرار نمیشه. بخدا شیطون رفت تو جلدم... من نمی‌خواستم فرار کنم. می‌خواستم بالای آمبولانس رو ببینم...

و های های گریه کرد.

-   بلند شو بیا بالا.

از همان‌جا که ایستاده بود پایین‌تر نرفت. عهدیه پای خواب‌رفته‌اش را دراز کرد. پاهای کرخت شده بی‌نای برخاستن، به

مور مور افتاد. چهار دست و پا شد و برخاست. هنوز داشت گریه
می‌کرد.

- دست و صورتتو که تمیز شستی، بیا اتاق من!

همین که چهارچوب باریک راه‌پله از سایه‌ی ضد نورش
خالی شد، نور ناگهان به صورت عهدیه پاشید و چشمش را زد. با
پشت دست راه نور را سد کرد در حالی که ته‌مانده‌ی ترس و
دلخوری، هنوز هق‌هق نیمه‌جانی بود که مثل سکسکه از گلویش
بیرون می‌زد، حواسش هم بود که دور و برش را نگاه کند. حالا که
در باز شده بود و نور راهرو را روشن کرده بود، به دقت اطرافش را
نگاه کرد. با عجله سراغ یخچال بزرگ زیرزمین رفت. قفل بود.
دوباره نگاه سریعی به دور و بر انداخت. در سمت حیاط، قرچی
صدا کرد و باز شد. نوری با سینی صبحانه آمد. نگاهی به در باز
بالای پله‌ها انداخت و نگاهی به عهدیه.

- خانم توحیدیان گفت الان برم بالا.

- پس چرا موندی؟ یالا زود بدو! وای به حالت اگه چیزی
کش رفته باشی.

- من؟!... من؟... چرا تهمت می‌زنی.

- من رفتم در بالا رو ببندم، تو هستی دیگه اینجا؟

و عهدیه زود پشت سرش راه افتاد. شیء نرم گردی را در
جیبش گذاشته بود که هنوز نمی‌دانست چیست. عادتش از سرش
نیفتاده بود بلکه در این‌جا فقط پنهان شده بود. دست‌هایش جیب‌ها

و کیف‌های دیگران را می‌گشت و هر کار می‌کرد که ردی نگذارد، همیشه ردی می‌ماند. آخرین‌بار گوشی موبایل همکلاسی‌اش بود و شکایت عریض و طویل خانواده‌ی دختر که کار او را به این‌جا رساند. حالا دیگر عمراً چشمش به گوشی موبایل بیفتد! آیدا گفته بود برایش جور می‌کند ولی به‌نظرش آیدا از این خالی‌بندی‌ها زیاد می‌کرد تا خودش را در دل دخترها جا دهد. خودش را رساند به راهروی دستشویی. نگاهی به بالای در ـ دوربین مداربسته ـ انداخت و رفت به نزدیک‌ترین توالت دم در تا اگر دوربین احیاناً توالت‌ها را می‌گیرد از دیدش مخفی باشد. به دیوار تکیه داد و دست به جیب برد. یک توپ آبی پلاستیکی بود، با شاخ‌کهای نرم پلاستیکی دورتادور که در مشت فشرده می‌شد. یک‌بار فشرد و لذتی را در کف دست حس کرد و بار دوم تکرار کرد. احتمالاً یک‌جور وسیله‌ی بازی بود ولی نمی‌دانست چه جور با آن بازی می‌کنند. فعلاً همین بازی مشت خوب بود.

گشت و پشت سیفون جایی پیدا کرد و آن را مخفی کرد. بعد بیرون آمد و دست و رویش را شست و رفت دفتر توحیدیان.

- جیب‌ها خالی!

عهدیه، آموخته، دو جیب مانتویش را برگرداند.

- توی لباساتم باید بگردم؟
- نه خانم، به‌خدا هیچی برنداشتم.
- دیروز چی بلند کرده بودی از توی آمبولانس؟

- هیچی خانم به‌خدا! درش بسته بود. می‌خواستم فقط سقفشو ببینم.
- فقط به‌خاطر این‌که این روزای آخر اخلاقت بهتر شده بود گذاشتم بیای بیرون اونم به خواهش خانم پورانی.

عهدیه سر چرخاند و به پورانی نگاه‌کرد. پورانی مشغول کار خود بود.

- ولی شرط داره.

عهدیه ساکت شد. نگاهش را به زمین دوخت.

- چند روز دیگه آیدا مرخص میشه. نمیشه با این حال بفرستمش زیرزمین وگرنه خودش هم خوب میدونه جاش همونجاست. خوب چشماتو باز میکنی و هر کار زیر جلکی کرد بدون جلب توجه‌کردن میای به من میگی. همین! تمام!
- باشه خانم. خانم دوربینم که هست.

توحیدیان زل زل نگاهش کرد و بعد گفت: کاری رو که گفتم میکنی. بله دوربینم هست ولی کار تو اینه، اگه نمی‌خوای برگردی زیرزمین. زبون‌درازی هم موقوف!... گوش میکنی ببینی چی میگه. از کجا میگه. با کیا میجوشه... خب؟.... همه‌ی اینا رو درست منتقل میکنی به من؛ به خود من. رفاقتم باهاش نگه میداری که شک نبره.

- باشه خانم. چشم خانم! دیگه منو نمیفرستین زیرزمین اگه این‌کارو بکنم؟

- به لحاظ ماهوی، نه!... ولی هر لحظه ممکنه بخوام برگردی... (صدایش را بلند کرد): اگر کاری رو که خواستم نکنی!... حالا برو. تمام...

- چشم خانم! فقط آیدا یا بقیه هم آره؟

جیغ صدایش حالا تودماغی شد: هر کس... همه اما بیش‌تر از همه، آیدا... بقیه هم، بعله...تمام...! همین!

عهدیه چند قدم به سمت در برداشت و بعد انگشت اشاره‌اش را بالا گرفت و برگشت: خانم اجازه؟

- دیگه چیه؟

پورانیان زیر لب غرولند کرد: عجب رویی داری آ...!

- بنال!...

- آیدا هنوز از اون کارای بد میکنه؟

- چه کارایی؟! (و زل زد به چشم‌هایش)

این نگاه به دل عهدیه ترس می‌انداخت: منظورم اینه که به‌خاطر اون کارا میگین مواظبش باشم.

- اگه یه کلمه از دهن گشادت دربیاد اول از همه خودت جای اون تنبیه میشی. یادت که هست، سیاهچال الان نوبت توئه. حالا هی پرروبازی دربیار تا بفرستمت زندان... جای تو زندانه! خودتم خوب می‌دونی... افتاد؟!... یالا...

اشک در چشم‌های عهدیه حلقه زد و از در بیرون رفت. هنوز انگشت اشاره‌اش بالا مانده بود که شل شد و اول انگشت و بعد آرنجش صاف شد و دستش پایین افتاد. در دفتر، توحیدیان و پورانی به روی هم سر تکان دادند. عهدیه دوباره رفت توالت و توپ نرمش را یک‌بار در مشت فشرد و بعد توی جیب مانتویش مخفی کرد و به سمت خوابگاه راه افتاد. ملیحه‌ـ همسر آقای نوری‌ـ صدایش زد: عهدیه! باید بگردمت.

عهدیه جیغ زد. چنان جیغی زد که خواب از شیشه‌های کهنه‌ی در رو به خیابان پرید. توحیدیان از دفتر سرک کشید: چه خبره؟

- خانم نمیذاره بگردمش!

- گشتمش. بذار بره. بعد بیا این‌جا کارت دارم.

خانم نوری، بورشده، به دفتر برگشت و عهدیه خندان با توپی مشت کرده درون جیب به خوابگاه برگشت. بچه‌ها برایش هورا کشیدند.

- خانم رئیس خودتون گفتین بگردمش که!

- چیزی همراه نداره، گشتمش. می‌خواستم فقط حساب کار دستش بیاد با حرف تو.

خانم نوری پوزش را بالا داد و پاکشان رفت تا از دفتر بیرون برود.

- صبحانه‌اش رو ببرین!

- باشه... خودش هم میتونه بیاد بگیره.

و در حالی که هیکل سنگینش را به زور از در دفتر بیرون می‌برد، فکر کرد حق با آیداست، خوب همه را به جان هم می‌اندازد.

در خوابگاه، عهدیه نگاهی به بالش زهرا کرد که می‌دانست گوشی را درونش مخفی می‌کند. آهسته بالش را برداشت و برد روی تخت خودش. زهرا روی تخت‌های آن‌طرفی داشت برای یکی از دخترها مسأله‌ی ریاضی حل می‌کرد و عهدیه دید که مداد دست دارد.

***

آیدا گوشی دایی را زمین گذاشت و سرش را تکیه داد به بالش. علی حیرانی وارد شد و هنوز ننشسته پرسید: گوشی من دست تو چی‌کار می‌کرد؟

آیدا جواب نداد.

- قفل صفحه رو چه جور باز کردی؟

- دایی! اذیت نکن. بذار یه کم گوشیتو بردارم.

- که باز قرار مدار بذاری؟

- من کی با گوشی قرار مدار گذاشتم؟ اون وقتی که جناب‌عالی حرفشو می‌زنی اصلاً گوشی نداشتم.

- ماشاالله به این رو.

- بده دیگه دایی و گرنه باز پولامو جمع می‌کنم گوشی می‌خرم ها!

علی حیرانی سرش را پایین انداخت و دیگر جواب نداد. آیدا بعد از کلی کش و قوس توانسته بود یک گوشی دست دوم از رضا بکند. برای گرفتن این گوشی خیلی خودش را به زمین و زمان زد. رضا که اول قول داده بود، زد زیر قولش به این بهانه که او نمی‌تواند استفاده کند! او که نمی‌تواند در مجتمع پنهانش کند! به او که مرخصی نمی‌دهند که وقت این کارها را داشته باشد و سعی کرد از زیر بار گوشی دربرود. آیدا وقتی دید التماسش به جایی نمی‌رسد،

تهدیدهایش را راه انداخت و بلافاصله داد و جیغ و چنان هیاهویی که رضا ترسید همسایه‌ها بریزند به خانه فکسنی‌اش و برایش دردسر شود. این بود که همان‌جا گوشی عمویش را پاک کرد و داد به آیدا. آیدا گوشی درست و حسابی می‌خواست که بتواند با آن در اینترنت بچرخد. رضا قول خرید گوشی دست دومی را به او داد ولی بعد دیگر اصلاً در به رویش باز نکرد، گرچه آیدا هم، بعد از آن دیگر نتوانست برود؛ مجتمع باز شده بود. همان گوشی را هم مادربزرگش پیدا کرد و برد گذاشت کف دست توحیدیان و گزارش هر روز مرخصی‌اش را موبه‌مو تعریف کرد که در خانه نمی‌مانده و باز بر سنوات ماندگاریش در مجتمع اضافه شد.

- دایی!...تو رو خدا!...
- حالا شاید بعداً بهت دادم. الان ممکنه بیان ملاقاتت.

ادایش را درآورد: ممکنه بیان ملاقاتت!...

- به‌شرطی که یک فیلترشکن خوب برام بذاری. مدام قطع میشه این یکی.

آیدا به سقف زل زد: پس بده دیگه.

- گوش بده چی میگم. امروز نتیجه آزمایشت میاد و ایشالا مرخصت میکنن می‌فرستنت چند روز خونه. نری باز عزیز رو اذیت کنی، راه بیفتی اینور اونور؟ همین‌جوریش هم کلی اضافه بهت خورده. تا آخر عمرت که نمیشه اون‌جا بمونی؟ میفرستنت زندان.

- زندان برا چی؟ مگه من چی‌کار کردم؟

سر چرخاند و به بیمار تخت بغل دستی نگاه کرد که خودش را به خواب زده بود و پلک‌هایش را محکم روی هم فشار می‌داد.

- چون دیروز، دکتره جلوی توحیدیان رو گرفته بود سین جیم می‌کرد. اونم بعدش اومد به من گفت که دیگه نمیتونه تو رو نگه داره از لحاظ قانونی براش مسأله داره، چون هجده سال رو رد کردی.

آیدا به تمام حرف‌هایی فکر کرد که شاید توحیدیان به دکتر گفته باشد، به حرف‌های دکتر به او، به کارهایی که در مجتمع کرده بود و حالا توحیدیان صاف گذاشته بود کف دست دکتر تا آبرویش را پاک ببرد یا پرونده‌ی تازه‌ای برایش درست کند.

غرولند کرد: اضافه به من نخورده، عزیز خانم نمی‌خواد من برم خونه چون گل پسرش با دیدن من اذیت میشه. فکر نکن نمیدونم طرف داروی اعصاب میخوره. احصاب!... ها ها... ای خدا! اون آرام‌بخش زهرماریش دیگه اثر نمی‌کنه؟!

- این چرت و پرتها چیه که میگی؟ مگه نمیدونی خیلی وقته ترک کرده و الان خودش حلقه داره، داره بقیه رو ترک میده!

- بعله، حلقه داره. حلقه‌ی مامانمم داشت، چی کارش کرد؟ منو چی کار کرد؟ یادته که!... مکث کرد و چون جوابی نشنید پرسید: دکتر چی می‌گفت، شنیدی؟!... شنیدی؟!

علی حیرانی لب گزید. سرخ شد. شاید حتی بغض کرد: حالا دیگه اون آدم نیست، اینو بفهم! تو چرا فراموش نمی‌کنی؟ همین‌جوری دستی دستی خودتو بدبخت کردی. زندگی‌ات فلج شد، زندگی‌ات رو به باد دادی با همین فکر که مثل کنه بهت چسبیده. الان خودش هم پشیمونه ولی تو طوری رفتار می‌کنی که حتی روش نمیشه بیاد دیدنت با اینکه دلش برات تنگه. من می‌دونم که میگم. عزیز هم ازت دلخوره که نمیاد. پسرشه هر چی باشه!...

- به درک که عزیز هم رفته سمت اون! به درک که توحیدیان به دکتر چی زرزر کرده؟ اگه این دکتره نبود که توحیدیان همون روز اول جنازه منو برگردونده بود. خوبش میکنه که سین جیمش میکنه. اصلاً حالا که اینجور شد قضیه بابا رو براش میگم. همه‌تونو میگم که با من چی‌کار کردین؟ همه چی رو... قضیه شوش و همه چی رو... میگم که پشت ستون برق قایم شده بودم تا آب بشم برم تو زمین کسی منو نبینه... میگم می‌خواست چیکارم کنه! فراموش کنم؟ هِهِه!... مگه خل بشم که یادم بره!

- بهه!... باز شروع کردی که...

آیدا، آرام شده با بی‌حالی گفت: جالبه قیافه‌ی همه‌ی اون آدما یادمه جز قیافه‌ی خود خرش.

- حالا اگه اومد دیدنت، چیزی به روش نیار. خب؟!

- نخود!... بیاد که آبروم پیش دکتر و پرستارا بره؟ مامانم...! میدونه بیمارستانم؟

- بلهه!... این یکی خودش نمیاد، کسی جلوشو نگرفته که از احوال بچه‌اش خبر بگیره. شوهر داره خب... باید اجازه بگیره لابد بیاد...

هر دو مدتی در سکوت به روبه‌رو زل زدند. بعد آیدا پرسید:

- تو از مامانم بدت میاد. اون نمیاد چون نمیخواد چشمش به چشم عزیز و پسرش بیفته!

علی حیرانی آه کشید و به در اتاق زل زد. آیدا پرسید:

- نتیجه آزمایش رو به کی میدن؟ به توحیدیان یا تو؟

- طبیعتاً به توحیدیان. چون اون برگه‌های بیمارستانو امضا کرده.

دیگر نشنید دایی چه می‌گوید همان‌طور که پدر در آن ظهر داغ شش سالگی‌اش، صدای او را نمی‌شنید. عزیز، مادر پدرش، او را بزرگ کرده بود و برایش مادر بود تا آن ظهر داغی که رفت روضه و آیدا را با خود نبرد. می‌خواست کارتون نگاه کند. تنها در خانه بود که پدر آمد. سرخ و کبود و خیس عرق. سیاه و چرک همان‌جور که آیدا همیشه او را دیده بود. انگار شکمش درد می‌کرد چون خم خم راه می‌رفت. گفت: «آیدا دختری! به بابا یه چای نبات میدی؟» آیدا غرولندکنان رفت آشپزخانه. قوری چای سرد شده را برداشت و ریخت توی فنجان. یک نبات هم انداخت و برد گذاشت جلوی بابا. آن‌قدر محکم زمین گذاشت که چای از سر فنجان شتک زد. بابا چشم‌های نیمه‌بازش را باز کرد. خط باریک لبخند دو طرف لبش

راکش داد اما چشم‌های چروکیده‌اش بی‌تغییر ماند. استکان چای را برداشت و همین که به دهان برد به سرفه افتاد: «اینکه یخ کرده بابایی!» آیدا محل نگذاشت. خودش بلند شد رفت چای راگرم کرد و آمد نشست سیر دل چای خورد و هی فکر کرد. سیگار که روشن کرد، آیدا ادای سرفه درآورد. بابا نگاهش کرد؛ انگار چیزی جلوی دیدش راگرفته باشد چشمش را تنگ کرد و نگاه کرد. بعد گفت: تو بابایی رو دوست نداری، مگه نه؟ بچه‌گی آیدا، رو به تلویزیون چانه بالا گرفت. «عزیز کجاست؟» «روضه» «میخوای بریم دوچرخه سواری؟» «من که دوچرخه ندارم. نخریدی که!» «میخوام ببرمت پیش یکی خودش دوچرخه‌هاشو نشونت بده هر کدومو میخوای برداری.» گل از گلش شکفت: «راستی؟ تو که گفتی پول نداری!» «طلب دارم ازش. خودش گفت...» (و لب‌هایش را باد کرد و روی هم جلو آورد.) آیدا خندید. «پاشو، زود باش. تلویزیون خاموش! پیش به سوی دوچرخه.» در همین حین، تلفنش زنگ خورد: «میام صحبت کنیم. راه دارم...(صدایش را بلند کرد): راه دارم!»

تا او حرف بزند آیدا رفت تندی لباس پوشید. بلوز گل‌گلی خوشگل و روسری هم سرش کرد. بعد با هم رفتند تا رسیدند کنار آن ستون برق میدان. «اینم شوش! حالا دیگه ببینم چی میگه! همین جا وایسا تا برگردم.» از همان لحظه بود که انگار دیگر آیدا را نمی‌دید. هنوز از کنار او نرفته بود. چشم‌هایش به همه طرف

می‌چرخید و دست‌هایش مدام بهم گره می‌خورد و از هم جدا می‌شد. دست‌ها را یادش بود آیدا. گره به گره انگشت‌های کبره بسته‌ی پدر را که هی در هم قفل می‌شد و باز می‌شد. بعد از پیش او رفت تا برگردد. مردم را می‌دید که از کنارش می‌گذشتند و نگاهش می‌کردند. زنی پرسید: «گم شدی دختر؟» «نه منتظر پدرمم رفته دوچرخه بیاره.» زن رفت. آیدا هیکل درشتی داشت. شش ساله بود اما به هشت ساله‌ها می‌مانست. پدرش همراه مردی می‌آمد که تی‌شرت جگری به تن داشت و موی سیاه سفید دراز. مشغول بحث بودند. از حالات و حرکات دستشان معلوم بود که مرد از چیزی عصبانی است و پدرش انگار داشت به چیزی اصرار می‌کرد. چیز شومی در آن قدم‌هایی بود که از آن سوی خیابان به سمتش می‌آمد. دوچرخه‌ای همراه‌شان نبود و هوش کودکانه‌ی آیدا چیز بدی در آن مردها دید. موتوری‌ها راه بر عبور آسان‌شان از عرض خیابان می‌بستند. همین که نزدیک رسیدند، آیدا شنید: «بابا این بزرگه. باید کوچیک‌تر باشه نمی‌گیرتش این‌جور. به کارش نمیاد...» حالا زنگ وحشت درگوشش صدا کرد. «تو مگه پولتو نمی‌خواستی؟ خب بیا.» پدر دستی به سر آیدا کشید و لبش به لبخندی نیامده کج شد و از ریخت افتاد: «دخترمه.» بعد آهسته در گوش مرد: «فقط یه هفته... یه مو از سرش کم بشه...» آیدا دیگر نشنید. خودش را پشت ستون باریک کرد. ستون را محکم چسبید تا کسی او را از ستون نکند و جیغ زد. چنان جیغی که انتظار داشت آن صدا او را از ستون ببرد

بالا تا دست کسی به او نرسد. «کمک!... مردم! کمک.... میخواد منو بدزده!» مردم جمع شدند. پدرش خندید و دندان‌های زردش بیرون افتاد: «دخترمه!... اعصابش خرابه.» زنی که پیش‌تر از آیدا پرسیده بود گم شده یا نه راه آمده را برگشته بود: «دخترته؟! پس چرا یک ساعته زیر آفتاب کاشتیش. دخترجان اینو می‌شناسی؟» و اشک از دو چشم درشت آیدا به زیر چانه‌اش چکه می‌کرد. سر تکان داد: «نه.... نه!» «ایهاالناس این دخترمه!» و تا بابا بیاید ثابت کند که این دختر اوست جمعیت زیاد شد و مرد فلنگ را بست. خود خمیده‌اش ماند با دخترکش که با تمام وجود داد می‌زد: «نمی‌شناسمش... بابام این نیست.» و بعد یک لحظه رنگ جگری لباس مرد به چشمش آمد که ناگهان در جمعیت محو شد. دیگر چیزی یادش نماند جز اینکه دست در دست عزیز داشت به خانه برمی‌گشت. حالا شب بود.

فکرکرد پدر آشغالی است که قابل بازیافت هم نیست، باید جایی دفنش می‌کرد حتی حالا که کلاً کس دیگری شده بود و درس می‌داد و حلقه داشت. بدبختی این بود که هر جا دفنش می‌کرد با کوچک‌ترین جنبشی بیرون می‌افتاد و می‌نشست روبه‌روی آیدا درست مثل همین امروز که تصویرش خرکش آمده بود کنار تختش نشسته بود و از جایش جنب نمی‌خورد و مدام گره به گره انگشت‌هایش را درهم حلقه می‌کرد و باز می‌کرد.

- من دارم میرم خونه استراحت کنم. به حرفام خوب فکر کن. باید پشت سر بذاری.

- چی رو؟

- همه چی رو. تموم کن تا زندگی‌ات تغییر کنه. گذشته رو...

آیدا همان‌طور که پشت کرده بود گفت: آها. دیگه نیا دایی. خودشون میان منو میبرن. به کسی احتیاج ندارم.

دایی جواب نداد. به نچ‌نچ سر تکان داد و بیرون رفت. آیدا منتظر شد تا از اتاق بیرون برود. در ذهن محاسبه کرد که شاید کمی در راهرو معطل حرف زدن با پرستارها شود. حساب کرد شاید سری به حسابداری هم بزند. دستشویی هم شاید برود. دقیقه به دقیقه این زمان‌ها را در ذهن شمرد. پایین رفتنش را از پلکان بخش جراحی عمومی زنان. خروجش از ساختمان و بعد از در بیمارستان. رسیدن به جای پارک ماشینش در خیابان. باز کردن قفل و بندها و استارت زدن. راه افتادن و رسیدن به اولین چهارراه. بعد چرخید و روی دست تکیه کرد و بلند شد نشست. آهسته از تخت پایین آمد. دمپایی‌هایش را به پا کشید. بیرون، پشت پنجره، غبار بیداد می‌کرد. گرد و خاکِ به هوا رفته راهِ دید را بسته بود. آیدا به پنجره‌ی بی‌تصویر زل زد؛ دوباره آن روز شوم شش سالگی در ذهنش نقش بست ولی هر چه در آن‌جا هوا گرم بود و خورشید تفته، این‌جا خورشید لکه‌ی بی‌رنگی بود شرمگین، سرفروبرده در غباری ناشناس. ستون برقی درست رو به پنجره بالا رفته بود که مثل همان

ستون برق خیابان شوش چرکمرد می‌زد. سبیل مردهایی که حلقه‌اش کرده بودند می‌جنبید و مرتب از او می‌پرسیدند گم شدی؟ گم شدی؟ و بعد مردی قدبلند و باریک، با موی دراز جوگندمی رو به او می‌آمد و لبخند می‌زد. ناگهان در جا ماند. لبخندش گرد شد مثل چشم‌هایش از دیدن چیزی که آیدا نمی‌دید و جیغ می‌کشید. دید که مرد دو قدم عقب رفت. پشت کرد و دوید. رنگ جگری تی‌شرتش در غبار پیدا و پنهان می‌شد. سر تکان داد تا تصویر را براند. خریدار همو بود؟! پدرش را نمی‌دید. سر و صدای آیدا کار را بر مرد و پدرش سخت کرده بود. بعداً بود از لابه‌لای گومگوهای عزیز با پدرش فهمید که می‌خواسته او را به آن مرد بفروشد. بعد از آن پدر برای او فقط صدایی بود در طبقه‌ی بالا که با عزیز کار داشت. هنوز میخکوب پشت پنجره رو به غبار بیرون ایستاده بود. یادش بود که کسی او را به خانه‌شان رساند. یا نه، عزیز بود انگار که آمده بود دنبالش به دکه‌ی پلیس. تمام ماجرا بعد از ستون برق در ذهنش تار و گنگ بود. در خانه، خیلی بعدتر، بعدِ این‌که پدرش از زندان درآمد، از او شنید که: «مأمور راهنمایی بود نه گشت، فقط برای خودشیرینی منو تحویل اماکن داد!» خودشیرین پدرش را تحویل می‌دهد به منکرات یا هر جایی که هست. از وقتی درآمد ـ اصطلاحی که عزیز می‌گفت و هیچ‌وقت نمی‌گفت آزاد شده می‌گفت از زندان درآمد ـ دیگر پدرش را از روبه‌رو ندید. دیگر هیچ‌وقت به هم رو نکردند.

کیسه‌ای پلاستیکی، پشت پنجره در هوا چرخ خورد و یک
آن چسبید به شیشه و باز کنده شد و در هوا به رقص درآمد. مریض
تخت روبه‌رویی که توجهش به پشت پنجره جلب شد، غرولند کرد:
«دنیا را کثافت برداشت.» آیدا نگاهش کرد. لب ورچید. می‌دانست
و نمی‌دانست. دلهره‌های خودش مهم‌تر از کثافت دنیا بود. بطری
سرمش را به دست چپ داد. و در راهرو به راه افتاد. دنبال بهیاری
می‌گشت که با او حرف زده بود.

*

پروانه لاچینی، بهیار بیمارستان شهدای حسن‌آباد، هفت سالی می‌شد که به شکل قراردادی با آن بیمارستان کار می‌کرد. هر روز می‌آمد؛ دو شب در هفته، شیفت شب داشت. پسرش در یکی از دانشگاه‌های آزاد اطراف درس می‌خواند. برای همین این جمله ورد زبانش شده بود که: «پسره باز پول میخواد.» و این یعنی این در آن در زدن برای جمع و جور کردن پولی که از یک دست می‌گرفت و از دست دیگر می‌رفت. ترسِ روزگار پیری و بی‌پولی مدام بالا می‌گرفت چون زمان شتاب داشت و دوندگی‌هایش به جایی نمی‌رسید مگر این‌که پسرش درسش را تمام می‌کرد و کاری پیدا می‌کرد. به جز بیمارستان، مسئولیت تمیز کردن چند مجتمع ساختمانی را هم به عهده داشت. ماهی یک‌بار با محمود، همسرش، می‌رفتند آن‌جا و پله‌ها را تی می‌کشیدند و آبی به راهروها می‌زدند و برمی‌گشتند. چندتایی از واحدها گاهی، نزدیک عید، برای خانه‌تکانی از آن‌ها کمک می‌گرفتند و پولی کف دست‌شان می‌گذاشتند. پروانه از وقتی خودش را به یاد می‌آورد داشت خاک و کثیف‌کاری دیگران را از روی در و دیوارشان پاک می‌کرد و ابایی هم از این‌کار نداشت. از تمیز کردن بدش نمی‌آمد ولی چند وقتی بود که از دل و دماغ افتاده بود. اوایل خیلی ناملموس بود؛ فقط گاهی از کسی می‌شنید که فلان خانه خالی شده است یا بهمانی‌ها رفته‌اند اما بعد دیگر در کل یک ساختمان ده دوازده طبقه جز یکی

دو واحد، بقیه‌ی واحدها همه خالی بود. از غبار ساختمان‌ها هم معلوم بود. همیشه ساختمان‌های خلوتِ نیمه‌متروک پرغبارتر و کثیف‌تر از ساختمان‌هایی است که برو بیایی در آن هست. گرچه هیچ‌وقت به عمرش ندیده بود که آن همه غبار روی پله و نرده و پاگردها جمع شود و همین کار را برایش کمرشکن کرده بود. بدتر این‌که آب هم دیگر مثل قبل در دسترس نبود که کارش سریع و تمیز انجام شود. گاهی صاحب آپارتمانی که می‌رفت، از قبل به او یا همسرش کلید می‌داد تا در نبودشان سری به خانه بزنند و گلی آب بدهند یا شیرهای گاز را چک کنند و مراقب باشند دزدی سرک نکشیده باشد. در این خانه‌های پولدارها بود که او متوجه شده بود بیش‌تر اثاث‌شان را برده‌اند و چندان وسیله‌ای به جا نگذاشته‌اند. تا حالا لااقل کلید هشت واحد از چهار مجتمع که صاحبان‌شان به سفری دور رفته بودند دست آن‌ها بود. می‌دانست واحدهای دیگری هم خالی هست که کلیدی به آن‌ها نداده بودند. تازه این فقط مال همین چند مجتمعی بود که او در آن‌جا رفت و آمد داشت. بیمارستان اما فرقی نکرده بود و اتفاقاً از همیشه شلوغ‌تر بود. زود زود مریض می‌آوردند و زود هم مرخص‌شان می‌کردند. با خودش فکر کرد «فقیر بیچاره‌ها کجا بروند؟» اغلب مریض‌ها جوان بودند و فهمیده بود که خیلی‌شان زندانی‌اند. او اجازه نداشت به اتاق‌های آن‌ها برود برای همین تعجب کرد وقتی دید آیدا را در تخت‌های معمولی خوابانده‌اند و تازه پنهان نمی‌کنند که از زندان به بیمارستان آمده.

گاهی به نظرش می‌رسید اغلب مریض‌های بیمارستان زندانیانی هستند که مریض شده‌اند ولی به روی خودشان نمی‌آورند و بازدیدکنندگانشان هم که شب و روز بالاسرشان می‌ماندند زندان‌بانند. یک‌بار این گمانش را به دکتر رامین گفت. دکتر از پشت عینک نگاهش کرد و آه کشید. گفت: «پروانه‌خانوم! سرت به کارت خودت باشه و گرنه برات دردسر میشه.» دکتر جوان خوبی بود. تازه آمده بود این‌جا. داشت طرح خدمت سربازی‌اش را می‌گذراند انگار. هوای همه را داشت از مریض‌ها تا پرستارها و بهیارها. اصلاً ندیده بود که دکتر زمانی در بیمارستان نباشد یا از در بیرون برود. هر وقت او آنجا بود دکتر هم بود و همیشه در حال دویدن از اتاق عمل به بخش و از بخش به اورژانس.

آیدا پروانه را در دستشویی یافت. دستکش‌هایش را درآورده بود و داشت دست‌هایش را می‌شست. پروانه همین که از گوشه‌ی چشم، رنگ صورتی روپوش بیمارستان را دید، سر چرخاند. آیدا سرمش را بالا گرفته بود و گفت: ببین قبوله!

- چی قبوله دختر جان؟

نگاهی به دور و برش انداخت. بعد رفت در تک تک توالت‌ها را زد و باز کرد و مطمئن شد کسی نیست.

- چی قبوله؟ من چیزی گفتم؟

- همون که گفتی ولی من فقط برگه‌ی آزمایش رو نمیخوام. یعنی دیگه مهم نیست. فکر می‌کردم آزمایش کلی یعنی معاینه و اینا هم هست. چون مدیرمون قبلاً بهم گفته بود میفرسته معاینه‌ام کنن.

پروانه هاج و واج نگاهش کرد: حالت خوبه دخترجان؟

- خوبم. ببین پول نمیتونم بهت بدم ولی طلا چرا.

- طلا؟ دزدی کردی؟

- نه... طلای بازیافتی. مال خودمه.

- من که نمی‌فهمم تو چی میگی؟

- خب پس یه کار میکنیم تا بفهمی راست میگم. امروز سرایدار مجتمع میاد به من سر بزنه. یه مرده که صورتش از وسط دو جوره.

- دو جوره؟ قصه می‌بافی؟! زده به سرت؟ دارو ماروهات وقتش نیست؟

- به‌خدا راست میگم وقتی اومد خودت می‌فهمی. یه ور صورتش با اون ور صورتش شبیه هم نیست. یه خال گنده داره.

- خب؟!

- همونجا گوشیتو دربیار و با یکی الکی تلفنی حرف بزن، بلند بلند.

- نمیشه موقع کار با تلفن حرف بزنیم.

- حالا دیگه...

- از پشت خطی بپرس مگه میشه توی کامپیوتر اسقاطی طلا باشه و ازین حرف‌ها. درباره‌ی حرف از طلا توی کامپیوتر. خوب! یه جوری حرف بزن که بفهمه تو هم از اون طلا سهم میخوای. یادت نره ها.

- برا خودم جرم درست کنم بعد بیفتم بیخ دل تو؟
- نع! ای بابا. اینکه جرم نیست. نشون به این نشون که میاد ازت سؤال جواب میکنه. اگه اومد یعنی من راست میگم. اگه نیومد که هیچی. ما هم نه همو می‌شناسیم نه با هم حرف زدیم. قبول؟!

پروانه که دست‌های خیسش را از خود دور گرفته بود، با دهان باز زل زد به آیدا و نمی‌دانست دختر به سرش زده است یا نه؟!... شنیده بود ناراحتی اعصاب دارد و در بیمارستان یکی دوباری از هوش رفته است. از این‌جور آدم‌ها می‌ترسید که به سیم آخر بزنند. شاید هم کاسه‌ای زیر نیم‌کاسه دارد تا فرار کند. برای جواب دادن خیلی طول داد. تی‌ها را گذاشت سرجایشان. جوراب‌هایش را درآورد و پاهایش را شست. دوباره دست‌هایش را شست و خشک کرد. بعد رفت سمت در و گفت: من با این باباکه می‌گی کار ندارم ولی یک آزمایش برداشتن برای من کاری نداره.

- برگه‌ی آزمایش نمیخوام. گفتم که... حالا اگه برداشتنش آسونه اونم بردار.
- نمیخوای؟

- نه فکر می‌کردم میخوان بکارتمو معاینه کنن. از دکتر پرسیدم گفت این فقط یه آزمایش خون ساده‌ست.

- از دکتر پرسیدی؟ چه رویی داری تو؟

- اگه نداشتم که دارالتأدیب نبودم.

و حالتی به خودش گرفت که کمی در دل پروانه دلهره انداخت.

- ببین همه به من میگن مخ کامپیوتر. هر کاری میتونم با کامپیوتر بکنم.

پرستاری وارد شد و با شنیدن این جمله، چشم‌هایش را گشاد کرد و لبخند زد. گفت: لاچینی! تا نرفتی این سرم تخت ۲۰ رو درست کن. هی غر میزنه دستمو اذیت میکنه. من دارم میرم.

و بعد باز نگاهی به آیدا انداخت و رفت بیرون.

آیدا صدایش را پایین آورد و گفت: الان از تو فقط یک گوشی میخوام. قبل از این‌که مرخصم کنن، یعنی فردا. اگه این گوشی رو برای من پیدا کنی من بهت قول میدم که بهت طلای بازیافتی میدم. اگه هم ندادم گوشیتو برمی‌گردونم با خسارتش. فقط باید گوشی دستم باشه تا بتونم درست بگردم. بدون گوشی نمیتونم. تو رو خدا، تو رو خدا، تو رو خدا، بعدش دیگه هیچی نمی‌خوام.

پروانه فکر کرد همین حالاست که عصبی شود و بیمارستان را روی سرش خراب کند و آبروی او را هم پاک ببرد. بدجور از آدم‌های عصبی می‌ترسید.

- من گوشی از کجا بیارم؟ (داشت در ذهن سبک‌سنگین می‌کرد). حالا امانتی... شاید بتونم ولی مرخص که شدی چه جوری برمی‌گردونی؟!

- من آدرسمو بهت میدم. فکر همه جا رو کردم. ببین اگه بگی نه...

- اگه بگم نه چی میشه مثلاً؟

- شوخی کردم. (بعد گوشه‌ی توالت را نگاه کرد). برگه‌ی آزمایش رو یه لحظه میشه برام بیاری نگاه کنم، سریع برمیگردونم به خودت. گفتمت زیاد لازمش ندارم.

لاچینی، مثل آدم‌های کوکی، گیج از حرف‌های آیدا، غرق فکر گوشیِ جامانده‌ای که به‌تازگی در یکی از خانه‌هایی که به او سپرده شده بود، از پله‌ها پایین رفت. و یکراست رفت سمت آزمایشگاه. «طلا!؟» گم شدن وسیله‌ای از خانه‌ی مردم چیزی نبود که بتواند به‌سادگی از زیرش در برود. این با ماندن در خانه‌های مردم و مصرف آب و برق و تلویزیون مجانی فرق داشت. هر چه سبک سنگین می‌کرد می‌دید نمی‌تواند حرف‌های این دختر را باور کند اما شکل طلا شبیه هلال ماه زردرنگ و درخشان یک لحظه از جلوی چشمش دور نمی‌شد. طلا برایش همان گردنبند هلالی سر عقدش بود، هدیه‌ی پدر، که بعدها در خرج و مخارج روزگار پول شد و آب شد و به زمین فرورفت.

*

دکتر رامین، به یکی یکی‌مریض‌های خاصش سر زد. بعضی‌شان چنان آش و لاش شده بودند که نمی‌توانست تکانشان بدهد. بعضی‌شان حتی رمق حرف زدن نداشتند. وقتی به اتاق مریض‌های زندانی می‌رفت، در احاطه‌ی چند مأمور لباس شخصی بود که همه جا مثل سایه دنبالش می‌کردند. دکتر دندان‌هایش را بر هم می‌فشرد و خشمش را می‌خورد مبادا که در روند درمان بیمارانش خللی ایجاد شود یا مریض‌ها را درمان نشده برگردانند. آن‌ها چنان در پوشش پرستار و بهیار دکتر را احاطه می‌کردند که یک‌بار خیال کرد قرار است تا اتاق عمل هم بیایند. وقتی متخصص بیهوشی در را به رویشان بست و شوخی جدی گفت که این جا دیگر خان آخر است و کسی راهی به فرار ندارد، یک لحظه خیال کرد همین حالاست که درِ شیشه‌ای بخش مراقبت‌های ویژه با باتوم خرد شود. سعی می‌کرد چیزهایی را که در ترم پنجم آموزش دیده بود به یاد بیارود. توان روانی پزشک حرف اول را در بهبود عملکرد سریع و درست در اتاق عمل می‌زند و بعد از عمل کمک شایانی به بهبود بیمار می‌کند. استرس به معنای خداحافظی با پزشکی است. به بیمار تا وقتی روی تخت عمل است باید مثل دستگاهی نگاه کرد که نیاز به تعمیر دارد. هر نوع دلواپسی در مسائل دماغی پزشک را از فوریت‌های مداوا منحرف می‌کند. مسائل روانی و هیجانات را باید به بعد از اتاق عمل موکول کرد. و حالا درست بعد از عمل بود.

توی اتاق خودش و داشت نسخه‌هایی را که باید می‌نوشت وارسی می‌کرد. چند مورد پارگی مقعد. تجاوز با شیء در ....، عمل کردن‌ها و بخیه زدن‌ها، بهبودهای به ظاهر بعد از عمل از لحاظ جسمی اما بعد، خودکشی. خودکشی‌های ناموفق دوباره سر از بیمارستان درمی‌آورد و دکتر حتی نمی‌توانست با مریض‌هایش درست صحبت کند. مگر یکی دو کلمه با عجله و در خفا. پزشکِ وظیفه بود. دوره‌ی خدمتش که تمام می‌شد برمی‌گشت شهرش و می‌رفت درمانگاه عادی یا اگر بخت یارش می‌شد مطبی شخصی. اما سکوت در فجایعی که در این‌جا داشت می‌دید به معنای زیرپا گذاشتن تمام آیین‌نامه‌های پزشکی بود که از زمان بقراط پزشکان بر آن متعهد بودند. دختر جوانی را هم که تازگی از یک دارالتأدیب آورده بودند، نگران از دست دادن بکارتش است. معلوم نیست کار خودش است یا او هم به اجبار. دخترک دچار حمله‌های عصبی می‌شود. کاغذهایش را زیر و رو کرد. بله، همه‌ی علایم همان بود و ربطی به حملات پانیک ـ آن‌طور که سرپرستش گفت گویا از بچه‌گی دچارش بوده ـ نداشت: سرگیجه، خشکی دهان، درد عضلانی، تنگی نفس، ضربان قلب بالا، نوسانات خلقی، مشکل اختلال خواب و از همه بارزتر درد در قفسه سینه. همین علایم است که اگر درمان نشود به پانیک منجر می‌شود. مدام اتفاقات گذشته را در ذهنش مرور می‌کند. اعتیاد پدرش زمینه‌ی بیماری روانی خانوادگی‌اش است که برای او تبدیل به تروما هم شده و حالا با

شرایط مزمن شروع درد آپاندیس در انفرادی تشدید شده است.
نسخه‌هایش را نوشت و کاغذهایش را دسته کرد. بعد از کشوی
میزش، کاغذ تا خورده‌ای بیرون کشید که در آن به شرح وضعیت
وخیم آن بیماران خاص اشاره کرده بود. اینترنت امن نبود و باید
حتما دستی می‌فرستاد. فرصت نبود برود کپی بگیرد همان‌جا
رونوشتی به دستخط خودش نوشت و زیرش مهر و امضایش را زد.
قرار بود امروز طناز در بیمارستان به او سر بزند. رونوشت را به او
می‌داد تا به هر طریقی که می‌تواند به دست صلیب سرخ یا هر جایی
که خودشان می‌دانند برساند ولی تا پیش از آن باید فکری به حال
پسرجوان اتاق بیست می‌کرد که حالش خیلی وخیم بود و پارگی
مقعد کمترین مشکلش بود. بلند شد و از اتاق بیرون رفت. در
راهرو، آیدا از کنارش گذاشت و محجوبانه لبخند زد. پرسید: «دختر
خوشگل ما امروز چطوره؟!» سرخ شد: «بهترم دکتر. مرسی.» یکی
از مأمورهای اتاق بیست بخش مردان از دور به او اشاره کرد. در
اشاره‌اش چیز شومی بود که شک کرد به خاطر سر زدن به مریضی
باشد. همان لحظه سایه‌ی نگهبان تنومندی هم در کنار مأمور اول
تکان خورد. سر تکان داد که برمی‌گردد و به شتاب از پله‌ها سرازیر
شد. وقت نبود منتظر آسانسور باشد. طناز دیر کرده بود. خودش را
رساند به حیاط کنار ردیف آمبولانس‌ها و بله طناز آنجا بود.

- چرا بالا نیومدی؟
- فکر کردم درست نیست.

به شتاب کاغذ را در مشتش گذاشت.

- همه چیز این‌جا هست. فقط زود برو. اون‌قدر سریع که الان چند نفر از پله‌ها دنبالت باشن.

طناز نگاه غمباری به او انداخت. فرصت نشده بود حتی دست بدهد چه برسد به ابراز مهری بعد این همه دلتنگی. دکتر دوباره دستش را تکان داد که عجله کند و طناز از در پارکینگ بیرون رفت. نگهبان‌ها حتی ورود دکتر را هم به حیاط ندیده بودند. عرق پیشانی‌اش را گرفت و رفت سمت دکه‌ی داخل و یک پاکت سیگار خرید. همان‌جا یکی را بیرون کشید و روشن کرد. منتظر بود پایین برسند. کسی نیامد. «خدارو شکر به طناز شک نکردند.» فکر کرد از در بیرون برود ولی چیزی از او نداشتند. شاید اصلاً خبری نبود. مریض‌ها را که نمی‌شد ول کند برود. باید به اتاقش برمی‌گشت و برگه را را از بین می‌برد. چرا باید چنین مدرکی را در بیمارستان نگه می‌داشت؟ با آمدن و رفتن طناز همه چیز آرام شد؛ دلش، شتاب قدم‌هایش و ترس و نگرانی‌اش. دلهره فرونشست. انگار تمام نگرانی از ندیدن طناز بود. جلوی آسانسور ایستاد تا بالا برود. بهیار لاچینی از آسانسور بیرون آمد و با چشم و ابرو به دکتر اشاره‌ای کرد که نگرفت. مردی که پشت سر لاچینی در آسانسور ایستاده بود، بیرون نیامد و با دکتر بالا رفت. در اتاقش تمام کشوها باز بود و کاغذها زیر و رو شده بود. پروانه لاچینی از آن روز دیگر دکتر را ندید.

***

بعد از یک روز سکوت و خستگی در کردن در و دیوار،
دوباره صدا بود که می‌خورد به سقف و کف و کمانه می‌کرد به
دیوارها و برمی‌گشت به دهان‌ها. به دهان دختری تازه‌رسیده،
ایستاده روبه‌روی توحیدیان در دفتر کارش. زیر آرایش غلیظی که در
اثر گرما از صورتش چکه می‌کرد. می‌خورد که شانزده هفده ساله
باشد با موهای زرد فانتزی کوتاه که انگار خودش جابه‌جا قیچی کرده
باشد، کنار لبش را سوراخ کرده بود و گوی فلزی ظریفی در آن نشانده
بود. با هر بار حرف زدن ــ که به قال قال می‌مانست ــ آدامسش را
باد می‌کرد و رو به توحیدیان می‌ترکاند.

- حتی یه لحظه هم نمی‌مونم. فقط گوشیمو می‌خوام. اگه
ندین کل ساختمونتونو به آتیش می‌کشم. هیچ کاری هم نمیتونین
بکنین.

مادرش مرتب به او سقلمه می‌زد و آهسته می‌گفت صبر کن
من درستش می‌کنم.

- خانم! این بچه رو خودمون آوردیم این‌جا. با راهنمایی
دوستی که گفت این‌جا برای دخترهایی مثل دختر من خوبه. یه چند
ماه فقط. دستتون درد نکنه، اگه گوشی باهاش بهتره. چون اعصابش
خراب میشه.

- اعصابم خراب نمیشه! گوشی خودمه میخوامش. یک دقه هم نمی‌مونم. من گوشیمو میخوام زنیکه. خیال کردی کی هستی؟ حالا که اینجوریه یک دقیقه هم اینجا نمی‌مونم، مامان!

توحیدیان همیشه حالت سنگ و سرد خونسردش را در مقابل اینجور تازه‌واردها حفظ می‌کرد اما جیغ جیغ دختر و فحش‌های آب نکشیده‌ی او صورتش را گلگون کرده بود و نبض در سرش می‌تپید. پرونده‌اش را ورق زد. چند کاغذ را این‌ور آن‌ور کرد و در تمام این مدت دختر مدام داشت داد می‌کشید و مادرش مدام داشت با همان صدای بلند، او را آرام می‌کرد. فتحعلیان از روبه‌روی دفتر گذشت و از راهرو برایش سر تکان داد. توحیدیان صدایش زد تا با ورود او کمی زمان بخرد. حتی فکر کرد سر حرف را درباره‌ی چه موضوعی با فتحعلیان باز کند. اما در آن هیاهو، فتحعلیان صدایش را نشنید و رفت و او بور شد. کمک هزینه‌ای که برای ثبت نام دختر می‌گرفت مبلغ قابل توجهی بود چون خانواده خودشان بچه را آورده بودند؛ بچه؟! هر وقت دیگری بود این دختر را می‌گرفت تا حسابی آدمش کند تا کاری نکرده روی زمین نداشته باشد اما حالا با این وضعیت پا در هوا و جیغ جیغ دختر نمی‌دانست نگهش دارد یا ردش کند. کسی که آن‌ها را معرفی کرده بود، از مسئولین بالادستی او در اداره بود و شاید برایش بد می‌شد اگر ردش می‌کرد. وقتی که دختر یکی دیگر از فحش‌هایش را خرج او کرد و رو به مادرش داد زد: «من به تو و اون اکبر جونت حالی می‌کنم که کی‌ام!... منو به

زندان تحویل میدی؟ بذار دارم برات. مگه من چی‌کار کردم؟ این‌جا زندانه، نمی‌بینی؟!» دل به دریا زد و از پشت میزش بلند شد و تا جایی که تارهای نازک حنجره‌اش جا داشت، جیغ تیزی کشید که: «خفه!...» و رو به مادر هم داد کشید: «خانم شما بیرون!»

مادر هاج و واج مانده بود که چرا او را بیرون می‌کند و در این تردید که اصلاً این‌جا جای مناسبی برای دخترش هست یا فقط عذابش می‌دهند، این پا و آن پا کرد و بیرون نرفت. یک کارگر و یک راننده توی حیاط مشغول تخلیه‌ی چاه فاضلاب بودند. در سکوت ایجاد شده، سر و صدای ماشین فاضلاب بر تمام صداها فرود آمد و یکنواختی آن‌جا را به یاد در و دیوار آورد. که دوباره دیوارها لرزید: «خانم بیرون!» دختر زد زیر گریه که: «مامان... تو رو خدا نرو... مامان!...» مادر ماند. گفت: دلیلی نمی‌بینم من بیرون برم.

توحیدیان مستأصل لحن عوض کرد. لبخند مصنوعی‌اش را به زور به لب چسباند و دستپاچه گفت: «خیلی خوب، شما بمانید. دختر چند دقیقه پشت در باشد.» مادر دست دختر را کشان کشان کشید بیرون دفتر و برگشت داخل و در را بست. دختر در همان‌جا هم بیکار ننشست و تا توانست به در و دیوار خواب‌رفته لگد پراند.

- معرفتان دقیقاً کی بوده؟
- این‌جا نوشته، آقای...
- مشکلش چیه؟

- همین که می‌بینین. حرف حرف خودشه. من اعصاب
  درستی ندارم و با پدرش هم مدام پرخاش میکنه. از پسش
  برنمیام.
- مشکل خاص؟
- گل میکشه. پدرش مخالفت میکنه بعد با لنگ و لگد
  می‌افته به جون ما.
- یعنی شما و پدرشو کتک میزنه؟
- نه وسیله پرت میکنه. هل میده گاهی. بچه‌ی بدی نیست.
  ته تغاریه و لوس بار اومده.
- چرا آوردینش اینجا؟
- گفتن این‌جا این‌جور دخترا رو خوب تربیت می‌کنند. فکر
  کردم شاید یه کم از لوس بودنش کم بشه قدر عافیت
  بدونه.
- دوباره می‌پرسم. چرا آوردینش اینجا؟ این‌جا دارالتأدیبه و
  فقط کسانی هستند که جرمی دارند و به جای زندان میان
  اینجا. یا خانواده‌ای ندارند تا ازشون مراقبت کنه و
  رفتارهای ناشایست دارند.

شین ناشایست را همان‌جور که همیشه دوست داشت
کشید. اعصابش داشت آرام می‌شد.

- گفتن چون هزینه میدیم میشه.

- خیلی‌ها این‌جا هزینه میدن؛ اگه نگم همه. گویا به لحاظ ماهوی، دختر شما خلاف سنگینی داره و شما دارید لاپوشانی می‌کنید. بنابراین خبری از پذیرش نیست. تمام!... گرچه سال بعد باید بره و فرصت تربیت هم نیست. همین حالا هفده ساله‌ست.

- یک سال؟ خانم من دخترم را برای یک‌سال این‌جا نیاورده‌م. نهایتاً دو ماه، شاید هم کم‌تر.

توحیدیان بعد از مکثی طولانی که همان‌طور سرپا زل زده بود به زن، گفت: به من اطمینان کنین. اگر چیزی هست که می‌ترسید به‌خاطرش زندان بیفته و برای همین آوردینش این‌جا... مادر که انگار واقعاً چیزی برای مخفی کردن داشت، لب‌هایش را بهم فشرد و چیزی نگفت.

توحیدیان همان‌طور زل زل نگاهش کرد تا زن بالاخره دهان باز کرد: ما باید از تهران بریم. همه‌ی همسایه‌هامون رفتن. توی روستا خونه داریم ولی این دختر نمیاد. از پسش برنمیاییم که ببریمش. تنها هم نمی‌تونم بذارمش. می‌خواستم یک ماهی بسپرمش این‌جا تا با خیال راحت بریم.

- کدوم منطقه هستین که تخلیه شده؟

- تولید دارو. زمین نشست کرده و همین امروز و فرداست که خونه‌ها رو سرمون خراب بشه. آب هم نداریم. این دختر دست و پامونو بسته.

- فقط برای فرونشست زمین و کمبود آب دارین میرین. من خوب می‌دونم که مردم این روزا برای چی میرن؟
- برای چی میرن خانم؟ چرا تهمت میزنین؟
- تا کاری نکرده باشین نمیرین. و من فکر می‌کنم اون کسی که مقصره همین دخترخانمه نه شما و پدرش.
- حالا یه چیزی هم بدهکار شدیم... من فکر می‌کردم این‌جا جای امنیه. خاک بر سرش که حاضر شد این‌جا بیاد ولی با   ما   نیاد.

پا کشید سمت در. رفت بیرون و با دخترش برگشت: پرونده را به ما بدین بریم.

- نمیشه، این دیگه این‌جا بایگانی میشه تا جرم معلوم بشه.

دختر با توپ پر و سینه سپر کرده، میز را دور زد. توحیدیان را هل داد کنار. توحیدیان، در مقابل کار غیرمترقبه‌ی دختر، لق خورد و تعادلش را به زور نگه داشت تا چادرش زیر پایش نرود. رنگ از رخش پریده بود. می‌شد همین حالا چاقویی دربیاورد و او هم این‌جا تک و تنها. «پسر تخس» در سرش چرخ زد. «نکند خود این دختره باشد.» دختر کشوی میزش را بیرون کشید. توحیدیان دست لرزانش را گذاشت روی زنگ تا نوری را صدا کند. لعنت فرستاد به همان آقای معرف که تا حالا یک نگهبان برایشان نفرستاده بود و مدام جمعیت کم مجتمع را به رخش می‌کشید و منتظر پنجاه نفر بود. دختر مچ دستش را محکم گرفت

و از روی زنگ کنار زد. توحیدیان دوباره لق خورد و این‌بار پشتش را به میز داد تا نیفتد. چشمش افتاد به کاغذی که داده بود اسمش را رویش نوشته بودند: «زینب توحیدیان؛ مدیر مجتمع» یک نفر با خودکار آبی بی‌حال زینب را خط زده بود نوشت بود: نرگس و زیرش شکلک خنده گذاشته بود. چرا تا حالا ندیده بود. کار کدامشان بود؟ خودکار که به آن‌ها نمی‌داد پیش خودشان نگه دارند؟ داد کشید: «این دیگه جرم مسلمه. الان که نگهبان بیاد معلوم میشه.» دخترها توی راهرو جمع شده بودند و گاهی هورا می‌کردند و گاهی هم نگران صدایشان را می‌خوردند. دیدن دختری مثل خودشان از بیرون، با این دل و جرأتی که از آن‌ها گرفته شده بود، بدجور به آن‌ها جان و توان می‌داد. توحیدیان هنوز جیغ جیغ می‌کرد که خانم نوری سلانه سلانه سر رسید: کاری داشتین خانم؟ دختر حالا پرونده را از درون کشو پیدا کرده و برداشته بود. خواست توحیدیان را دوباره هل بدهد که با دیدن هن و هن خانم نوری خنده‌اش گرفت. از پشت میز بیرون آمد و رو به توحیدیان که مثل گچ سفید شده بود و نزدیک بود مثل بند نازک شلواری از جا در برود و نقش زمین شود گفت: نگهبانت این بود مردنی؟ گوشی؟! یاالله! خانم نوری با دهان باز به چیزی که داشت می‌دید نگاه می‌کرد. من من کرد که: «نوری رفته برای پرداخت قبضا.» توحیدیان انگار اصلاً او را ندیده باشد و صدایش را هم نشنیده باشد همان‌طور مثل گچ روی دیوار ماند. دختر که دوباره داد زد:

«گوشی!» فقط توانست با انگشتش اشاره‌ی بی‌جانی بکند که ملیحه نوری را به خود آورد که زود گوشی را بدهد تا مدیر غش نکرده و قال قضیه را بکند. رفت سراغ کشوی سوم میز که نزدیک زمین بود. کشو را کشید و چند تایی گوشی را برداشت و گذاشت روی میز. مادر گوشی خودشان را جدا کرد. دست دخترش را گرفت و از در بیرون رفتند. دخترهای راهرو برایشان کف زدند. ملیحه رفت تا در ورودی را که قفل کرده بود باز کند. بعد دوان دوان برگشت به دفتر که توحیدیان سیخ و یخزده سرجایش خشک شده بود. گوشی‌ها را به کشو برگرداند که شنید: بریزشون دور!

- بله؟

- میگم همین الان همشونو ببر بریز توی چاه فاضلاب که درش برای تخلیه بازه.

- خانم میگم اینا امانت خانواده‌هاست بعدش شر میشه.

- همین که گفتم. این‌جا رئیس منم. اینو توی گوش‌های کرت فرو کن. همین! زود باش تا کارشون تموم نشده.

ملیحه نوری چهار پنج گوشی ضبط شده‌ی دخترها را که دزدکی از مرخصی به خوابگاه آورده بودند برداشت و در جیب گشاد مانتویش انداخت. پشت چشم نازک کرد و قدمکش به سمت در رفت. بعد چیزی یادش آمد و روبرگرداند. گفت: «راستی خانم، آقای نوری روش نشده به شما بگه ولی ما داریم تقاضای استعفا میدیم. می‌خواست قبلش از شما اجازه بگیره ولی وقت نیست. باید زودتر

بریم.» توحیدیان که هنوز همانطور کج و خشک مانده بود و چادرش هم از روی شانه‌هایش تکان نخورده بود انگار که نشنید یا نفهمید چه گفت که دوباره با همان صدای لرزان نازکش داد زد: «از این پنجره نگاه می‌کنم. وای به حالت اگه کاری رو که گفتم نکنی. اون‌وقت مگه خواب استعفا و انتقالی ببینین!» ملیحه این‌بار دیگر واقعاً از در بیرون آمد. با نگاهی به دخترهای جمع شده جلوی در دفتر، اشاره کرد که بروند داخل تا پاچه‌شان را نگیرد. ادای سگ درآورد. علامت رمزی ملیحه و دخترها برای وقت‌هایی که باید مراقب رفتار توحیدیان باشند. دخترها با هر و کری خفه دویدند و خودشان را رساندند روی تخت‌های خوابگاه و یکی‌شان در را بست. ملیحه رفت سر چاه تخلیه فاضلاب و جلوی چشم کارگر و راننده، که داشت در حیاط سیگار می‌کشید، چهار گوشی را یکی یکی انداخت توی چاه و بعد برگشت و به شیشه‌های دفتر نگاه کرد که یک جفت چشم از حدقه درآمده توحیدیان داشت او را می‌پایید؛ مثل جنی نازک در تار و پود شیشه.

توحیدیان برگشت و پشت میزش نشست. دست به شقیقه‌هایش برد. به عادت معمول خواست دوباره انگشت روی زنگ بگذارد تا نوری برایش چای بیاورد. بی‌هوده بود. حس کرد ملیحه با نگاه از حیاط او را تحقیر کرده. انگار فحشی آب‌نکشیده به او داده باشد، کینه‌اش را به دل گرفت. کشوهای میزش را باز و بسته کرد. کش چادرش را به سرش بند کرد. رفت دم در و راهرو را

از نظر گذراند. پاکشید سمت خوابگاه، در را باز کرد. دخترها روی تخت‌هایشان داشتند درس‌هایشان را مطالعه می‌کردند. داد زد: «وقت نمازه... هنوز وقت نمازو یاد نگرفتین؟ حیاط رفتن ممنوعه. همین‌جا وضو بگیرین.» از نمازخانه صدای ترتیل قرآن می‌آمد. یادش آمد کلاس فتح‌علیان هنوز تمام نشده است؛ باید زودتر تعطیل کند و صدای رادیو را برای اذان پخش کند «زنیکه‌ی شلخته!» طول راهرو را که برمی‌گشت انرژی‌اش را بازیافته بود. «حیف که حوصله‌ی عضو جدید نداشتم و گرنه همین کارگرای تخلیه فاضلاب رو صدا می‌زدم هلش بدهن توی زیرزمین خوب هم دستمالیش کنن حالش جا بیاد. حال هر دوشون؛ مادر و دختر تا بفهمند با کی طرفند.» از فکر دستمالی شدن متجاوزانه به دختری احساس کیفناکی به او دست می‌داد، مورمور می‌شد و تجسم جیغ و اضطراب دختر خط باریک لبخندی کریه بر لبش می‌نشاند. خودش را همیشه پشت پرده‌ای تجسم می‌کرد که ناظر ماجراست. رفت توی حیاط تا با مردها حساب و کتاب کند و خودش در حیاط را ببندد.

*

آیدا تندی گفت: کروکیه.

و کاغذ تا شده را گذاشت کف دست بهیار پروانه لاچینی.

پروانه هاج و واج نگاه کرد: «کروکی؟»

- یواش! بله، نقشه. نمی‌دونی کروکی چیه؟ آدرس مجتمع.

زیر کروکی کج و معوجی که کشیده بود، این‌طور آدرس داده بود: «ایستگاه متروی شماره ۱ ـ خطی‌های غورآباد ـ فنفورمان ـ خیابان منبع آب ـ مجتمع دختران راضیه قریشی ـ رو به در مجتمع، سمت چپ یک کانال بزرگ زباله هست، گوشی را از روی آن کانال پرت کن سمت دیوار پشتی مجتمع. نشانه: یک درخت خشکیده درست آن طرف کانال نزدیک دیوار پشتی. در نگاه اول به چشم نمی‌خورد، چون شاخه‌هایش پر از پلاستیک‌های زباله شده. مراقب باش گوشی توی کانال نیفتد؛ هم عمیق است و هم پهن. کسی نمی‌تواند برود توی آن چاه ویل. اگر بیفتد توی آن برای ابد دست کسی به گوشی نمی‌رسد. به قول توحیدیان: همین، تمام! [این‌جا شکلک خنده کشیده بود]. بعد دیگر برگرد. چند روز بعد با همین گوشی با تو تماس می‌گیرم.» فکر کرد حالا که تصمیم گرفته به جای خانه برگردد مجتمع، همین آدرس بهتر است گرچه بازگشتش به مجتمع احتمالی خیلی خیلی ضعیف بود مگر دکتر زیرقولش می‌زد و شک هم داشت لاچینی اصلاً به آنجا بیاید و برای رساندن

یک گوشی این‌قدر به خودش زحمت بدهد برای دستمزدی که اصلاً
معلوم نیست هست یا نیست.

- آستینتو بزن بالا باید ازت خون بگیرم.

- دوباره؟

- بعله. برگه‌ی آزمایشت گم شده؛ عجیبه.

آیدا لب گزید و آستینش را محکم گرفت تا پرستار بالا

ندهد.

در تقلا و جیغ‌جیغ آیدا، پرستار خونش را گرفت و به بهیار
گفت: سرمش که خالی شد، بکش. فعلاً دیگه دارو نداره و بیرون
رفت.

پروانه لاچینی با آیدا که تنها شد، خبر را داد. سرم را از
دستش کشید و گفت: دختر، خوبی دیگه. بگو کس و کارت بیان
مرخصت کنن. هر چی زودتر از این‌جا بری بهتر! خبر نداری بخش
مردان چه خبر بود دیروز!

- چه خبر بود؟

پروانه لبش را گاز گرفت و صدایش را یک پرده پایین‌تر از
آن که بود برد: هیس! مگه تو زندانی نیسی؟ اگه بهت مرخصی میدن
برو خونه. چرا می‌خوای برگردی؟ یه روز هم یه روزه!...

آیدا از نگرانی پروانه سر درنیاورد. گفت: دکتر باید مرخصم
کنه، هنوز چیزی نگفته.

- دکتر بی دکتر...دکتر پَر!. بردنش.

انگشت گذاشت روی بینی‌اش و دیگر تخت‌های اتاق را از نظر گذراند. تخت کناری و تخت روبه‌روی آیدا خالی بود. حالا فقط از شش تخت اتاق، فقط دو تخت بیمار داشت که نزدیک در بودند که یکی‌شان زن مسنی بود و فعلاً در خواب و آن یکی هم توی اتاق نبود. آیدا آهسته پرسید: چرا؟

- یعنی نمی‌دونی؟ از هیچ جا خبر نداری؟
- نه خب. ازکجا خبر دارم به قو ل خودت من توی زندانم.
- دارن همه رو میگیرن. بعضیا هم دارن میرن. بعضی خونه‌هاشو فروختن ولی الان دیگه کسی خونه نمی‌خره. دکتر از اوناش نبود که در بره.

چسب را روی دست آیدا محکم کرد و شلنگ سرم را دور بطری‌اش پیچاند که از اتاق بیرون ببرد: من نمی‌دونم از کدوم کار اینا سردرآورده بود که این‌جور بدجور بردنش. به کسی نگی ها! پرستارا همه خبردارن ولی انگار هیچی نمیدونن. همه همین‌جور. هر کی بفهمه گرفتنش براش بد میشه. می‌بینم کس و کار نداری دلم برات سوخت. خواستم بدونی این‌جا موندن دیگه به صلاحت نیست. معلوم نیست چی بشه.

آیدا روی دکتر حساب کرده بود. تنها کسی که مثل یک آدم با او برخورد می‌کرد نه مثل آشغالی که باید جایی پنهانش کرد و تا حد امکان توی سرش زد. رفتار دایی هم، به‌زور، با او بد نبود چون ذاتاً دوست داشت آدم خوبی باشد و با بقیه فرق کند. آیدا می‌دانست

که این رفتار برای احترام به خود او نیست. ولی دکتر این‌جور نبود. با یکی دو بار رفتن به اتاقش و حرف زدن درباره‌ی همه چیزش، حالی‌اش کرد جای او در دارالتأدیب و بدتر از آن در زندان نیست و تا حالا هم نباید می‌مانده. چرا این‌قدر برایش دل می‌سوزاند؟ خودش هم نمی‌دانست اما هر چه بود می‌دانست این حرف‌ها نفعی به حال دکتر ندارد. برای خودش می‌گوید. به‌قول خودش مسئول است وظیفه‌اش را درست انجام دهد. چه آرامشی به او داد وقتی که آیدا قضیه‌ی رضا و نگرانی از دست رفتن بکارتش را برای او گفت. برای هیچ‌کس، حتی نزدیک‌ترین دوستانش در خوابگاه نگفته بود. دکتر خیالش را راحت کرد که همیشه راهی برای ترمیم هست هر وقت بخواهد و هیچ عجله‌ای هم نیست. او مهم‌ترین مسأله را درمان روح و روانش می‌دانست در حال حاضر. قول داده بود برگه‌ی مرخصی استعلاجی برایش می‌نویسد تا به دارالتأدیب برنگردد. می‌دانست که آیدا نمی‌خواهد به خانه برگردد برای همین قرار بود ترتیب بستری شدنش را در آسایشگاهی بدهد که شخصی است و یکی از بهترین روانپزشکانی که دوستش است بر آن‌جا نظارت دارد. حالا پروانه چه می‌گفت؟ خبر از این بدتر هم می‌شد؟ حالا سرش را کرده بود زیر پتو و هق هق می‌گریست. تلاش می‌کرد صدایش درنیاید. دوست داشت باز از هوش برود. این‌بار دیگر کسی سراغش را نگیرد و در آن بیهوشی، باد همه‌چیزش را با خود ببرد؛ حتی خود بدبختش را.

*

دو روز که گذشت، موزاییک‌های کف راهروهای بیمارستان، رد قدم‌های مضطرب زنی را ثبت کردند که اضطرابش نه از نوع نگرانی برای بیماری‌اش که اضطرابی غریب بود که تا به حال بر آن سنگفرش نقش نشده بود. نگرانی و حتی یأس را دیده بود ولی اندوه از دست رفتن در زندگانی را نه. ندیده بود که کسی بداند تنش از خطر گذر کرده است با این همه دیگر مرده است؛ سرشار از ناامیدی. یأسی چنان فلج‌کننده که راه بر هر حرف و اندیشه‌ای می‌بندد. آیدا، ناتوان از هر کاری رفته بود کنار دکه‌ی حیاط، جلوی اورژانس، ایستاده بود و یادش نمی‌آمد برای چه کاری پایین آمده است! توان فرار از او رفته بود. درست همان لحظه که طناز، بی‌قرار از بی‌خبری، از زیر پرتوی باریک آفتابی که از درِ اورژانس به داخل سر خورده بود رد شد و تنه‌ی خفیفی به او زد و گذشت. ساعت ملاقات بود و راهرو شلوغ؛ اورژانس از همه جا شلوغ‌تر. نه سایه‌ی شکی دید و نه لزج نگاه مبهم مشکوکی را روی خود. به یکی از رزیدنت‌ها گفت متخصص جراحی داخلی را کجا می‌تواند ببیند؟ دکتر جوان سر به زیر انداخت و دور شد. قدم‌کش سراغ دکتر را از بهیاری گرفت. بهیار در لباس فرم کرم قهوه‌ای، مکث کرد. اطرافش را پایید و پرسید: «دکتر پوریان؟!» و خودش جواب داد: «نیست خانم. دیگه نیست.» و پاکشان از او دور شد. طناز با فاصله، سایه به سایه‌اش رفت. پله‌ها او را تا بخش جراحی

زنان همراه بودند همان‌طور که طناز را پشت سرش کشاندند. بی‌هوده بالاسر بیماری ایستاد. بعد راه کشید به سمت توالت‌ها و طناز را هم دنبال خودش کشید. در آنجا، روبرگرداند و به دختر اخم کرد: «اتاقش بخش مردانه. بهتره که نری. بردنش!...» «کی؟» «همون روز که جناب‌عالی اومدی!» صدایی گنگ مثل سرفه‌ای خفه در توالت پیچید. بهیار به شتاب بیرون رفت. طناز هم. صدایش در راهرو خفه شد و زیر لب: «دوست شوهرم نگهبانه. خیال نکن بی‌خبرم. الان معلوم شد برا خبرچینی این‌جا نبودی. برا هر چی بودی به من ربطی نداره ولی برای خودت خوبه که این‌جا نباشی. حالا دیگه جای منم این‌جا نیست. خدا میدونه کی توی توالت بود؟!» هیچ‌کدام برای نگریستن به پشت سر رو برنگرداند. هیچ‌کدام نفهمیدند چه کسی صدایشان را شنیده است و یا احتمالاً آن‌ها را دیده است. دیوارها می‌دانستند. آخرین جمله را طناز گفت و بر دیوارها مهر شد: «دیگه هیچ‌جا امن نیست.» بعد با تمام زار و زندگی‌اش در ساک دست‌دوزش بر دوش از در بیمارستان بیرون رفت. لابه‌لای عیادت‌کنندگانی که معلوم نبود چند نفرشان مثل خود او دنبال کسی آمده‌اند. باید با بقیه تماس می‌گرفت. نه با تلفن که «جز موش» چیزی در سیم‌ها نبود. موش نامرئی حتی با جی.پی.اس خاموش رد او و دوستانش را می‌گرفت. پس هر تماس تلفنی ممنوع بود نه تا وقتی به از کار افتادن جی پی اس‌ها مطمئن می‌شد.

*

روزی که موزاییک‌ها، صدای قدم‌های آیدا را که از در مجتمع پا به درون گذاشت، به تن خود کشیدند ظهر بود. نفس حبس شده پچ‌پچه‌ها از تن دیوارها فروریخت و دخترها با جیغ و داد جلوی در خوابگاه جمع شدند. صدای آشنای آیدا به دیوارها خورد که ضعیف بود و لرزان بود: «برم زیرزمین؟!» دخترها که ابهت توحیدیان بعد از ماجرای آن مادر و دختر، دیگر برای‌شان شکسته شده بود، دور آیدا حلقه زدند. پورانیان گفت: «برو خوابگاه.»

زیر ساختمان هیاهویی بود. باز توحیدیان کارگر آورده بود و کارگرها افتاده بودند به جان تک‌تک آجرهای زیرزمین آزمایشگاه و خاک و سنگ از آن‌جا بیرون می‌بردند. نوری و ملیحه، زنش، هم مشغول رتق و فتق امور کارگرها و بیرون بردن آشغال‌های زیرزمین بودند. آیدا همین که در حلقه‌ی دخترها نفس کشید، خود قدیمی‌اش را بازیافت گرچه دیگر همان نبود که پیش از رفتن به بیمارستان و جاگرفتن امیدی به یأس مبدل شده در جانش نشسته بود. پرسید: «چه خبره باز؟ این سر و صدای چیه؟»

- دارن زیرزمین اون‌وری رو آماده می‌کنند برای سیاهچال.

- یعنی چی؟!

به عادت معمول، لب‌هایش را باد کرد تا برای‌شان شکلک
درآورد ولی همان‌جور ماند: غلط کردن! هنوز خبر ندارن یعنی؟ کی
میخواد بچه‌اش رو بیاره این‌جا کسی دیگه نیست!

- اتفاقاً دیروز یکی رو آورده بودن، نموند.

- چرا؟

- دعوا شد. دختره فحشش داد بعد گوشیشو گرفت رفت.

خونی زیر پوستش دوید. چشم‌هایش برق قدیمی‌اش را
بازیافت: راستی؟

- باید می‌دیدی قیافه‌ی توحیدیان مثل سگ کتک‌خورده
شده بود.

هرهر زدند زیر خنده.

- شایدم کتک خورده باشه. مگه نمیشه نه؟!

- چرا که نه. هم هیکل تو بود. شایدم گنده‌تر. فوت می‌کرد
توحیدی چسبیده بود به سقف.

بعد ولوله‌ای درگرفت. هر کس با بغل‌دستی‌اش حرف
می‌زد. دلش به شور افتاد آیدا که مبادا وسط این بلبشو او را به زندان
بفرستد! کاش بهیار زودتر به او خبر را داده بود تا مرخصی
استعلاجی را رد نکند و به خانه برمی‌گشت. می‌ترسید. هم از خانه،
که هر بار می‌رفت و برمی‌گشت جرمی به جرم‌هایش اضافه می‌شد
و هم از این‌جا.

زهرا گفت: دختره گفت زیاد کسی نمونده مخصوصاً توی
حسن‌آباد که هیچکی.

- مگه خوابگاه هم اومد؟
- نه بابا. بیرونش کرده بود توی راهرو تا با مادرش حرف
  بزنه. اونم با ما حرف می‌زد.
- از اون نترس‌ها بود آ. شایدم برای همین نموند.

حالا دلشوره به جان جمع افتاد و دلشوره‌ها کپه شد، توده
شد و بعد مثل تپه‌ای بالا رفت و به سقف خورد. در بین حرف و
خبرهایی که آیدا گفت و از آن‌ها شنید، ناگهان از دهان یکی درآمد:
«من باید به مادرم تلفن بزنم. اگه برن منو این‌جا بذارن چی؟» و از
دهان او به دیگری پاشید و یکی یکی برخاستند راه کشیدند به سمت
دفتر.

پشت در اتاق توحیدیان چهل دختر ایستاده بود که به نوبت
به در می‌کوبید. در صدا را می‌گرفت و در خالی اتاق توحیدیان
بازتاب می‌داد اما توحیدیان سر از روی کامپیوترش بلند نمی‌کرد.
صفحه‌ها یکی یکی و تند تند بالا می‌آمد و بعد همه با هم بسته
می‌شد. توحیدیان کلافه از خرابی کامپیوتر که دستش را به چوب
بسته بود و دق‌الباب پیاپی دخترها گوشش به صدایی کارگر نبود.
نگران فایل‌هایش بود که اگر از دست می‌رفت پرونده‌های دخترها
همه پاک می‌شد و بدتر این‌که اینترنت هم آن روز مختل بود. آیدا از
جمع دخترها جدا شد و رفت سمت حیاط تا نوری یا ملیحه را پیدا

کند و سر از هیاهوی داخل حیاط دربیاورد. در رو به حیاط قفل
بود. پشت در بسته بود که ناگهان صدای بلندگو بر اعصابش خط
کشید. توحیدیان توی بلندگو جیغ می‌کشید: «آقای نوری... آقای
نوری... لطفاً همه‌ی کارگرها در زیرزمین جمع شوند؛ تا وقتی
نگفته‌ام هیچ‌کس بیرون نیاید. خانم نوری! زود بیا در را باز کن.
دخترها همه داخل حیاط. حرف مهمی هست که یک‌بار برای همیشه
می‌گویم و بعد اگر صدا از کسی درآمد، خودش برود سیاهچال.»
دو بار عین همین جمله‌ها را تکرار کرد؛ انگار از روی متنی
می‌خواند. بعد تب و تابی به جان حیاط افتاد. کارگرها فرغون‌های
آجر را رها کردند و انگار زنگ آژیر خطری به صدا درآمده باشد همه
به زیرزمینی رفتند که مشغول کار در آن بودند. شیشه‌های در، هیکل
گرد و قلمبه‌ی ملیحه را که از آن سر حیاط تلاش می‌کرد بدود تا به
در برسد به چشم آیدا رساند. لبخندی پت و پهن به صورت ملیحه
آمد که آیدا با خط باریک لبخندی جوابش داد و بعد قفل در باز
شد. آیدا اولین کسی بود که پا به حیاط گذاشت؛ پرغبار، خاک و
سنگ و خرده زباله‌هایی ناآشنا، پشته پشته، این ور و آنور. بعد
دخترها بیرون آمدند و آخر سر هم، توحیدیان. به تک تکشان نگاه
کرد و تشر زد که چرا همه پشت در جمع شده بودند. بعد دنبال
خاطی گشت. کسی از کارگرها از زیرزمین اعتراض کرد که آنجا
جای ماندن نیست و دارند از خاک خفه می‌شوند. توحیدیان به
صدای ضعیف کارگر که یک پله بالا آمده بود گوش کرد، رو

برنگرداند. با دست اشاره کرد که برگردد. کارگر، سمج، همان‌جا دست به سینه ایستاد و زل زد به او. توحیدیان خلاصه کرد: «ما چند روز بنایی داریم. کسی حق نداره بدون اجازه به حیاط بیاد. آب تانکر کم شده. یکی یکی به نوبت می‌آیید، به خانواده‌هایتان زنگ می‌زنید که سهم آب را برای‌تان بیاورند. پول قبول نیست؛ فقط آب. کسانی که خانواده ندارند، بیایند دفتر و اطلاع بدهند. این آب برای شست‌وشوست. آب خوردن داریم. البته فعلاً. و هر کس هم مایل نیست بماند خانواده‌اش می‌تواند او را ببرد؛ البته اگر جرم قضایی در پرونده‌اش نیست.»

آیدا شیشکی بست که: کی جرم قضایی داره؟

- ساکت!

دخترها پچ پچ کردند و بعد صدای‌شان، همه‌گی با هم، بلند شد.

- یکی یکی...

یکی دست بالا برد. صدایش در میان باد سردی که می‌وزید و خاک به صورت می‌پاشید، می‌رفت و می‌آمد انگار که در گلو شکسته شود و با چند شکست به گوش توحیدیان رسید.

- اگر خانواده‌های شما دارند از شهر می‌روند قبل از همه دنبال شما خواهند آمد. نگران نباشید و به این شایعات که خوب می‌دانم کار کیست که تازه پا به مجتمع گذاشته گوش نکنید.

دوباره هیاهو درگرفت و در میانه‌ی هیاهو یکی گریه کرد: ما
رو جا میذارن.

- جا نمیذارن. تازه قراره آب هم برایتان بیارن.

- اگه نیاوردن؟

- اگه نیاوردن می‌روید پیش خودشان. ما این‌جا نه جای
اضافی داریم. نه اعصاب اضافی و نه آب.

یکی در گوش آیدا پچ‌پچ کرد، «چه کتابی هم حرف میزنه
چشمش به کارگرا افتاده!» و یکی دیگر، «عه! نگفت تمام!...» یکی
می‌خندید. یکی گریه می‌کرد و همه با هم بی‌قرار بودند. یکی از
دخترها از ته صف داد کشید: جرم قضایی یعنی چی؟ اگه کسی رو
نداشتیم چی؟

توحیدیان دید که یکی به حلقه‌ی دوستانش اشاره کرد که
از صف جدا شوند. تا حالا چنین جسارتی از دخترهای این‌جا ندیده
بود؛ همه‌شان به اندازه‌ی کافی ترسانده شده بودند که مثل موش
توی سوراخشان بخزند و دم نزنند چه برسد به این‌که جلوی چشم
او دسته درست کنند. کارگرها هم، پرهیاهو، از زیرزمین بیرون زدند
و دست از کار کشیده داد و قال کردند که با این وضعیت بی‌آب
نمی‌شود کار کرد. توحیدیان صدای تیزش را ریخت توی بلندگو:
همه‌گی داخل. خانم نوری! همه را ببر داخل.

کارگرها هر هر خندیدند و جلوتر آمدند. دخترها پراکنده
شده بودند و لجوجانه حتی سمت در راهرو نمی‌رفتند. یک نفر

سنگی پرت کرد که درست نشست جلوی سکوی تریبون. توحیدیان سر ملیحه فریاد کشید که زود باشد و با این‌که می‌دانست پورانیان نیم ساعت پیش رفته است در بلندگو داد می‌زد: «خانم پورانیان! خانم پورانیان تلفن کن به اماکن. آقای نوری... » نوری به حیاط آمد. ملیحه مستأصل این طرف و آن طرف قل می‌خورد و غر می‌زد: «خانم! خب چرا این حرف‌ها را همان‌جا توی راهرو نگفتید؟» دخترها به هر طرف می‌دویدند و به سمت در حیاط هجوم برده بودند که حالا حضور کارگرهای دست از اطاعت کشیده به آنان دل و جرأت می‌داد. آیدا می‌دانست از آن در راهی به هیچ کجا نیست. سلانه سلانه به سمت کارگرها رفت. پرسید: «زیر زمین نشست کرده؟!» کسی جوابش را نداد. پسر جوانی انگشت شصت و سبابه‌اش را مثل گوشی به سمت گوش برد. توحیدیان دید و دوید و به کارگر تشر زد. آیدا را هل داد: «دیگه آپاندیست خوب شد؟ راه افتادی باز! بدو برگرد خوابگاه!» بعد دوید به سمت دخترهایی که پشت در حیاط جمع شده بودند. بعد باد شدید شد و پشت سرش آسمانی که باران را از یاد برده بود، ناگهان غرید و بلافاصله باران مثل شلاق به جان‌شان افتاد. اول فقط گِل بود و حتی توحیدیان را متعجب کرد و میخ کف حیاط نگاه داشت. چشم به آسمان دوخت که همین چند لحظه پیش خشک بود و حالا گل قهوه‌ای رنگی از آن می‌بارید. چادرش خیس و گلی به سرش چسبید. هیاهو و عصبیت چند دقیقه پیش دخترها، به شادی افسارگسیخته‌ای منجر

شد. توحیدیان که دست‌هایش را در طرفین باز کرده بود تا مطمئن شود این باران است یا بلای تازه‌ای که تاکنون ندیده است، یادش آمد جلوی کارگرها باید وقارش را حفظ کند. به نوری نگاه کرد. نگاه نوری خالی بود. گفت: «کارگرها را مرخص کن این‌ها را بگذار بمانند توی حیاط حالشان جا بیاید. بگذار بمانند توی حیاط کمی بازی کنند.»

کارگرها خودشان به سمت راهرو راه افتاده بودند که از در اصلی مجتمع بیرون بروند. توحیدیان قبل از این‌که وارد ساختمان شود برگشت و نگاه کرد. دسته دخترهایی که پیش از دیگران از صف بیرون آمده و گوشه حیاط، سمج ایستاده بودند و تکان نمی‌خوردند، حالا با این کار توحیدیان بور شده بودند. نمی‌خواستند داخل بیایند، حالا خودش راهشان نمی‌داد. چادرش را بالا گرفت و وارد راهرو شد. باران ذره ذره غبار هوا را در خود جمع کرد و با چکه‌های گل به زمین و سقف ساختمان و روسری و لباس دخترها نشاند. یکی از دخترها از شادی سه معلق پیاپی زد و جلوی پای آیدا به زمین افتاد. آیدا شکمش را گرفت و خم شد دستش را بگیرد. اول دستش در هوا ماند و بعد دست دختر را گرفت. دختر گونه‌اش را بوسید و دوید. آیدا چشم به باریکه‌ای هنوز خشک و پرغبار داشت که بر لبه‌ی پنجره خوابگاه نشسته بود و بچه‌گربه‌ای ترس‌خورده و ماتم‌زده در خود فرورفته بود و از این بلبشو می‌لرزید. دور و برش را نگاه کرد و دید که توحیدیان رفته است. رفت و بچه‌گربه را

برداشت و توی جیب گشاد مانتویش مخفی کرد. گل بر سرش می‌بارید و هزار آشغال ناشناخته را از دشت زباله‌ی نزدیک آن‌جا به هوا می‌کشاند. درون جیب، دستش را پشت گردن گربه گذاشت و جیب را کشید جلوی شکمش و خم خم راه رفت. سعی کرد به دخترهایی که می‌دویدند برخورد نکند. باران تندتر شد و دانه‌های گلین باران جای خود را به قطراتی چرکین داد که حالا در چهارگوشه حیاط جوی‌های کوچکی درست کرده بود. به در که رسید دید که توحیدیان، جلوی در راهرو، رو به حیاط ایستاده است و چشم به بلبشویی دوخته است که داشت از دستش خارج می‌شد. گفت: جای بخیه‌ام درد گرفته.

- برات خوبه! گم شو داخل. سر فرصت حساب تو یکی رو می‌رسم.

آیدا از کنارش رد شد و رفت توی خوابگاه روی تختش نشست. گربه را مثل هدیه‌ای از آسمان آهسته از جیب بیرون کشید. نوازشش کرد. بچه گربه‌ی سرمازده و ناتوان نای صدا نداشت و می‌لرزید. گذاشت توی لباسش تا گرم شود و رفت پشت پنجره. بچه‌ها هنوز می‌دویدند. نوری و ملیحه داشتند گچ و سیمان رها شده را درون زیرزمین می‌کشیدند که ناگهان صدایی تمام پی و پایه‌ی ساختمان را لرزاند و نوری را که در زیرزمین مانده بود به بیرون کشاند. دخترها جیغ کشیدند و توحیدیان با مقنعه عقب رفته، دست‌های بازِ باریک مثل نخ از دو طرف به سمت آن‌ها دوید. چادر

به سر نداشت. آیدا دیگر صدایی نمی‌شنید. جز تن نرم گربه هیچ چیز حس نمی‌کرد؛ فقط تصویرهایی می‌دید که در حیاط جلو و عقب می‌شد. دهان‌هایی که به خنده کش می‌آمد و چشم‌هایی که به وقت هل خوردن به روی هم قیقاج می‌شد. اصلاً نفهمید دخترها کی یکی یکی خیس و گلی به خوابگاه برگشتند. هنوز پشت پنجره بود که شنید: «دیوار زیرزمین نشست کرد. کسی توی آزمایشگاه نره.» «یه گوشه از سقف زیرزمین ریخت پایین.» بعد از بسته شدن تمام درها به رویش، ناگهان این بچه‌گربه از آسمان افتاد و نبض زندگی را در جیبش تپاند. نشست و گربه‌اش را گذاشت توی کلاه بافتنی‌اش و رویش پتو کشید؛ جواهری که می‌بایست از چشم اغیار پنهان شود.

توحیدیان به دفترش برگشت. کامپیوتر همچنان برای خودش مشغول کار بود و مدام پنجره‌های تازه باز می‌کرد و روی یکی می‌ماند، دنگ دنگ صدا می‌کرد و باز یکی دیگر. محکم پاور را زد و کامپیوتر را یک‌دفعه خاموش کرد. فرونشست زیرزمین، باران و هیاهوی دخترها همه با هم روی سرش ریخته بود. گوشی تلفن را برداشت و شماره‌ی پورانی را گرفت و تشر زد که: «خانم مرخصی‌ات از همین الان لغو شد. هر وقت لازمت دارم نیستی. پاشو بیا من دست تنهام.» تلفن صدای آن طرف خط را بیرون نداد اما صدای فریاد توحیدیان که: «چون من میگم. مگه من شوخی دارم با تو؟ نمیدونی این‌جا چه خبره؟» صدای جیغش بر آینه گران آمد و به زمین افتاد و جلوی پای توحیدیان دو تکه شد. طنین ادامه‌ی صدا

در دیوار از آینه بریده شد همان‌طور که توحیدیان دیگر نفهمید چه گفت. فقط دید گوشی را گذاشته و خم شده روی آینه‌ی دو تکه و بعد خیره شده به جای خالی آینه روی دیوار. بعد دوباره نگاهش افتاد به زمین، روی آینه و صورتش دو تکه شد. بد به دلش افتاد و زود شماره‌ی خانه را گرفت، کسی جواب نداد. می‌دانست دخترها الان توی خانه‌اند ولی گوشی را برنمی‌دارند. به گوشی‌هایشان هم اگر زنگ می‌زد باز همین ترفند بود با دیدن شماره‌ی او. زنگ زد به شوهرش و هنوز گوشی را برنداشته بود قطع کرد و بلندگو را برداشت و نوری را صدا زد. ملیحه آمد. «این آینه از روی دیوار افتاد خودبه‌خود؛ بی‌زحمت جمعش کن. آیدا پناهی رو صدا کن بیاد دفتر.» ملیحه با غرولند خم شد و دو تکه آینه را برداشت: «خانم من کمر درست درمونی ندارم. امروز از پا افتادم.»

- همه از پا افتادیم. زنگ زدم پورانی برگرده.

- منظورم اینه که به نوری هم گفتم من دیگه نمی‌تونم کار کنم. این کار من نیست؛ کار نوری‌ایه.

- حالا به کجا برمی‌خوره به شوهرت کمک کنی می‌بینی که چه وضعی شده زیرزمین؟

- خانم بگین بیان دختراشونو ببرن. این ساختمون اگه خراب بشه می‌دونین باید جواب چند نفرو بدین؟ صدتا صاحب پیدا میکنن ها؟ خیالت تخت!

- برو، برو حالا به کارت برس، پناهی رو صدا کن بیاد، فوری! همین. الان وقت این حرف‌ها نیست. مهندس گفت پایهٔ ساختمون محکمه طوری نمیشه.

ملیحه نوری که بیرون رفت، توحیدیان آه محکمی کشید. خودش را جمع و جور کرد و رد پایش را بر زمین محکم کرد. یکی از موزاییک‌های زیرپایش لق بود. فکر کرد آخر سر بدهد کف دفتر را تعمیر کنند. ساختمان قدیمی است و با یک تعمیر ساده درست می‌شود، همین. خیالش راحت بود که شوهرش با مسئولیت سیاسی‌ـ اداری‌اش نمی‌تواند مثل دیگران به راحتی حرف از جابه‌جایی و رفتن بزند. تازه آن‌ها چرا بروند؟ مگر برعکس شده؟ مسأله‌دارها می‌روند. «آن را که حساب پاک است... زمانه عوض شده قبلاً کسانی که ضد بودند فرار می‌کردند، حالا همه به دنبال آن‌ها راه افتاده‌اند. نکند همه... نه پس خبر رفتن بعضی دانه‌درشت‌ها... شایعه است؛ همسرش می‌گفت. برمی‌گردند. مسافرت که این حرف‌ها را ندارد!» با آمدن آیدا ذهنش دست از سر و صدا برداشت. چادرش را هم سر کرده بود و بندهایش را درون انگشت‌هایش انداخته بود: «اینترنت قطعه پس به فکر فضولی و وب‌گردی نیفتی. فقط هنگی اینو درست کن تا من برگردم.»
ـ خانم من که نمی‌دونم عیبش چیه؟
- روشن کن ببین. خودبه‌خود پنجره‌ی اضافه باز میکنه. صد تا دویست تا...

- شاید هک شده باشه خانم.

- یعنی چی؟ چطور؟ چشم بسته فهمیدی؟!

- نمی‌دونم. ممکن هم هست ویروس باشه ولی اگه هک باشه باید تاریخچه مرور رو ببینم تا بفهمم از کجا هک شده؟

- تا وقتی برمی‌گردم اگه درست شد که شد اگر نه خودت میدونی چی‌کارت میکنم.

- شاید نتونم خانم!... بخدا من...

- بگو اینترنت میخوام دیگه. رو رو برم. نخیر!... همین‌جوری هر مشکلی از هک و هر چی داره برطرف کن. سه ساعت بهت زمان میدم. همین! تمام!...

- سعی خودمو میکنم.

- بگو حتماً. چشم.

- باشه.

- حتماً. به روی چشم! نوکرتونم!

آیدا لب گزید. سرخ شد. اشک تا پشت پلک‌هایش بالا آمد. می‌دانست عبارت‌های توحیدیان در خوارداشت او طولانی‌تر می‌شود اگر همین را نگوید. آهسته گفت: حتماً!... چشم.

- نوکرتونم!... اگه شما نبودین من الان توی خیابونا بودم!

آیدا زد زیر گریه و دو دستش را جلوی صورتش گرفت: من نمی‌تونم... نمی‌تونم درست کنم. بفرستینم زندان...

- شارلاتان‌بازی راه ننداز. چه های هایی راه انداخته الان
یکی ندونه خیال میکنه سیخ داغش کردم. هر غلطی ازت برمیاد
بکن. در اون باره هم بعداً حرف می‌زنیم. قاطی نکن کارا رو با هم.
خیال نکن که...

حرفش را تمام نکرد. در جلوی در نگاهی به سطل انداخت
و دو تکه آینه‌ی شکسته که تیزی‌اش از چارچوب قاب بیرون زده بود
رو به او نیش کشید. خم شد و قاب را از سطل درآورد و تکیه داد
به دیوار. قاب خالی آینه سفیدی دیوار را به رخ آیدا کشید.

*

آیدا همین که نشست تا مشغول کامپیوتر خراب توحیدیان شود که تنها با یک تعویض ساده ویندوز مشکلش حل می‌شد، ملیحه آمد نشست بغل دستش و پشت سرش دخترها یکی یکی آمدند تا به خانه‌هایشان زنگ بزنند. گریه‌ها و زاری‌ها را آیدا می‌شنید. التماس‌شان را که حدس می‌زد توجهی به آن نمی‌شود. لجش می‌گرفت از دخترها که التماس می‌کردند تا به آن‌ها سر بزنند، بیایند آن‌ها را از آن‌جا ببرند و در آخر وقتی همه‌ی التماس‌هایشان به سنگ می‌خورد، قضیه‌ی آب را می‌گفتند. سرخ و کلافه بود آیدا و حواسش پیش گربه‌اش بود که می‌ترسید بیرون بخزد و دخترها پیدایش کنند. بلند شد و خودش را از دفتر بیرون انداخت. گربه را با کلاهش گذاشت توی جیبش و برگشت. از خلوتِ پیش آمده استفاده کرد و به ملیحه گفت: «یه کم شیر داری می‌خوام بدم به بچه گربه؟ جان ماکسی نفهمه!» ملیحه دیگر کسی را برای تلفن، به دفتر راه نداد: «بقیه وقتی پورانی اومد بیایین. من الان کار دارم.» رفت بیرون و در را به روی آیدا قفل کرد. آیدا همیشه روی او حساب می‌کرد. بعد با ظرف ماستی برگشت: «شیر براش بده، بیا این ماستو بهش بده. دیدمش کنج حیاط. خیالت تخت! اگه توحیدیان بفهمه این دفعه تو و گربه رو با هم بیرون می‌کنه.»

- چه بهتر!
- پس چرا مرخصت نکردن بری خونه؟

- کردن، کسی نیومد دنبالم. خودم فهمیدم چرا.

- خیالت خوب تخته ها، خب، چرا؟

- چون میخوان برن یا شاید رفتن. هر چی بود کسی به من چیزی نگفت. فقط دایی اومد دیدنم. ازخداشونه که من نباشم. می‌فهمی یعنی چی ملیحه خانم؟!...

آیدا گربه را گذاشت روی پایش و همچنان که چشم به مانیتور داشت که ویندوزش، کند و خراب، بالا می‌آمد، ظرف ماست را گذاشت روی زانویش و با نوک انگشتش به دهان گربه زد. بچه‌گربه اول انگشت را بو کرد، بعد مزه کرد و بعد بی‌معطلی سرش را درون کاسه‌ی ماست فرو برد به ملچ ملوچ. آیدا خنده‌ی ظریفی کرد و گفت: از زبونش درنیومد تا روز آخری که چنون پیچوند که انگاری خودمم که نمی‌خوام برم خونه اونا که حرفی ندارن.

- مثلاً چی گفت؟

- چه می‌دونم، یادم نیس الان. ولی فهمیدم دیگه. خر که نیستم!

- خیالت تخت! باز لجبازی کردی من که می‌دونم. شاید اگه عزیزت می‌اومد می‌رفتی. چه می‌دونم، ولی برنمی‌گشتی بهتر بود.

آیدا ظرف ماست را از جلوی دهان گربه برداشت و سر صبر پک و پوزش را تمیز کرد. نازش کرد و انگشتش را برد به دهان

گربه تا مک بزند و خوابش ببرد. ظرف را به ملیحه برگرداند: خوب شد کسی سر نرسید همین حالا!

ملیحه ظرف را گرفت: بچه که نیست انگشت بخوره. دربیار الان حیوون دلش بهم می‌خوره!... منم به نوری میگم استعفا بده بریم.

ـ خیلی خوبم مثل بچه‌ست. بفرما الان خودشو لیس میزنه بعد می‌خوابه جیگرم! کجا برین؟

ملیحه شانه بالا انداخت و بغضش را خورد: چه می‌دونم! ... تو هم به درد خودتی، چی بگم. درو قفل می‌کنم اگه کار داشتی زنگ رو بزن.

تلفن را از پریز کشید و با خودش بیرون برد. آیدا گربه را داخل کلاهش گذاشت و کلاه را چپاند توی جیبش. حالا با خیال راحت مشغول زیر و بالا کردن کامپیوتر مدیر شد قبل از این‌که ویندوز عوض کند. تاریخچه‌ی گوگل را چک کرد. توحیدیان مودم را با خودش برده بود. در جست‌وجوی پیدا کردن وای‌فای در اطراف مجتمع، هیچ خطی نیافت. بعد در تاریخچه، چشمش افتاد به وبلاگ توحیدیان: «خاطرات یک بانو» روی همان صفحه زد و صفحه، آفلاین، بالا آمد. دیگر صفحات وبلاگ را یکی‌یکی از همان تاریخچه به‌شکل آفلاین بالا آورد. همان وبلاگی بود که خودش برایش راه‌اندازی کرده بود ولی توحیدیان اسمش را عوض کرده بود. سر کیف از گنجی که پیدا کرده جابه‌جا شد و بخیه‌های شکمش تیر

کشید. سر چرخاند و از پنجره به بیرون نگاه کرد مبادا کسی از بیرون ببیند او دارد کاری غیر از تعویض ویندوز انجام می‌دهد گرچه کسی در آن‌جا از کامپیوتر سر درنمی‌آورد. جای خالی کارتِ اسم و فامیل توحیدیان روی دیوارِ پشت سرش توجهش را جلب کرد. کارت نبود و جای آن روی دیوار، یک هوا روشنتر مانده بود.

اولین صفحه‌ای که از روی تاریخچه بالا آمد این بود: «عروسک و باز هم عروووسک! بلای جان مادرهاست این خروسک‌ها☺ . خود من هم عروسک دوست داشتم ولی... بماند! دخترهای همسن دخترهای من عروسک‌های نرم و حوله‌ای را دوست دارند مثلاً خرسی یا پلنگی یا هر کوفت این مدلی. بزرگ هم باید باشد، بله! اصل این است برای دخترخانم‌ها تا خوب در بغل‌شان جا شوند یا آن‌ها را در بغل‌شان جا دهند. چیزهای دیگر جا دادنی را خدا داند!!!☺ دخترها همیشه دوست دارند چیزی را به خودشان بچسبانند. اول عروسک بعد که بزرگ‌تر می‌شوند عروسک خرسی و بعدتر پسرهای جوانی که شاید بعد شوهرشان شود و بعد خود شوهرشان را و دست آخر می‌فهمند همه این چیزها برای خاطر بچه‌داری بوده است. دخترها عاشق ایننند که بچه داشته باشند. ما زن‌ها همه‌ی زندگی‌مان را مشغول تمرین همین کاریم و بعضی‌ها یک کار دیگر هم.☺ . بماند چه کاری! بچه‌ها را خوب به خودشان فشار می‌دهند تا وقتی بزرگ شوند. همین که بچه از سینه‌شان کَنده شد باز دنبال چیزی می‌گردند که به خودشان

بچسبانند و دیگر چیزی پیدا نمی‌کنند!!!! بعد به فکر می‌افتند ای داد بیداد! سنی از شان گذشته و همه عمر جز این‌که چیزی به خودشان بفشرند کاری نکرده‌اند☺ نه هنری یاد گرفته‌اند نه کاری که فقط و فقط و فقط و فقط(هزار تا فقط) برای خودشان باشد. شاید بد باشد که عروسک را از آن‌ها بگیریم. بعله! خبر دارم چه می‌گویید. خودم خوانده‌ام قبل از شما. می‌دانم برای رشد عاطفی بچه‌ها داشتن عروسک لازم است به‌خصوص بچه‌های پرورشگاه‌ها که معمولاً محبت والدین را نمی‌بینند و دستی آن‌ها را در آغوش نمی‌گیرد و برای همین گاهی به هم می‌پیچند☺ ☺ . من سعی کردم به خاطره‌ی بد خودم از عروسک فکر نکنم و بگذارم دخترهایم در هفته یک یا نهایتاً دو روز عروسک داشته باشند [آیدا زیر لب لندید: کثافت خالی‌بند با این انشای بچه دبستانی‌ات] دو تا عروسک برای همه‌شان بس است. در پست‌های قبلی نوشته بودم که من خیلی دختر دارم و نمی‌توانم برای همه‌شان عروسک بخرم. باور کردید؟! ☺لابد می‌گویید پس خودت این‌کاره بوده‌ای؟ فشار و فشور؟ هههههه! نه، ماجرا دارد می‌گویم حالا. من فامیلم را در زلزله‌ای از دست دادم. [آیدا از فرط خشم بلند شد سرپا و بی‌هوا رو به جای خالی آینه بر دیوار بلند گفت: دروغگو!...»] این دخترها که تربیت‌شان افتاده گردن من همه بچه‌های فامیل دور و نزدیک هستند. این هم در جواب کسی که در پست قبلی‌ام صدبار نوشت که

دروغ می‌گویم و از خودم می‌سازم و جرأت ندارم بگویم و ازین مزخرفات.☹

آیدا بلند لندید: آره اروای عمه‌ات! و رفت تا سمت در. در به رویش قفل بود. باید می‌رفت دستشویی. نشست و برخاستش گربه را هم بی‌طاقت کرده بود و میوی ظریفش را از ته جیب گود او بیرون می‌فرستاد و مدام سرش را بیرون می‌آورد. دوباره برگشت و پشت میز نشست و خواند اما دیگر نه سطر به سطر که حوصله‌اش سر رفته بود: «*بله، نه این‌طور نیست! برای من بزرگ کردن این بچه‌ها همان کار شخصی است.... هر کس باید یک کار شخصی... به کسی ربطی ندارد که چرا همه دختر... خودم چند تا دارم... من هم یک عروسک صورتی خرسی داشتم که از خانه پدرم با خودم برده بودم. ... دیگر نیازی به بغل گرفتن عروسک نداشتم☺ روی تخت بود مثل بالش... پول‌هایم را تویش قایم....چیزهای خصوصی خودم را... یک روز عصر که وارد... خرسک یک‌وری شده... آمدم بگذارم سرجایش که دیدم یک گل سر زیرش مانده...*(آیدا از این‌جا را دقیق خواند): *موهای من کوتاه و لخت است مثل هر خانم متشخصی. گل‌سر مال کسی بود که این هوا باید مو داشته باشد. بویی هم در اتاق بود انگار. همه جا را زیر و رو کردم. زیر تخت یک جاکلیدی عروسکی افتاده بود. جاکلیدی را برداشتم. عروسک ریزی بود که دهانش مثل غار باز بود و می‌خندید. ☹ ... فهمیدم وقت‌هایی که خانه نیستم بله. هر دو را گذاشتم کنار*

هم روی دراور، طوری که خوب جلوی چشمش باشد. ولی هنوز نرسیده بود که زود برداشتم و قایم کردم. فکر کردم به روی خودم نیاورم بهتر است تا مدارک بهتری جمع کنم. بله من از عروسک‌ها بدم می‌آید نه به این خاطر که چیز بدی است، بلکه به این خاطر که آن‌قدر حواس آدم را پرت می‌کنند که ممکن است فراموش کنی بیخ گوشت چه اتفاقی می‌افتد. نمی‌خواهم دخترهایم را عروسکی بار بیاورم. دخترهای من عاقل‌تر از این هستند که عروسکی باشند چون کارهای مهم‌تری دارند!!!»

آیدا لندلند کرد: چه مزخرفاتی سر هم میکنه! بیکاره زنیکه! بعد نگاهی به کامنتها انداخت که زیر همان پست آمده بود. همه مزخرف‌تر از خودش. هیچ کامنتی را بی‌جواب نگذاشته بود حتی کامنت‌های مستهجن را و زیر تک‌تک کامنت‌ها نوشته بود: «یک بانو» با اینکه اسم وبلاگش بالای کامنت بود. شصت هفتادتایی کامنت بود و آیدا حوصله‌اش سر رفت. صفحه‌ی آماده دیگری را بالا آورد. نوشته بود: «اتفاقاً خیلی هم خوب است که مردهای ناجور به دخترهای سر به هوا دست درازی کنند تا بعد حساب کار دستشان بیاید!!! من گرچه از کار شوهرم ناراحت شدم ولی قطعاً دختره از خانواده‌ای بی‌اصل و نسب بود و هیچ راهی نداشت که از این طریق محافظت از خودش را یاد بگیرد... به چشم خودم دیدم (نپرسید چطوری) که رفتار شوهرم با آن دختر چقدر بد بود؛ کارهایی که اصلاً جرأت نداشت با من بکند. بله، خوب معلوم است که برایش

عقده شده بود که این کارها را با یکی تمرین کند تا در دلش قلمبه نشود ولی برای آن دختر؟ نه دلم نسوخت. حقش بود. حتی وقتی زد زیر گریه هم دلم نسوخت، چون گرچه می‌خواستم خرخره‌اش را بجوم ولی همان‌جا یاد دخترهای بی‌سرپرست خودم افتادم که فقط با این راه آدم می‌شوند تا بدانند به هر مردی نباید پا داد مگر مردی که قصد ازدواج داشته باشد و تازه مردی که قصد ازدواج داشته باشد دست‌درازی نمی‌کند. همین قضیه برای یکی از دخترهای خودم پیش آمد. وقتی فهمیدم، برخلاف بقیه‌ی مادرها که هیاهو و تنبیه راه می‌اندازند، هیچ نگفتم. البته تنبیه کردم اما نه جوری که خودش بفهمد من از آن قضیه خبر دارم...» آیدا دیگر نخواند. به سرعت پنجره وبلاگ را بست و بلافاصله کامپیوتر دوباره هنگ کرد و پشت سر هم پنجره باز کرد بدون این‌که بتواند ببندد. دکمه‌ی پاور را زد و کامپیوتر را خاموش کرد. داشت از سرش بخار بلند می‌شد که ملیحه در را باز کرد و گوشی تلفن را که سیمش را روی زمین می‌کشید با خود آورد.

- تلفنو هم با خودت برده بودی تا من به جایی که ندارم زنگ نزنم؟

- وظیفه‌مه دخترجان! بیا الان به هر کی می‌خوای زنگ بزن!

- زیرزمین چه خبره؟ چرا خرابش کردن؟ داره سیاهچالو بزرگ میکنه؟

- خیالت تخت! خراب شد. مگه نفهمیدی؟ گرومب ریخت رو خودش! حالت خوشه؟ چقدر سرخ شدی؟

آیدا دندان بهم فشرد: قبلشو میگم. قبلش که کارگر آورده بود!

- نوری دید یه دیوارش ریخته. رفتن نگاه کردن انگار شده بود جا و مکانی برای ولگردای اینجا.

- مگه اینجا کارتنخواب داره؟ شما کسی رو دیدین اصلاً توی این خراب شده؟

- والا ما که ندیدیم. خیالت تخت!... معلوم بود آدمیزاد اومده. نوری ترسید خلاف خونه کرده باشن. این گربه...

آیدا میان حرفش پرید: «تو رو خدا چیزی بهش نگی، مرض داره میاد میگیره ازم میبره گم و گورش میکنه!

- خیالت تخت! من کی خبرچینی کردم که حالا بکنم؟! (پشت چشمی نازک کرد و ادامه داد): ولی مریضی میاره ها... گربه هم اونجا بچه کرده بود، ظرف شیر براش گذاشته بودن. مریضه حیوون. نمیبینی چقدر بیحاله. بچهگربه مگه همش یه جا خپ میکنه؟

آیدا دست گذاشت پشت گردن بچهگربهاش که باز ته جیبش کز کرده بود. آهسته گفت: از گرسنگی و بی کسیه حیوونکی. اگه مادرشو دربه در نکرده بودین الان حالش خوب بود.

هیچکدام دیگر چیزی نگفت. مدتی هر دو سکوت کردند تا اینکه ناگهان آیدا گل از گلش شکفت. دهانش به لبخندی باز شد و همانطور باز ماند. حس حضور دیگری، دیگرانی غیر از اهالی مجتمع و کسانی که به آنجا رفت و آمد داشتند، کسانی غیر از کارگرها، غیر از کسانی که سر و کارشان به توحیدیان بود. حس حضور آدمی، نفس حضور آدمی غیر از آدمهای آنجا، غریبه، با زندگی خاص خودشان، نه کارگری، نه نقاش ساختمانی، نه هیچ کسی که ربطی به مجتمع داشته باشد چیزی را ته دلش گرم کرد. ذوق‌زده پرسید: تو دیدی‌شون؟

ملیحه لب و لوچه کج کرد: خدا نیاره! اگه می‌دیدم که زهره‌ترک می‌شدم. خیالت تخت! تا همین الان هم اضافه توی این خراب شده موندیم. به نوری گفتم استعفا بده.

بعد بلندگو را برداشت و به دخترها گفت حالا یکی یکی بیایند برای تلفن به خانواده‌هایشان. آیدا دوباره کامپیوتر را روشن کرد. از گوشه‌ی چشم نگاهی به ملیحه انداخت که هیکل گرد و قلمبه‌اش را به زور پشت میز جا داده بود تا میکروفون را سرجایش بگذارد. یک لحظه چشمش افتاد به گوشی هوشمندی داخل جیبش که نورش چشمک می‌زد. آهسته گوشی را از جیبش بیرون کشید. در همین لحظه ملیحه چرخید و آیدا به سرعت گوشی را زمین انداخت: وای خدا مرگم بده، شکست!

آیدا خم شد که گوشی را بردارد که ملیحه زودتر پیشدستی کرد و گوشی را برداشت. تلفن چشمک می‌زد ولی زنگ نمی‌خورد. آیدا گفت: خرابش کردی رفت. کی گوشی هوشمند خریدی؟

- تو انداختیش؟!

- لااله... من... خودت ندیدی که افتاد؟ بده ببینم چی شده‌ش؟ از کجا گوشی هوشمند؟

- مال من نیست. دخترم اومده بود این‌جا چند روز گوشیشو جا گذاشت رفت حالا نمیاد ببردش.

- بده ببینم چی شده خوب؟ حیفه خراب بشه گوشی به این خوبی؟

- چرا صدا نداره؟... نمیشه به تو بدم. خودت میدونی که... چه جوری اینو جواب میدن بلد نیستم!

- بده بابا... جلو خودت میخوام کجا زنگ بزنم آخه؟

- مسئولیت داره دختر جان.

- خودت میدونی. این گوشیا وقتی ضربه میخورن اگه همون اول روشن خاموشش نکنی کلاً می‌پوکه.

بعد خودش را مشغول کامپیوتر نشان داد. اولین دختر که وارد دفتر شد، ملیحه نگاهی به آیدا انداخت و به دختر گفت برو یک دقه دیگه بیا. خیالت تخت! من دیگه هستم هر وقت خواستی بیا تلفن بزن. دختر از پشت در برگشت. ملیحه در را بست و گوشی

را به طرف آیدا گرفت زود نگاهش کن همین‌جا بهم بده تا کسی ندیده من بهت گوشی دادم.

آیدا گوشی را گرفت. اول تماس را که یک‌بند آلارم می‌داد، رد کرد. بعد به اینترنت کانکت شد و یک نقطه اتصال گرفت. رمز وای فای‌اش را برداشت و رفت تنظیمات صدای زنگ را فعال کرد و به همان سرعت گوشی را داد به ملیحه: بفرما!... الان از گوشی دفتر شماره‌ی خودتو بگیر ببین زنگ می‌خوره؟

ملیحه شماره گرفت و گوشی زنگ خورد: قربون دست و پنجه‌ی طلات. خیالت تخت! هیچی به توحیدی نمیگم...

ـ بفرما بگو! خودت دادی! گوشی خودت خراب بود آ...

ملیحه آمد و صورت آیدا را بوسید: به دل نگیر... میدونم دلت شکسته‌ست. قصد بد نداشتم. آیدا ملیحه را کنار زد و گفت: خوب حالا... خوب که خرت از پل گذشت! سریع کامپیوتر را به اینترنت گوشی ملیحه متصل کرد. حالا می‌توانست به صفحه شخصی وبلاگ توحیدیان دسترسی داشته باشد. خیلی کارها داشت با اینترنتی که پیدا کرده بود و چنان عجله داشت که نمی‌دانست اول کدام کار را بکند. دنیا ناگهان به رویش دریچه‌ای باز کرده بود پر نور و صدا... در پوستش نمی‌گنجید. دست و پا گم کرده، اول همان صفحه‌ی شخصی وبلاگ را باز کرد. رمز وبلاگ همان بود که خودش قبلاً برایش گذاشته بود؛ شماره پرونده‌ی خودش؛ آیدا

پناهی. در دل گفت: «زنیکه‌ی خر! خیال کرد نمی‌دونم این شماره پرونده منه که به عنوان رمز پیشنهاد داد.»

بیرون، باران بر شیشه‌های کثیف دفتر قی می‌کرد و خرناس می‌کشید.

در یکی دیگر از پست‌های شخصی‌اش که منتشر نکرده بود، نوشته بود: «راضیه قریشی دانش‌آموز سال دوم دبیرستان شهدای سیس‌آباد. او مرا به این‌جا رساند. به این بیغوله با دخترهای خراب. این تقاص نفرین اوست. او که به دروغ می‌گفت پدرم به من تجاوز می‌کند و من دروغش را باور نکردم. خودکشی کرد تا باور کنم و من به شک افتادم و بعد آن مریضی که سراغم آمد...(جا جا می‌خواند و رد می‌شد)، مگر دیگران هم به او تجاوز نکرده بودند؟ یا نکند چون آن‌ها را دلش می‌خواست و این یکی را نه فرق داشت! بله، فرق داشت ... من روی تخت بیمارستان ... بعد نذر کردم... مراقب اینجور دخترها... باشم ...حالا سال‌هاست... اخراج شدم تا نذرم را این‌جا ادا کنم. شکر خدا که سالمم ... (حوصله نداشت بقیه‌اش را بخواند)، ... امضا: نرگس خسته نازنین.»

گربه میوی خفیف کم‌جانی کشید و آیدا خم شد بغلش کرد. ملیحه صم‌بکم نشسته بود و چشم دوخته بود به گوشی‌اش تا زنگ بخورد. آیدا چیزی نگفت که می‌تواند به همان شماره‌ای که برایش زنگ خورد زنگ بزند. نگران بود تماس مستقیم نقطه اتصال اینترنتش را قطع کند.

در نوار جست‌وجوی گوگل نوشت: «استخراج طلا از کامپیوتر.» فهرستی برایش بالا آمد و او هول و بی‌هوا روی لینک اول کلیک کرد. نوشته بود: انفجار در معدن ... ‐(اسم شهر را نتوانست بخواند)ــ چند کشته به جا‌گذاشت. ادامه‌ی خبر ربطی به کار او نداشت اما چشمش تند تند سطور را می‌بلعید. در پی فرونشست زمین در منطقه حفاری، معدن‌چیانی که در اعماق پایینی گیر افتاده بودند در اثر تجمیع گاز... صفحه را بک زد و به فهرست برگشت. نوشته را پاک کرد و نوشت: «سخت افزار+ کامپیوتر+ اجزای تشکیل دهنده کامپیوترها+ فلزات درون کامپیوترها» مطالبی که پیدا شد چندان توجهش را جلب نکرد که خبر نوار بالای یکی از همین سایت‌ها به اسم هشدار: «فرونشست زمین جان چند نفر را در شمال استان گرفت.» و بعد بدون اینکه خودش متوجه باشد دید دارد اخبار می‌خواند. همان اخبار فیلتر شده‌ای که یا نوشته بود خبری نیست و سایت‌های زرد بر شایعات می‌دمند یا خبر کوچ هنرپیشه‌ای معروف را می‌داد. با چند لینک کشیده بود به صفحه‌ای که جلوی چشمش بود، خبر نداشت ولی ناگهان خبری او را میخکوب کرد که نوشته بود: «شایعه سفر وزرا به خارج کشور را قویاً تکذیب می‌کند همه‌گی مشغول رتق و فتق امورند. بعد از دستگیری عده‌ای خودسر گفته شده بود که با هک کردن سایت‌های دولتی قصد تشویش داشته‌اند و همه‌گی دستگیر شده‌اند. در خبر دیگری خواند: پزشک کاها، اورژانس بیمارستان سالمندان درگذشته است و شایعات

مربوط به دستگیری او تکذیب می‌شود. عکس دکتر بیمارستانش در سایت بود. دکتر رامین... سر بلند کرد و حیران به ملیحه نگاه کرد. از دهنش درآمد بپرسد که: ملیحه در شهر چه خبره که زود جلوی خودش را گرفت مبادا ملیحه شک کند او دارد کاری خلاف آنچه باید انجام می‌دهد؛ شامه‌ی خوبی داشت گرچه سر درنمی‌آورد که فرق اینترنت با کامپیوتر چیست؟ در نوار گوگل نوشت: در شهر چه خبر است؟ عرقش را خشک کرد و منتظر شد صفحه بالا بیاید. دوباره کامپیوتر هنگ کرد و پشت هم پنجره باز شد. تا می‌آمد روی متن متمرکز شود پنجره دیگری باز می‌شد. در باز شدن تند صفحات روی هم فقط توانست چند سطر نیمه را تند بخواند: تخلیه خانه‌های منطقه‌ی... اخبار دروغ مبنی بر نبود آب... فرونشست زمین... پایان اغتشاشات... در روز... کلافه از دینگ دینگ صفحه‌های هنگ شده بر هم پاور را زد و کامپیوتر را خاموش کرد. فایده نداشت باید اول ویندوزش را عوض می‌کرد، بعد. کاش ملیحه بماند یا لااقل اینترنتش قطع نشود. آخرین سطری که دید: مردم خانه‌هایشان را رها می‌کنند.

ویندوز را دیلیت کرد. سی‌دی را گذاشت و صبر کرد ویندوز تازه جایگزین شود. نفس بلندی کشید و دستش را درون جیبش برد تا ببیند گربه‌اش در چه حال است مبادا مرده باشد. گربه آرام نفس می‌کشید. گفت: به نظر من بهتره توحیدیان نبینه این گوشی رو داری. خودت که می‌شناسیش. هر جا بری دنبالت راه می‌افته که توی

خوابگاه گوشی دستت نباشه. ملیحه همانجور صم بکم نگاهش
کرد. چیزی مثل عزا ته دلش را سیاه می‌کرد. آیدا بلند شد تا به
خوابگاه برود. دستشویی رفتن را از یاد برده بود. از ملیحه خواست
که همانجا مراقب کامپیوتر بماند تا برگردد. حالا فرصتی داشت تا
برود نفسی بکشد. بچه‌گربه، گرم شده و جان‌گرفته انگار مادرش را
بخواهد میو می‌کرد. دستش را در داخل جیب پشت گردنش گذاشت
و آهسته نوازش کرد تا سر و صدایش بخوابد. فکر کرد چقدر
صدایش ضعیف است اگر توی جیبش می‌مرد، چی؟!

- ملیحه تو رو خدا اگه چیز بهتری از ماست داری بیار بدم
به این حیوونکی می‌میره ها!...

ملیحه پلک زد مثل کسی که همدستانه رازی را مخفی کرده
است: سر شب میارم... الان نمیشه.

دم در خوابگاه، فاتحانه پرید روی تختش و آهسته طوری
که فقط زهرا ببیند گربه را از جیبش درآورد. عهدیه و ثریا و مریم
هم به دیدن گربه روی تخت دورش حلقه زدند. «بچه‌ها گرد بشینین،
کسی نبینه!» آسمان پشت پنجره‌های خوابگاه نعره می‌کشید و باران
بر شیشه‌های لق، پای درهای زوار دررفته و دیوارهای سست
می‌بارید. در بیابان، خاک و زباله را در هم می‌کرد و با مخلوطی از
گل و پلاستیک و شیرابه و زباله‌های خشک خندقی می‌ساخت و
زمین مرده را هی پست‌تر می‌کرد. آیدا، همانطور که چهار دوستش
آهسته با بچه گربه بازی می‌کردند، فکر کرد «حتی اگه لاچینی خل

هم باشه و گوشی رو آورده باشه، پاک بهش ریده شد! دیگه به درد نمی‌خوره! حالا که دیگه گوشی دارم.» چین ریزی کنار چشمهایش شادی غریبی را در دلش نشان می‌داد.

یکی از دخترها جلوی در خوابگاه بالا پرید و از ذوق خندید: «بچه‌ها، من فردا میرم. فردا میرم.» دخترها دورش جمع شدند. «گفتن فردا میان دنبالم می‌برنم. راستی هر که بخواد انگار می‌تونه بره. پورانی به مامانم گفته. می‌دونستین؟» دخترها نیمی حسرت و نیمی امید شادمانه به او نگاه می‌کردند و دهانشان در ترکیب خشم و حسد و امید کج بود و چیزی شبیه خط خنده را می‌نمایاند بی‌آنکه خنده باشد یا نشانی از فشردن دندان بر دندان.

*

- چند تا کامپیوتر دیگه هست که برای تعویض ویندوز برات میارم.

آیدا اول جواب نداد. بعد گفت: دستمزد داره؟

- شاید داشت. ببینم بلدی توی اون‌ها هم سرک بکشی؟

- من سرک نکشیدم خانم! ملیحه خانم اون‌جا بود میشه ازش بپرسین.

- نه که اون خیلی سردرمیاره تو چیکار میکنی؟ اینترنت قطع بود و من مودم رو برداشته بودم، چه‌طور شد که وای فای یهو روشن شد و روشن موند؟

- چه ربطی داره خانم! اگه به من شک دارین چرا به من دادین؟

- زبون درازی موقوف. فقط وای به حالت ببینم به چیزی دست زده باشی!

آیدا روسری را روی سرش مرتب کرد. چادر نمازی را که دور کمرش انداخته بود به سر کشید و به هوای وقت نماز لخ لخ‌کنان از دفتر بیرون رفت، انگار که بخواهد برود برای وضو و همان‌جا جلوی راهروی خالی دستشویی زل زد به دوربین مداربسته و فکر کرد توحیدیان چقدر از او و دیگران را دیده است. چقدر در ذهنش درباره‌ی آن‌ها خیال‌پردازی کرده است و خیال‌هایش درباره‌ی او تا چه اندازه کثیف بوده است چیزی شبیه همان چیزهایی که در

پست‌های خصوصی منتشر نشده وبلاگش نوشته بود. مثل لذت بردن از دیدن دستمالی شدن دخترها یا... هیچ‌چیز نمی‌توانست عیش او را از داشتن وای فای مخصوص خودش و کامپیوترهایی که قرار بود تعمیر کند، مکدر کند. دنیا!... گو برمبد!

*

صبح فردا آیدا توانست صدای همهمه‌ی گنگ دخترها را تحمل کند و با آن صدا مثل ریتمی آرام خوابش را پی بگیرد. تقریباً تمام شب را به بهانه‌ی تعمیر کامپیوترها بیدار مانده بود. پورانیان همان‌جا در دفتر کنارش مانده بود. صندلی‌ها را بهم چسبانده و برای خودش تخت کوچکی درست کرده بود و آیدا خیالش راحت از اینکه مزاحمی نیست، هر کار کوچک را تا آن‌جا که می‌توانست طول می‌داد تا سیر در اینترنت بگرد. خبرهای گنگی هم خوانده بود مثل تکذیب اعلام زلزله‌ای قریب الوقوع و چند تکذیب دیگر. با وجود داشتن اینترنت حالا متوجه مشکل بزرگ‌تر نداشتن فیلترشکن شد. از آخرین باری که او به اینترنت سرک کشیده بود سایت‌های زیادی فیلتر شده بود و او مجبور بود از همان تکذیبه‌های سایت‌های داخلی چیزی سردربیاورد که زود از صرافتش افتاد و دنبال علایق خودش در جست‌وجوی گوگل گشت. کامپیوترها، هک، بازی‌ها، برنامه‌نویسی و مهندسی سخت‌افزار... جای بخیه‌اش می‌سوخت و هنوز نمی‌توانست غذای سفت بخورد. با هیکلی که او داشت و سوپ‌های آبکی خوابگاه مدام گرسنه بود. در خواب هم گرسنه بود و گرسنگی با همهمه‌ی خوابگاه یکی می‌شد و به اعماق خوابش راه می‌یافت. او حتی در خواب هم، از روی تغییر همهمه‌ی خوابگاه، می‌توانست بفهمد که چه کسی وارد و خارج می‌شود و موضوع اصلی بحث چیست. خوابیدن در ترس و همهمه گوش‌هایش را بیش

از حد تیز کره بود. حالا صدای دیگری بر صداهای آشنای همیشه اضافه شده بود. صدایی که برای خود ساختمان هم تازه بود و از بدو تأسیس چنین خاطره‌ای از صدا نداشت؛ صدای خفه‌ی ریزش خاک از درون دیوارها مثل موریانه‌هایی که پاورچین در عمق دیوارها و چوب راه بروند و در مسیرشان هر چه را هست بجوند و فروبریزند. مثل صدای ساعت شنی که پدرش در بچگی با قیف برای او درست کرده بود و ماسه در آن می‌ریخت و به او می‌گفت مدت خالی شدن قیف را با ساعت روی دستش اندازه بگیرد؛ چیز شومی در آن ساعت بود. سنجش زمان از دستش می‌گریخت و تا می‌آمد دقیقه‌ها را نگاه کند، همان دم قیف خالی شده بود و پدرش به او می‌گفت اشتباه کرده باید سریع‌تر نگاهش را بر قیف و عقربه ساعت هماهنگ کند. هر بار اشتباه می‌کرد، پدرش می‌خندید و خنده‌ی پدرش او را نگران می‌کرد که مبادا کاسه‌ای زیر نیم‌کاسه داشته باشد تا مثل وقت‌های دیگر دستش بیندازد یا ناتوانی‌اش را به رویش بیاورد؛ («اگه تونستی چشم بسته بدون اینکه بخوری زمین لی‌لی کنی، برات دوچرخه می‌گیرم!» و او همیشه چشم‌بسته زمین می‌خورد و پدرش همیشه می‌خندید). در خواب، یادش آمد که او را آن‌جا به این بازی کاشته بود تا مادرش را که به دیدن او آمده بود سر بدواند و بگوید بچه خودش نمی‌خواهد او را ببیند. به محض این‌که از حیاط به هال پا گذاشت، مادرش داشت می‌رفت و سر و صدایی که پدرش از آن می‌ترسید راه افتاد. یادش بود تا قبل از این‌که بداند مادرش

آمده است، نمی‌توانست چشم از قیف بکند که او را جادوی خود کرده بود. سوراخش را پدر با سنگ‌ریزه‌ای تنگ کرده بود و او دلواپس از خبری که در خانه هست و نمی‌داند چیست چشم از ماسه‌ها برنمی‌داشت که تمام نمی‌شد و وقتی هم که تمام می‌شد عدد مقابل عقربه‌ی ساعت از چشمش می‌گریخت. در خواب صدای مادرش را شنید که صدایش می‌زد ولی باز چشم از قیف نتوانست بکند. شنید که دارد با عزیز گپ می‌زند یا بگو مگو می‌کند و خیال کرد فرصت هست که برود پیشش. شوم بود کوتاه بودن فرصت‌های اندکی که مثل ماسه از کف دستش می‌گریخت. هوشیارتر شد و غلت زد. صدا از سمت انتهای راهرو بود. از تمام کف زمین یا شاید حتی دیوارهای پشت سرش. نگران چشم باز کرد و نفس حبس شده‌اش را بیرون داد. ملیحه بالای سرش بود: «بیا توحیدیان کارت داره.» آیدا پتو را روی سرش کشید. «دایی‌ات هم زنگ زد. گفت دو دقیقه دیگه زنگ میزنه. پاشو دختر! ظهره.» آیدا بلند شد نشست. «صدای چیه اینجور وز وز میکنه؟»

- وز وز؟
- نمی‌شنوی؟
- توی این هیاهو، نه.
- چه هیاهویی؟
- خانواده‌ها اومدن دارن بچه‌هاشونو میبرن.

آیدا بلند شد و چشم‌هایش را مالید. هنوز شکل قیف پشت پلک‌هایش بود: به‌خاطر آب؟! برای اینکه آب نیارن؟

- پاشو! نه.

آیدا پتو را کنار زد و از تخت پایین آمد. صورتش پف کرده و موی سرش وز بود. زیر تختش را نگاه کرد. بچه گربه لای لباس آیدا خوابیده بود. «شیربرنج تو خونه نداری ملیحه؟ خیلی گرسنه‌امه.»

- برای بچه گربه؟ حالا خوب مریضی بهت ساخته ها، کسی کارت نداره. خونه خاله شده اینجا.

- دلت نمی‌سوزه برام؟ من که نمی‌تونم غذای اینا رو بخورم؟ کی برام غذا میاره؟

- دارم. بیا دم در بگیر. کسی نفهمه. بذار زیر نون صبحونه‌ات. ما داریم می‌ریم، آیدا.

- به این زودی؟ دارین اثاث می‌برین؟

- نه، فعلاً خودم با بچه میرم خونه‌ی مادرم. دخترمم اون‌جاست با شوهرش. بگو داییت بیاد دنبالت.

- پرونده‌ی من سنگینه.

ملیحه پوف نفس کشید: خیالت تخت! لج نکن، بذار بیان ببرنت. این‌جا دیگه جای موندن نیست. ساختمون خطرناکه. امروز فرداست برمبه.

آیدا که جلوی اتاقک نگهبانی نزدیک حیاط سرایداری، کاسه‌ی شیربرنج را از دست ملیحه گرفت، شنید که: «حلالم کن دختر!» آیدا خندید و نمی‌دانست این خداحافظی ملیحه است. روی تخت پشت به در نشست و گوش به سر و صداهای بیرون بست. گربه را گذاشت روی زانویش و انگشت شیربرنج به دهانش داد و خودش هم خورد. دخترها داشتند می‌رفتند و یکی یکی چه ذوقی می‌کردند. آیدا رو به پنجره داشت و شرشر باران موسیقی یکنواختی بود که صدایش برای او و آن ساختمان غریبه بود. سه روز بود که پی در پی باران می‌بارید. به دفتر که رسید توحیدیان لپ‌تاپ‌هایی را که روی هم گذاشته بود داد دست آیدا: «اینا هم هست. همه باید ویندوز عوض بشه و کلاً خالی بشه مثل صفر ببر توی آزمایشگاه کار کن.

- اونجا نمیرم خانم!... اگه ویندوزش سالم بود چی؟

- یعنی چی؟ می‌بینی که به لحاظ ماهوی نمیشه این‌جا نشست. کار این لپ‌تاپ‌ها هم فوریه. می‌بینی که چقدر دفتر شلوغه.

- آزمایشگاه داره می‌ریزه.

- وا!...حالا یه ذره گچش از زیرزمین دررفت دیگه داره می‌ریزه؟ برو توی نمازخونه.

- اگه سرد بود می‌رم تو خوابگاه.

- چه غلطا! اگه سرد بود، زیرزمین.

حالا که اینترنت ملیحه ته کشیده بود دیگر علاقه‌ای به لپ‌تاپ‌ها و کامپیوترها نداشت: خانم اگه سالم باشه چرا باید عوض کنم؟

- چه سالم چه خراب همه باید ریست بشن...

بعد مکثی کرد و جمله‌اش را اصلاح کرد: «اصلاً نمی‌خواد جایی بری. همین‌جا جلو چشم خودم کار کن تا هر وقت طول کشید من می‌مونم. اون گوشه روی صندلی بشین که مزاحم رفت و آمدهای دفتر نباشی.

حدس زد چیزی باید در آن کامپیوترها باشد که توحیدیان را به هول و ولا انداخته. کاش حوصله داشت پیدا می‌کرد. تلفن زنگ خورد.

- بیا داییته! حرف بزن! تو مرخصی نداری یادت باشه.

فرار

باران همچنان می‌بارید؛ اول سه روز پی در پی. پشت‌بام که رد آب را فراموش کرده بود اول تن دراز کرد به پهنای باران تا باران به ترک‌های ریز آن فرورود. باران دهان ترک‌ها را گود کرد و چون پر شد راه برد به ترک‌های درشت‌تری که همچون چین بر پیشانی مرد خسته‌ای مانده بود که تا پیش از این ناپیدا می‌نمود. بعد اندوهی مبهم از دوردست‌ها رسید و ناگهان شمارش شیارها ناممکن شد. باران از ترک‌های بام راه کشید به منافذ ریز و درشت دیوارهای ساب‌رفتهٔ حیاط و مانند صورت زنی خسته از تظاهر به زیبایی، به چین و چروک‌های خودش خنده زد و زیباتر شد. بوی خاکِ باران‌خورده تمام آن مجتمعِ فرورفته در خود را انباشت. از درز درها و پنجره‌ها گذشت و به بینی ساکنان شرور و اندوه‌زدهٔ آن‌جا نشست. کسی به یاد نداشت که این ساختمان چند باران به خود دیده است اما به یاد داشتند از زمانی که پا به آن‌جا گذاشته‌اند هرگز بارانی چنان شدید و چنان پی‌درپی در آسمان آن‌جا ندیده‌اند. باران چنان خاک پوک این زنجره را که در کالبد ساختمانی پابرجا مانده بود غافلگیر کرد که همان اول پی کم‌جان و علیل زیرزمینِ زیر آزمایشگاه را فروریزاند. خاک پوک حیاط و در دیوارهایش اما هنوز تن یله داده بود به باران و از عشق تر او خشکی تنش را سیراب می‌کرد. سه روز

بعد شرشر باران به نم نم فروکاهید. دخترها جرأت کردند بیایند توی حیاط و باز بازی باران کنند اما هنوز ابرها لایه بر لایه بر فراز ساختمان چنبره زده بودند و همچون پیکی پا به راه خبر، خبردار ایستاده بودند. همان شب بود که مجتمع قرار هر شب را نداشت.

سایه‌ی محوی در خواب آیدا پیدا و ناپیدا می‌شد. می‌دانست که خواب می‌بیند اما پلک‌ها را توان گشودن نبود. دیوارها ترس او را دهان کردند و نم و نای منافذشان را به خواب او کشاندند. در گودنای چاهی بود تنگ و بالای چاه، دخترها مثل اشباحی که از او ترسیده‌اند نگاهش می‌کردند. همه صورتی پوشیده بودند؛ مانتوی صورتیِ دامن چین‌دار با مقنعه‌های صورتی. با دور و نزدیک شدن‌شان به سر چاه، رنگ لباس‌شان تیره و روشن می‌شد. پروانه لاچینی هم لباس صورتی بیماران را به تن داشت و وسط دخترها ایستاده بود. بعد توحیدیان آمد و انگشت باریک اشاره‌اش را به درون چاه گرفت. آیدا مثل ماهی دهن زد. دهانش پر از آب شد. آب چاه، حس سنگین خفگی را روی سینه‌اش انداخت. دست و پا که زد دستش به دیواره‌های تنگ چاه خورد. آجری از دیوار سست حیاط فروافتاد که در خواب او مثل پرتاب سنگی از دهانه‌ی چاه به سر آیدا نشست. شرشر ناودان، درست پشت پنجره، آب چاه را در خواب او بالا آورد. آیدا مثل پر، سبک، روی آب آمد. سرفه کرد و راه نفسش باز شد. با نفسی قیه‌مانند حس کرد ریه‌اش از آب خالی شد. سرفه‌های بی‌امان پی در پی، بیداری از پی کابوس را به دنبال

داشت. بخیه‌های شکمش تیر می‌کشید. نیم‌خیز شد و نشست. چند نچ نچ خواب‌آلود بر سکوت خوابگاه نشست. تختش درست پشت پنجره، سر چسبانده به ناودان حیاط، بود. صورت چسباند به شیشه و در نور کم‌رمقی که از راهرو به اتاقِ خوابگاه راه یافته بود، زل زد به انعکاس تصویر خودش لابه‌لای تصویر دیگر تخت‌ها. چشم که به بازتاب تصویرها عادت کرد، توانست تصویرهایی نیمه‌جان از حیاط را هم ببیند. ریزش باران را از ناودان و آن‌سوی‌تر کپه‌های خاک و شنِ بنایی را زیر هره‌ی پنجره‌های خوابگاه. دیوارها را و شسته‌شدنشان را زیر باران و بعد یک زن. زنی نه مسن و نه جوان که کیسه‌ای پلاستیکی به سر کشیده بود و دامن پیشبندش را روی شانه‌ها، حایل باران کرد بود در گوشه‌ی دوردستی از حیاط نشسته بود و به سمت پنجره‌های خوابگاه نگاه می‌کرد. آیدا سرش را دزدید. تنش یخ کرد. دوباره سر بلند کرد. همان‌جا بود و حالا نگاهش به روبه‌رو، درست به سمت او بود. به نظرش رسید در حیاط باز مانده یا شاید سیل بازش کرده. زن چیزی را در بغل تکان می‌داد. طولی نکشید که زن را شناخت. همان زن زیرزمین بود که همچون سایه‌ای از کنارش می‌گذشت و در تنهایی هول آن شب‌های سیاهچال مصیبت‌ها کشید که حدس بزند تصویر ذهنی خودش است. پیش‌بند همان بود اما زن مسن‌تر شده بود انگار. دسته‌ای موی سفید یا شاید رنگ‌کرده از زیر کیسه‌ی پلاستیکی روی سرش وز کرده بود بیرون.

به آسمان نگاه کرد. پلاستیک‌های زباله دیگر در هوا چرخان نبودند؛ باران همه را فرونشانده بود.

یک هفته‌ای بود که خوابگاه هر روز خالی و خالی‌تر می‌شد. بیش‌تر بچه‌ها به مرخصی رفته بودند؛ توحیدیان داشت یکی یکی را می‌فرستاد. به نظرش عادی بود چون موقع نقاشی کردن ساختمان هم بچه‌ها را به مرخصی فرستاد و حالا هم کار تعمیر زیرزمین را به دست گرفته بود گرچه چند وقتی بود که در ظاهر به‌خاطر بارندگی، کارگرها نمی‌آمدند و بنایی تعطیل بود. اما روند مرخصی دخترها همچنان بدون توضیحی ادامه داشت و حالا فقط یازده نفر در خوابگاه مانده بودند. حیاتِ خوابگاه که به خلوتی عادت نداشت، سکوت را همچون وهم در حیاط و راهرویش بازتاب می‌داد. آهسته از تخت پایین آمد. گربه‌اش آهسته ونگ زد و دنبال تن گرم او جابه‌جا شد. آیدا کلاه بافتنی‌اش را به تن گربه چسباند. روسریش را سر نکرد. در راهرو، پاورچین و نفس حبس کرده رفت سمت در تا برود حیاط. ولی روبرگرداند. شبِ کوچه، مثل شبح غولی سمج خودش را از لای میله‌ها، پشت شیشه‌های مشجر ورودی چسبانده بود. امتحان کرد. قفل بود. می‌دانست. بعد در رو به حیاط را امتحان کرد. برعکس همیشه باز بود. آهسته دستگیره را چرخاند. باز شد. برگشت پشت سرش را نگاه کرد؛ در دفتر و خوابگاه مسئولین بسته بود. هیاهوی باران چنان بر خاموشی راهرو چنگ انداخته بود که جز آن، صدایی راه به درزی نداشت. پا به حیاط گذاشت و سرمای

نمور سنگ کف پایش را غلغلک داد. فرصت برگشتن و دمپایی پوشیدن نبود. آهسته در را پشت سرش بست. از همان‌جا نگاه کرد. در حیاط بسته بود نه آن‌طور که از پشت شیشه‌ی پنجره دیده بود، باز. نگاهی انداخت به دیوار خانهٔ سرایداری با در بسته‌ی حیاطش و چراغ‌های خاموش خانه‌اش. باران به سایبان روی ایوان هجوم آورد و صورتش را از خواب پراند. رفت روی سکوی مخصوص سخنرانی و سعی کرد از بلندای آن پنجره‌های خانه نوری را ببیند. شیشه‌ها تاریک تاریک بود. ناگهان حس کرد توحیدیان از پشت شیشهٔ دفتر زل زده به او. خم شد. خمان خمان راه آمده را برگشت و زیر پنجره‌ی دفتر ایستاد. به سیاهی پشت پنجرهٔ دفتر زل زد. هوا برق زد. در تاریکی دفتر چیزی درخشید؛ مثل نور مودم یا گوشی جامانده‌ای. ندید، نفهمید. رفت سمت زیرزمین که بسته بود. دید شکاف در را که او از آن می‌گذشت و به خرابه می‌زد، کیپ گرفته‌اند. به گونی‌های گچ و سیمانی که شکاف را پر کرده بود دست کشید. پایش به چاله‌ی آب جمع شده کنار پله‌ی زیرزمین افتاد و یخ کرد. رفت سمت روشویی. شیر آب را تاباند. قطع بود. از شیر تانکر چند قطره‌ای آب آمد که حلقش را تر کرد و بعد رفت سمت در حیاط و یک‌راست به سمت اتاقک نگهبانی. حالا دیگر اثری از شبح زن در حیاط نبود. در اتاقک باز بود. رفت داخل. در بیرونی کوچکِ اتاقک را باز کرد و شبِ خرابه‌ی پشت حیاط مجتمع ناگهان به داخل ریخت. «چرا این در را نبسته‌اند؟» چیزی ته دلش می‌خواست همین

حالا برود؛ پابرهنه بود. کابوسی که دیده بود هنوز جان داشت و مثل سوسوی شمعی می‌لرزید. «کاش کبریتی با خود داشتم یا فندکی.» جز گل‌ولای راه کشیده به سمت دیوار مجتمع چشم چیزی ندید. جرأت نکرد برهنه پا بر گل کوچه بگذارد و در تاریکی دنبال گوشی ناشناسی بگردد که نه می‌توانست پیدایش کند و نه یقین داشت که لاچینی آورده باشد. برگشت به اتاقک و کف پاهایش را بغل کرد. ناگهان از همان‌جا دید که سایه‌هایی در راهرو تکان می‌خورد. درون اتاقک خپ کرد. نگاه تا به شیشه‌های کثیف راهرو برسد، از دریچه‌ی اتاقک نگهبانی عرض حیاط را طی می‌کرد، از شیشه‌ی راهرو می‌گذشت تا در سوسوی مهتابی آن‌جا، طرح مبهمی از بازشدن در اصلی بدهد. و ببیند که سایه‌ای — نه دو سایه ـ به درون آمد یا بیرون رفت یا همان‌جا ایستاد. جرأت نداشت از جایش تکان بخورد. فکر کرد شاید بناها و تعمیرکارها دارند مصالح می‌آورند. «نصف شب؟!» نمی‌دانست ساعت چند است و هوا چنان گرفته بود که صبح رؤیایی دوردست بود. دوباره در را باز کرد و پا به کوچه گذاشت. بعد برگشت و سنگی لای در چپاند. گل و لجن آغشته به زبالهٔ کوچه کف پایش را آزرد؛ بعد از سه قدم عادت کرد. ترس ترسان مثل همان زن ولی بی‌پلاستیکی بر سر، با لباس بلند و موهای وز کرده و پای برهنه از کنار دیوار پاورچین قدم برداشت. دیوار حیاط را دور زد. چندبار پایش به چاله‌ها گرفت تا رسید به انتهای دیوار، جایی که ضلع دیگر دیوار، به در ورودی می‌رسید و

خندق بزرگ زباله بین دو دیوار فاصله انداخته بود؛ یک دیوار به
خیابان می‌خورد و این یکی به بیابانی که راهی به هیچ‌کجا داشت.
پشت دیوار ایستاد و سرک کشید. دو مرد را در نگاه اول دید و بعد
یک زن. در انگار باز بود. هیچ‌کس با دیگری حرف نمی‌زد. می‌رفتند
و می‌آمدند. نمی‌شد آنجا چسبیده به دیوار بماند. خندق خیلی بزرگ
بود و هر لحظه ممکن بود سر بخورد. برگشت و گوش تیز کرد.
دورترک را بهتر می‌دید. دید که چراغ‌های ماشینی بخشی از آسفالت
زوار دررفته کوچه و چاله چوله‌های جلویش را روشن کرده و خط
باران بر آن هاشور می‌زند. آب جابه‌جا بر کف آسفالت حوض
درست کرده بود. در نور چراغ‌های ماشین، سایه‌ی مردی که از
مجتمع بیرون آمد روی آسفالت دراز شد. کارتن بزرگی در دست
داشت و هن‌هن‌کنان راه می‌رفت. شنید و سایه‌ای را دید که از ماشین
پیاده شد. دوباره خودش را به لبه‌ی خندق کشاند و دو دست
چسبانده به دیوار پشت سر، به خیابان، آن‌سوی خندق نگاه کرد.
وانت بود. یکی در کابین وانت را باز کرد و مرد که انگار رفته و
برگشته بود، کارتنی را هل داد داخل. هیکلی و پر بود مرد و
دست‌هایش از دو طرف بدنش فاصله داشت. آیدا این مرد را دیده
بود. قبلاً در دفتر توحیدیان، شاید جلوی در ورودی. شاید کسی از
اداره باشد. ناگهان یادش آمد. «شوهرشه بابا! عکسش هم توی
کامپیوترش بود. قبلاً هم اومده.» بعد دیگری آمد با کارتنی دیگر.
چندبار رفتند و چیزی بیرون کشیدند و بار وانت کردند. هیچ حرفی

نمی‌زدند نه حتی سرفه‌ای یا حرکتی که نشان از این داشته باشد که مشکلی با بلند شدن صدا ندارند. هر چه چشم چرخاند اثری از نوری ندید. «نکند دزد باشند!» بلافاصله بعد از این فکر، سایه‌ی لغزان توحیدیان بیرون آمد. در را بست و به عادت سه بار قفل را چرخاند. رفت و جلوی وانت نشست. دو مرد دیگر رفتند عقب نشستند و بعد ماشین نورش را اول به سه کنج خیابان تاباند، سر و ته کرد و رفت. آیدا نفس کشید. گرومبِ آسمان صدا را بر سرش انداخت. با احتیاط از دیوار و کانال فاصله گرفت. باران شلاقی‌تر شد. دوان دوان برگشت و رفت داخل حیاط. سنگ را برداشت و در را بست. در اثر هراس از باد و باران، در محکم بهم خورد. صدا در خالی زنگ‌زدهٔ آهن پیچید و به تن دیوارهای حیاط نشست. خیس و یخ کرده دوید سمت راهرو. در حالا قفل بود. باران بر زمین و هوا فریاد می‌کشید. جوی آب از چهار طرف زیر دیوارها راه کشیده بود به سمت دو زیرزمین. آیدا فکر کرد بچه گربه‌اش از این هیاهوی هوا حالاست که بترسد و دنبال تن گرم مادرش راه بکشد زیر تخت‌های دیگر. لرز به جانش افتاد. با نوک انگشت چند بار به در حیاط نوری زد. خبری نبود. برگشت به اتاقک و همانجا ماند و تا صبح زانوهایش را روی تنها نیمکت آنجا بغل گرفت که آب بر زمینش می‌سرید. چیزی به او می‌گفت جز دخترها هیچ‌کس در مجتمع نیست. غریو بدشگون خبری در راه، به دلش چنگ انداخت.

*

آیدا، مچاله در کنج اتاقک، به شبح زنی فکر می‌کرد که پیش‌تر او را در کنار گوشه‌های زیرزمین می‌دید و امشب خیس باران، در کنج حیاط. می‌دانست که او وهمی در خاطره‌ی او از سیاهچال است اما نمی‌توانست جلوی ترس و کنجکاوی توأمانش را بگیرد.

در و دیوار این ملک زن را می‌شناخت. زن خیلی پیش از آن که ساختمان پادگان، زندان و دارالتأدیب شود، این‌جا بود. در بی‌خوابی و سرما و هول و هراس آیدا، هوا روشن‌تر می‌شد و دلهره‌ی ضرب باران پرتپش جای خود را به لطافت آن صدا می‌بخشید و برقابرق گرومباگرومب هوا هم کم و کم‌تر می‌شد. خوابش برده بود یا از هوش رفته بود که به‌نظرش رسید دخترها سلانه سلانه و یکی یکی به حیاط آمدند و زیر سقف ایوان، مثل سایه‌هایی از ارواح دوردست به تماشای باران ایستادند. چشم‌هایش را مالید و دوباره نگاه کرد. خودشان بودند. صدای یک‌نفرشان روی حیاط افتاد: «آقای نوری، آب نیست!» نگاه کرد. دید که همان صدا در ترس از خیس شدن از سمت تانکر به روی ایوان دوید و ایستاد. هوا گرگ و میش بود یا چشم‌های او تار می‌دید نمی‌دانست. یادش آمد: «برای نماز بیدار شده بودند ولی کسی که در مجتمع نبود؟ بود؟» یک نفر سنگی به سمت خانه نوری پرتاب کرد. بعد مریم را دید که دوید و خود را رساند پشت در حیاط نوری و در زد. آیدا از

درون اتاقک آهسته صدایش زد. نشنید. بعد ریگی برداشت و به
سمتش پرتاب کرد: هی... هی...!

مریم گیج به چهارطرفش نگاه کرد.

- یه روسری و یه جفت دمپایی برام بیار؛ کسی نبینه.

مریم چشم‌هایش را چهارتا کرد: این‌جا چی‌کار می‌کنی؟ فرار
کردی باز؟

دوید و دور شد. آیدا دید که مریم جلوی تانکر ایستاد. و
مشغول گپ زدن با دخترها شد. دید که یکی از دخترها رفت روی
دیوار کوتاه حیاط خانه نوری و صدایش را انداخت روی سرش که:
نوری... نوری... آب نیست. آیدا شک نداشت که کسی نیست، نه
در ساختمان و نه در حیاط نوری. پس چه کسی قفل در راهرو را
برای‌شان باز کرده؟! دخترها پاک یادشان رفت کجایند که در
شرشر باران افتادند دنبال سر هم و گرگم به هوا بازی کردن. هم را
هل می‌دادند و روسری‌هایشان از سر می‌افتاد و دمپایی از پایشان
بیرون می‌آمد. لی‌لی می‌کردند تا به دمپایی جا مانده‌شان برسند. یکی
از دخترهای کم سن و سال آمد سمت اتاقک نگهبانی و از سوراخ
دکه سرک کشید. رنگ صورتی مقنعه‌اش و نگاه کنجکاو و ترس
خورده‌اش با دیدن او در آن‌جا، آیدا را از رخوت ترس از دیده شدن
بیرون کشید. از دکه بیرون آمد. پابرهنه، گلی، موهای درهم گره
خورده و هیکل پف کرده همیشگی که ژاکت خیسش را سفت دور
خودش گرفته بود انگار که راه باران را به تن ببندد. کسی حواسش

به او نبود. انگار او را نمی‌دیدند یا اگر نگاهشان با او تلاقی کند خود در جرم او شریک می‌شوند. مستأصل از این رفتار، جلوی در راهرو داد کشید: کی درو براتون باز کرد؟

دخترها زل زدند به او. انگار روح دیده باشند اول بر و بر نگاه کردند و بعد کر کر بنای خنده گذاشتند. با خودش فکر کرد کم کم دارد تبدیل می‌شود به پیرزن دیوانه‌ی جمع. شاید زنی که پارچ به دست شب‌ها جلوی چشمش رژه می‌رود، بعدهای خودش باشد! بین این همه بچه او این‌جا چه می‌خواهد؟ زهرا بدو بدو آمد سمتش: چی شده آیدا؟ چرا خیسی؟!

- یعنی تو نمی‌دونی که توی اتاقک گیر کرده بودم. میگم کی درو براتون باز کرد؟

ثریا گفت: باز داشتی در می‌رفتی دیشب؟

- بعله داشتم می‌رفتم زیر بارون قدم بزنم. خب اومدم ببینم تانکر آب داره یا نه که بعد در بسته شد، رفتم توی اتاقک نگهبانی کپه مرگمو گذاشتم.

- آره جون خودت. من که خبرچین نیستم.

آیدا یک به دو نکرد: کی درو باز کرد؟

زهرا گفت: وقتی اومدم باز بود. لابد خانم پورانی یا خانم توحیدی یا نوری.

- بچه‌ای! نمی‌بینی حیاطو گذاشتن رو سرشون و هیچکی
نیست؟ یکی از این تخم سگا کلید داره. یکی از همینا رو کردن
مأمور ما.

بعد هر دو دست و رو نشسته و بی‌آب رفتند به ساختمان.
آیدا گفت که دیشب چه دیده. دندان‌هایش از لرز و سرما بهم
می‌خورد. تند تند لباس‌های خیسش را درآورد و رفت زیر پتو. زهرا
هر کدام از لباس‌های خودش را به او داد تا خود را گرم کند به تنش
نرفت. آیدا تنها دختری بود در آنجا که فقط یک دست لباس داشت.
در آخر فقط ژاکت زهرا را انداخت روی دوشش و باز رفت زیر پتو.
می‌لرزید. بچه‌گربه‌اش هنوز خواب بود آن‌قدر ناز که انگار دنیا برای
خواب او ایستاده و تا وقتی بیدار نشود هیچ کاری نمی‌کند. پیشانی
گربه را بوسید و باز لرزید.

- تب می‌کنی بدتر میشه حالت؟... چرا رفتی بیرون؟
- یکی رو توی حیاط دیدم.

زهرا دوید و رفت دفتر در زد. قفل بود و کسی جواب
نداد. در خوابگاه مسئولین و حتی آزمایشگاه و نمازخانه هم کسی
نبود. کم‌کم خبر پخش شد و هول و ولایی به جان دخترها افتاد.
آیدا روی هیاهوی دخترهایی که حالا به خوابگاه برگشته بودند و
همچنان به سر و کول هم می‌پریدند داد کشید: کدومتون کلید داره
یالا یا میگه یا خودم جرش میدم.

ناگهان ترس به دل بچه‌های کوچک‌تر افتاد و بعضی در
ترس از بی‌پناهی و بی‌کسی به گریه افتادند. آیدا همیشه مثال بدی
بود برای آن‌ها و مسئولین مجتمع تا توانسته بودند دخترها را از
نزدیک شدن به او که فرد خطرناکی است، ترسانده بودند
به‌خصوص تازه‌واردها را.   ثریا بغض کرده گفت: کاشکی زودتر
می‌اومدن دنبالمون می‌بردمون. بیشتریا رفتن. حالا ما این‌جا زندونی
شدیم!

- خره ساکت باش! اینم ترس داره. بهتر که نباشن. خب
می‌خوای بری بلند شو برو.

- صدای فحش دادن یکی به دیگری از جایی آمد: تخم
سگ!

و جوابش: باباته!

ثریا فریاد کشید: کجا برم؟ مگه همه مثل خودتن سر خود
شب و نصفه شب راهتو می‌کشی میری و میای؟

- آره خلم لابد که اگه راه باشه برم بعد برگردم. فقط از در
اصلی میشه رفت بیرون. حالیت شد؟ اونم اگه قفل نباشه یه لحظه
نمی‌مونم.

با این حرف سه تایی، یک لحظه ساکت شدند و بعد هر
سه با هم دویدند سمت در. قفل بود. از تک و تا نیفتاده آیدا با لگد
به در کوبید. انگار که می‌شود با کوبیدن در را از جا درآورد. زهرا
زد یکی از شیشه‌های مشجر روی در را شکاند و از آن‌جا زل زد به

باران بیرون. سوز سردی به تن دیوارها نشست. شیشه، رها شده از بازتاب هیچ در بیرون، دو تکه روی زمین ولو شد. آیدا از لگد زدن دست کشید: بچه‌ها همیشه یه کلید زاپاس توی دفتر هست برای نوری. شاید باشه و هر سه هجوم بردند به قفل دفتر.

آیدا دوید سمت زیرزمین با این فکر که در آنجا قفل نباشد و بتواند خرده ابزارهایی را که جمع کرده بود پیدا کند تا بلکه بتواند در را باز کند. قفل بود. برگشت سمت حیاط. سه پله ایوان را پایین رفت و از سه پله ورودی زیرزمین پایین رفت. آمد گونی بزرگ سیمان را که با آن شکاف در راگرفته بودند هل بدهد که دید سیمان درون پاکت در اثر باران سنگ شده و کیسه محکم به زمین فرورفته. همچنان می‌ترسید که ناگهان یکی‌شان از راه برسد و گاهی به پشت سرش، سمت خانه نوری نگاه می‌کرد، که مبادا الساعه پورانی یا توحیدیان یا یکی دیگر بیرون بیاید. هیچ‌کدام نمی‌دانستند چه خبر است. برگشت بالا. مستأصل و هنوز لرزان از سرما درون لباس‌های نمدارش، با دست‌هایی بغل زده گفت: چقدر خر بودم که نفهمیدم. توحیدیان کامپیوتراشو می‌خواست ریست کنه بعد بذاره بره. ولی چرا؟

مریم گفت: شاید مسئول جدیدی قراره بیاد. خدا کنه بهتر از اون باشه.

ـ تو دیگه خریتو به ته رسوندی؟ منتظر رئیس تازه‌ای؟ خره نیستن، باید دربریم.

مریم جواب نداد. آیدا باز پرسید: ندیدی کی در راهرو رو باز کرد؟

- نه والا...
- شاید اشتباه می‌کنی بسته نبوده.
- شاید یکی توی زیرزمین باشه. زیرزمین اون‌وری. اونجا که در نداره.

آن زیرزمین بی‌در و پیکر، کنار حرف‌های ملیحه، بارقه‌ای در دل آیدا روشن کرد و ترسی به جان بقیه انداخت. یکی از دخترها، روی تکه شیشه شکسته‌ی در سر خورد و به زمین افتاد و پایش خراشید. خون لابه‌لای خرده شیشه‌هایی راه افتاد که دیشب انعکاس چراغ‌های وانت را در باران بازتابانده بود. مثل خوابی شوم نباید واقعی می‌بود. شیشه‌ها می‌دانستند که نه تنها آن بار که آیدا از خرابه انعکاس نور را دید، بلکه یک‌بار دیگر هم نور چراغ‌های ماشین بر آن‌ها لغزیده بود. درست وقتی که او درون اتاقک از ترس و سرما کز کرده بود. دیوارها یک‌بار دیگر صدای چرخش کلید را در قفل ثبت کردند. برگشتن توحیدیان را که در راهرو به حیاط را که قفل کرده بود، باز کرد و بعد از مجتمع بیرون آمد، در اصلی را قفل زد و رفت. زندانی بزرگ‌تر برای دخترها که به حیاط راه داشته باشند اما نه به کوچه. نه به سوی آزادی. حتی در حیاط را خیلی وقت بود که دیگر نمی‌بست چون خرابه‌ی پشت ساختمان جایی نبود که کسی برود.

- بچه‌ها چی میشه اگه الان همه‌شون، توحیدیان، پورانی، نوری، زنش، آقای امرالهی و رئیس اداره و بهزیستی و زندان‌ها، توی یک ماشین باشن و یهویی ماشینشون ترمز ببره و خلاص؟

عهدیه بود که رو به در بسته‌ی ساختمان از قاب خالی شیشه شکسته به بیرون نگاه می‌کرد و از رؤیایش می‌گفت. زهرا و مریم و ثریا زل زدند به او. عهدیه نگاه‌های ساکت را تاب نیاورد و با خنده فریاد کشید: چیه؟ چرا خیال میکنین من کلید دارم؟ چرا به من نگاه می‌کنین؟

آیدا که زل زده بود به خون پای بریده شده‌ی دختری که داشت زار زار گریه می‌کرد، گفت: تو کلید داری. کلید راهرو دست تو بوده. یاالا خبرچین کلید زیرزمینو بده. اقلاً برم وسایل پانسمان بیارم.

دخترهای دیگر هم به آیدا ملحق شدند. در چشم بهم زدنی عهدیه زیر بار مشت و لگد دخترها بود که صدایی در قفل در چرخید. نور بیرون، اریب، بر باریکه‌ی راهرو افتاد و بعد «در صدای بستن داد.» دخترها همه ساکت شدند. صدای پا در راهرو طنین انداخت و دخترها در جا خشکشان زد. نه توحیدیان که پورانی بود هاج و واج با چشم‌های سرخ به دخترها زل زده بود. به دخترها هیچ نگفت. یک‌راست رفت سمت دفتر و در را باز کرد.

صدای بوق ممتد تلفن در خالی دفتر طنین انداخت و به راهرو راه باز کرد و به گوش دخترهایی رسید که حالا درون خوابگاه کز کرده بودند یا مشغول جمع و جور کردن تختخواب‌شان بودند؛

ناامید از آزادی کوتاهی که از چنگشان گریخته بود. صدای خفه
گریه‌ی تک و توکی از گوشه و کنار می‌آمد. آیدا گربه‌اش را بغل
گرفت و انگشتش را به دهان او گذاشت تا انگشت خالی را مک
بزند. صدای بگو مگوی تند پورانی با کسی پشت خط که از دفتر بلند
شد، دخترها جلوی در خوابگاه جمع شدند و آیدا روی هیاهوی
درست شده با گربه‌ی گرسنه در بغلش جیغ کشید: «ما گشنه‌ایم... ما
گشنه‌ایم...» دخترها اول با او دم گرفتند اما با ادامه‌ی داد و دعوای
پورانی پشت تلفن ساکت شدند و چند قدم به راهرو خزیدند. زهرا
که به خاطر محبوبیتش نزد پورانی دل و جرأت بیشتری داشت،
جرأت کرد و خودش را به در دفتر رساند و همان‌جا گوش به زنگ
ایستاد. پورانیان را دید که سیم تلفن دور بدنش پیچ خورده و رسیده
به دهانه‌ی گوشی که جلوی دهان گرفته و فریاد می‌کشید: «من
گزارش می‌کنم... من گزارش می‌کنم. اگه یک نفر هم بمونه گزارش
می‌کنم.» و بعد از یک لحظه سکوت در گوش دادن به صدای پشت
خط داد کشید: «همه رو انداختی سر من شاهکار کردی؟ من چی‌کار
می‌تونم بکنم. هیچ‌کس نیست. هیچ سرویسی توی شهر نیست.
این... این... صبر کن! صبر کن! خفه شو! کار تو بود نه من...
می‌فهمی؟ چی‌کار می‌تونم بکنم با یه مشت بچه گرسنه‌ی بی‌کس و
کار که حتی کسی رو ندارن بیاد ببرتشون؟» زهرا لرز به جانش افتاد
و زد زیر گریه. پورانیان یک لحظه چشمش به او افتاد ولی انگار
هیچ‌کس را نمی‌دید مشغول گفت‌وگو بود. زهرا با هر بار گریه، به

حالت غش می‌افتاد. بچه‌ها دویدند توی راهرو. تپش قلب آیدا بالا رفت. دهانش خشک شد. عضلات فکش درد گرفت و دردی سوزنی در قفسه‌ی سینه‌اش پیچید. هنوز هوش و حواسش بود که یادش بیاید در بیمارستان دکتر به او گفته بود این‌ها نشانه‌ی حمله عصبی است. با دهانی مثل دو تکه چوب خشک، تند تند درون کیفش را جورید و قرص سبزرنگی پیدا کرد و خشک و بی‌آب فروداد. چشم‌هایش داشت از حدقه درمی‌آمد که بچه‌ها زهرا را بلند کردند و به خوابگاه آوردند. حالا همه با هم گریه می‌کردند. پورانیان با چادر بلندش که کشش عقب رفته بود آمد جلوی در خوابگاه ایستاد و با صدایی گرفته و چشم‌هایی دوخته به پایین گفت: «پنج نفر با من بیان. اگه ریزه میزه باشین شیش نفر هم میشه.» هیچ‌کس نمی‌دانست چه خبر است و پورانیان توضیح بیشتری نداد. می‌دانست اگر آن‌ها را بترساند، کنترلشان سخت می‌شود. گو اینکه انگار اصلاً آن‌جا نبود و روحش داشت راه می‌رفت. چشم‌هایش از گریه‌ای بی‌وقت سرخ بود مثل نوک بینی‌اش. بچه‌ها دورش را گرفتند؛ بیش‌تر دخترهای کم و سن‌سال‌تر که هنوز اعتمادشان را به‌کلی از کف نداده بودند و می‌خواستند بدانند چه خبر است. ثریا گفت: «خانم از صبح نوری نیومده صبحونه بده. زهرا از گشنگی غش کرد.» پورانیان بر و بر نگاهش کرد، انگار که انعکاس صدایی از دوردست حواس او را به خود کشیده باشد.

- برو ببین توی یخچال زیرزمین چی هست وردار بیار.
صبر کن!... بیا این کلیدا!

دسته‌کلید را به سمتش گرفت؛ قوانین یک شبه عوض شده
بود. ثریا از زیرزمین می‌ترسید اما نه حالا که دیگر انگار کلید
گوشه‌ای از خانه‌ای را می‌داد که مال خودشان بود نه زندانبان‌شان.
آیدا با گلوی خشک و تن سنگین، صورت برافروخته و ضربان قلبی
که فقط کمی آرام گرفته بود، بلند شد و رفت جلوی پورانیان گفت:
«لوازم پانسمان هم لازمه. پاش بریده» اشاره کرد به دختری که شیشه
پایش را بریده و روی تختش مچاله شده و هنوز از ترس تنبیه دم
نمی‌زد.»

- برو بیار. خودت برو.

آیدا که می‌دید پورانیان دارد می‌رود، می‌خواست ابزارش را
بردارد. صداها و تن نفس‌ها، پچ‌پچه‌ها و سردرگمی‌ها، همه‌چیز
برای دیوارها رنگ غریبی داشت؛ این آن ترسی نبود که پیش‌تر در
دل هوا موج می‌زد، ترس بویی دیگر گرفته بود که هنوز برای خود
اهالی باقی‌مانده‌ی مجتمع هم تازه بود. دسته‌کلید تمام کلیدها را با
خود داشت. ثریا و آیدا کلی معطل شدند تا کلید سیاهچال را پیدا
کردند. پا که به اولین پله گذاشتند، بوی نم به هوا خاست. آیدا پایین
رفت. کورمال کورمال چراغ برق را زد. دید که همه‌چیز بهم ریخته
است. خبری از صندوق‌ها و کارتن‌های روی هم چیده نبود. در
گنجه‌ی لوازم بهداشتی بازمانده بود. انگار زیرزمین با عجله خالی

شده بود و جاهای خالی اشیا توی چشم می‌زد. یخچال اول را باز
کرد. چند بسته نان بود و پنیر. چندین بسته‌ی آب معدنی تا سقف
روی هم بالا رفته بود. دو بطری آب برداشت و دو بسته پنیر و یک
بسته نان. در یخچال‌ها را بست. حوصله نکرد بقیه‌ی یخچال‌ها را
نگاه کند. رفت سمت اتاقک خودش که خالی خالی شده بود.
نیمکتی که رویش می‌خوابید واژگون شده و کارتن مخفی لوازم
بازیافتی‌اش گوشه‌ای پرت شده و اشیای درونش را قی کرده بود.
وسایلش را دیده بودند ولی تا هنوز به رویش نیاورده‌اند. با عجله،
زیر ضرب صدای ثریا که از بالای پله‌ها می‌گفت زود باشد، انبر
دست کوچکی را در جیبش تپاند. بعد منصرف شد و پرت کرد درون
کارتن. دسته کلید را هم انداخت رویش و رفت بالا. «اگر پرسید،
جا گذاشته‌ام. برمی‌گردم و برمی‌دارم.» یک بسته پنبه و الکل اسپری
را از بالای رف لوازم بهداشتی بیرون کشید و دوید بالا. پورانیان
شش تا از کوچکترها را جدا کرده و مثل طفلان مسلم کنار راهرو
قطارشان کرده بود. بچه‌ها فقط می‌دانستند که دارند می‌روند ولی
نمی‌دانستند به کجا و بغض کرده، با هق‌هقی خفه گریه می‌کردند.
پورانیان انگار نه انگار که همان آدم سابق است، چادرش را مثل
شنل دنبال خودش می‌کشید و گیج و گنگ از این طرف به آن طرف
می‌رفت. بچه‌ها را سوار ماشین خودش کرد. نه حرفی زد و نه
سراغی از کلیدها گرفت. تنها یک جمله که فردا می‌آید دنبال‌شان تا
آن‌ها را هم ببرد و در جواب عهدیه که داد کشید: «کجا می‌بردشان؟»

گفت: «تحویل خانواده!» عجله داشت برود. بچه‌ها که تازه فهمیده بودند قضیه از چه قرار است، پا تند کردند به سمت در. پورانیان تشر زد: بیرون برای شماها تنهایی خطرناکه. خودم میام می‌برمتون و رو به آیدا داد کشید: «تمام درها رو از داخل خوب قفل کن. همه رو. مخصوصاً دو در حیاط و در راهرو. اینو خودم قفل می‌کنم. مسئولیت بچه‌ها با تو.» مکث کرد: «تا برگردم.» زهرا را هل داد داخل و به سرعت در را پشت سرش بست و کلید را در آن چرخاند. از ذهن آیدا گذشت: «ای ناجنس! زاپاس داری؟!» تازه فهمید چه خبر است. سرش گیج رفت. حالا فقط دار و دسته‌ی خودش جا مانده بود: ثریا، مریم، عهدیه و زهرا. زهرا هنوز داشت گریه می‌کرد. با هر زوری، نتوانسته بود خودش را در ماشین پورانیان بتپاند که هیچ، تازه بور هم شده بود. بسته‌ی پنبه و الکل از دست آیدا به زمین افتاد. دختری که قرار بود پایش را پانسمان کند؛ با پورانیان رفته بود. فکر بند نیامدن خون از زخم دختر ذهنش را سرخ کرد. طعم تلخ خشم مثل خون زیر زبانش آمد و همان‌جا کف راهرو تف کرد. از قاب شیشه‌ی شکسته به منظره‌ی باران بیرون نگاه کرد. زباله‌های داخل کانال جلوی در، با آب باران سبک شده و قاطی گل و لای و لجن خوب بالا آمده بود تا جلو چشم او، مثل دهانی به استفراغ باز شده، دمی بود که بیرون بریزد. دو مغازه‌ی روبه‌رویی انگار مدت‌ها بود که بسته مانده بودند. کرکره‌ی خیس‌شان تا نیمه رج به رج سیاه شده بود. درِ باز خانه‌ای را باد مدام به هم می‌کوبید بی‌آن‌که کسی

برای بستن در به حیاط بیاید. کسی نبود. آیدا دانست در این بیغوله پنج نفری تنها مانده‌اند و هنوز گیج رفتار و رفتن پورانیان، به صرافت دسته‌کلید نیفتاد. ولوله‌ی رفتن، مرخصی‌ها، بار زدن شبانه‌ی کامپیوترها و هر چه در مجتمع بود و حالا خالی کردن کلی مجتمع از بچه‌ها؛ همه به جز آن چند نفر. حواسش نبود که دخترها در سکوت دارند نگاهش می‌کنند؛ حالا معجزه در دست او بود. رفت دفتر و گوشی تلفن را برداشت و شماره‌ی خانه را گرفت. دخترها جلوی در حلقه زدند. آیدا با صورت پف کرده در سکوت نگاهشان می‌کرد. چهار جفت چشم از حدقه دررفته نیز به او. تلفن تک بوق خورد و قطع شد. شماره‌ی دایی علی را گرفت. دایی گوشی را جواب داد. صدایش دور و دیر می‌آمد. تا آمد حرف بزند دایی گفت: «خدا رو شکر. تلفناتون وصله؟ ما رسیدیم اراک از اونجا داریم میریم بروجن که عزیز و بچه‌ها رو برسونم خرم‌آباد. بعدش میام دنبالت.»

- دایی چی شده؟
- نمیدونی؟ نگفتن بهتون؟
- نه! دایی ما اینجا تنها موندیم هیچ‌کس نیست.

صدا لحظه‌ای رفت و بعد برگشت که داشت می‌گفت:

«نشست زمین... احتمال زلزله...»

- چی؟... نشنیدم. تهران نیستی؟

- تهران کجا بود؟ فرونشسته. کل تهران داره میره زیر خاک. از مرکز شروع شد. همه دارن میرن. میام...

تلفن قطع شد بی‌آن‌که بوق بخورد. آیدا هنوز منتظر بود صدا برگردد. چند بار الو گفت. صدا چنان از سیم‌های تلفن رخت بربسته بود که انگار از ازل صدایی نبوده است.

این ساختمان از زمان تأسیس، صدای تلفن را شنیده است. گوشی را گذاشت و دوباره شماره گرفت. تلفن دیگر بوق نداشت؛ حتی بوق آزاد. به‌کل قطع شده بود. ثریا دوید و گوشی را از دست آیدا قاپید. آیدا مات مانده بود وسط دفتر. گاوصندوق، کامپیوتر مدیر، حتی باند بلندگو در دفتر نبود. همه را دیشب برده بود. تلاش ثریا برای تلفن زدن بی‌فایده بود. کشوهای میز مدیر را یکی یکی بیرون کشیدند: خالی خالی. نه حتی اثری از پرونده‌هایشان. شیشه‌های دفتر نمای مات حیاط را نشان می‌دادند با بارانی که داشت بند می‌آمد. ثریا خرت خرت انگشت در دایره‌ی اعداد شماره‌گیر تلفن می‌چرخاند و صدای بیهودگی اعداد را بر اعصاب دیوارها و شیشه می‌کشید. همه‌گی پشت پنجره‌ی دفتر جمع شدند. در حیاط باد برخاسته بود. باد پلاستیک‌های خیس از باران را به هوا بلند کرده بود و در هوا می‌رقصاند. زباله‌ها و زمین به رقصی همچون رقص مرگ برخاسته بودند. از جایی صدای کف زدن می‌آمد. دخترها ترسان پنجره را باز کردند. عهدیه هنوز از حضور سنگین توحیدیان می‌ترسید و جرأت نداشت از دم در پیش‌تر بیاید.

بوی توحیدیان از کشوی باز میزش بیرون می‌زد. درِ عطر تایتانیک در گوشه‌ی کشو بازمانده بود. مریم به خودش عطر زد و بین گریه خندید.

- اَه حالم بهم خورد از ین بو، وقت گیر آوردی بوشو پخش می‌کنی وقتی خودش نیست؟!

آیدا نفهمید کدام‌شان بود. صدای کف زدن را دنبال کرد. صدا از ایرانیت روی اتاقک نگهبانی بود که لق شده و در باد بالا می‌پرید و به ایرانیت زیری می‌خورد. حالا باد و باران هم دست به دست هم داده بودند تا خرابی ساختمان را به رخ بکشند. ثریا تلفن را بغل کرده بود، ولو روی زمین، زار می‌زد. همه‌گی گریه می‌کردند جز آیدا که فقط گلویش خشک بود و ناگهان شده بود بزرگ‌تر آن‌ها. کنترل تلویزیون را پیدا کرد و روی دکمه زد. روشن نشد. کلید اتاق را زد. برق نبود. و درست همین‌جا فاجعه مثل سنگ افتاد روی سرش و هوش و حواسش را به خود آورد. بدتر از ترس در تنهایی سیاهچال در سال‌های اول، بدتر از ترس دیده شدن در عشق‌ورزی، هراس‌آورتر از ترس یافتن رد پایش در راه خانه‌ی رضا و بدتر از ترس بارداری و بدتر از این ترس آخری؛ ترس زندان. بدتر از وقتی که مادرش از خانه‌ی عزیز می‌رفت. بدتر از وقت‌هایی که دیگر نیامد. چیزی شبیه هراس تنها ماندن در میدان شوش شش سالگی بود. آن ترس بزرگ‌ترین گودال بود. خندق به‌قول عزیزش که به کانال جلوی مجتمع گفته بود: «خندق دهن باز کرده این‌جا.» اما

حالا این ترس، تازه هم شده بود. همان نبود. در آن وقت، ترس گنگ بود و جمعیت زبان داشت. حالا هم ترس گنگ بود و هم دیگران لال. کسی نبود اصلاً جز چهار تا بچه که تازه آن‌ها آویزان او بودند تا چاره‌ای برای‌شان پیدا کند. در چهاردیواری مجتمع جز همهمه‌ی گنگ و ترس‌خورده صدایی نبود. در کوچه، که حالا در به رویش گشوده بود، و می‌توانست همین الان برود سکوت مثل سنگ به سرش می‌خورد و این سکوت بیش‌تر می‌رماند تا دل به فرار ببخشد. فاجعه‌ی در راه، مثل آن‌وقت‌ها نبود که صدا راه گریزی بر آن بود. نمی‌دانست فاجعه ـ اگرفاجعه‌ای هست ـ چیست و در کدام سمت و سو ست. ناگهان انگار پیر شد در بین آن دخترها که حالا بزرگ‌ترشان بود و پیرانه محاسبه می‌کرد که فرارشان از این در راه به جایی نخواهد برد. فاجعه آن‌جا هم مثل حالا شبیه گودالی بود که باید از آن حذر می‌کرد. راه نجات، در آنِ شش سالگی، تیرچراغ برقی بود که توانست دستش را دورش حلقه کند تا امکان کنده شدن و کشیده شدنش به سمت گودال ممکن نشود ولی حالا تکیه‌گاهی نبود، ستونی نبود که به آن تکیه دهد. جهان بیرون او در پورانیان خلاصه می‌شد که یکسر گنگ بود و آمد و رفت و هیچ نگفت. گنگ مثل خانه‌ی نوری که صدایی از آن درنمی‌آمد، مثل بوق تلفن که خفه شد ولی ثریا هنوز به آن امید بسته بود. آن ترس بچه‌گی اگر تنفر را به جانش انداخت که گاه به بریدن دست همکلاسی‌اش می‌انجامید گاه به کوبیدن سر این یکی به میز یا بریدن موهای خودش و قرص

ریختن در چای پدر، حالا شکل تنفر را از یاد برده بود. فکر کرد «واقعاً میخواستم بکشمش؟ قرص‌های درون چایی که کارم را به این‌جا کشاند!» نمی‌دانست، نه حالا نه همان‌وقت. فقط می‌خواست رد نفرتش را بر جا بگذارد تا راه نفسش باز شود. آن‌جا فاجعه تصویر داشت و درست جلوی رویش قد کشیده بود ولی کر نبود. به تن دیوار لگد زد؛ آن چهاردیواری دیوانه بود که آن‌ها را، در بی‌خبری محبوس کرده بود. زندانیانی بودند که زندان‌بانشان از آتش‌سوزی فرار کرده است و گرچه درهای زندان باز مانده اما راهی به بیرون نیست. دوان دوان از دفتر بیرون آمد و از پله‌های زیرزمین سرازیر شد و کورمال کورمال راهش را به کارتن خرت و پرت‌هایش رساند و گذاشت دم راه پله. بعد گشت و بسته شمعی از یخچال‌ها پیدا کرد. زیرزمین ظلمات مطلق بود. بسته شمع را گذاشت روی کارتن خرت و پرت‌ها و همه را با خود آورد بالا برد گذاشت روی تختش در خوابگاه. دسته‌کلید را به دخترها که هنوز پشت پنجره دفتر بودند نگفت. نفهمید صبح کی به غروب وصل شده بود و آن‌ها سرگشته در راهرو و آزمایشگاه و دفتر از میزی به میزی دویده بودند معلوم نیست دنبال چه؟ بیش‌تر دنبال پرونده‌هایشان. هوا به همین زودی داشت تاریک می شد و باد و باران همچنان سورچرانی می‌کرد با زباله‌های وامانده‌ای که زمین دیگر پس‌شان زده بود. فکرکرد: «مثل خود ما پنج نفر.» حالا همان‌طور که مثل مجسمه‌ای ورم‌کرده پشت سر دخترها پشت پنجره ایستاده بود و به منظره‌ی هولناک حیاط

نگاه می‌کرد مطمئن شد دیشب خودش را در حیاط دیده است. زن همان دختری بود که از کنار گوشه‌های زیرزمین مثل سایه می‌گذشت و دیشب کمی پیرتر شده بود. او دیشب خودش بود که یک روز زودتر، امروز او را نشان خودش می‌داد. شاید بعداً برای کاری توی حیاط روی سرش پلاستیک بکشد و بیرون برود. شاید شکمش درد بگیرد و بنشیند زیر باران تا درد بگذرد و بقیه خیال کنند دارد دعا می‌خواند زیر باران. عرقی سرد بر تنش نشست. پیری از فرق سرش شروع شد و مثل آبی یخ از ستون فقراتش گذشت و دست و پایش را یخ کرد. بعد ناگهان خونسرد و آرام شد. تن دادن به تقدیر گریزناپذیر. پذیرشی که فقط از پیران برمی‌آید. شاید هق‌هق خفه‌ی دخترها بود که تب و تابِ او را که در هیکل و سن از آن‌ها بزرگ‌تر بود فروخواباند. شاید از درک عمیق تنهایی بود اما هر چه بود او حالا آرام بود و داشت فکر می‌کرد چه‌طور می‌شود از این‌جا رفت. جوری رفت که به جایی رسید. آخرین حرف‌های دایی در گوشش زنگ می‌خورد. دهانش دیگر خشک نبود. قلبش تند نمی‌تپد و عضلاتش منقبض نمی‌شد و سینه‌اش تیر نمی‌کشد. لَخت و کرخت نشده بود. بی‌حال بود اما سستی اندام‌ها ذهنش را آرام کرد و به کار انداخت. مثل زنی پیر که به کندی حرکاتش عادت می‌کند و خودش را با وضعیت دمخور، دست‌هایش را باز کرد و دخترها را بغل کرد. دایره‌ای شدند سر بر شانه‌ی هم. چند قطره اشک سرد به گونه‌اش چکید که باقیمانده‌ی تب و تاب درونش را آرام کرد. بعد رفتند

خوابگاه. روی تخت‌هایشان نشستند. درها را قفل کرد و بی‌مقدمه گفت: «فردا از این‌جا رفته‌یم. فقط همین یه شبه.» در حرفش چنان قاطعیتی بود که کسی سؤال نکرد چون مطمئن شدند که همین یک شب را باید بمانند گرچه آن‌ها هم نمی‌دانستند چه‌طور و در شرشر بارانی که دوباره جان گرفته بود هر یک به خطی‌های مسیر خانه‌ی خودش فکر می‌کرد. زهرا چشم‌های سرخش را مالید و زانویش را بغل گرفت و گفت: «امکان نداره مامانم زنگ بزنه و کسی این‌جا جواب نده، اون نیاد سر بزنه!...» دخترها مات مات به او نگاه کردند. آیدا گفت: «زهرا جان! به نظرم همه‌شون رفتن و ما را جا گذاشتن. ما جا موندیم.»

*

شب، مثل غولی بر مجتمع افتاد. این ساختمان دیگر همان نبود که همیشه بود؛ پناه دخترها از ترس مدیر و دیگران. در و دیوار از واقعیتِ ساختمانی که خود را در گَرد زمان پیچیده بود تا برای خود معنای امنیت بتراشد پرده برمی‌داشت. حتی زیرترین آجرهای حالا لق شده هم دیگر می‌دانستند که از اول هم این‌جا زندان بوده است اما زندانی که خود تازه به زندان بودنش پی برده است. دخترها در تاریکی گرگ و میش دم غروب دور هم حلقه زده بودند و مثل کالای ناب کاروانی دزدزده در دست دزدها یا کنیزکانی برای فروش در ناکجاآباد، غریبانه سکوت کرده بودند. یکی دستشویی‌اش گرفت و پنج‌تایی شمع به دست، راهی توالت شدند. راهرو از همیشه درازتر بود و موزاییک‌ها مدام زیر پایشان کش می‌آمد. می‌ترسیدند از هم جدا شوند. در راهروی توالت‌ها، زهرا سر چرخاند و به دوربین بالای در نگاه کرد: «به نظرتون ممکنه توحیدیان از خونه‌اش ما رو ببینه این‌جا تنها موندیم؟»

- برو شاشتو بکن بیا، زر نزن!...
- خری واقعاً یا خودتو زدی به خری؟

زهرا رو به سایه‌ی آیدا که شمع به زیر چانه‌اش نور می‌تاباند لب ورچید. آیدا گفت: راست میگه خب! دوربین به دفتر و خوابگاهش وصل بود نه خونه‌اش. تازه مگه نمیدونه تنهاییم؟

ـ فکر نکردی پورانیان با کی داشت جر و بحث می‌کرد پشت تلفن؟ اینو...؟!

عهدیه جلوی سیفون اولین دستشویی چمباتمه زد.

- چیکار می‌کنی؟

با توپک نرمش برگشت: تازه اگه هم وصل باشه و ببینه که دوربین توی تاریکی چیزی نشون نمیده و توپک را رو به شمع بالا گرفت. آیدا پوف کرد: چه غنیمتی هم قایم کردی! توپک حالا شیء بی‌ارزشی بود که به هیچ کاری نمی‌آمد اما عهدیه هنوز آن را در دست گرفته بود. از دریچه‌ی کوچک راهروی توالت که به کوچه راه داشت سایه‌ای سیاهی کشید. ثریا گفت: بچه‌ها همونه!

- چی؟

- به‌خدا خودشه! هر شب این پشت سرک میکشه. سایه‌اش سیاه سیاهه!

- راست میگه! منم دیدمش. یکی از توی کوچه این‌جا سرک میشه.

- شاید همونایی باشن که نوری می‌گفت توی زیرزمین...

آیدا از حرفش پشیمان شد وقتی چشم‌های گردشده از ترس دخترها را دید: کسی نیست. باد آشغالا رو بلند کرده. زود باشین هر کی جیش داره بکنه برگردیم. تا صبح نمیشه این‌جا بمونیم.

خیلی دلش می‌خواست آن یکی زیرزمین را ببیند اما حالا دیگر دل این‌کار را نداشت نه در تاریکی و باران و بی‌برقی. نه وقتی که کسی نبود تا فکرِ تعقیب و توبیخ او، پر دل و جرأتش کند در تاریکی چاه. حالا شب همچون پلاستیک سیاه زباله‌ای بالا آمد. روی ساختمان افتاد و با ذرات ریز باران که بر آن می‌نشست خش خشی عظیم پدید آورد.

جیغ آیدا بر صدای خش‌خش نشست. دخترها که هنوز جرأت نمی‌کردند روی تخت‌هایشان بروند و وسط خوابگاه ایستاده بودند، دیدند که آیدا شمع را کناری گذاشت و روی زمین خم شد: مرده! مرده! خدایا... گربه‌ام مرد!...

حالا همه دور بچه گربه بودند که تکان نمی‌خورد. آیدا پاک خودش را باخته، نوبت گریه زاری او بود: از صبح به‌کل فراموشش کردم. فراموشش کردم. از گشنگی مرد... خدا... مریضم بود.

- نه مریض نبود!
- چرا... چرا... زن نوری گفت مریضه... هیچی براش نیاورد بخوره... از گشنگی مرد...

عهدیه توی مشتش آب ریخت و پاشید به صورت گربه.

- نکن... نکن... مگه این آدمه اینجور میکنی. گربه‌ام مرد... خدا...

عهدیه بی‌توجه مشت مشت روی گربه آب می‌پاشید. بچه‌گربه تکان خفیفی خورد و عطسه‌ی بی‌رمقی کرد. همه‌گی از

خوشحالی به تقلا افتادند. آیدا گربه را گرفت و دهانش را باز
کرد. بوسید: آب... آب بیارین بخوره.

گربه آب نخورد و سرش دوباره روی دست آیدا لق زد و
افتاد. ثریا انگشتش را پنیر زده بود و توی دهان بچه‌گربه گذاشت.
گربه انگشتش را مکید. هیاهوی شادی دخترها از زنده شدن گربه،
ترس و تاریکی خوابگاه را عقب زد.

- گشنشه... گشنه‌اس. نترس گربه‌ها هفت تا جون دارن...
- روغن... اگه یه ذره روغن بود زود جون می‌گرفت.

آیدا به ضربی همه‌شان را کنار زد. شمع را برداشت و بی‌ترس
از تاریکی و سیاهچال، پله‌های سیاهچال را دو تا یکی پایین رفت
تا برسد به بطری روغنی که صبح در یخچال دیده بود. بطری را
آورد بالا. حالا گربه روی دست‌هایش نشسته بود و پنیر از دست
دخترها می‌گرفت. آیدا درون مشتش روغن ریخت و سر گربه را
به دستش چرخاند. دخترها در تقلای زنده کردن گربه، نبود شمع
و آیدا را هیچ حس نکردند. گربه روغن را لیسید. آروغ زد. یکی
خرده نان درون مشت روغن آیدا خرد کرد. و حالا گربه جان گرفته
هر چه می‌دادند می‌بلعید. و بعد عقب نشست. از آن‌ها فاصله
گرفت و دیدند که گوشه‌ای نزدیک زیر تخت آیدا دارد خودش را
لیس می‌زند. نفس به شماره افتاده‌ی آیدا بیرون آمد همان وقت که
خش خش از ایزوگام ناکار بام گذشت و به تن آجرهای سقف و
بعد بالای دیوارها نشت کرد و ذره ذره در تن ساختمان پیچید.

آیدا دست‌های روغنی‌اش را با لباسش پاک کرد و زل زد به سقف. بچه‌گربه خودش را به آیدا رساند و میو کرد. حالا همه چشم به صدای سقف داشتند. رد گام‌های موهوم فردی ناپیدا که دزدانه در شب پشت‌بام گام برمی‌داشت، به گوشت تن‌شان سوهان کشید و ترس در سلول سلولشان لانه کرد. حالا صدا از همه جا می‌آمد. راه بر تق تق ایرانیت بامِ اتاقک نگهبانی می‌بست و خود را یله می‌کرد در ذره ذره گچ و سیمان فرورفته در تن دیوارها. زهرا که ایستاده سر پا، دم در به سقف زل زده بود گفت بچه‌ها صدای پا نیست و در را باز کرد و به راهرو سرک کشید. ثریا جیغ کشید و جیغش بر صدای خش‌خش تنها خراش اندکی انداخت. مریم او را بغل کرده بود و می‌گریست. زهرا آهسته در خوابگاه را بست. رنگش مثل گچ شده بود. از همان‌جا با صدایی آهسته گفت: «یه زن تو راهروس.»

- یه زن؟
- کیه؟
- نمی‌دونم.

دوید و خودش را به آیدا رساند و جلوی او از ترس مچاله شد. داشت از ترس زهره‌ترک می‌شد. صدایش را پایین‌تر آورد: «یه زن پیر، گیساشو دو طرف بافته و یه پیرهن صورتی با پیشبند سفید تنشه. یه پارچ آب دستش بود و به من یه جوری لبخند زد که انگار بگه بیا آب.»

- تو رو خدا منو نترسون. خیالاتی شدی!

- خودتون برین ببینین.

کسی از جایش تکان نخورد. کسی جرأت نداشت به کابوس زهرا فکر کند. حالا چشم‌ها از سقف به در دوخته شده بود. آیدا داشت دسته‌کلیدش را می‌گشت تا کلید قفل در خوابگاه را پیدا کند. او که در تاریکی تا سیاهچال دویده بود حالا جرأت نداشت از جایش تکان بخورد و روی قفل در امتحان کند. زهرا چمباتمه‌زده از ترس، در حالی که می‌لرزید، شروع کرد دعای امن یجیب را زیر لب خواندن و با هر خواندن عقب جلو می‌رفت. فتح‌علیان یادشان داده بود تا شب‌ها که در خوابگاه بی‌قرار می‌شوند به‌جای جیغ و داد کردن این دعا را بخوانند تا آرام شوند. تا پیش از این شب‌هایی که می‌ترسید این دعا او را به خواب می‌برد اما حالا کلمات را گم کرده بود و مدام یک بند را می‌خواند و باز برمی‌گشت از اول همان را تکرار می‌کرد. بقیه از ترس فقط به او زل زده بودند و حالت‌شان چیزی شبیه ناباوری و باور به اتفاق رخ داده بود. عهدیه شروع کرد بلند بلند حرف زدن تا شاید ترسش را گم کند اما حرف‌هایش زود تبدیل به جیغ‌جیغ گنگ از کلماتی شد که معنایشان را نمی‌دانست. ثریا گریه می‌کرد و مریم رفته بود زیر تخت پشت سر آیدا و صدایش در نمی‌آمد. آیدا فکر کرد همان زن است. چرا قبلاً که کسی او را ندیده بود از او نمی‌ترسید ولی حالا که انگار خیالی واقعی است ترس به جانش انداخته است. گفت: «اگه جای من هزار شب توی سیاهچال بودین چی‌کار می‌کردین؟ اقلاً الان با همیم.» و صدایش

لرزید. صدای خش‌خش بلندتر شد و باران شتاب گرفت. ثریا در میان هق‌هق خفه‌ی گریه، به شیشه‌ی تاریک خوابگاه زل زده بود. تصویر خودش در شیشه‌ی تاریک به زنی پیر می‌مانست که رد اشک روی گونه‌هایش خشک شده است. سایه‌ی سفیدی از حیاط گذشت. پارچ آبی به دست داشت و دو گیس... دستش را کوبید روی دهانش که صدای جیغش درنیاید. همان‌جا که ایستاده بود به زانو افتاد. به لکنت افتاد. دخترها که در طول روز، همه‌ی خوراکی‌ها و بطری‌های آب را به توصیه‌ی آیدا از زیرزمین کشیده و آورده بودند خوابگاه کنار خودشان گذاشته بودند، کمی روی صورتش آب پاشیدند. حالا همه دور هم حلقه زده بودند و چمباتمه نشسته بودند. گوش به صدای باد و بارانی داشتند که به راه رفتن مبهم زنی بر برگ‌های خشک می‌مانست که خش خش می‌کرد و حواس‌شان نبود که زهرا در جمع‌شان نیست و آن طرف‌تر، در وسط ردیف تخت‌های خوابگاه درندشت دارد تند تند دارد نماز می‌خواند و نمازش به جای رکوع و سجود، حرکات شتابانی است از خم و راست شدن و گاه به عقب برگشتن. به جای قنوت بازوانش را در هوا از هم باز می‌کرد و دور خودش می‌چرخید و به در زل می‌زد و خم می‌شد و پیشانی بر زمین می‌گذاشت و با وردی هق‌هق مانند سر بلند می‌کرد و برمی‌خاست و می‌چرخید و می‌رقصید و سرش در دوار بدنش انگار روی گردن نبود. اورادش را بلند بلند می‌خواند و صدایش گاه فریاد می‌شد و گاه زمزمه و از دعایی به دعایی می‌پرید. ناگهان چادر سفید از

سرش سُر خورد و میخ ایستاد رو به بچه‌ها و بلند بلند عم یجیب را فریاد زد. انگار دعوتی به همراهی باشد، بقیه با او دم گرفتند. هر کس دعا را از هر کجایش بلد بود زمزمه کرد. اول صداها گنگ و خش‌دار بود و بعد ذره ذره جان گرفت. یکی یکی بلند شدند سر پا، دست‌هایشان در هم، سرها با حرکات زهرا عقب و جلو می‌رفت و می‌خواندند. مریم هم از زیر تخت بیرون آمد و همان‌جا زانو در بغل با آن‌ها، زیر لب، دم گرفت. اول فقط «امّن یجیب» بود؛ جسته گریخته از هر جایش که بلد بودند و بعد یکی یکی دعاهای دیگری وسط آمد. صدای‌شان دم به دم بلندتر می‌شد. با صدای‌شان جان می‌گرفتند و ترس انگار یک قدم عقب‌تر می‌نشست. مریم با صدایی بچه‌گانه، بچه‌گربه را مثل عروسک نداشته‌اش در بغل نوازش می‌کرد و نشسته نشسته به آن‌ها نزدیک شد. بعد بلند شد سر پا. زانوهایش هنوز می‌لرزید و با صدایی بچه‌گانه خواند: «عروسک ناز من، امشب لالا نداره. عروسک ناز من امشب قاقا نداره.» آهستگی صدا جمع را ساکت کرد تا بشنوند و بعد همه با هم دم گرفتند: «عروسک ناز من امشب لالا نداره. قاقا نداره امشب چون لولوئه تو راهه. لالا... لالا... لا... لالا... لالایی کن ستاره.» زهرا دور زد و خودش را رساند به مریم: «عروسکای خسته، همه‌گی الان لالا شن.» دست دراز کرد و بچه گربه را از بغل او به بغل خودش کشید. دخترها لالایی‌شان را خواندند و بچه‌گربه را دست به دست دادند. گاهی یکی‌شان زیر چشمی در یا پنجره را اگر می‌پایید دست دیگری

صورتش را از آن سمت منحرف می‌کرد. بعد صدایشان باز بلند شد و ترانه‌های کوچه بازاری را که جسته گریخته یاد گرفته بودند با هم دم گرفتند. یکی‌شان دست زد و به بقیه هم سرایت کرد. دیوارها در زیر ضرب صدای آرام و شور دست زدن دخترها که ترس را از کنج دیوارها پس رانده بود صدای تازه‌ای را می‌شنیدند که سنگ و گچشان تاکنون چنین صدایی را در خود نبرده بود. صدای دست زدن و خواندن و بعد صدای کوبیدن پا آمد. اول عهدیه ترسید و چشم گشاد کرد اما همین‌که سایه‌اش از جلوی نور شمع کنار رفت دید که آیدا رقص پا می‌کند. دو ضربه با پای راست و بعد یک ضربه با پای چپ. طولی نکشید که با هم هماهنگ شدند. زهرا هنوز در بند رقص غریب خودش بود که پا کوبیدن جمع را دید و ناشیانه در حالی که هنوز بازوانش در هوا تاریکی را بغل می‌کرد و بعد پس می‌زد، همراهشان شد. خنده‌ی خشک آیدا در سقف خوابگاه پیچید. دیگران هم به تقلید او ادای خنده درآوردند و پا کوبیدند. خنده‌های خشک تن دیوارها را لرزاند و خش‌خش ترسناک از پشت‌بام عقب نشست. حالا هر کس برای خودش در دایره‌ی جمع و با جمع می‌رقصید. یکی در حین پاکوبیدن دست می‌زد، روی یک پا چرخ می‌زد و با پای بعدی فرود می‌آمد. گاه دست هم را می‌گرفتند و گاه هر کس برای از سر گرفتن رقص خود، دستش را رها می‌کرد. خنده‌های خشک، تجسم دهان از خنده ولی نه خود خنده در همه حال بود. ثریا بود که گفت بچه‌ها منظم و از شنیدن صدای واقعی

خودش در حال حرف زدن و نه آواز خواندن ترسید. آیدا جمعشان را درست کرد بدون آنکه خنده‌های خشک دمی قطع شود: «اول یک ضربه با چپ، چرخ، بعد دو ضربه با پای دیگه. یک‌بار دست زدن، دست‌ها جدا. دوباره چرخ از اول.» و حالا هماهنگ و خندخند دور اول و دوم را رفتند. بعد یکی‌شان خواند: «خوشگلا باید برقصن.» و بقیه دم گرفتند «خوشگل خوشگلا باید برقصن.» مریم وسط نشست و پایش به بطری خالی آب معدنی خورد. بطری را برداشت و رویش ضرب گرفت. بقیه دورش رقصیدند نه رقص پا با خنده‌های خشک. رقص واقعی با دست زدن و خواندن خوشگلا. زهرا تند تند قر می‌داد و به سایه‌ی دراز خودش که از نور شمع بر دیوار می افتاد زل می‌زد. بازی با سایه‌شان روی دیوار سفید خوابگاه به رقص‌شان اضافه شد. سایه‌های دراز لاغر می‌خواندند و می‌رقصیدند. دست می‌زدند، حلقه می‌شدند و حلقه را باز می‌کردند اما از هم دور نمی‌شدند. نفهمیدند کی شمع خاموش شد. نفهمیدند کی باد هو کشید. کی باران خودش را از پشت‌بام به ناودان سراند. کی گرسنه شدند و کی گرسنگی خودبه‌خود پرید. کی خواب به پلک‌شان آمد و کی خواب از آن خوابگاه رخت بربست. هرکس هر ترانه‌ای بلد بود جسته گریخته خواند: «ای قشنگتر از پریا» بود که خنده‌های خشک آنان را به خنده‌هایی واقعی بدل کرد. حالا واقعاً می‌خندیدند و می‌رقصیدند. چنان باحرارت که انگار همین فرداست که توحیدیان و پورانی از راه برسند و بساط رقص‌شان را جمع کنند.

آن‌قدر رقصیدند که یک لحظه چیزی پشت پنجره روشن شد.
چشم‌هاشان کشیده شد به شیری پشت پنجره و با حیرت به چیزی
نگاه کردند که اولین انسان بعد از اولین شب بیدارخوابی دیده بود؛
سپیده‌ی صبح پشت پنجره بود. دویدند پشت پنجره و به روشنایی
حیاط زل زدند. شب کی رفته بود که حالا سپیده خودش را به پنجره
چسبانده بود. آسمان طرح مبهم لبخندی را را با ابرهای کنار زده
نمایان کرد. باران بند آمده بود و قرار بود خورشید سرک بکشد.
روشنایی نامنتظر چنان سرذوق‌شان آورد که انگار نه انگار شبی را
در رقص هول گذرانده‌اند. سر به دنبال هم، همدیگر را هل می‌دادند
و بازی می‌کردند. آیدا نشست روی تختش و به سپیدی پشت پنجره
زل زد. همان‌جور نشسته خوابش برد. هنوز جای بخیه‌هایش درد
می‌کرد و شکمش حالا به گرسنگی‌اش پی برده به قار و قور افتاده
بود. به ثریا که خودش را روی تخت او کشانده بود، در حالی که
معلوم نبود خواب است و در خواب حرف می‌زند یا هنوز مانده تا
غرق خواب شود، جویده جویده از بین لب‌های نیم‌بسته گفت: «به
نظرم صاحب قبلی این‌جاست. خیلی مهربونه. انگار یه جوری از
دور هوامونو داره. زیرزمین هم که بودم می‌دیدمش. اصلاً ترس
نداشت. یعنی اولش داشت بعد نه.» ثریا گفت: «یعنی روحش؟»
آیدا غلت زد و پتو را دور خودش کشید: «نه عکسه... به نظرم عم...»
و خوابش برد. ندید دخترهای دیگر کی از نا و نفس افتاده، دو نفر
دو نفر روی یک تخت خوابیده‌اند. ظهر که بیدار شدند آفتاب پهن

حیاط شده بود و آن‌ها جرأت کردند در را باز کنند و پا به حیاط بگذارند و در آفتاب تازه روز نان و پنیرشان را سق بزنند. بعد هر کس برای خودش ساندویچی درست کرد و توی کیفش تپاند.

*

وسایل اندکشان را در کیف‌هایشان تپاندند، کیف‌ها را بر شانه‌ها آویزان کردند؛ انگار که مثل روزگارِ پیش از دارالتأدیب قرار است به مدرسه بروند. در مجتمع را باز کردند. پشت خودشان بستند و به راه زدند. زهرا چادر به سر کرده بود. ثریا بهترین مانتوی تنگش را پوشیده بود که اولین‌بار با همین لباس او را کشان‌کشان به این مجتمع آوردند و عهدیه و مریم سعی کردند با همان لباس‌های معمول مجتمع، به سر و وضع خودشان برسند. آیدا اما فرصت نکرد که به خودش برسد؛ بس که هی پله‌های زیرزمین را بالا پایین رفت و در دفتر و آزمایشگاه و نمازخانه را باز و بسته کرد و رفت و آمد تا اگر چیز به دردبخوری هست که به کارشان بیاید بردارد. حتی یادش نرفت که به هر کدام بطری آبی بدهد که چون بزرگ و سنگین بود اغلب نه می‌آوردند. کیفش را به شانه انداخت و کوله پشتی‌اش را با تمام خرت و پرت‌هایی که این چند سال درست کرده بود به پشت انداخت. دلش سوخت که نمی‌تواند کامپیوتر سرهم‌بندی شده‌ی اسقاطی‌اش را بردارد، اما یک مموری ته یکی از کشوهای دفتر پیدا کرده بود که انداخت ته کیفش و بعد گربه را سر داد توی کیف و با همان مانتوی سورمه‌ای فرم و روسری همیشگی که از لج قوانین مجتمع به جای مقنعه سر می‌کرد، با دخترها به راه افتاد. زمین زیرپای‌شان از لای و لجن آغشته به شیرابه‌ی زباله‌هایی که با آب باران راه افتاد بود لیز بود. در هر قدم دست هم را می‌گرفتند که سر

نخوردند. طولی نکشید که یاد گرفتند محکم گام بردارند و دیگر خبری از گام‌های لرزانشان در مجتمع نبود. یاد گرفتند در راه رفتن سر بالا بگیرند و بی‌ترس دور و برشان را نگاه کنند و به زباله‌ها و زمین زیرپاییشان بی‌توجه باشند. درِ بعضی از خانه‌ها باز بود و حیاط‌های خالی و درندشت‌شان نشان می‌داد که خیلی وقت است ساکنانش از آن‌جا رفته‌اند. کرکره‌ی کشیده‌ی مغازه‌ها انگار سال‌هاست که پایین مانده بود. تک و توک درختی اگر در حاشیه‌ی پیاده‌رو به چشم می‌خورد در سرمای دی‌ماهِ خشک و بی‌بار به چوب‌های خشکِ سخت‌جانی می‌مانست که بود و نبودِ طوفان این چند روزه فرقی به حالشان نداشت. آیدا ناگهان ایستاد.

ــ در حیاط رو قفل نکردم.

- کردی. من خودم دیدم. کلیداشم هم توی جیبته.

- نه در حیاط اونوری نه در ساختمون.

- خوب که چی؟ دزد میخواد بره؟ بره به جهنم.

- زنه هست. زن گیس سفیده.

عهدیه با گفتن این حرف هرهر زد زیر خنده. ثریا گفت: تو رو خدا باز اسمشو نیار.

آیدا که هن‌هن‌کنان در تقلا بود تا خود را به گام‌های آن‌ها که تقریباً می‌دویدند، برساند گفت: گرچه قفل درستی هم نداشت. خودم بیش‌تر از ده بار بازش کرده بودم. تازه باز بشه، به ما چه؟!

عهدیه نگاهش کرد. آیدا پرسید: چیه؟ میخوای بری خبر بدی؟

- من خبرچین بودم؟

ثریا گفت: بله خانم خانما، پس نه، من بودم.

زهرا گفت: تو رو خدا بچه‌ها ولش کنین. این‌جا که مجتمع نیست از این حرفا می‌زنین. آزاد شدیم، نمی‌بینین؟!

همه چند لحظه ساکت شدند تا این‌که خودش گفت: میگم چه خبر شده. چرا هیچ‌کی نیست؟

- این‌جا همیشه هیچکی نبود جز مجتمع ما.

آیدا گفت: اون سوپری باز بود قبلاً و یه نونوایی که می‌دونم ازش نون میخریدن.

- مدرسه‌ی من این‌وری بود.

- جدی؟ بریم ببینیم.

- بریم.

مریم و ثریا دنبال سر هم دویدند. آیدا، عهدیه و زهرا، سه‌تایی، پشت سرشان داد کشیدند. زهرا دوید تا به آن‌ها برسد: خر شدین؟ مدرسه چه مرگتونه؟ ما از مجتمع فرار کردیم. تا یکی سر نرسه باید بریم.

کشان‌کشان آن‌ها را برگرداند و از کوچه به خیابان آورد.

هیچ پرنده، گربه یا سگی دیده نمی‌شد. از مجتمع که بیرون آمدند، آیدا نگاهی انداخت به آن طرف کانالی که دو ضلع دیوار

مجتمع را از هم جدا کرده بود و جز برهوت و مهی بویناک که در اثر سرمای هوا از زباله‌ها بخار می‌شد هیچ نبود، خالی خالی. حتی انگار همان درخت پلاستیک‌زده هم دیگر نبود. فکر کرد آن وقت‌ها اگر کسی این طرف کانال بود به راحتی او را در دورست می‌دید. خودش را تجسم کرد که دارد در آن طرف به سمت کوه زباله‌ها می‌دود. یاد کامپیوترها و لپتاپ‌هایی افتاد که اگر هنوز بخش‌های سالمی داشتند، دیگر زیر باران این چندروز به‌کل پوکیدند. هیچ‌وقت در آن‌جا موبایل اسقاطی ندیده بود. کاش می‌شد خوب اطراف کانال را نگاه کند شاید لاچینی برایش موبایلی آورده بوده... به زحمتش نمی‌ارزید. حالا قدم‌هایش را تند کرده بود تا به بقیه برسد که مرتب از او جلو می‌افتادند. داد زد: بچه‌ها خوب دور و برتونو نگاه کنین شاید موبایلی چیزی گوشه کنارا افتاده باشه روی زمین.

- برا چی میخوای موبایل؟

آیدا نگاهی عاقل اندر سفیه به زهرا انداخت. زهرا گفت: من دارم گوشیمو. نذاشتم تو بازرسی پیداش کنن.

عهدیه پرسید: مگه بالشتتو نگشتن؟

زهرا اخم کرد: بله دیدم یک نفر بالشتمو برداشت برد برای خودش. رفتم از توش درآوردم توی میله‌ی تختم گذاشتم. (رو به عهدیه دهن‌کجی کرد): خیط شدی خبرکش!

آیدا گفت: پس از دیروز چرا خفه‌خون گرفتی؟ مگه ندیدی تلفن قطعه یه زنگ می‌زدیم یکی بیاد دنبالمون.

زهرا لب ورچید: نمی‌شد... اگه یکی خبر...

ثریا ناله کرد: شاید اتفاقی براشون افتاده که نیومدن دنبالمون! شایدم توحیدیان الکی بهشون گفته جامون عوض شده و آدرس جایی دیگه رو داده. همونجایی که پورانیان بقیه رو برد.

آیدا گفت: شایدم گفته ما مردیم و اونام نیومدن! (و رو به زهرا تشر زد): میگم بده اون گوشیتو!

زهرا گوشی کوچک قدیمی‌اش را درآورد و گرفت سمت آیدا: کار نمی‌کنه.

- پس امتحانش هم کردی؟!

آیدا گوشی را روشن کرد: حالا چرا خاموشش کردی یعنی تا این حد می‌ترسیدی. روشن میذاشتی شاید یکی زنگ می‌زد بهت!

- آنتن نداشت. خودم امتحان کردم.

- خدایا...! کی؟!

- وقت گل نی!

زهرا این را گفت و با اخم و تخم قدمکش از بقیه جلو زد: من کاری به فس‌فس راه رفتن شما ندارم. به خیابون اصلی که برسم هر ماشینی بود خودم اول از همه می‌پرم توش از شر شما راحت بشم.

- این دست من باشه شاید یه لحظه آنتن بیاد تماس بگیرم. کارت تلفن چی؟ کسی کارت تلفن قایم نکرده؟ اونور خیابون، جلوی شرکت برق یه تلفن کارتی بود قدیما.

- همه جا رو هم بلدی!

آیدا جواب نداد. بچه گربه از درون کیف خودش را بالا کشید و دو دست کوچکش را بر لبه‌ی کیف محکم کرد. پلک‌های کوچکش را بهم زد و میوی خفیف دلبرانه‌ای کشید. آیدا دو انگشتش را روی سر گربه گذاشت و نوازشش کرد. مریم به میویش جواب داد: جان... خوشگلم. درت آوردیم بریم با هم یه جای خوشگل.

آیدا آه کشید: من هیچ جایی ندارم برم. داییم گفت همشون رفتن بعد برمیگرده منو هم میبره. الان نمیدونم کجان؟

- خب بروخونه‌تون میان هر جا باشن.

- اگه بابام نرفته باشه چی؟

- بی‌خیال! از مجتمع که بدتر نیست.

خیابان چنان خالی و خلوت بود که کم‌کم یکی‌یکی شک کردند اصلاً دارند کار درستی می‌کنند یا نه؟

از دور سیاهی درهمی پیش می‌آمد که آهسته و خیس به آن‌ها نزدیک می‌شد. سیاهی تمام عرض خیابان را گرفته بود و نزدیک و نزدیک‌تر می‌شد. گله‌ی سرمازده‌ی سگ‌ها نمایان شد. یک سگ سیاه بزرگ پیشقراول و حدود ده یا شاید بیست سگ کوچک و بزرگ دیگر پشت سر. آیدا گربه را درون کیفش تپاند و زیپش را کمی کشید. عهدیه خواست پشت کند و از آن طرف برود. مریم داد

کشید: هیچ‌وقت به سگ پشت نکن فکر می‌کنه شکاری می‌افته دنبالت.

زهرا گفت: بچه‌ها همین‌جور آروم و معمولی از کنارشون رد بشین و هیچ محلشون نذارین.

ثریا گریه کرد: من می‌ترسم.

دخترها و سگ‌ها ذره ذره به هم نزدیک‌تر می‌شدند. سگ‌ها گرسنه بودند و دخترها ترسیده. راه دیگری جز مواجه شدن نبود. فقط آیدا بود که از سگ نمی‌ترسید که او هم حالا سر به زیر انداخته بود و نگاهش را از آن‌ها می‌دزدید. هر کس می‌خواست فرار کند زود مچ دستش را می‌گرفت و به راه برمیگرداندش. سگ‌ها صدایی نداشتند؛ هنوز صدایی نداشتند. دخترها و گله‌ی سگ به هم رسیدند. باد نرمی آهسته برخاست و انگار نفسی نامرئی کیسه‌های پلاستیکی را فوت کرد که روی سرشان به پرواز درآمد. باران گرفت؛ کند و با طمأنینه. زهرا دوباره لب‌هایش به خواندن دعا می‌جنبید. همه‌گی، دست در دست هم، ترسیده، از کنار سگ بزرگ سردسته گذشتند و بعد نابه‌خود قدم‌هایشان را تند کردند. یکی از سگ‌های وسطی عو کشید. آیدا اندیشید «بوی گربه را شنید.» و قدم تند کرد و بعد همه‌گی دویدند. سگ‌ها رو به آن‌ها کردند و دنبال‌شان افتادند. عهدیه همان‌طور که می‌دوید گفت: «گربه رو بنداز وسطشون. گربه رو بنداز تا ولمون کنن.» تندتر دویدند و سگ‌ها با عوعوی بلند دور تا دورشان می‌دویدند و ذره ذره محاصره‌شان می‌کردند. ثریا که

عقب افتاده بود جیغ می‌کشید. آیدا پشت سرش را نگاه کرد. سگ بزرگ ایستاده بود ولی سگ‌های کوچک‌تر با فاصله‌ای مشخص هنوز دنبال‌شان می‌کردند. ایستاد.

- وایسین! ... ندویین میگم!

کسی گوش نکرد. ثریا از ترس میخ شده جیغ می‌کشید. بعد خم شد. آیدا هم خم شد. بی‌آنکه حواس‌شان بهم باشد، هر دو چیزی از زمین برداشتند. آیدا سنگ و ثریا تکه تخته‌ای افتاده بر زمین. آیدا بی‌صدا و ثریا با داد و فریاد، چوب و سنگ را به طرف‌شان پرت کردند. سگ جلویی ایستاد. سگ‌های عقبی، مردد از عقبگرد یا پیشتازی، عو کشیدند. جلویی‌ها به عوعویشان جواب دادند. در عوی عوی گفت‌وگوی سگ‌ها، زهرا که جلوتر می‌دوید دید که کامیونی دارد از جاده می‌گذرد و تندتر دوید. مریم و عهدیه هم دیدند و دویدند و بعد آیدا که دست ثریا را گرفته بود تا دوباره زمین نخورد، پا تند کردند. دیگر حواس‌شان به سگ‌ها نبود. نگاه‌شان به کامیون بود و داد و هوارشان که شاید سگ‌ها را ترسانده باشد. کامیون از پیچ خیابون روبه‌رویی گذشت و خیلی جلوتر از خیابانی که دخترها در آن بودند به خیابان اصلی پیچید. نفس‌نفس زنان می‌دویدند و جیغ می‌کشیدند. کامیون آن‌ها را ندید و دور شد. عهدیه زد زیر گریه. خودش را به زمین انداخت و زار زد. آیدا که دست ثریا را رها کرده بود از کنارش گذشت و محل نگذاشت. عهدیه که دید دارند از او دور می‌شوند بی‌دست همراهی از زمین برخاست. دوید.

خودش را به آنها رساند و نگاهی به پشت سر کرد. سگها در میان باد و باران دور میشدند. به آیدا که رسید گفت: میمردی دستمو میگرفتی؟ آیدا جواب نداد. مریم گفت: چی شده عزیزم، زمین خوردی؟ ندیدم!

- تو ندیدی ولی این گامبو خانم دید.
- به من اگه بود می انداختمت پیش سگا!
- وا!

بلا!

- چرا با من پدرکشتگی داری؟
- نه تو با گربهی من پدرکشتگی داری.
- گربهی من! ها؟! خودتو میندازم پیش سگا!

گام تند کرد و از او جلو زد. حالا به پیچ تقاطع دو خیابان نزدیکتر شده بودند و دیدند دو کامیون پشت سر هم دارد از آن خیابان اصلی میگذرد. نم نم باران در مسیر باد سرد راه کج میکرد و به صورتشان میزد. هوا بوی زبالهی نا گرفته میداد. بوی چیزهای بیجان مثل کپک یا زنگزدگی؛ چیزی مثل گرد تخممرغ پوک شده از فرط فساد یا شکستن باطریهای از کار افتادهی خشک که آیدا بارها در میان زبالهها دیده بود. دخترها بیتوجه به هم و گاه در حال تنه زدن به هم دنبال کامیونها دویدند. پای آیدا زیر هیکل سنگینش پیچ خورد و به زمین افتاد. گربه از کیفش بیرون پرید. تا بلند شد و چشم چرخاند و گربه را یافت دخترها خیلی از

او جلو زده بودند و کامیون اولی را از دست داده بودند. اما کامیون دوم انگار دخترها را در آینه دید که سرعتش را کم کرد. زهرا جلوتر از همه با تمام توان می‌دوید ولی هنوز خیلی مانده بود به کامیونی که داشت به زور متوقف می‌شد برسد. پشت سرش به ترتیب ثریا و مریم بودند و بعد با فاصله‌ی بیشتری عهدیه و آیدا خیلی دور از آن‌ها با پای پیچ خورده و هیکل سنگین. کوله پشتی‌اش را به زمین انداخت تا بعد از راننده بخواهد نگه دارد تا برود آن را بردارد. سعی کرد تندتر بدود. هر چه بیش‌تر می‌دوید انگار کامیون و دخترها از او دورتر می‌شدند. دید که کامیون ایستاد. بعد آهسته دنده عقب گرفت و بوق کشید. باز ایستاد. درست جلوی زهرا. از لابه‌لای مه عجیبی که به هوا برخاسته بود نمی‌توانست درست ببیند که جلوی زهرا ایستاد یا یکی دیگرشان بود. چشمانش به اشک افتاده بود و مچ پا آزارش می‌داد. به هیکل خودش بد و بیراه گفت. داد زد: بچه‌ها بگین صبر کنه تا من برسم. صدایش فقط تا عهدیه می‌رسید. عهدیه تندتر دوید. جواب داد: «اگه جا داشته باشه.» و تندتر دوید و فاصله‌اش از آیدا بیش‌تر شد. آیدا دید که زهرا سوار شد. سر جایش ایستاد. دیگر خیالش راحت بود که کامیون آن‌ها را دیده و سوارشان می‌کند. دنده عقب گرفت و مریم را سوار کرد و بعد ثریا را و بعد عهدیه رسید. آیدا چند قدم لنگید. زهرا سرش را از شیشه درآورده بود و دهانش به دادزدن باز بود که صدایش حالا در هوهوی باد برخاسته شنیده نمی‌شد. آیدا ماند تا کامیون دنده عقب بگیرد.

کامیون دنده عقب گرفت. تمام شادی جهان در دل آیدا کف زد و
دهانش از لبخندی گل و گشاد باز شد. دست برد توی کیفش تا از
حضور گربه مطمئن شود. چند قدم دیگر لنگید. معلوم بود جلوی
کامیون جا دارد یا هر جور شده جای‌شان می‌دهد. ناگهان کامیون
ایستاد. تکان خورد. غبار غلیظی به هوا خاست و زمین لرزید.
صدای بلند افتادن چیزی عظیم از تمام زمین برخاست. آیدا افتاد
روی زمین و سرش را به دست گرفت. فکر کرد زلزله؟ سر بلند کرد.
کامیون کج شده بود و داشت به زور از درون گودالی که درست
نزدیک چرخ عقبش دهان باز کرده و آسفالت را دو تکه کرده بود
بیرون می‌آمد. فهمید زلزله‌ای در کار نیست. سیلی باد بر
گوش‌هایش، او را کر کرده بود شاید که از صدای جیغ ثریا فقط
تجسم صدا را داشت که در هوا پیچید. بلند شد و دوید. کامیون از
گودال بیرون آمد و شن و سنگ زیادی را در چرخش چرخ عقبش
به هوا پاشید. آیدا داشت می‌رسید. چند قدم پیش‌تر او را به کنار
گودال می‌رساند که ناگهان لرزه‌ای دیگر و شکاف حالا مثل خندقی
ناگهان دهان باز کرد و گسترده شد؛ درست پشت چرخ عقب
کامیون همان‌جایی از آن بیرون آمده بود. آیدا به سرعت عقب رفت
تا گودال به زیر پای او نرسد. شکاف داشت پیش‌روی می‌کرد و بعد
کل خیابان را با پیاده‌روی دو طرف برید و گود کرد. چیزی شبیه
همان خندق زباله اما خالی، جلوی چشمش دهان باز کرد، بزرگ
شد و سطل‌های زباله‌ی شهرداری را با درخت‌های پوک دو طرف

در خود فروکشید. کامیون گاز داد و راه افتاد. آیدا فریاد کشید: نه... نه!... اما ترس از فرونشست زمین او را پیش‌تر نمی‌برد. زمین سست ونرم بود و با هر قدم که به دهانه شکاف برمی‌داشت خاک پوک زیر آسفالت فرومی‌ریخت و آسفالت بیش‌تر دهان باز می‌کرد. کامیون چنان سرعت گرفت که انگار بندبازی غول‌پیکر بر بندی باریک وزنش را به هوا می‌اندازد و تا نلغزد معلق می‌زند. باران روی شکاف زمین و سر و کله‌ی آیدا، شلاقی، اریب شد. همان‌جا که بود زانو زد و گریست. گریست. گریست و تمام گریه‌ی دیروز و دیشب را ناگهان رها کرد... فکر کرد برمی‌گردند دنبالش. پشت سرش را نگاه کرد. جاده خالی خالی بود. بلند شد و به خانه‌های اطراف نگاه کرد. به راهی که بتواند از آن‌جا خندق بزرگ را دور بزند و در جاده پیش برود برای کامیونی دیگر. سر درنمی‌آورد چرا او را جا گذاشتند، لااقل می‌توانستند پیاده شوند. به همه‌شان بد و بیراه گفت. آرزو کرد کامیون چند قدم آن‌طرف‌تر در زمین فرورود. گاهی با بدخواهی و گاهی با دل‌شکستگی. در پیاده‌روِی نزدیک همان شکاف تازه دهان بازکرده، در حیاط خانه‌ای را هل داد. بسته بود. شیشه مغازه‌ای را شکست. زمین مغازه داشت ذره ذره فرو می‌رفت و گچ و آجر از دیوارهایش به زمین می‌ریخت. آیدا به وحشت افتاد. وحشت از این فرونشست سریع زمین و شکافی که حالا داشت خزنده بزرگ و بزرگ‌تر می‌شد. یادش به سگ‌ها افتاد و رهاکردن تعقیب‌شان؛ دورشدنشان را از مرکز حادثه. اطمینان کردن به شم حیوانی‌شان و

همه چیزهایی که تا حالا جسته گریخته خوانده بود بی‌نظم و ترتیب در ذهنش جولان داشت و قاطی دیگر سر و صداهای مغزش سراسیمه‌اش می‌کرد. عقب عقب رفت. پشت سرش را نگاه کرد. از جا پاهایش بر زمین می‌ترسید. حالا خداخدا می‌کرد سگی ببیند. حتی گله‌ای سگ که راهنمایش باشد تا پا بر گودال‌های نامرئی زمین نگذارد. زمین حالا برایش ترسناک شده بود و هر قدمش شاید گوری می‌شد دهان باز کرده و آماده‌ی بلعیدن. به گربه‌اش اندیشید که درست در همان نزدیکی خودش را از کیف بیرون انداخته بود. به خودش یادآورشد «نه، زمین افتادم اونم ترسید.» «نه، نترسید. فهمید زمین داره باز میشه.» «نه...» «نمی‌دونم» صداهای سرش دست بردار نبود. از شکاف که فاصله گرفت دیگر به آن پشت کرد. کیفش را محکم چسبید و دوید. مچ پایش ناکار شده بود و درد حالا می‌رفت که کرخت شود. فقط لنگ می‌زد اما درد، نه. تندتر دوید و باز صدای فروریختن چیزی را شنید؛ دیوار خانه‌ای یا دهان بازکردن گودال تازه‌ای. صدایی مهیب‌تر از صدای قبلی. ایستاد. تمام مغازه‌ها و خانه‌های دو طرف آن شکاف بزرگ ناگهان با هم فروریخت. سر برگرداند تا ریزش آوار را نبیند. به مجتمع فکر کرد. به ساختمان که چون تن مادربزرگی پیر هنوز روی پایش ایستاده بود تا پناهگاه‌شان باشد؛ پناه‌گاهش. به زن پیرِ رؤیا و کابوس دیشب اندیشید. دوید. به کوله‌پشتی‌اش رسید و آن را از زمین برداشت. دست ساخته‌های ارزشمندش آن‌جا بود. دلش به نحو غریبی آرام

شد. انگار خیالش راحت باشد که اگر در ساختمان باشد امن‌تر است و بالاخره کسی می‌آید و او را می‌برد. یکی از بچه‌ها خبر بدهد که او جا مانده کافی است. «شاید کامیونه بچه‌ها رو دزدید!» این‌جور هم نیست که هیچ‌کس به فکرش نباشد. حتی به فکر رضا هم افتاد. ماندن در آن‌جا امن‌تر بود از این دویدن بی‌حاصل. مچ پایش زق‌زق می‌کرد. تا همین‌جا اندازه‌ی دو کورس مسافت تاکسی را آمده بودند، دویده بودند و ترسیده بودند و برای او تمامش دو بار بود؛ دو بار دویدن، دوبار ترسیدن. پیش‌تر که رفت، از دور چشمش به گله‌ی سگ‌ها افتاد. سرِ خیابانِ رو به کوچه‌ی مجتمع ایستاده بودند. سگ‌ها لابد می‌دانستند که زمین اطراف ساختمان مجتمع سفت است. اندیشید «شاید فعلاً فقط.» باز اندیشید: «شاید کلاً سفته چون زیرزمین ریزش کرد ولی چیزی نشد، زیاد نبود.» حالا بی‌عجله و لنگ لنگان می‌رفت. گوشی زهرا دستش مانده بود. درآورد و نگاهی به آنتنش کرد. هیچ اثری از آنتن نبود. بلوتوثش را روشن کرد. دید که دکل بزرگ مخابراتی دوردست خم شده است. بی‌ترس و قدرشناسانه از کنار سگ‌ها گذشت و وارد کوچه‌ی مجتمع شد. سگ‌ها بی‌صدا و آرام دنبالش آمدند. ترس از سگ دیگر از جانش گریخته بود. انگار آن‌ها هم به دنبال شم او راه افتاده بودند. به کوچه‌ی مجتمع رسید. دسته کلید بزرگ را از کیفش درآورد و در را باز کرد و خود را به درون انداخت. سگ‌ها پشت در ماندند. اندیشید «شاید خندق را دور بزنند و از در حیاط تو بیایند.» نمی‌شد.

نمی‌توانستند. درِ راهرو را به حیاط چهارتاق باز کرد. در حیاط همچنان بسته مانده بود بی‌آن‌که قفل باشد. «کاش یکی‌شان مثل او جامانده بود.» «فقط یه نفر تا تنها نمی‌موندم.» برگشت و درِ ورودی را باز کرد. با صدایی خشک به سگ‌ها گفت: «بیایین.» و با دست حیاط را نشان داد که از راهرو پیدا بود. سگ بزرگ سیاه جلوی در ایستاد و بو کشید. آیدا دوباره با حرکت دست گفت «بیایین تو حیاط!» سگ قدمی جلوتر آمد. بو کشید. نگاه تیره‌اش را به آیدا انداخت و بعد پوزه کج کرد و رو به انتهای کوچه‌ی مجتمع راه افتاد. سگ‌های دیگر هم دنبالش رفتند. تازه یادش افتاد به گربه‌اش که سگ‌ها تکه‌پاره‌اش می‌کردند اگر پیدایش کنند. «بوی گربه کجا بود از توی کیف؟ دختره‌ی بدجنس!» در حیاط را بست. پیش از بستن سرچرخاند و رد سگ‌ها را تماشا کرد. «اگه ساختمون رو سرم خراب بشه مثل اون خونه‌ها که رمبیدن!» یادش افتاد به دو باری که خودکشی کرده بود. به بار آخری که دارو دریچه‌ی قلبش را تنگ کرده بود و او را وقت دویدن از نفس می‌انداخت. یادش افتاد به وقت‌هایی که با تمام وجود می‌خواست نباشد و حالا این تقلای زنده ماندن داشت او را می‌کشت. در را قفل نکرد. از جای خالی شیشه‌ی شکسته به بیرون سرک کشید. به نظرش رسید پسرکی یا مردی کوتاه‌قد در دورست جایی که چشم تا آن‌جا کار می‌کرد از سویی به سویی دوید. شبیه همو که گاهی کنار کپه‌ی زباله‌ها می‌دید و به وهم می مانست و بود و نبود. تکه کارتنی پیدا کرد و گذاشت

جای خالی چهار گوش شکسته شیشه. کارتن را گیر داد به قاب فلزی شیشه. امتحان کرد تا مطمئن شود کسی نمی‌تواند از آن‌جا دست دراز کند و در را باز کند. حالا در را قفل کرد و سه بار کلید را در قفل چرخاند. فکرکرد مثل توحیدیان. فکر کرد شاید توحیدیان هم قبلاً مثل او در همین مجتمع بزرگ شده و آن‌قدر مانده که برای خودش سرپرست شده. فکر کرد که او خودش هموست. از تجسم خودش به جای او دچار انزجار شد. دستی به هیکل خودش کشید. همین‌که قد و قواره‌اش شبیه او نیست خیالش را راحت می‌کرد ولی لغزش ظریف زنجیری نامرئی را بر مچ دست حس کرد و به روی خود نیاورد. «کم مونده بزنه به سرم!» دستش را تکان داد انگار که بخواهد زنجیر نازک ساعت را پاره کند. گزگز مچ پا، او را از افکار دیوانه‌اش رهانید. کوله‌پشتی سنگینش را همان‌جا روی زمین رها کرد و لنگ لنگان رفت توی خوابگاه تا مچ پایش را وارسی کند. گربه میوی خفیفی کرد و از شکاف باریک زیپ باز کیف خودش را بیرون کشید. گربه را برداشت و گرمای تنش را روی مچ آزرده‌ی پایش گذاشت. همان‌جا نزدیک در تکیه داد و نفس کشید. ساندویچش را درآورد و یک گاز زد و پنیرش را انگشت زد و به دهان گربه گذاشت. تکیه داد و چشم‌هایش را بست. چشم که باز کرد دید گربه دارد سوسک‌های کف راهرو را شکار می‌کند. خندید. صدای خشک خنده‌اش دیوارها را ترساند. صدای خنده به گوش خودش هم ترسناک آمد و در دم ساکت شد.

*

دو روز بود که باران بند آمده بود ولی هنوز آسمان چهره در هم داشت. ابرها پشت به پشت هم داده و محکم مانده بودند. گاه گداری با زیاد شدن شدت باد، لایه‌ی ضخیم ابر کمی از هم می‌شکافت ولی زود پشته بر پشته بر هم سوار می‌شد و جای خالی ابرِ بر باد رفته را پر می‌کرد. در آسمان نشانی از عقب‌گرد ابرها نبود اما زمین، هر شب با صدای مهیب آواری روی خود عقب می‌رفت و می‌رمبید. هر رمبیدن خبر از شکافی دیگر و نیشتر ترسی تازه به جان او بود.

دو روز تمام در ساختمان درندشت مجتمع با شب‌های تاریک، زیر سوسوی شمع و خوراکی‌های به جای مانده سر کرده بود و جز از خوابگاه تا دستشویی جایی نرفته بود. امروز بلند شد و رفت توی حیاط. با پای سالمش این‌قدر به زیر در حیاط نوری لگد زد که لولای زوار دررفته‌ی در کج شد و از جا درآمد و بعد داخل شد. مچ پایش هنوز زق‌زق می‌کرد اما ورم نداشت و درد ذره‌ذره کم می‌شد. در هال را هم با پیچ‌گوشتی باز کرد و رفت توی خانه. خانه تخلیه نشده بود بلکه انگار نوری و زن و پسرش با عجله برای مسافرتی پیش از موقع رخت و لباس کرده باشند، همه چیز بهم ریخته بود. کشوی دراور باز بود و لباس‌ها از دهانش بیرون زده بود. چند جفت جوراب روی زمین ولو بود. روسری‌ها فرش زمین. آن‌طرف‌تر کمربندی تا نصفه از کمر شلوار نوری بیرون کشیده شده

بود و انگار کمربند اصلی را یافته باشد یا وقت بستن کمربند نداشته باشد، همان‌جا رهایش کرده بود. در کمدها و یخچالِ از برق‌کشیده هم چهارتاق باز بود. ظرف‌های درون کابینت بودند اما ظرف‌های کثیف از آخرین غذای خورده درون سینک جمع شده بود و بوی نا و کپک قاطی پشه‌های ریز اطراف سینک در آشپزخانه می‌چرخید. کوله‌پشتی مدرسه‌ی پسر روی زمین دهان باز کرده و کتاب‌های درسی را تف کرده بود بیرون؛ نوک تیز گونیایی از آن بیرون زده بود. آیدا دست برد درون کوله‌پشتی. چراغ قوه‌ای که برایش درست کرده بود درون کوله نبود. انگار خوشحال باشد که پسرک در آخرین لحظه چراغ قوه را فراموش نکرده، نفس راحتی کشید. در تنها اتاق خانه چرخ زد. پرده‌های پنجره‌ی رو به خرابه را، که حفاظ میله‌ای داشت، کنار زد. بیابان زباله‌اش پشت آن پنجره بود. کلیدهای برق را امتحان کرد و کنتور داخل حیاط را هم. برق چنان رفته بود که انگار از اول هم بشر به کشف الکتریسته نرسیده است و تمام مدت فقط رؤیای روشنایی داشته است. راه باریکه‌ای از کنار حیاط کوچک سرایداری، او را به حیاط خلوت کوچکی در پشت خانه رساند. حیاط خلوت را با قدم‌هایش متر کرد: به عرض و طول ۱۲ در ۱۰ و در انتهایش اتاقکی انباری‌مانند. معلوم شد نوری نگران برهوت خالی پشت خانه بوده که روی دیوار حیاط خلوت را نرده‌های تیز کار گذاشته بود. درِ لق انباری را با پا هل داد که سبک باز شد. آن‌قدر کم‌جا بود که نمی‌شد داخل رفت. برزنت بزرگی روی

وسیله‌ای را پوشانده بود که تمام انباری را پر کرده بود. آیدا برزنت را پایین انداخت و چشمش به چیزی افتاد که با شم مهندسی‌اش می‌دانست موتور برق است گرچه تا حالا از نزدیک ندیده بود. گالنی هم کنارش بود. بو کشید؛ گازوئیل بود. «که این‌طور! شک ندارم که دزدکی بوده!» فکر کرد «برای وقت‌هایی که مرتب برق آن‌جا قطع می‌شد.» «نمی‌شد که مثل ما توی تاریکی بکپن و صداشون درنیاد! باریکلا!» نشست و به دقت به موتور خیره شد. کلیدی شبیه کلید معمولی در بدنه‌ی دستگاه، درون قفل‌مانندی بود که آیدا کلید را چرخاند و باز به جای اولش برگرداند. چیزی باز نشد. بعد درپوش‌مانندی دید که طنابی نازک به آن بسته بود و درپوشی هم به آن آویزان. درپوش را گرفت و با تمام توان کشید. موتور پقی کرد و خاموش شد. دوباره زیر و بالایش را نگاه کرد. مخزنش را پیدا کرد. در مخزن را برداشت و بوی گازوئیل بیرون زد. خیلی کم گازوئیل داشت. گالن را برداشت و درون مخزن گازوئیل ریخت. همیشه از بنزین و قدرت اشتعالش می‌ترسید. خاطره‌ی دوری از مادر که در وقت بگومگویش با پدر می‌گفت آخرش روی خودش بنزین می‌ریزد و خودش را آتش می‌زند. فکر کرد: «یا همین‌جا با این آتش می‌گیرم یا راهش میندازم.» باز فکر کرد: «اگه خراب نباشه.» درپوشِ مخزن را خوب محکم کرد. گالن را برد گذاشت دورتر؛ در انتهای حیاط خلوت. نمی‌دانست باید مثل بخاری نفتی کبریتی فندکی چیزی بزند یا نه. هیچ خبر نداشت این دستگاه به ظاهر ساده چه‌طور کار می‌کند.

یادش آمد در فیلمی دیده بود که چه‌طور موتور برق را راه می‌ندازند. دوباره نخ را کشید. این‌بار موتور حتی پق هم نکرد. یک‌بار دیگر کشید. همچنان موتور مثل بچه‌غول مرده‌ی ساکتی در خود خفه بود. آن‌قدر کشید که مچ دستش درد گرفت و از نا و نفس افتاد. نمی‌خواست دست بکشد. آن صدای پق خفه‌ای که شنیده بود تنها امیدش بود. نفس گرفت و این‌بار بند را طوری کشید که دور دستش تابی خورد. موتور حالا پق کرد و خاموش شد. ایستاد و خوب حواسش را جمع کرد. پی برد نحوه‌ی چرخش بند برای روشن کردن مهم است نه صرف کشیدن. دوباره کشید و این‌بار چرخشی به بند داد. بی‌فایده. دوباره هم‌زمان کشش و چرخش بند را با هم تکرار کرد. بی‌فایده. آهسته کشیدن و چرخاندن را امتحان کرد. باز هم بی‌فایده. این‌بار آهسته کشید و هم‌زمان چرخشی محکمی به بند داد. موتور تق‌تق کرد. تق‌تق کرد و خاموش نشد. آیدا از خوشحالی، تنها تنها هلهله کرد. دست زد و بالا پایین پرید. دوان دوان رفت داخل هال. خواست کلید برق را بزند. برق روشن شده بود. فقط یک چراغ داخل هال. اتاق برق نداشت. دوباره برگشت و به موتور نگاه کرد. موتور پر سر و صدا کار می‌کرد و صدایش را انداخته بود روی سکوت خیس حیاط و خرابه‌ی پشت سرش. نگاهی به کلید فرورفته در سوراخ کنار دستگاه کرد. بازی بازی کلید را چرخاند. موتور خاموش شد. به خودش لعنت فرستاد و دوباره کلید را به جای اول چرخاند. دوباره نخ را کشید و این‌بار بعد از سه تلاش ناموفق موتور

را روشن کرد. از خوشحالی در پوست خود نمی‌گنجید. بدو بدو به
خوابگاه برگشت. اول از همه در دفتر را باز کرد. بعد کیس بزرگ
کامپیوتری را که در نمازخانه مانده بود بلند کرد و هن و هن رساند
خانه‌ی نوری. بعد رفت و از زیرزمین یکی از مانیتورهای خودش را
که انگار با لگد به وسط پرتش کرده بودند آورد بیرون و برد به کیس
متصل کرد. کیس را به برق زد و کامپیوتر را روشن کرد. تا کامپیوتر
لخ لخ بالا بیاید برگشت و تمام کشوهای دفتر، نمازخانه و آزمایشگاه
را دوباره زیر و رو کرد. بعد برگشت و تمام لوازم خودش را درون
کوله پشتی‌اش ریخت. گربه را بغلش زد و نقل مکان کرد به خانه
نوری. نشست و پاهایش را دراز کرد. بعد مثل برق زده‌ها از جا
پرید و به کندوکاو درون کوله پشتی‌اش مشغول شد. بلوتوث
باندی‌اش را درآورد و آدابتورش را زد به پریز. بلوتوث پلقی صدا
کرد که خبر از رسیدن برق داشت. از کشوهای خانه‌ی نوری
شارژری میخی پیدا کرد و زد به گوشی زهرا. رفت توی حیاط و به
صدای موتور برق گوش خواباند. جلب توجه نمی‌کرد؛ انگار از
خانه‌ی دوردست همسایه‌ای باشد. در حیاط را باز کرد و پا گذاشت
به همان خرابه‌ی پشت حیاط. برای اولین بار زل زد به دیوار خانه
نوری. پنجره آشپزخانه خیلی بالاتر از سطح زمین رو به خرابه باز
می‌شد؛ «از اتاق خواب می‌تونسته راحت منو ببینه که دارم به خرابه
فرار می‌کنم!» صدای موتور برق خرابه‌ی پشت خانه را روی سرش
گذاشته بود. کمی ترسید. بیش‌تر نگران شد. شاید این صدا مزاحم‌ها

را به آن‌جا بکشاند! فکر کرد «مگه کسی هم هست؟» «شاید هم صدا
کسی رو برای کمک بکشونه این‌جا.» چاره‌ای نداشت. نمی‌خواست
موتور برق را خاموش کند. دوباره دوید به حیاط خلوت. لامپ هال
را خاموش کرد تا برق به کامپیوتر برسد. موتور فقط به هال برق
می‌داد و یخچال و اتاق و دستشویی همچنان بی‌برق ماند. برگشت
داخل گالن گازوئیل کله کشید. زیاد نداشت. «شاید جایی ذخیره
داشته باشه» فعلاً نمی‌خواست به آن فکر کند. به آن فکر نکرد. قوطی
چای را پیدا کرد. برای خودش روی گاز پیک‌نیکی آشپزخانه چای
دم کرد. چند روز بود چای نخورده بود؟! و نه هیچ چیز گرمی!
برداشت آورد کنار دستش گذاشت، روی زمین، کنار مانیتور،
چمباتمه زد و به گشت و گذار در هارد کامپیوتر مشغول شد. بلند به
خودش گفت: «چه خبره!» کامپیوتر فتحعلیان بود. ذوق کرد. از
وقتی به مجتمع آمده بود هیچ‌وقت این‌قدر شاد نبود.

*

ساختمان خالی از صدای تقلای آیدا نفس کشید. تن خیس و فرسوده‌اش را یله کرد و بعد ناگهان آزمایشگاه درست افتاد روی زیرزمینی که پیش از این قضایا در دست تعمیر بود و حفره‌ای که غریبه‌ها به بیرون حفرکرده بودند در زمین فرورفت و کور شد. آیدا آن‌قدر مشغول پیروزی بزرگش بود که اهمیتی به صدای ریزش آوار مجتمع نداد. چشم‌بسته می‌دانست که مجتمع دارد روی خودش می‌رمبد و چه بهتر که بیرون آمده بود. حس کرد تا به‌حال انگار به‌خاطر حضور او بوده که نمی‌ریخته. رو به گربه‌اش گفت: «ملوسک تو هم خوشحالی!» بچه گربه که حالا جان گرفته بود پرید و به زور خودش را از کمرگاه آیدا بالا کشاند و روی شانه‌اش نشست. رفت جلوی در حیاط نوری ایستاد و به مجتمع نگاه کرد. ساختمان مجتمع، به زنی چاق می‌مانست که تعادلش را از دست داده است و کج شده است ولی دارد زور می‌زند تعادلش را روی یک‌پا، که همان سیاهچال آیدا باشد، نگه دارد تا زمین نخورد. زمین نخورد. تن ساختمان برای آیدا اهمیت نداشت. برای هیچ‌کس جز همان زن و مردی که اول بار آن را ساختند و قرار بود آن‌جا خانه‌ای درندشت برای‌شان شود تا بعد از مرگشان به خیریه برسد. حالا رگ و پی ساختمان، از آن دو نفر، فقط سایه‌ای محوی از زن را به‌خاطر داشت. سایه‌ای که در صدای هن و هن نفس سربازان در رژه‌ی اجباری و تأدیبی، در روزگاری که ساختمانِ پادگان بود، در هم

می‌آمیخت و با داد و فریاد دردناک زندانیان از هول شکنجه- در کوتاه زمانی که زیرزمینش به زندانی مخفی و اتاق‌های بالا به بخش اداری اداره‌ای بی‌نام بدل شده بود- یکی می‌شد. بعدترها که متروکه ماند، دیوارهایش در خود رمبید تا برای آن همه صدای مانده در زیرزمین‌ها، جا باز کند و صدا در دیوارها حک شد مثل جملات ناشیانه‌ای که بدخط به ناخن انگشت خراشیده شده بود. خیلی بعد بود که شد این مجتمع که نامش مدرسه شبانه‌روزی بود اما در اصل دارالتأدیبی بود برای دخترهای ناسازگار از هر نوع که به درخواست خانواده‌ها، اداره‌ی منکرات یا حتی مدیران مدارس آن‌ها را آن‌جا نگه می‌داشتند. مهم نبود جرم چه باشد یا اصلاً جرمی باشد از بدزبانی تا خودکشی و از خودزنی تا دزدی‌های خرد بچه‌گانه، زندان دخترهایی شد که خانواده‌ی به‌سامانی نداشتند. مدیر هم حاکم بلامنازعی که چون منابع درآمد شبانه‌روزی‌اش از جایی غیر از منابع رسمی دولت بود به کسی جواب پس نمی‌داد که اصلاً سؤالی هم در کار نبود فقط تقدیر بود و تشکر از خدماتش. آیدا یکی از اولین دخترها بود که از ابتدای تأسیس به این‌جا آورده شده بود و آخرین دختر ماندگار شد. ساختمان حالا هق‌هق شبانه‌ی دختربچه‌هایی را در خود فرومی‌خورد که روی صداهای پیشین مانده در تن ساختمان می‌نشست. حالا گوش آیدا از صداهای مبهم شبانه خالی بود. رخت و اثاثش را کشیده بود به جایی که شکل خانه بود؛ خانه‌ی واقعی زنی به اسم ملیحه که در تمام سال‌های ماندگاری‌اش در مجتمع تنها

غمخوار او بود انگار و از آن‌جا که آیدا آن‌قدر کم محبت دیده بود، محبت‌های گاه و بیگاه ملیحه برایش طعمی از زندگی داشت.

آیدا هنوز نمی‌دانست این خرابی‌های پی در پی در اثر زلزله است یا چیزی دیگر ولی لااقل می‌دانست که در زلزله زمین می‌لرزد ولی حالا زمین ساکن و ثابت ناگهان در خود می‌رمبید مثل زنی که وسط کارهای سخت خانه ناگهان از نا و نفس بیفتد و هر جا هست و هر چه در دست دارد زمین بگذارد و همان‌جا پهن زمین شود. شادی آزادی با وجود نابودی آن مجتمع ترسناک، تنهایی‌اش را پر نمی‌کرد. تصمیم گرفت حالا که پایش بهتر شده، فردا باز برود به خیابان و منتظر عبور ماشینی شود. از هر سمتی که شد، شد. در این دو روز که در مجتمع سرد و خالی و تاریک جا مانده بود، جز ترس از تنهایی، ترسِ سر رسیدن توحیدیان هم بود. فکرهای جورواجوری در سرش بود که نمی‌توانست درستی هیچ‌کدام‌شان را بسنجد. راننده‌ی کامیون با دخترها چه کرد؟ چه‌طور بدون فکر به او اعتماد کردند و سوار شدند. اگر یکی مثل عموی رضا یا حتی خود رضا باشد چی؟ زهرا زهره‌ترک می‌شود!... فکرها کامل سربرنیاورده، پودر می‌شد و جای خود را به فکر دیگری می‌داد که آن هم در راه فکر و خیالِ بعدی رنگ می‌باخت. حالا خانه داشت. برق داشت و کامپیوتر داشت و فردا می‌توانست با سر صبر نه برای فرار، بلکه برای جست‌وجو برود چرخی در اطراف بزند تا ببیند چه خبر شده است و چه چیز مانده و چه چیزهایی از بین رفته است و

بهترین راه رفتن از کدام سو است. حالا دیگر نه به کسی نیاز داشت
و نه کسی به او. مثل همان ساختمان شده بود خوگرفته به خود و
تنها ولی بی‌بند. آزادی مفهومی بود که هنوز تازه داشت آن را نفس
می‌کشید. ساختمان کج شده بود درست مثل خود او که یک پایش
می‌لنگید و یادش آمد چه شب‌ها که در بغض و بی‌خوابی آرزو کرده
بود ساختمان روی خودش آوار شود تا او از آنجا فرار کند. حالا
همان وقت بود. حالا ساختمان را از روبه‌رو می‌دید؛ از جلوی درِ
حیاط سرایداری و نه از درون چیزی که انگار بخشی از خودش شده
بود. چیزی شبیه یکی از همان آجرهای کارشده در دیوارهای
متعددش. برگشت به خانه و در حیاط را بست. فکر کرد خندق
بزرگ بین دیوار ساختمان هم یکی از همین نشست‌ها بوده ولی
معلوم نیست از کی. ساختمان انگار زیر پایه‌ای از سنگ بنا شده
باشد، هر چه دور تا دورش فرو می‌نشست و خالی می‌شد، باز هم
لنگان برجا می‌ماند. باز هم مثل خودش. از ترس راه کشیدن سایه‌ی
خودش در راهروهای مجتمع مثل سایه‌ی آن زن که گاه کیسه بر سر
می‌کشید و گاه پارچ به دست می‌گرفت به سکسکه افتاد. رفت توی
هال و در را محکم به روی خود بست. فکر کرد این‌جا خانه است.
خانه است. مجتمع نیست و او دیگر بخشی از آنجا نیست.

***

روزی که پروانه لاچینی خطرکرد و خبر بردنِ دکتر را به آن دختر غریبه داد که او را در تمام اتاق‌های بیمارستان دنبال کرده بود، در بیمارستان بلبشویی بود. پرستارهای عجول از یک در به دری دیگر می‌دویدند و کاری زمین‌مانده را راست و ریست می‌کردند. غریبه‌هایی با لباس و پوشش معمول ولی با حالتی عمداً متمایز در بین همه می‌لولیدند. همراهان بیماران به شتاب مریض‌هایشان را مرخص می‌کردند. پرستار کیانی از بخش مردان تا چشمش به پروانه افتاد گفت: «لاچینی چرا گیج می‌زنی برو اتاق بیست باهات کار داشتند.» و همین‌طور که قدم‌کش از کنارش گذشت سر برگرداند که: «اتاق ۲۰ مردان» و پروانه را دچار سوءظنی کرد که خود کیانی از آن بی‌خبر بود. به آن اتاق ۲۰ معروف نرفت. جلوی بخش مردان راه کج کرد به سمت پله‌ها که حالا انگار یکی‌یکی از زیرپایش درمی‌رفتند تا او را پایین برسانند.

ندید که طناز کی و چه‌طور از جلوی چشمش دور شد و از کدام طرف رفت. یکدفعه دید که نیست. جرأت نداشت به راهرویی برگردد که از آن آمده بود، مدام سایه‌ی کسی را پشت سرش حس می‌کرد و از رودررو شدن با همکارانش واهمه داشت. از خیر برداشتن کیفش نمی‌توانست بگذرد. همین شد که تا چشمش به یکی از خدمه‌ی نظافت‌چی افتاد که داشت به آن بخش می‌رفت وانمود کرد که پسرش بدحال است و از عجله یادش رفته کیفش را

بردارد و خواست بدون اینکه کسی بفهمد او دارد جیم می‌شود،
کیف را برایش بیاورد. همکارش خنده‌ای کرد که یعنی این مشکل
همه است و رفت کیف را برایش آورد. اثری از دکترها نبود و
پرستارها هم مدام کم می‌شدند. فقط او و چند بهیار مانده بودند که
داشتند آخرین مریض‌ها را مرخص می‌کردند و حسابداری با تنها
یک کارمند باز مانده بود. شایعه‌ی تعطیلی بیمارستان که بعد از
دستگیری دکتر همه جا پیچیده بود حالا داشت واقعی می‌شد. از
هفته‌ی قبل، پذیرش اورژانس و نوبت جراحی را تعطیل کرده بودند
و حالا دیگر هیچ‌کس در رفتن سر از پا نمی‌شناخت اما همه سعی
بر حفظ خونسردی داشتند و انگار که غریبه‌ها را نمی‌بینند، روال
رفتن‌شان را عادی جلوه می‌دادند.

*

راه افتاد به سمت پارکینگ آمبولانس‌ها تا از در آن‌جا بیرون بزند. هنوز چند قدم بیش‌تر برنداشته بود که کسی از پشت سر صدایش زد. اول نمی‌خواست جواب دهد اما صدای آمرانه او را به اسم و فامیل تشر زد. یک لحظه ایستاد و همین کافی بود که مرد به او برسد: «پروانه لاچینی، بهیار کد ۹۸۲۷۹۰، با ما بیا.» دو نفر بودند و دورترک آن همکارش ایستاده بود که کیف را برایش آورده بود و از چیزی که دید شرم‌زده پشت کرد و رفت. پروانه فرصت نشد بپرسد چه کار دارند چون گرچه در حیاط احتیاط را نگه داشتند و فقط دو طرفش را گرفتند تا او را به سمت آسانسور ببرند اما همین‌که در آسانسور بسته شد، یکی از آن غریبه‌ها کیفش را گرفت و کشید و مشغول وارسی در آن شد. قدبلند بودند هر دو و دست‌هایشان بزرگ، خیلی بزرگ‌تر از هر دستی که تا به حال دیده بود. رنگ پوست‌شان به زردی می‌زد و لبخندشان او را می‌ترساند. پروانه خیالش از بابت کیف راحت بود ولی می‌دانست که آن‌ها دنبال چیزی می‌گردند و احتمالاً به زودی رهایش می‌کنند چون او چیزی ندارد. هر دو غریبه لباس پزشکان را به تن داشتند که البته کل بیمارستان خبر داشت آن‌ها پزشک نیستند. در طبقه منهای سه او را درون اتاقک ام. آر. آی(MRI) پرت کردند و در را به رویش بستند. هر چه داد و فریاد کرد و به در مشت و لگد کوبید فایده‌ای نداشت. کسی در آن‌جا نبود که صدایش را بشنود. فقط حدود یک یا شاید

دو ساعت بعد در باز شد و یکی دیگر روبه‌رویش نشست. این یکی هم شبیه آن دو تای دیگر بود فقط قدش برخلاف آن‌ها، کوتاه بود؛ خیلی کوتاه. پروانه بدجور ترسیده بود و مرتب می‌گفت باید به خانه برگردد. مرد تمام نشانی‌های پسرش را می‌دانست. می‌دانست کجا درس می‌خواند و چه می‌کند. «طناز شاه‌حسنی را از کی می‌شناسد؟ چگونه با او ارتباط می‌گرفته است؟ حالا کجاست؟» و پروانه اصلاً نمی‌دانست طناز کیست ولی مرد باور نمی‌کرد. می‌گفت همه چیز را می‌داند و این همه راه را نیامده‌اند که دست خالی برگردند. شبیه آدم‌های توی فیلم‌های زمان شاه بود. عینک مشکی، صورت صاف... فکر کرد خیالاتی شده و در سکوت به مرد زل زد. شنید که اگر شده زبانش را از حلقومش بیرون بکشد او را به حرف می‌آورد. پروانه نگران اطلاعاتی بود که مرد از پسرش داشت. التماس کرد کاری به پسرش نداشته باشند هر جور شده دختره را پیدا می‌کند. مرد ناگهان روی مهربانش را به او نشان داد و گفت «شاید هم کار تو نباشد. به‌هرحال آدم ما هم ممکن است اشتباه کند. ولی اگر آدرس و نشانه‌ای از شاه‌حسنی بدهی می‌توانی همین حالا بروی.» پروانه بی‌راه و چاره قبول کرد گرچه نمی‌دانست چه آدرسی بدهد! مرد پرسید چیزی نمی‌خواهد و پروانه گفت: «آب.» گفت باید یک قرص زیرزبانی بخورد که درون کیفش است و کیف را به او نداده‌اند. بیماری تپش قلب و فشار خون داشت و حالا سینه‌اش درد گرفته بود. مرد بلند شد و رفت سمت در و کیف زن را

۳۰۰

خواست. بیسیمش صدایی کرد و رفت بیرون. در، باز، بسته شد و پروانه در اتاقک بی‌نور تنها ماند. جای خفه و بسته بیش‌تر حالش را بد می‌کرد. مشت به در کوبید. گریه کرد. نفهمید چقدر طول کشید یکی در را باز کرد و کیف را پرت کرد داخل. گشت و قرصش را پیدا کرد. کیف پولش بود اما گوشی تلفنش را برداشته بودند. خدا کند اگر با آن به پسرش پیامک زده باشند که برود فلان جا، پسره مثل همیشه که گوش به حرف نمی‌کند نرود. نگرانی داشت او را از پا درمی‌آورد. این‌ها کی بودند؟ آن دختره کی بود که او را دنبال کرد و آدرس گرفت؟ با پسرش چه کار داشتند؟ اتاقک ضدنور و گرما و صدا بود. هیچ روزنه‌ای نداشت و صدایی هم از آن نه بیرون می‌آمد و نه به درون می‌رفت. پروانه وحشت‌زده مشت کوبید و مشت کوبید اما دیگر نه کسی سراغش آمد و نه در باز شد. چشم که باز کرد فهمید غش کرده است. نفهمید چند دقیقه یا چند ساعت. در کابوسی دچار شده بود که خلاصی از آن ممکن نبود. این‌ها کی بودند بدتر از یزید! یک قطره آب به حلقش نریخته بودند. حتی نمی‌دانست روز است یا شب و همین هم باز او را به وحشت انداخت و مشت و لگد به در زد. ولی در از جنسی نبود که صدا را منتشر کند. نفهمید چقدر آنجا مانده است و چقدر قرار است بماند. حتی حاضر بود همان مردی که او را سین جیم می‌کرد برگردد بهتر از این است که تنها بماند. حتی حاضر بود بگوید طناز خودش است و هر کار را که او کرده است به گردن بگیرد تا از آنجا بیرون

بیاید. چهاردیواری سفید با تخت عجیب MRI و تونل‌مانندی بالای آن برای سی‌تی مغز بدتر او را به وحشت می‌انداخت. حتی نمی‌شد در آن جای تنگ درست قدم بردارد و نفس عمیق بکشد تا حالش جا بیاید. مانده بود که هوا از کجا وارد می‌شود که هنوز خفه نشده. تصمیم گرفت برای دانستن گذر زمان بشمرد. هر شصت شماره یک دقیقه و... نه فایده نداشت. تا این‌که خوابش برد. این‌بار وقتی بیدار شد فهمید خواب بوده ولی نمی‌دانست چند ساعت. نه روزنه‌ای بود که شب و روز را بسنجد و نه کسی که بتواند حداقل التماسش کند به پسرش کار نگیرد. فکرهای جورواجوری از سرش می‌گذشت که پسرش را پیدا کرده‌اند که شوهرش را... که پسرش را آورده‌اند همین‌جا تا او را با قیافه‌ی کتک خورده پسرش مواجه کنند. داشت سکته می‌کرد. فکر کرد از کی پسرش را می‌شناخته‌اند؟ نکند با این غریبه‌ها کارهایی می‌کند که او و پدرش از آن بی‌خبرند. لحظه‌ای دیگر فکر کرد که همه‌ی این فکرها بی‌خود است و آن‌ها فقط پرونده‌ی پرسنلی او را خوانده‌اند. مگر نه این‌که مردک کد پرسنلی‌اش را حفظ بود! خب کد پرسنلی را که از روی کارت روی سینه‌اش خوانده بوده قبلاً! فراموش کرده بود موقع رفتن کارت را باز کند. دست برد. کارت هنوز همان‌جا بود. ناخودآگاه جیغ کشید و بعد به هق‌هق افتاد. بعد خفه می‌گریست و این دور همین‌طور ادامه می‌یافت. آن‌قدر آن‌جا ماند که بالاخره فهمید ماندنش از یک شب و دو شب بیش‌تر شده و هنوز کسی نیامده سراغش. فکر کرد

مرده است و او را خاک کرده و رفته‌اند و او هنوز به مرگ خود پی
نبرده است. خودش را نیشگون و گاز می‌گرفت تا درد را زیر پوستش
حس کند و زنده بودنش را باور کند. فکر کرد در اتاق بغلی پسر و
شوهرش را به تخت بسته‌اند. وقتی فهمید صورت پسرش را هم
مثل صورت شوهرش به یاد نمی‌آورد روی صورت خودش دست
کشید تا شکل اجزای صورت خودش را در ذهن نگه دارد.
دیواره‌های نیمه‌فلزی دورتا دورش چشم‌های ریزی درمی‌آوردند و
گاه با تمسخر و گاه تهدید نگاهش می‌کردند. فکر کرد دیوانه شده
است و این‌جا اتاق تیمارستان است که او را به تختی زنجیر کرده‌اند.
دست و پایش را تکان داد؛ زنجیر نبود. پاهایش را حس کرد
می‌توانست بلند شود. چهاردست و پا رفت و به زور تنه‌اش را از
زمین بلند کرد. سرش خورد به زیر تخت بلند وسط اتاق. هوش
وحواسش به جا آمد و به خودش لعنت فرستاد که چه‌طور فراموش
کرده بود دو مرد او را در این‌جا حبس کردند و رفتند. فکر کرد حتماً
دکتر را هم در یکی از همان اتاق‌های پایینی حبس کرده‌اند. سر و
صدا کرد و اسم دکتر را فریاد زد. هیچ وسیله‌ای در آن اتاق نبود تا
با آن خودش را بکشد. مدام بالا می‌آورد و مدتی از حال می‌رفت و
چشم که باز می‌کرد همان افکار، همان اتاقک و همان خالی هولناک
بود که او را بلعیده بود. فکر کرد تا حالا دیگر همه او را فراموش
کرده‌اند. یاد مادرش افتاد وقتی او را در گورستان سرد خاک کردند
و به خانه برگشتند. فکر کرد حالا باید مادرش را ببیند. مادرش از

اینکه بر مزارش نمانده و شب تنهایش گذاشته بود گله‌مند است و برای همین خودش را به او نشان نمی‌دهد. به سر و سینه‌اش زد و گریه‌کنان بلند بلند نام مادرش را صدا زد. او نباید فراموشش کرده باشد. بعد انگار حس کرد زمین دارد می‌لرزد. صدای مبهم رمبیدن چیزی به گوشش خورد. باز مشت زد. در زد و صدای ضربه‌ی دستش به در فلزی در همان اتاقک خفه می‌شد بی‌اینکه از در صدایی بلند شود. حس کرد واقعاً کم‌کم دارد هوا کم می‌شود. راه نفسش گرفته بود. بالای سرش را نگاه کرد. تهویه‌ای نبود یا اگر بود او در آن تاریکی سقف بلند نمی‌دید. بعد از به‌هوش آمدن از یکی بیهوشی‌های متعددش بود که سر و صداهای گنگی شنید. می‌دانست نباید صدا به این اتاقک برسد و همین بر وحشتش افزود که او را زنده در گور گذاشته و رفته‌اند. جیغ کشید و به سنگ قبر بالای سرش به شکل دری تمام بسته، بی‌هیچ لولا و درزی، مشت کوبید. نفهمید چند ساعت گذشت. شعاع نوری چشمش را زد. در به روی آواری از گچ و سنگ نیم‌باز شده بود. نیمه‌جان خودش را به در رساند و در را هل داد، تکان نمی‌خورد. یک نفر را دید. یک زن بود. «دخترک سبزه‌رو نباشد!» چند نفر بودند. داشت از حال می‌رفت. شنید که صدایی گفت: یکی این‌جاست. یکی این‌جاست. و بعد از شنیدن صدای کشیده شدن در از حال رفت. چشم که باز کرد کنار آمبولانسی نشسته بود که جلوی تل خاک نگه داشته بود، سرمی به دستش بود و مشمایی دورش گرفته شده بود. پرستاری که به‌هوش

آمدنش را دید آمد سروقتش. نبضش را چک کرد. اسمش را پرسید. پروانه زبانش بند آمده بود ولی باز کیفش را خواست. کیفش به گردنش بود. پرستار خندید.«شانس آوردی اتاقک ام. آر. آی ضد ضربه است و آوار روت نریخت.» بعد پرسید: «چرا اون‌جا رفته بودی؟» پروانه نتوانست حرف بزند. همه جا چشمش دنبال دو مردی می‌گشت که او را گرفته بودند. دنبال دکتر که او را هم باید در یکی از همان اتاقک‌های ضدضربه حبس کرده باشند و پسرش و شوهرش. وحشت داشت زبان باز کند و چیزی بپرسد. جملاتی که به زبانش می‌چرخید جز هذیان چیزی بروز نمی‌داد. جیغ کشید. یکی به او گفت: «نترس. کسی کارت نداره.» کی بود؟! نفهمید چه گفته که ترسش را بروز داده. پرستارها ناآشنا بودند. هیچ کدام از همکارانش آن‌جا نبودند. روز را پرسید. تاریخ را یادش نبود. با احتساب روزهای هفته، فهمید چهار روز آن‌جا حبس بوده ولی شاید هم دو هفته یا بیشتر. هیچ چیز نمی‌دانست و می‌ترسید بپرسد. چهار روز با نیم بطری آبی که در کیف دستی‌اش داشت سر کرده بود و پاکت قرص‌هایش که تقریباً خالی بود. اصلاً نفهمید گناهش چه بوده و این‌ها که از زیر آوار درش آورده‌اند چه کسانی‌اند. یکی از همان‌ها او را رساند به آدرسی که پروانه به او داد. خانه‌ی یکی از آشنایانش که قرار بود آن‌جا را تمیز کند. چرا یاد او افتاد؟ چون قبل از ترک بیمارستان تصمیم داشت برود آن‌جا و با صاحبخانه که تقریباً رفیقش شده بود درباره‌ی قضیه‌ای که در بیمارستان برایش پیش

آمده بود مشورت کند. حالا فقط می‌خواست از آن‌جا برود. دست برد جلوی سینه‌اش و مطمئن شد که کارت روی سینه‌اش را قبلاً کنده و چه خوب که این‌ها اسمش را بلد نیستند. به کسی از آن پرستاران نمی‌توانست اعتماد کند. شاید دختره آن‌ها را فرستاده باشد. «حسنی؟ چی بود اسمش؟!» تا نیمه‌راه با ماشین آن غریبه رفت و از دروغ گفت که خانه‌اش همان‌جاست و بعد بقیه‌ی راه را پیاده رفت. هیچ حواسش نبود در شهر چه می‌گذرد. سرش گیج می‌رفت و بدحال بود و هر لحظه نزدیک بود بیفتد اما کسی اصرار نکرد که روی تخت فوریت‌های امدادی نگه‌اش دارند، بس که مصدوم زیاد بود لابد. او هیچ چیز را ندید جز وضع خودش را. همین‌که چشم باز کرده بود یعنی خوب بود. از ماشین پیاده شد و در کوچه‌ای پیچید. ماشین که دور شد از کوچه بیرون آمد و سعی کرد راهش را پیدا کند.

ندید که اتوبوس‌ها در ایستگاه «قریب»، خالی، صف کشیده‌اند بی‌مسافر و راننده. تک و توکی آدم این‌جا و آن‌جا دید با چشم‌هایی هراسان و لب‌هایی خندان. شنید که یکی به دیگری تنه زد و گفت: «برو ببین ته کاخ چه خبره! ریخته رو خودش.» یادش نیامد به کدام خیابان «کاخ» می‌گویند. کرکره‌ی کشیده‌ی مغازه‌ها را ندید همان‌طور که متوجه هروله‌ی مردم نشد که داشتند خلاف جهت او به سمت پایین خیابان «انقلاب» می‌دویدند. او رفت بالا دست خیابان. پیچید توی بزرگمهر و خودش را رساند به ساختمان

N15. آسانسور کار نمی‌کرد. شش طبقه را بالا رفت. در هن و هن بالا رفتنش از پله‌ها به تنها چیزی که فکر می‌کرد دسترسی به تلفن بود که با همسر و پسرش تماس بگیرد. نمی‌توانست بفهمد چرا خبر دستگیری دکتر را که به ناشناسی گفته بود این‌قدر برایش سنگین تمام شده گرچه خودش هم احتیاط می‌کرد جز همان یک‌بار که صدایش بلند شد در راهروی توالت. چهره‌ی دخترک سبزه‌رو از جلوی چشمش کنار نمی‌رفت، ربطش را با دکتر نمی‌دانست و بدتر اینکه مبادا پای پسرش هم در میان باشد؛ پسرش دکتر را می‌شناخت و انگار با هم رفیق شده بودند. برای ورم معده‌اش او را پیش دکتر برد و همان‌جا دو تا جوانک با هم گرم گرفتند. فکر پسرش داشت دیوانه‌اش می‌کرد و شش طبقه پله مدام کش می‌آمد و دراز می‌شد. در پاگرد طبقه‌ی ششم پایش گرفت به سطل آب که روی پله‌های خاک گرفته شره کرد و در خاک فروخشکید. فکرش از شاخه‌ای به شاخه‌ای می‌پرید: «چه خاکی! دیگه با آب نمیشه پله شست. اول باید با بیل خاک رو برداشت.» و باز: «حالا کو آب برای شست‌وشو؟ به درک من که نمی‌شورم.» از آپارتمانِ روبه‌رو زنی سراسیمه بیرون دوید و با دیدن او چشم‌هایش چهارتا شد. «برو خانم! من دارم میرم. همه رفتن! مگه خبر نداری زمین نشست کرده، سمت پاستور ریخته. الان به این‌جا هم میرسه.» پروانه، گیج، سر تکان داد و نه زبان خشک او چرخید و نه زن ماند تا پاسخش را بشنود که پله‌ها را تند دوید. کلید انداخت و در را باز کرد. فراموش

کرده بود در بزند. صاحبخانه را صدا زد. خانه نبود. از پنجره دید
که باران گرفته است. گوشی تلفن را برداشت زنگ بزند. بوق
نداشت. زد روی پیام‌ها. آخرین پیام از محمود همسر خودش بود
برای صاحبخانه: «خانم کیان‌پور از پروانه خبر نداریم. دو روزه هیچ
تماسی نگرفته. بیمارستان هم رفتم نبود. اگه اومد اینجا به من خبر
بدین. من و علی نگرانیم. [مکث کرد] دست شما درد نکنه.» و بعد
بوق آزاد. خیالش راحت شد او و پسرش تا دو روز اول حال‌شان
خوب بوده و لابد آن مرتیکه‌ها دست‌شان به آن‌ها نرسیده. قبل از
این‌که کاری بکنند بیمارستان روی سرشان رمبید. پرستار گفته بود
دو روز پیش ساختمون رمبیده. دو روز هم تا رسیدن امداد آن زیر
بوده. پس حال پسر و همسرش خوب است. فکر کرد امروز پسرش
کلاس داشته یا نه؟ یادش نیامد. سرش از درد سنگین بود. محمود
پرستار سالمندان بود و هر یکی دو شب یک‌بار به خانه‌ی یکی دو
نفری سر می‌زد. یادش نبود امشب نوبت کدام خانه بوده. رفت از
توی یخچال یک بشقاب کیک برداشت آورد گذاشت جلویش و
مثل قحطی زده‌ها خورد. منتظر شد تا تلفن وصل شود، خبری نشد
و همان‌جا روی مبل خانه‌ی مردم خوابش برد.

خواب می‌دید در اتاقک زیر پله‌های خانه‌ی پدری‌اش حبس
شده و با این‌که در باز است نمی‌تواند بیرون بیاید چون دو مرد
سفیدپوش پشت در ایستاده‌اند. یکی‌شان گرد و عینکی بود و آن یکی
دراز و باریک. در آهنی چفت و بست درستی نداشت و هر کاری

می‌کرد نمی‌توانست آن را از داخل قفل کند. می‌دانست منتظرند پدرش برود و بعد بیایند سر وقتش. همین که به هر زور و زحمتی در را قفل کرد و رو برگرداند داخل اتاقک دید که دختر سبزه‌رو روبه‌رویش ایستاده و انگشت روی بینی گذاشته تا او جیغ نکشد. چیز سنگینی روی سرش افتاد و از صدای مهیب رعد و برق با سردرد شدیدی بیدار شد. اول فکر کرد هنوز درون اتاقک است اما بارانِ شلاق‌کش پشت پنجره را که در تلألوی برق هوا دید هوش و حواسش جا آمد که کجاست. صاحبخانه هنوز نیامده بود و ساعت دیواری دوازده نیمه‌شب را نشان می‌داد. باد ابرها را به هم می‌کوبید و ساختمان می‌لرزید. پروانه جرعه‌ای آب نوشید و دوباره سر گذاشت.

لرزش ساختمان نمی‌گذاشت درست بخوابد. فکر کرد این باران نیست. زلزله است. بلند شد چراغ اتاق را روشن کند، تازه فهمید برق رفته. ساختمان دوباره لرزید و چراغ برق سوسو زد ولی روشن نشد. کیفش را برداشت و مانتویش را روی دوش انداخت و در راهرو داد زد: زلزله! و دوید سمت پله‌های اضطراری. هیچ‌کس در ساختمان نبود یا بیرون نیامد. در نیمه‌راه پله‌ها صدای مهیب فروریختن آوار را شنید. حس کرد خودش هم دارد فرومی‌رود. پشیمان از اینکه کاش مثل دیگران در خیابان می‌ماند به نرده‌ی پله‌های اضطراری چنگ انداخت و تازه آن‌جا بود که فهمید ساختمان نمی‌لرزد بلکه صدای آوار از جایی در همان نزدیکی‌ها

بود. دو دستش را پناه سر کرد و چشم به تاریکی انبوه پیش رو دوخت و چیزی ندید و نه حتی صدایی واضح جز داد و فریادهایی در دوردست که قاطی باد و باران گم می شد. کمی ماند. بعد آهسته از پله‌ها بالا رفت و دوباره وارد خانه شد. ساعت ۶ صبح که از آن‌جا بیرون زد شنید که دیشب کل شهر برق نداشته است. لودرها مشغول آواربرداری بودند و مردم حالا مثل دیروز در تک و تا نبودند، مثل یک روز تعطیل شهر خلوت بود. از یکی پرسید: زلزله کجاها بیش‌تر خرابی داده؟ جواب شنید: «زلزله نبوده خانم! ساختمونا می‌رمبه. مال زمینه. این منطقه نشست کرده.» خیالش راحت شد که شوهر و پسرش در تهران نبودند. پسرش در شهرستانی درس می‌خواند و شوهرش هم لابد پیش اوست در این وضعیتی که نگران حال اویند. سر تکان داد. راه افتاد سمت متروی کاها. قطارها کار نمی‌کرد.

با اولین سواری شتابزده‌ای که از کنار مترو می‌گذشت خودش را رساند جنوب شهر. راننده مردی کر و لال بود که سعی داشت برای او که به نظر بی‌خبر از همه‌جا می‌آمد چیزهایی را توضیح بدهد. با سر و دست تند تند اشاره می‌کرد. در آینه نگاه می‌کرد تا ببیند متوجه حرفش شده است یا نه و اگر می‌دید متوجه نشده با سماجت سعی می‌کرد حالی‌اش کند چه اتفاقی افتاده. وقتی پروانه چیزی می‌پرسید، در آینه به حرکات دهانش زل می‌زد و بعد زبان اشاره‌اش را از سر می‌گرفت. دهانش را گرد می‌کرد و صدای زوزه مانندی بیرون می‌داد. بعد چشم‌هایش را می‌بست و می‌زد روی

دهان خودش. دستش را بالا، آویزان، می‌گرفت و تکان می‌داد و بعد اشاره‌ای می‌کرد که معنی رفتن می‌داد. پروانه فکر کرد مردک پاک دیوانه است و گیج‌تر از قبل، از شیشه به بیرون زل زد و در گذر پرشتاب ماشین می‌دید که شهر، جابه‌جا، زیر خاک دفن شده است. اغلب خیابان‌ها بند آمده بود و راننده، راه بلد، لابه‌لای گچ و سیمان فروریخته در کف کوچه و خیابان‌ها ویراژ می‌داد و سر از جایی دیگر درمی‌آورد تا بلکه راهی باز پیدا کند و در تمام مدت به صحبتِ بی‌صدای خودش ادامه می‌داد. پروانه پرسید: «کشته هم داده؟!» مرد، دو دستی چسبیده به فرمان، خندید. بعد روبرگرداند و باز رو به پروانه خندید. بدتر از همه این‌که هیچ ماشینی در خیابان‌های پایین نبود و رهگذری هم به چشمش نخورد. هیچ‌کس نبود. نه پرنده‌ای، نه چرنده‌ای، نه سگی و نه گربه‌ای. همه انگار همین دیشب از شهر رفته بودند. راننده حالا داشت او را به مرکز شهر می‌برد و با حرکات سر و دستش اشاره می‌کرد که لابد باید بیاید این‌جا و از این‌جا برود آن‌جا چون راه بسته است. پروانه دید که باز دارد می‌رسد همان جایی که از آن آمده بود و او و همان مرد لال انگار تنها آدم‌های شهر باشند که یک‌دفعه چشمش به دسته‌ای افتاد که در پیاده‌رو زیر باران بودند و بلند بلند حرف می‌زدند. گاه مثل اشباحی خیس از باران می‌دویدند تا بالاخره رسیدند به جایی که راهبندان نه در اثر آوار که ترافیک ماشین‌ها درست کرده بود. پروانه خیالش از دیدن ماشین‌ها راحت شد و در حالی که داشت زهره‌ترک می‌شد که مرد

چه قصدی در سر دارد و به کجا می‌بردش، از پشت سر، زد به
شانه‌ی راننده و سر و صدا کرد که نگه دارد. اسکناسی کف دست
راننده گذاشت که صدای راننده را درآورد و در را محکم بهم زد و
رفت. تصمیم گرفت به جای رفتن به خانه، خودش را به
ساختمان‌های بهجت‌آباد برساند. هر چه باشد از کاها بهتر است.
شاید محمود، شوهرش، هم امشب بیاید که برنامه‌ی کاری‌شان تمیز
کردن یکی از ساختمان‌های آنجا بود. ماشین‌های امداد مستأصل
و شتابان آژیرکشان می‌شتافتند ولی انگار خرابی بیش‌تر از یک محله
و دو محله بود. شقیقه‌هایش تیر می‌کشید و مدام احساس گرسنگی
داشت. تا چهارراه ولی‌عصر پیاده می‌رفت تا از آنجا برود بالا سمت
زرتشت. سر فلسطین که رسید، تازه جهنم را دید. جنوب چهارراه
بلبشویی بود از جیغ و هوار و آوار و دود و جوی‌های لب پر آب. هر
چه چشم چرخاند یک ساختمان سالم ندید. کسی او را هل داد:
«اینجا نمونین! زود برین. هنوز ادامه داره فرونشست.» چیزی از آن
خیابان که زمانی نام کاخ داشت بر جا نمانده بود. یکی با انگشت
سمت پایین خیابان را نشان داد و داد زد: «کلاً دفن شد. کی می‌خواد
به داد مردم برسه؟» مردم داشتند می‌دویدند و پروانه هم تا چهارراه
دوید و آنجا، از روی غریزه، خودش را رساند به بالای خیابان چون
ساختمان دیشبی در بالادست خیابان حتی تکان نخورد. ماشینی
نبود و اگر هم بود مسافرکش نبود. تا زرتشت و خود ساختمان‌های
بهجت‌آباد پای پیاده گز کرد. اتوبوس‌ها، در گوشه و کنار و گاه حتی

وسط خیابان ولو بودند؛ انگار که راننده و مسافرانش در اثر بلایی آسمانی ناگهان در همان نقطه از اتوبوس پیاده شده، اتوبوس را رها کرده و رفته‌اند. فکر کرد: «مثل سیل گلستان. راننده تا فهمید اوضاع از چه قراره اتوبوسو ول کرد و پرید پایین و زن و بچه‌ی مردم همون‌جا موندن بی‌خبر که لابد ماشین خراب شده الان برمی‌گرده و تا اومدن به خودشون بجنبند سیل همه‌شونو جا کن کرد. پری خانم و بچه‌هاش اون‌جا مردن.»

مجتمع ساختمان‌های بهجت‌آباد سر جایش بود اما بدون نگهبان. آسانسور کار نمی‌کرد و پروانه این‌بار هفت طبقه پله را بالا رفت تا برسد به همان واحدی که امیدوار بود محمود هم خودش را به آن‌جا رسانده باشد. در زد. کسی جواب نداد. دوباره در زد. کلید این واحد دست محمود بود. محکم‌تر در زد. سر چرخاند و طول راهرو را نگاه کرد. سوت و کور و تاریک. درِ واحد روبه‌رویی را زد. در باز بود و هل خورد جلو. صاحبخانه را صدا زد. کمابیش او را می‌شناخت. یکی دو باری برای نظافت آن‌جا رفته بود ولی نه آن‌قدر که به او کلید بدهند تا وقتی نیستند هم برود سر بزند. دوباره صدا زد. کسی جواب نداد. بیمناک قدمی به درون گذاشت. باز صدا زد و رفت تا جلوی هال. و بعد یکی یکی اتاق‌ها را نگاه کرد. یک چمدان وسط هال افتاده و لباس‌ها از دهانش لب‌پر زده بود. کشوهای اتاق خواب همه باز بود. دوباره صدا زد. حمام را نگاه کرد و توالت را. کسی نبود. «شاید دزد زده به خانه‌شان.» برگشت

بیرون. آمد برود بیرون که کلید آپارتمان را پشت در دید. وظیفه‌شناسانه کلید را برداشت و در را قفل کرد. کلید را انداخت توی کیفش. بعد درِ بقیه‌ی واحدهای آن طبقه را زد. هیچ‌کس نبود. یک طبقه رفت پایین. در راه‌پله‌ها فکر کرد کاش همان‌جا بماند تا محمود برسد. یک واحد دیگر را هم در آن ساختمان می‌شناخت. رفت طبقه هشتم و جلوی آن واحد ایستاد. صاحبخانه کامله‌زن پا به سن گذاشته‌ای بود که با واکر راه می‌رفت. در زد. در آن واحد هم باز بود. در آن‌جا هم کسی نبود ولی خانه و اثاث آشفته نبود. همه چیز مرتب سر جای خودش بود. همان‌طور که عادت آن زن بود. کلید روی جاکفشی بود. برداشت و در را قفل کرد. در هیچ‌کدام از طبقات آن ساختمان کسی نبود. رفت سراغ ساختمان‌های دیگر و چشمش مدام دنبال محمود می‌گشت. انگار در همان چند شبی که او نبوده، دشمنی حمله کرده باشد و مردم با عجله دست بچه‌ها و پیرترهایشان را گرفته باشند، پله‌ها را دو تا یکی کرده و رفته باشند. حالا می‌دید که هر چه می‌گذرد شهر ساکت و ساکت‌تر می‌شود. دیگر جز بوق‌های گاه و بیگاه ماشین‌های آتش‌نشانی هیچ صدایی نبود. سکوت او را به وحشت انداخت. به یکی دیگر از نگهبانی‌های مجتمع سر زد که نبود. خستگی داشت او را از پا می‌انداخت که روی نیمکت سایبان‌داری در فضای سبز محوطه‌ی مجتمع نشست. وقت‌های معمول گربه‌ها برو بیایی داشتند ولی حالا هیچ خبری نبود. آن‌قدر خسته و داغان بود که تازه داشت چشمش گرم می‌شد

که مگسی چرتش را پاره کرد. «مگس در باران!» بلند شد و باز کیف رودوشی‌اش را به شانه انداخت و با سماجتی مگس‌وار مشغول کند و کاو شد تا کسی را پیدا کند. کارت تلفن قدیمی را در کیف پولش پیدا کرد و رفت تا باجه‌ی تلفن کارتی۔ اگر باشد۔ بلکه بتواند با محمود در خانه تماس بگیرد یا حتی شاید مغازه‌ای باز باشد و ناگهان فکر خانه‌هایی که درشان باز مانده بود از سرش گذشت.

٭

حالا در نبودِ دیگران، با خیال راحت، خانه‌ها را می‌گشت. اول برای
تلفن که قطع بود و بعد برای پیدا کردن چیزی برای خوردن. حس
حیات ذره ذره در رگ‌هایش جان می‌گرفت و به هرجایی که وارد
می‌شد دنبال اولین چیزی که می‌گشت خوراکی بود. حالا دیگر فکر
در قبر ماندن از ذهنش کم‌کم عقب می‌نشست و انگار اگر بیش‌تر
چیزی برای خوردن پیدا می‌کرد و می‌خورد مرگ را عقب‌تر می‌راند.
دیگر نیازی نبود برای یک لقمه نان خانه‌های مردم را تمیز کند.
بیمارستان بسته بود و اگر هم باز بود هرگز قدم به آنجا نمی‌گذاشت.
فکر کرد: «مگه تصادف کنم و خونریزی داشته باشم!» «ماشین کجا
بود که تصادف کنم!» خندید. «انگار خل شدم.» «از اول هم نباید
خودمو قاطی می‌کردم.» «شاید هم همین نجاتم داد اگه توی اون قبر
نبودم، چه معلوم که زیر آوار نمرده بودم!» «من که داشتم می‌رفتم
بیرون. آوار کجا بود؟» مالکان همه آن خانه‌ها به او اطمینان داشتند
و اگر سر می‌رسیدند و او را در خانه‌شان پیدا می‌کردند با بلبشویی
که در شهر درست شده به او حق می‌دادند. برق که نبود اما چندتایی
خانه را برای پیدا کردن رادیوی باطری‌خور قدیمی زیر و رو کرد. در
شهر که درست نفهمیده بود چه خبر است شاید از رادیو —اگر پیدا
شود و باطری هم همین‌جور— خبری پیدا کند. فکر کرد زمان جنگ
که برق قطع می‌شد، پدرش رادیو را باطری می‌انداخت و
می‌چسباند به گوشش تا بفهمد کجا را زده‌اند و کی آژیر سفید

می‌شود. حالا دیگر فکر پول و طلا از ذهنش دور شده بود و بی‌نیاز از آن بود. تنها چیزی که به دردش می‌خورد کلید بود. کلید جا مانده‌ی خانه‌هایی که درشان باز مانده بود. اگر خوراکی قابل مصرف یک واحد تمام می‌شد می‌توانست به آپارتمانی دیگر که کلیدش را داشت سر بزند. برای همین مجتمع‌ها را می‌گشت و کلیدهایی را که پیدا می‌کرد در کیفش می‌تپاند. کلیدها که زیاد شد، نشست با برچسب روی هر کدامشان شماره واحد و نام مجتمع را نوشت؛ فقط در حدی که برای خودش معنا داشته باشد. از روی همان علامت‌ها می‌توانست بفهمد منظور کدام ساختمان و در کجا بوده است. از پسر و شوهرش کلاً بی‌خبر ماند و دیگر امکان رفتن به کاها نبود تازه اگر هم می‌شد خودش را برساند، از کجا معلوم که خانه‌شان سر جایش باشد! حتماً تا حالا رفته‌اند شهرستان و خودشان را دربرده‌اند. در نبودِ آب، در یخچال‌های خاموش را باز می‌کرد و از بطری‌های آب داخل یخچال‌ها، مشتی آب به صورتش می‌زد تا نفسش جا بیاید. ضربان قلبش همچنان بالا بود. مدام تلفن خانه‌ها را چک می‌کرد. تا وقتی هنوز باطری‌ها شارژ داشت، پیام‌های تلفنی صاحبخانه‌ها را گوش می‌کرد؛ تنها صدایی بود که ارتباط او را با دیگران حفظ می‌کرد. دیگرانی که حالا نبودند. چند پیام به صاحبخانه هشدار داده بودند که باید زودتر بروند حتی یک روز تأخیر هم خطر دارد. یا فلان ساعت از فلان روز فلان جا باشند تا با هم بروند و گرنه دیگر نمی‌شود رفت. پروانه اندیشید: «رفت؟»

فکر کرد «این همه آدم فراری بوده‌اند و او خبر نداشته؟! سیاسی بوده‌اند مثل دکتر؟... او هم می‌خواسته برود؟ رفته؟» فکر کرد «حتی از خودمم خبر نداشتم که با دکتر باشم!» طرح گنگ پوزخندی روی لبش نشست. همان‌جا ماسید. نکند پسرش هم! «نه اون هشیار و زرنگه.» و باز در یخچالی را باز می‌کرد و تکه نانی اگر پیدا می‌کرد سق می زد. تخم‌مرغ‌ها را درمی‌آورد و زرده‌شان را خام خام سر می‌کشید. نبودن هیچ‌کس داشت دنیا را دوباره برایش مثل همان اتاقک گورمانند ام آر آی می‌کرد. طاقت نمی‌آورد و می‌زد بیرون.

*

کیف سنگین از کلیدش را از خود دور نمی‌کرد همان‌طور که قرص‌های قلبش را که با احتیاط می‌خورد تا تمام نشود. به نظرش رسید شاید هنوز بانک‌ها باز باشند و برای همین راهش را گرفت به سمت بانک ملی که همان حوالی بود. بسته بود اما مؤسسه‌ی مالی بغل دستش باز بود؛ «خاتم الانبیا» یا همچین اسمی را روی سردرش خواند. خوشحال به سمت مؤسسه رفت تا لااقل از کسانی که در آن‌جا هستند خبری از وضعیت شهر بگیرد و ببیند آیا آن‌ها می‌دانند تا کی قرار است بی‌آب و برق بمانند. باید هر جور می‌شد خبری پیدا می‌کرد. خبری برای او که تازه هشیار شده بود و از دهان گور بیرون پریده بود. درهای شیشه‌ای کیپ تا کیپ بسته بودند. مردهایی که با پیراهن یقه فرنچ سفید در آن‌جا مشغول حساب و کتاب بودند، به در زدن‌های مصرانه‌ی او بر شیشه، حتی سر بلند نکردند. آن‌قدر اصرار کرد که بالاخره یک نفرشان مجبور شد از همان‌جا که نشسته بود، با پشت دستش به او اشاره کند که برود، زودتر برود. پروانه آن مؤسسه را رها کرد ولی امیدی در دلش زنده شد که هنوز جاهایی هست که باز باشد. هیچ‌کس نبود. نه مغازه‌ای و نه دستفروشی. امروز تک و توک سر و کله‌ی گربه‌ها پیدا شده بود و در زیر بارانِ حالا نم‌نمک با احتیاط راه می‌رفتند اما موش‌های شهر حالت سردرگم او را داشتند گو این‌که به نظر شادتر از او بودند. خیابان‌های بی‌کس بر او سنگین می‌آمد. تصمیم گرفت برگردد خانه‌اش. اما تا

کاها چه‌طور برود؟ معلوم بود که نمی‌تواند ماشین پیدا کند. وسایل عمومی که بیکار افتاده بود. قطارها هم در متروی سوت و کور مثل غول‌های از نفس افتاده دمر بودند. سواری هم خیلی بعید بود. فکرش کشیده شد به ماشین‌های پارک‌شده‌ی مردم در مجتمع بهجت‌آباد. یک شب دیگر را هم همان‌جا ماند. رانندگی بلد نبود و شک نداشت که ماشین‌ها قفل و بست دارند. اما باید از شوهر و پسرش خبری پیدا می‌کرد. خودش را رساند به شهرداری منطقه. بسته بود. دکه‌ی پلیس هم کسی نبود. معلوم نبود در شهرهای دیگر چه خبر است و چرا عوض این‌که الان همه مشغول کمک‌رسانی باشند شهر روز به روز خلوت‌تر می‌شود. بقیه کجا رفته‌اند؟ زیر آوار مانده‌ها را کدام بیمارستان برده‌اند؟ اگر جرأت می‌کرد می‌توانست به بیمارستان‌ها سر بزند حتی به بیمارستان ویران شده‌ی خودشان در کاها. فکرش رفت به مریض‌های اتاق ۲۰ دکتر. به خود بیمارستان. نفهمیده بود تا چه اندازه خراب شده، گیج‌تر از آن بود که وقتی حالش جا آمد سر دربیاورد. اگر آوار روی مریض‌ها و پرستارها ریخته باشد و مثل او محبوس شده باشند چه باید بکنند. «شاید هنوز کسی زیر آوارها زنده باشد.» و با این فکر قدم‌هایش را تند کرد به سمت خیابان‌هایی که ساختمان‌ها در آن آوار شده بود. به سمت پایین فلسطین و از آنجا کارگر جنوبی.   پاستور؟!... نه آنجا نمی‌رفت. آنجا را از زیر آوار درآورده‌اند. همان روزهای اول هنوز کسی بود که او را هم درآوردند نه مثل حالا که دیگر کسی نیست.

کلاغی روی چنار بلندی نشست و خیس از باران قار کشید. فکر کرد این چند روزه حتی کلاغ‌های همیشه حاضر تهران هم غیب‌شان زده است. بی‌خبری، باز، داشت خفه‌کننده می‌شد. کاش یکی را می‌توانست پیدا کند. کسی که حرف بزند. از روزی که از زیر آوار درآمده بود دو هفته‌ای گذشته بود و حالا که داشت خودش را پیدا می‌کرد ناگهان می‌دید که دیگر کسی دور و برش نیست که شرح ماوقع بخواهد. هر چه زمان می‌گذشت کم‌تر کسی پیدا می‌شد. در راه برگشت دید که آن مؤسسه‌ی مالی هم خالی است با درهای باز و کارکنانش که رفته‌اند. کجا رفته بودند و با چی؟ کاش می‌توانست وسیله‌ای پیدا کند و برود. پروانه شصت ساله بود و با قلب بیمارش هر آن می‌ترسید که قلبش از کار بیفتد و در این شهر خالی از آدمیزاد روی دست خودش بماند تا بمیرد. مرگ چیزی نبود که او می‌خواست. در ماشینی باز بود اما سوئیچ نداشت. دومی قفل بود. سومی هم. چهارمی پنچر بود. موتوری روی جدول پیاده‌رو افتاده بود. بلندش کرد. سوئیچ رویش بود. باک بنزینش را نگاه کرد. بنزینش ریخته بود. به هر زحمتی بود تکه شلنگی از جلوی مغازه ابزارفروشی که به حال خود رها شده بود، پیدا کرد و از باک یک ماشین درون باک موتور بنزین ریخت. نشست رویش و لق خورد. یاد گرفت تعادلش را حفظ کند. یادش آمد این‌کار را کرده بود؛ همان عصرهای داغ تابستان که با برادر کوچک‌ترش یواشکی موتور پدر را کش می‌رفتند تا در خیابان‌های خلوت از گرما و عطش گاز بدهند؛

۳۲۱

نوبتی. استارت زد. موتور پقی کرد و روشن شد. مثل دزدها دور و
برش را نگاه کرد. در بالاسر کلاغی داشت پر می‌کشید. کیفش را به
گردنش انداخت. روسریش را سفت کرد. باران حالا زور روزهای
قبل را نداشت. پایش خورد و ناخودآگاه جک را داد بالا. موتور راه
افتاد. اول آهسته و با احتیاط روی فرمان خم شده بود. کمی که
گذشت آن‌قدر روی فرمان مسلط شد که بتواند موتور را از لابه‌لای
آوار مانده در کف خیابان بگذراند.

***

آیدا در حیاط را باز کرد و پا به کوچه گذاشت. باران حالا بند آمده بود و گاه و بی‌گاه قطره‌ی به جا مانده‌ای فرومی‌چکید و چون تنهایی خود را می‌دید پا پس می‌کشید به دل ابر و از همان‌جا زیرجلکی به زمین خیس از زباله‌های جامانده زل می‌زد. جرأت نداشت در را باز بگذارد. حالا، در هیاهوی تنهایی، ترس از سررسیدن رضا هم کنار ترس از راه‌اندازی و باز شدن دوباره‌ی مجتمع در سرش چنبره زده بود. دلهره‌ی بازآمدن رضا امیدی هم به همراه داشت اما باز شدن دوباره‌ی مجتمع تمام تنش را فلج می‌کرد. اول یک قدم و بعد قدمی دیگر برداشت و برگشت از قفل شدن در مطمئن شد. گل و لای پشت ساختمان چنان انباشته بود که با آن دمپایی‌های زهوار در رفته که طبق معمول به پا کشیده بود نمی‌توانست قدم از قدم بردارد. کمی که پیش رفت پشیمان شد و برگشت. راهی را که تا حالا چند بار تا سمت تپه زباله‌ها در فرار و گریز طی کرده بود حالا برایش خیلی طولانی می‌آمد و به نظرش سخت و بیهوده. وارد حیاط شد و در را بست. بعد رفت سمت ساختمان مجتمع و از در اصلی بیرون رفت. این بار کفش پوشید و کیف کوچک وگربه‌اش را با خود برداشت. شاید ماشینی پیدا کند و برود. اول از آن کامپیوترها و خانه‌ی امن دل نمی‌کند اما تصمیم گرفت برای یک‌بار هم که شده به ندای عقلش گوش کند و راه بیفتد. ملوسک درون کیف رودوشی‌اش سرک می‌کشید و نگاه‌های پرسش‌انگیزی به او داشت. گفت: «چی میگی؟

ممکنه ماشینی پیدا بشه؟» ملوسک پشت چشمی نازک کرد و سرش را درون کیف برد. خیابان حتی از روزی هم که با بچهها رفته بودند ترسناکتر شده بود. صدای پای خودش را پشت سر میشنید و مدام سربرمیگرداند و پشت سرش را نگاه میکرد. ملوسک هم انگار از او بیشتر میترسید چون با کوچکترین جنبشی در اطراف، خودش را درون کیف آیدا کوچکتر میکرد. حالا باران جای خودش را به نسیم خنکی داده بود که کمی پوست را میآزرد. کنار پیادهرو، آنجا که خانهای قدیمی فروریخته بود آیدا تکه چوبی دید. چوب را برداشت و به خانهی مخروبه چشم دوخت. تیر و تختههایش، خرد و خمیر روی هم افتاده بود. با ترس و لرز جلو رفت و همچنان که اطرافش را میپایید تند تند چوبهای خرد شده را بیرون کشید. برخی قطعات چنان بزرگ بود که زورش نمیرسید بکشد بیرون. چوبها را یک گوشه تلنبار کرد و از دریای پلاستیک زیر پایش، کیسهای سرگردان را برداشت و تا توانست چوبها را در آن جا داد. تکههای بزرگ را بغل زد. بعد جریتر شد و رفت از کنار خرت و پرتهای جا ماندهی مغازهای، یک بسته زغال برداشت. حالا خودش را ثروتمند میدانست. پای رفتن نداشت اما عزم برگشتنش استوار بود. میدانست هنوز زود است که ماشینها و مردم برگشته باشند تا بتواند خود را به جایی برساند. باز اندیشید: «به کجا؟ خودم را به کجا برسانم؟» راه رفته را تند تند برگشت. زود کلید به در انداخت و وارد شد و به خالی راهروی خوابگاه نگاه کرد. حالا گوش

به صدای پای خودش می‌داد و حساب تک تک حرکاتش را داشت. راهرو چنان ساکت بود که صدای افتادن یک پر هم شنیده می‌شد. چوب‌های خیس را به حیاط کشید و بسته زغال را انداخت رویش. حالا خیالش راحت بود که اگر گاز پیک نیکی نوری تمام شود زغال و چوب برای سوختن دارد. فکرکرد حتی برای گرم کردن. دوباره برگشت و در حیاط را باز کرد تا دوباره ببندد و به وسواس تازه‌اش که قفل کردن درهاست خوراک دهد. دوباره به نظرش رسید کسی در کوچه، همان کسی که قبلاً دیده بود و به سایه‌ی پسربچه‌ای می‌مانست، از پشت سطل زباله به درون ماشینی پارک شده پرید و گم شد. خوب سرک کشید و دو طرف کوچه را نگاه کرد. خواست صدا کند؛ ترسید. در را آهسته و بی‌صدا بست و کلید را چندبار در قفل چرخاند. پله‌های زیرزمین را دو تا یکی کرد و رفت پایین. تاریک بود. کورمال کورمال کارتن ابزارش را پیدا کرد و دست برد چند پیچ و مهره برداشت با پیچ گوشتی زاپاسی که همیشه مخفی می‌کرد. درِ آلومینیومی قابلمه‌ی سفری را از یخچال برداشت و زود پا بر پله گذاشت. ملوسک آمد جلوی پایش و دمش زیر پای آیدا لگد شد. جیغ کشید و چنگ زد. آیدا هم جیغ کشید و کنار رفت. رفت جلوی در دفتر و دسته کلید را در دستش چرخاند تا کلیدش را پیدا کند. چکشی در کشوی میز توحیدیان دیده بود. چکش را برداشت و خوب روی در فلزی ظرف کوبید. بعد به‌سختی، با میخ سه سوراخ در کناره‌هایش درست کرد. پیچ را به مشت گرفت

و آمد جلوی در ساختمان. فلز کوبیده شده را گذاشت جای شیشه‌ی شکسته و پیچ‌ها را از سوراخش رد کرد و محکم پیچاند تا ورقه‌ی فلزی در چهارگوش جای خالی شیشه، جاسازی شود. یکی دوبار مشت زد. از داخل محکم بود. در را باز کرد و از بیرون مشت زد. چند بار به اطراف کوچه سرک کشید. مشت اول درپوش سر جایش ماند ولی با مشت دوم لق زد. عرق پیشانی‌اش را گرفت. هیجان و ترس و تلاش هر سه با هم تنش را به ولوله انداخته بود. تا دهانش خشک شد، فهمید اولین علامت حمله عصبی دارد پاکشان می‌رسد. در حیاط را بست و پشت در پخش زمین شد تا نفس تازه کند. چشم چرخاند. ملوسک نبود. صدایش کرد. ملوسک، ملوسک! دفتر را نگاه کرد و زیرزمین را. گردنش گرفت. دردهای عضلانی بعد از خشکی دهان سرمی‌رسید. دست گذاشت روی قلبش تا خودش را آرام کند و جلوی تپش قلبش را بگیرد. داشت ناتوان می‌شد و ملوسک هنوز نبود. در ضعف و بی‌حالی در را باز کرد. می‌ترسید صدایش را بلند کند انگار در خالی کوچه کسانی مخفیانه زاغ سیاه او را چوب بزنند. در همان ناتوانی، اشک‌هایش سرازیر شد و بلافاصله راه نفسش باز شد. ملوسک درست پشت در کز کرده بود. خم شد و بغلش زد. «دیوونه! کجا میخوای بری این‌جا پر سگه!» باز پشت در خودش را روی زمین ولو کرد و گربه را گذاشت روی پایش. زیر گلوی گربه را که نوازش کرد و خرخرش درآمد، حس کرد ضربان قلبش آرام گرفته است. نفس راحتی کشید. حمله را دفع کرده

بود. «دوتامون مثل همیم ملوسک. قلبمون مث گنجشک زود به تپش می‌افته.» حالا بلند شد و با آرامش و صبوری بیش‌تر با ورقه‌ی فلزی دست سازش ور رفت و آن را خوب در جایش محکم کرد. برای اطمینان دورتادورش را از داخل چکش کاری کرد. حالا خیالش راحت بود که کسی نمی‌تواند از جای خالی شیشه‌ی شکسته دست دراز کند و در را– اگر قفل نباشد– باز کند. آمد چکش را ببرد بگذارد سرجایش که پیش خود اندیشید، «برای چی؟! قراره برگرده مگه؟» برگرده هم من این‌جا نیستم، خونه نوری‌ام. از همون‌جا درمیرم.» چکش و بقیه خرت و پرت‌ها را گذاشت همان‌جا بماند. نشانه‌ای از پیروزی خودش بر جای خالی سرپرستی که بیش‌تر از شش سال آزارش داده بود. رفت دفتر و گوشی تلفن را برداشت. خط هنوز قطع بود. گوشی را که گذاشت حس کرد سایه‌ای پشت سرش است. از ترس بر جا میخکوب شد. ملوسک روبه‌رویش زل زده بود به او و میوی خفیفی کرد. دستش را از روی قلبش برداشت و آهسته سر چرخاند. پشت پنجره‌ی دفتر، باد پلاستیک روکش بزرگی را به پرواز درآورده بود و آفتاب کم رمق گاه پیدا و گاه ناپیدا، سایه‌ی نازکِ آن را بر شیشه‌ی پنجره دفتر می‌انداخت و با خود می‌برد. آمد بیرون و در دفتر را به دقت قفل کرد. دسته کلید را به جیبش انداخت و ملوسک را بغل زد. «خسته شدی؟ بی‌خودی این‌قدر دوندگی کردیم. بیا بریم ناهار بخوریم. چی دوست داری؟» گربه پیشانی ظریفش را به بازوی او مالید. در راهرو را به سمت

حیاط قفل کرد و با دقت نگاهی به ساختمان انداخت تا پنجره‌ها بسته باشد. بعد رفت سمت خانه‌ی نوری. گربه را گذاشت روی زمین و آمد بیرون چوب‌ها را کشید سمت دیوار تا اگر دوباره باران گرفت در پناه هره‌ی دیوار باشد. فکر کرد هیچ‌وقت این‌قدر در زندگی‌اش کار نکرده بود که مدام بخواهد از یک‌جا به جای دیگری برود. درست حالا که ترسی از کسی نداشت نمی‌توانست سر دل بنشیند و به مشغولیت مورد علاقه‌اش که سرهم کردن کارهای فنی کوچک بود برسد. جلوی در حیاط نوری مکث کرد. از نظرش گذشت یک لحظه خودش را، بچه‌گی خودش را زمانی که در یازده سالگی پا به این مجتمع گذاشت، درون دفتر توحیدیان دید. نترسید. فقط نگاه کرد. می‌دانست خیال است اما باز نگاه کرد. همان‌جا ایستاده بود با صورت پف کرده و چشم‌های سرخ خیس از اشک، دستش در دست کسی بود که باید عزیز باشد اما هیچ‌کس نبود نه توحیدیان و نه عزیز. فقط دست راستش حالتی داشت که انگار کمی بلند شده تا دست کسی را گرفته باشد. دفتر خالی خالی بود و او تنها آنجا ایستاده بود و به خود این طرفی‌اش، جلوی خانه‌ی نوری، نگاه می‌کرد. در حیاط را به روی خودش بست. به روی خود آن طرفی‌اش. ملوسک پشت سرش میو کرد. حالا زندان‌بان گربه شده بود. فکر کرد «نه، خودش اگر بخواهد می‌رود. من کاری نداشتم بهش. خودش پشت در کز کرد تا برگردد.» زندان‌بان خودش شده بود. حالا که کسی نبود درها را به روی خودش قفل می‌کرد. ترسید.

از خودش یا دیگری که خودش بود؟! گیج شده بود. رفت سراغ کیف دستی‌اش و ورق قرصی را که دکتر برای حملات عصبی‌اش تجویز کرده بود برداشت. بطری آب معدنی را از آشپزخانه برداشت. قرص سبزرنگ را نخورد. انداخت درون سطل زباله و بعد خم شد و آن را برداشت گذاشت روی یخچال کوچک ملیحه. فکر کرد شاید نباید درها را ببندد. فکر کرد چقدر مراقب خودش شده است. فکر کرد حملات عصبی دیگر سراغش نخواهد آمد وقتی که هیچ‌کس نیست فقط حضور دیگری است که او را می‌ترساند و به غش می‌رساند و باز به همان دیگری نیاز دارد تا قرص را به حلقش فروکند تا برخیزد. فکر کرد در تنهایی محال است خودش را ول کند تا به غش برسد. تابه را روغن ریخت و گذاشت روی پیک‌نیک. گاز هنوز قطع بود.

***

تمام پی و آجرها سست شده است. حالا دیگر خالی است؛ خالیِ خالی. حتی دریچه‌ای باز نیست تا صدای هوهوی باد بپیچد یا صدای چکشیِ باران بر بام ترک‌خورده بنشیند. با این همه بی‌صدای بی‌صدا هم نیست. صدای خش‌خش دامن زنی در راهروی درازی که زمانی به این اندازه دراز نبود درست تا همان‌جا می‌رود که زمانی دیوار سالن وسیعی بود برای دورهمی‌هایی که چندان نپایید و مهمانانی که کم گذرشان به آن‌جا افتاد. بعدها آن دیوار را برداشتند. بخشی از آن سالن وسیع پذیرایی را به سرویس‌های حمام و توالت اختصاص دادند و صدا جای تازه‌ای یافت برای خانه کردن در درز کاشی‌ها. صدای تن‌ها در آن چهاردیواری کوچک، با شرشر آبِ دوش‌های جرم‌گرفته در هم آمیخت تا مثل وز وز موهومی در کاسه‌ی سر همان‌جا یخ کند، بماسد و ماندگار شود. صدای آه‌های بریده از سر درد یا لذت. صدای ترانه‌های زیرلبیِ نامفهوم. صدای سربازان و دورتر از آن، صدای شکنجه‌شده‌های سال‌های دور، خیلی دور که پس از پایان بازجویی اجازه داشتند تن به آب دهند تا برای دوران حبس در زیرزمین آماده شوند؛ زیرزمینی که حالا بخشی از آن در دل زمین است و بخش دیگرش انبار کالاهای بازیافتی آیدا شده. آیدایی که راه هوا را بر تن این ساختمان بسته است مبادا نفس جنبده‌ای در آن بجنبد. هر جنبده‌ای مگر سوسک‌ها و عنکبوت‌ها که سرمای این

چند روزه کارشان را ساخته و در رشته تارهای نامرئی‌شان دم نمی‌زنند؛ ناظرانی در سکون مشغول تماشای سکوت. صدای آرام کرم‌های خاکی که صبورانه در زمین پیش می‌روند و چیزی نگرانشان نمی‌کند، نه باران، نه باد، نه فرونشست زمین و نه حتی زلزله چون همیشه در دل زمین راهی هست. بخش باقیمانده‌ی سالن را، باز، دیواری دیگر کشیدند تا راهرو امتداد یابد به آزمایشگاه. آزمایشگاه تنها باقیمانده‌ی کوچکی از آن سالن بزرگِ پذیرایی اولیه است؛ با میزهای دراز و چهارپایه‌ها به جای صندلی و لوله‌های خالی بِشر و دستگاه آب مقطرگیری بی‌استفاده مانده و میزی برای تشریح کالبد قورباغه‌های بی‌جانِ معلم علوم که روی آن میز بلند درازشان می‌کرد و زنده زنده با تیغ جراحی کوچک شکمشان را می‌شکافت. قورباغه توان دست و پا زدن نداشت چون از پیش چهار دست و پا به تخته میخ شده بود. مثل لباسی از وسط، شکم قورباغه، زنده زنده، شکافته می‌شد تا قلب را ــ که داشت می‌تپید ــ بچه‌های درس علوم ببینند. قلب را می‌دیدند که زنده بود و می‌تپید و درد نامرئی را به جان می‌کشیدند همچنان که چشم‌ها خیره به دست‌های نازکی بود که بر تخته صلیب شده بود. صدای معلم هم بود که می‌گفت پس از مرگ مغزی هم قلب می‌تپد و هیچ‌کس به صرافت نمی‌افتاد که قورباغه را از درد برهانند با مرگ. درد در آن کلاس تشریح شکل داشت، رنگ سبز لجنی جان‌داری که تا همین چند ساعت پیش در آبگیری دنبال طعمه می‌گشت. برخی دخترها روی می‌گرداندند.

می‌گفت ماشین تپیدن است قلب و تا فرمان ایست مغز به قلب نرسد، وظیفه‌شناسانه می‌تپد. رگ و پی ساختمان هم مثل همان قلب‌های کوچک قورباغه‌های سلاخی شده هنوز می‌تپد بی مغزی که فرمان ایست دهد. رگ رگ آن مثل قلبی در تمام تار و پود جسم خاکی بنا آن‌قدر می‌زند تا زمانی که رگ و پی هم روی خود برمبد. صدای کودکی بچه‌هایی که به اینجا آمدند و گریستند در تپش دیوارها هست. آینه‌های راهروی توالت رد صورتشان را هنوز در بازتاب خود دارد. حتی رنگ‌کاری و تر و تازه‌کردن دیوارهای کهنه نیز نه رد تیزی قلم‌هایی را پاک کرد که بر دیواره‌ی کنار تخت‌ها اسمی را کنده بود و نه هق‌هق‌های خفه‌ی شبانه را از تن دیوارها زدود. در آن شب آخری، دخترها تمام این صداها را می‌شنیدند و تصویرها را در گذری موهوم می‌دیدند؛ گذر زن پارچ به دست را در راهرو، بی‌آنکه بدانند او همان است که سنگ‌بنای این خانه را گذاشت؛ خانه‌ای که راهرویش درست تا جلوی دیوار سرویس‌های توالت و حمام پیش می‌رفت نه به این درازی و بی‌قوارگی که یادها در آن گم شود. آن‌ها خبر نداشتند که راهروی کوچک می‌رسید به نشیمن پرنوری برای گرد آمدن اعضای خانواده‌ی اشرافی دور هم که حالا شده دفتر محقر مدیره‌ای که از آن شکوه فقط پنجره‌ای رو به حیاط دارد. زن بر ویرانه‌ی خانه‌اش پا می‌گذارد، تک تک گلدان‌هایش را می‌جوید تا پایشان آب بریزد اما مدت‌هاست که گلدان‌ها از خاطره‌ی این خانه برچیده شده‌اند، باغچه‌های حیاط

سیمان شده‌اند و بهت خاکستری سنگ جای سبزی پرنشاط باغچه نشانده شده. بهت خاکستری که دامنه‌اش کش آمد، به کوچه و خیابان رسید و درخت‌ها از پیاده‌روها جمع شدند تا برسد به این‌جا که آب دیگر نعمتی نایاب باشد فقط برای آشامیدن و نه شکوه و نه سبزی. زن، سرگردان، بر رد پاهایی گام می‌گذارد که نمی‌شناسد و ندیده است. گام‌هایی که بعد از او به این‌جا آمده‌اند. کلیدها، کلیدها و قفل‌ها در کشاکش همیشگی با هم، در لمس دست‌های صاحبان آن پاها، تک تک آن‌ها را که آمده‌اند و گذشته‌اند به یاد دارند. درها هم همین‌طور. مخصوصاً در ورودی ساختمان که رد تک تک گام‌های آمده بر این ساختمان در آن مانده است. رگ بنا می‌تپد تا وقتی ویرانه پابرجا باشد می‌تپد و تا آن‌وقت که رگ و پی و پوست و استخوان خانه روی هم بریزد، در خاطراتش زنده است. تازه شاید بعد از آن باشد که رد سایه‌ها از آن محو شود همان زمان که دیگر قفل‌ها و کلیدها با هم لج نمی‌کنند چون هر دو به یک اندازه بی‌ارزش می‌شوند و تن هم را نمی‌رنجانند.

آیدا کلید را در قفل چرخاند. قفل گیر کرده بود و پاسخی به چرخش کلید نمی‌داد. زنگ دوباره طنین انداخت. شاید بار دهم بود که انگشت درون حلقه‌ی آویزان زنگ قدیمی، بند آویز زنگ را می‌کشید و بر در مشت می‌زد. صدای کهن سالیان دور در راهرو پیچید، از شیشه‌های مشجر در گذشت و در حیاط درندشت طنین انداخت. حلقه‌ی زنگ، زنگ‌زده و خشک، صدای نخراشیده‌ای

بیرون می‌داد. صدا برای آیدا تازگی داشت. سمتِ صدا او را به مجتمع کشاند و بعد از این‌که با دسته‌کلید گنده‌اش در راهرو را باز کرد و پا به ساختمان گذاشت، در راهرو را پشت سر خودش بست ولی قفل نکرد. کلیدش را جدا از دیگر کلیدها نگه داشت تا اگر نیاز به فرار پیدا شد بتواند در راهرو را به حیاط سریع قفل کند. نگاهش از یک طرف به دری بود که از آن گذشته بود و از طرف دیگر به در ساختمان که شیشه‌های کثیف مشجر پیکری را پشت آن تکه تکه می‌کرد و به درون می‌فرستاد. مشت که روی شیشه نشست تا دوباره کوبیده شود، آیدا صدایی از خود درآورد که یعنی هست. گرچه از باز کردن در ترس داشت. پرهیب پشت در، زنانه بود. شک کرد. زن است یا مرد؟ دورتر ایستاد و باز برگشت. دل به دریا زد. کلید را در قفل فروکرد. پرهیب پشت در آرام گرفت. قفل لج کرد و نچرخید. آیدا دوید به سمت دفتر، بعد برگشت و چکش را همان‌جایی پیدا کرد که حدود یک‌ماه پیش رها کرده بود؛ درست کنار در. چند تقه روی قفل زد. زود دست کشید تا مبادا کلید کج شود. بعد باز کلید را چرخاند و این‌بار قفل با کلید راه آمد. تکه‌های پشت مشجر شیشه از هم پاشید و درهم گرد آمد و پیکره‌ای را ساخت که راه کلام را به زبان آیدا بست. پرهیب برش‌خورده، قاچی بزرگ خورد و در گشوده شد.

زن، سراپا سیاه‌پوش در مانتویی جابه‌جا پاره، چارقد کودری سیاهی را زیر گلو گره زده بود. ساک سنگین را جلوی در

یله کرد و گفت: یک لیوان آب داری؟ انگار نه انگار که نفس حضورش پشت در پدیده‌ای غریب باشد. تا آیدا به حضور زن عادت کند، هوای راهرو گردن کج کرد و کشیده شد بیرون و هوفی هوا به درون خزید. از همان باریکه‌ی باز در می‌شد برهوت خالی را دید که پلاستیک در هوا می‌رقصاند. آیدا، دهان خشکیده و بی‌حرف، کنار رفت و زن پا بر تن تاریک راهرو گذاشت. ساک سنگین مثل کشیدن فلزی سنگین بر زمین فشار آورد و با او به درون آمد. زن، انگار که آشناترین مکان را دیده باشد، به درهای بسته‌ی خوابگاه و آزمایشگاه و نمازخانه، شیشه‌های شکسته و نوارچسب‌های رها بر کف راهرو زل زد که هیاهوی مرده‌ی دخترها را در تار و پود دیوارهای بد نقاشی شده زنده می‌کرد. روی دیوار روبه‌روی در، یک جفت چشم بزرگ با مدادی نتراشیده کشیده بودند که قطره اشکی روی آن خشک شده بود. آیدا رد نگاهش را دنبال کرد و انگار برای اولین بار آن چشم را بر دیوار می‌بیند به چشم و بعد به زن نگاه کرد. زن دوباره گفت: «آب... آب نداری؟» مستأصل از کنار زن گذشت، نگران باز ماندن در و ماندن زن، بی‌حرف به سمت زیرزمین رفت. پله‌ها از زیرپایش سر خوردند تا رسید به ردیف سه یخچال زیرزمین که درشان را عمداً باز گذاشته بود. در نور کم جان زیرزمین، یک بطری آب معدنی را بیرون کشید، دزدانه بالای پلکان را پایید تا زن، بالای پله‌ها راهش را سد نکرده باشد و لرزان بالا آمد. هر آن می‌ترسید که دست زن او را هل بدهد

درون زیرزمین و در را به رویش ببندد. زن کنار در باز ورودی پخش
زمین شده بود. بطری را به سمتش دراز کرد بی‌حرف. زن آب را
گرفت و لاجرعه سر کشید. پرسید: «تنهایی؟» آیدا به نفی سر تکان
داد. دوباره پرسید: «نرفتی؟» طنین فعل رفتن، دیوارهای راهرو را
از خواب پراند و صدا را بازتاب داد. مرتعش کرد. زن سر چرخاند
و خالی راهرو را دوباره نگاه کرد: «فکر نمی‌کردم کسی باشه.» بعد
گفت: «نشناختی؟» زبان خشک آیدا در دهانش چرخید. گیر کرد و
بعد از دهان بازمانده صدایی بیرون آمد که معنای نه می‌داد. زن
لبخندی خسته زد. گفت: «حق داری... منم خیلی وقته باکسی حرف
نزدم.»

چیزهای آشنا برای آیدا، دیوارها بود با در و پنجره‌ی خوابگاه، میز
تحریر مدیر، تخت‌های دخترها با ملافه‌های درهم، سنگ نمای
بیرونی که رنگش از داخل دیده نمی‌شد، پله‌های زیرزمین، حیاط
خلوت با تپه‌های خاک و زباله و نمازخانه و اتاق تماشای فیلم
دخترها و بعد خانه نوری... حیاط کوچکش. تک اتاق خواب خانه
با رخت‌خواب‌های سفت. آشپزخانه و گاز پیک‌نیکی کوچک و
کابینت‌ها و کمد لباس. این‌ها همه در یک زمان در سرش چرخ
خورد. دوباره و این بار با دقت بیشتری گفت: «نه» دیوارها که به
صدای خف آیدا عادت داشتند، تکان نخوردند مگر وقتی که ذوق
شناخت در صدایش ترکید که: «ئه!... شما... ش...» ترک روی
دیوار انگار لبخند زد. پروانه گفت: «آره دخترجان.» و هر هر بنای

خنده گذاشت. آیدا، با صدای خفه پرسید: «کسی توی شهر هست؟» خفه کردن صدا به زن سرایت کرد، به عادت قدیمی آن‌جا. گفت: «ای... انگار هیچ‌کی دیگه هیچ جا نیست. انگار باد اومد و یه عده رو برد. از این‌جا و جاهای دیگه. ولی بی‌هیچم نیست. بعضیا هستن. همینا بسه‌ن... خیلیا خوبه که نیسن...» گفت که ولی او کاری دارد و باید برود و فقط از او خواهش دارد که ساک را برایش نگه دارد تا برگردد. «سنگینه نمی‌تونم ببرمش ولی لازمش دارم.» آیدا آمد ساک را بلند کند که زمین دستش را با ساک به خود کشید. از ساک دست کشید و زل زد به پروانه: «چقدر سنگینه؟ آهن توشه؟» خاطره‌ی پروانه با بیمارستان همراه بود در جایی که صحبتشان به پچپچه و قرار و مدار بود با چهره‌ی قاب گرفته زنی بر دیوار با علامت سکوت بر لب. مربوط به زمانی بود که دوست نداشت صدایش را خفه کند و کمتر از این راهروی دراز یک‌وری شده با قدم‌های کودکی خودش در آن می‌ترسید. پس همان لحظه صدایش ترکید و دیوارها را از سکوت سال‌ها پراند: «چی داره؟» راهرو صدا را به دیوارها کوباند و به خود سیلی زد. تا دیوارها از هرم صدا به دوار نیفتد، زن آهسته گفت: «کلید،» و دیوارها سیخ ماندند. آیدا، باز، دیوارها را لرزاند: «کلید؟!» زن همچنان خفه و ترس‌خورده گفت: «بله، کلید خونه‌هایی که صاحباش رفته‌ن.»

آیدا نگاهی گنگ به روی زمین انداخت. نگرانِ رها شدن دسته کلیدش به روی زمین که حالا گنج بی‌مقدارش شده بود. «هر

جا کسی رو بشناسم سر می‌زنم. می‌بینی که به تو هم سر زدم. پسر و شوهرمم یه جایی هسن. نمیشه که رفته باشن.» آیدا دستش را درون جیب چپاند و دسته کلید را مشت کرد تا مطمئن شود بیرون نیفتد. پرسید: «برا برداشتن کلیدا اومده بودی؟» بعد در ساک کیسه مانند را باز کرد. پارچه‌ی مشکی آستری ساک، خِش، صدا کرد و صدها کلید در اندازه‌ها و شکل‌های مختلف رو به تاریکی سقف برق زد. در ساک را آیدا بهم آورد. زن شرمزده گفت: «نه... ولی انتظار داشتم رئیس رؤساتون نباشن، نه همه‌ی دخترا.»

ـ پس آب نمی‌خواستی؟

ـ گوشی آوردم برات.

و باز خندید. این آرزوی به کل از ریخت افتاده آیدا را هم خنداند. حالا با دقت بیشتری نگاهش کرد. پروانه لاچینی، بهیار بخش جراحی زنان کاها، پیرتر به نظر می‌آمد. به آیدا زل زد و گفت: «چقده لاغر شدی؟ اول نشناختمت.» زبان آیدا به سختی کلید در قفل منجمد چرخید و گفت: بذار این درو ببندم اول.

ـ در؟ واسه چی؟ مگه کسی هس؟

- تو گفتی بعضیا هستن. من که بیرون نرفتم. شایدم کسی بخواد دردسر درست کنه.

آه کشید پروانه: آره، اونایی که باید هسن. خدا رو شکر. پدرم دراومد تا فهمیدم. این‌جاها هم انگار هسن بعضیا. الان که می‌اومدم

انگار یکی به چشمم خورد. شایدم اثر آفتاب بود. بعد دیگه ندیدم. انگار در رفت.

ــ چرا؟

ــ چرا داره؟ اونم لابد مثل تو بس که آدمیزاد ندیده ترس ورش داشته. شایدم از ما نباشن. نمیدونم.

ــ از ما؟ یعنی از ما بهترونو دیدی؟!... بدتر از من خیالاتی شدی. چه جوری تا اینجا اومدی؟

ــ میگمت حالا. اینجا توالت هس؟

آیدا دست دراز کرد و مسیری را که از راهرو به توالت‌های بی‌آب می‌رسید به او نشان داد. زن که پاکشان به سمت توالت رفت. آیدا دوید و در راهرو را به حیاط خوب قفل کرد. ملوسک توی حیاط، پشت شیشه راهرو ایستاده بود و گاه می‌پرید تا داخل را ببیند. آیدا فکر کرد کاش ملوسک این بازی را رها کند تا زن او را نبیند. آهسته به شیشه زد. پیشت کرد. ملوسک کز کرد و همان‌جا پشت در بی‌صدا ماند. گربه شانس او بود و انگار اگر وجودش فاش شود شانسش از بین خواهد رفت، از چشم غریبه پنهانش می‌کرد. بعد دوید و از زیرزمین دو بطری آب برداشت و دوان دوان آورد بالا. بعد به کوچه سرک کشید. جز سایه‌های مبهم همیشه در تلألوی آفتاب و جا به جا کپه‌های زباله‌ی وامانده چیزی ندید. کوچه حتی عاری از سگ و کوتوله‌های زاده‌ی خیالش بودند. موتور سیکلتی پشت در بود که هیبتش او را ترساند. زود در ساختمان را بست و

کلید را در آن چرخاند. تن قفل به دست‌های کلید ریشخند
صداداری زد. پروانه از توالت داد کشید: یه چیکه آب بیار دختر.
آیدا با بطری آب دوید سمت توالت. حس کرد نزدیک بودن پیش
آن زن، خطر حضورش را کم می‌کند. بعد با هم برگشتند و دوباره
کنار ساک سنگین و چکش دراز به دراز افتاده ایستادند. پروانه
گفت: چرا می‌ترسی؟

ـ نترسم؟ بنی‌بشری نیست. این‌جا موندیم تنها.
از بیان فعل جمع پشیمان شد: میگم خودم و تو یعنی!

ـ من برمی‌گردم... راستی خبر داری دکتر دررفته؟

ـ دکتر؟ کدو...

ـ دکتر بیمارستان دیگه. تو رفته بودی انگار اون موقع که
بردنش.

ـ گرفتنش؟

ـ پاک از دنیا بی‌خبری... دکتر هس. من دیدمشون.

ـ کجاست؟

ـ خودشو نه... ولی حالش خوبه. اون مثل من شانس
نیاورد. منم گرفته...

پروانه ساکت شد و نگاه بغض کرده‌اش میخ شد روی
همان چشم روی دیوار. بعد گفت: «میگم یعنی نگران نباش...
نترس! همه چی درُس میشه. کاش وقت داشتم می‌نشستم سر دل
برات تعریف می‌کردم.»

خم شد و ساکش را کمی بیش‌تر هل داد سمت آیدا. گفت:
اومدم برات میگم. شایدم ...

حرفش را پی نگرفت. آیدا ساکت نگاهش می‌کرد. از فکر
این‌که کسی یا کسانی هستند هم آرام می‌گرفت و هم می‌ترسید حتی
اگر جاماندگان کسانی جز رئیس رؤسای آن‌ها، به قول پروانه، باشند.
حالا می‌خواست این زن برود. به نظرش کمی خل‌وضع می‌رسید؛
چیزی در او درست نبود و همین هم او را می‌ترساند. پرسید: میری؟
هم دوست داشت برود هم می‌خواست بماند اما نه در خانه‌ی نوری
بلکه در مجتمع، در خوابگاه. خانه‌ی نوری حالا خانه‌ی خودش شده
بود. انگار خانه‌ای که پدر و مادر برای مدتی به سفر رفته‌اند و
برمی‌گردند و خرابکاری‌هایش را یکی یکی به رخش می‌کشند.
پروانه، باز، ساک سنگین را بر تن زمین کشید و صدای خراش آهن
بر کف راهرو درآمد. دسته کلیدی از دست پروانه که خم شده بود
تا آن را هم داخل ساک بیندازد به زمین افتاد. آیدا خم شد تا دسته
کلید را بردارد، دستِ پروانه زودتر دسته کلید را چنگ زد و مشت
کرد و انداخت داخل ساکِ درباز.

*

روز اولی هم که وارد مجتمع شد، همین صدا را شنید. کسی در جایی با دسته کلیدی در دستش بازی می‌کرد و آیدا که چسبیده بود به مادربزرگ و خیره شده بود به رنگ فیلی دیوار، جز همان دیوار چیزی نمی‌دید. همهمه‌ی دوری از خوابگاه به گوش می‌رسید ولی صداها تک‌تک نبود. انگار تمام دیوارها، دست به دست و هماهنگ با هم پچ‌پچ می‌کردند تا مانع رسیدن یک صدا شوند که ناگهان درست روی صدای بهم‌خوردن کلیدهای دسته کلید، جیغی کشیده شد. صدای جیغ خودش بود در بچه‌گی که از دفتر به بیرون پا کشید و هیکل خپله‌اش را کشاند سمت خوابگاه. آیدا، حالا، با رنگی به سفیدی گچ دیوارها، (زمانی که هنوز تازه بود)، تند گفت: باشه پس، من ساک رو برات نگه می‌دارم. می‌خواست زودتر از شر آن راهرو و سایه‌ها و صداهای موهومش خلاص شود. پروانه گفت: نترسی. گاهی کسی این دور و برا پیدا میشه. کاری به کارت ندارن. آیدا در را برایش باز کرد تا زودتر برود. پروانه عین خیالش نبود: گفتمت که... داشتم می‌اومدم یکی رو دیدم. نمیدونم از اونا بود یا نه؟

ـ کیا؟

پروانه پشت چشم نازک کرد که یعنی باور نمی‌کند او چیزی ندیده باشد و ادامه داد: همین‌جا بود. یه کم جلوتر. زانوهاش سست بود. راه که می‌رفت انگار یکی یواش از پشت هلش میداد. یه کونه

سیگار دهنش بود؛ کج که داشت می‌افتاد. یه پلاستیک مچاله یه دستش و یه چوب هم اون یکی دستش.

ـ خب! (آیدا فکر کرد پروانه پدر او را دیده! باز فکر کرد، نه...! او که حالا این‌جوری نیس...)

پروانه هرهر زد زیر خنده: باز که ترسیدی دختر جان!... شوخی کردم ولی راستش یکی رو دیدم. داشت آت و آشغالا رو بهم می‌زد. جوون بود، موهاش همه سفید. به زردی می‌زد. کت کهنه‌ای تنش بود، سرشو کرده بود تو یقه. انگار از حرف خودش پشیمان شده باشد، شانه بالا انداخت. نگاهی به سر و وضع خودش کرد و شرمزده دو دست به دامن مانتوی کهنه‌اش گرفت و با لبخندی کج به آیدا نگاه کرد. بعد ساکت ماند. آیدا گفت: آدمایی که قبلاً دیدی میان تو سرت. مال تنهاییه. منم این‌جوری میشم. حتماً تو فکر یکی از مریض‌های بیمارستان بودی. منم می‌بینم، یه جور دیگه ولی مهم نیست. کسی نیست واقعاً.

پروانه با دهان باز نگاهش کرد: «آدمیزاد که ترس نداره!» و بعد از مکث کوتاهی گفت: «نه هر آدمیزادی.» بعد خشک خندید. «خوب شد که دیدمت. شگون داره حتماً. یعنی کس و کار و آشناهامو پیدا می‌کنم.»

ـ اگه پیداشون کنی دیگه نمیتونی کلیداشونو ورداری. خونه‌هاشون به دردت نمیخورن.

ـ دربارهی من فکر بد نکن دختر جان. اینا امانته. درسته توی خیلی خونهها موندم و یخچالاشونو خالی کردم و حتی لباساشونم پوشیدم یا هر کاری که اگه بودن نمیکردم اما همش از ناچاری بود. اگه کسی بود که احتیاجی به این کارا نداشتم. کاشکی همه باشن و این کلیدا نباشن.

ـ همه؟

ـ چه میدونم! تو انگار بدت نمیاد کسی نباشه!

آیدا که لت در نیمباز را به دست گرفته بود تا باد چهارتاقش نکند، از لای در سرک کشید و از ذهنش گذشت که کسی را ندارد. فکر کرد نکند همین حالا کسی مثل توحیدیان در راه رسیدن به مجتمع باشد. در را کمی بیشتر باز کرد تا پروانه زودتر برود. انگار همین حالا بود که توحیدیان ـ کلید گم کرده ـ از راه برسد و از خدایش باشد که در مجتمع باز است. تندی گفت: آره، نمیخوام. خوبه که نیستن... خیلیا...

از آنها میترسید. از سایههایی که پروانه به شوخی گفته بود و آیدا جدی گرفت. سایههایی مثل پدرش وقتی او بچه بود؛ صورت کسی که دردهایش را به رویت تف میکند. تصویر یک تف غلیظ از ذهنش گذشت که داشت از دهانی به زمین میچکید. آیدا چهره درهم کشید. پروانه از شیشهی راهرو به حیاط زل زده بود: میدونم خیلی کشیدی دختر... من بدتر از تو... فقط خبر نداری...

مکث کرد. بعد گفت: راست میگی...خوبیش همینه که خیلیا نیستن وگرنه منم الان این‌جا نبودم. ولی بعضیا باید باشن... مثل پسر من... حتی شوهرم. دکتر... ما...

طاقت نیاورد: دیرت نشه اگه میخوای بری؟

ـ نه. کاشکی یه چرت می‌خوابیدم. ولی حالا نزدیکم میرم و زود میام. تو هم دیگه تنها نیستی.

آیدا چیزی نگفت. پروانه دل‌نگران پرسید: «نمیری که؟ هستی دیگه نه؟» آیدا زیر لب من من کرد. پروانه نشنید. بعد گفت: «هر وقت اومدی در بزن میام باز می‌کنم. همون زنگ رو که خودت پیدا کردی از اعماق تاریخ.» و خندید. اولین بار بود که می‌خندید و پروانه با او هم‌خنده شد. «بد نیست یه کلید بهم بدی اگه نبودی؟» «اضافه ندارم. هستم.» پروانه فهمید که تحملش تمام شده و می‌خواهد او زودتر برود. رفت بیرون به سمتِ موتور سیکلتی که جلوی جدول پیاده‌روی مجتمع پارک کرده بود. سوار شد و روشن کرد. آیدا دست جلوی دهانش گرفت و برق شادی در چشم‌هایش درخشید. هر وقت دیگر بود می‌خواست او هم برود اما نه حالا و در این ترس از فضای باز. پروانه گفت: «سوئیچشم روش بود. بنزینم توی شهر فط و فراوون با این همه باک ماشین. ولی الان زیاد نداره تا نصفه راه منو می‌رسونه بعدش باید پیاده گز کنم. ساکو برای همین گذاشتم پیشت.» و موتور را روشن کرد و دور زد و رفت. آیدا چفت و بست در را که محکم کرد، نشست کنار ساک و نگاهی

به کلیدهایش انداخت. روی هر کلید یا دسته کلید برچسبی داشت. بعد ساک را مثل موجودی غریبه و بی‌محل در برهوت خالی راهرو رها کرد و رفت به حیاط. ملوسک گربه‌ی دیگری یافته بود که داشتند هم را بو می‌کردند. آیدا نزدیک‌تر رفت. گربه‌ی بزرگ‌تر دوید و دورتر ایستاد. ملوسک دوید سمت آیدا و پشت سرش راه افتاد. گربه‌ی بزرگ‌تر با فاصله از آن‌ها آمد. آیدا فهمید کور است.

فرار

*

به خانه که برگشت۔ (حالا خانه‌ی نوری در ذهنش مفهوم خانه بود)۔ تکه نانی روغن زد و برد برای گربه‌ی کور. خیالش از بابت روغن و حبوبات حشره گرفته راحت بود اما می‌دانست که دیگر نان نخواهد داشت و حتی شاید برنج. برنج خانه‌ی نوری زیاد نبود اما می‌دانست در زیرزمین مجتمع باید جایی برنج ذخیره باشد که او تا حالا به صرافت یافتنش نیافته بود. تقریباً روزی یک وعده غذا می‌خورد و همان هم سیرش می‌کرد. گربه‌ی کور به دنبال ملوسک به حیاط خانه آمد. آیدا باند بلوتش را در جیب مانتوی جلو بازی که از کمد ملیحه کش رفته بود، فروکرد و مثل گذشته‌ها، دست خالی بدون کیف یا چیزی که در لحظه احتمالی فرار دستبندش شود، کتانی‌هایش را به پا کشید. گربه‌ها را از جلوی در کنار زد. در خانه را بست و از راه همیشگی، در حیاط، زد به خرابه‌ی پشت ساختمان. حالا دیگر کلید آن در را هم از لابه‌لای خرت و پرت‌های نوری پیدا کرده بود و نیازی نبود که نگرانِ برگشتن و باز کردن در زهوار دررفته با چنگ و دندان باشد. در راکه پشت سرش بست حس کرد چیزی از داخل ساختمان فروریخت. شاید تکه آجری از سمت زیرزمین مجتمع بود که داشت ذره ذره فرومی‌نشست و فرومی‌پاشید. اعتنایی نکرد. پیش رویش دشت ویران، خیس و غرق در گِل می‌درخشید. حتی با وجود زباله‌ها می‌درخشید و دیگر اثری از غبار سالیان نبود که از وقتی یادش می‌آمد در هوا موج می‌زد. همچنان که هنوز هم

صدای هیچ پرنده و چرنده‌ای نبود. اولین قدم را با ترس برداشت. ترس از فضای باز تازه سراغش آمده بود و اسم آن وضعیت را گذاشته بود خالی شدن زمین از سکنه و با اولین قدم، ترس تا گلوگاهش بالا آمد. آب دهانش را قورت داد تا راه بر تهوعش ببندد. توانش را جمع کرد تا درست مثل همان اولین باری که در اندیشه‌ی فرار پا از این در بیرون گذاشته بود و به خرابه خورده بود مشتاق رفتن باشد. می‌دانست پیش رویش تپه‌ی زباله‌هاست و قبل از آن باید از رود کثیف کف بگذرد. می‌دانست که وضعیت کنونی‌اش شباهتی با آن فرارهای پیش‌ترش ندارد حتی با وقت‌هایی که فقط به قصد یافتن زباله‌های بازیافتی کامپیوتر می‌رفت. امید نامیرایی در دلش بود که شاید چیزی پیدا کند در آن تپه‌ی زباله که در این خلأ نامسکون به کارش بیاید مگر نه اینکه پروانه لاچینی از خرابه‌های همان شهری که او زمانی این همه مشتاق رسیدن به آن بود، کلی چیز و حتی موتورسیکلت یافته بود.

بعد از آن بارش بی‌امان چند روزه، زمین فرصت کرده بود آب را در خود بکشد و گِل کمی سفت شده بود. بی‌نگرانی پا بر گل سفت می‌گذاشت و پیش می‌رفت. به رود نحیف کم جان که رسید دید دیگر خبری از کف نیست و رنگ آب هم دیگر آن آبی بدرنگ حاصل از فضولات شیمیایی کارخانه‌ای که او نمی‌دید نیست. آب، حالا، جوی نحیفی بود که شفاف و باریک پیش می‌خزید اما مثل همو در خلأیی پیش می‌رفت بی‌پرنده و چرنده و حتی سبزنای لب

جوی. آیدا دید که دورترک مسیر آب بند شده و آب در حوضچه‌ای راکد مانده که تنها باریکه‌ای از آن جریان می‌یابد. فکر کرد این باریکه هم راهش سد می‌شود. با خیال راحت از رود گذشت. دیگر آب پایش را زخم نمی‌زد. هر چه پیش‌تر می‌رفت، زمین و زمان خالی در نظرش خالی‌تر می‌شد. ایستاد و برای آرام کردن تپش قلبش عمیق نفس کشید. جرأت نداشت چشم‌هایش را ببندد. با چشم‌های گشاد شده از ترس، چند نفس عمیق کشید. کپه‌ی زباله را دید؛ هنوز همان‌جا بود. گرچه آت و آشغال‌های الکترونیکی خیس دیگر کارآمد نبود اما رفتن به آن‌جا یک‌جور پیدا کردن خودش بود؛ خودی که دنبال راه فرار بود نه ماندن و کز کردن. چنان قدم‌کش پیش می‌رفت که انگار دمی دیگر است کپه‌ی زباله ناپدید شود. می‌خواست به روال عادی خودش برگردد تا فرار برایش معنا یابد و برود. از آن خانه و مجتمع کنده شود. در همین مدت به اندازه‌ی عمری پیر شده بود و دیگر آن دختر سر به هوایی نبود که باکی از هیچ چیز نداشت انگار حالا که بار مسئولیتش گردن خودش افتاده بود فرار چاره‌اش نبود. کسی نبود که از او فرار کند ولی ماندن در آن‌جا زندانی بود خودساخته به دست خودش. دیدن پروانه او را به فکر انداخت که باید از آن‌جا برود. از وقتی تنها شده بود اولین بار نبود که بیرون می‌زد اما اولین بار بود که ماندن در آن‌جا را دون شأن خود دانست. اولین بار بود که از چشم کسی دیگر، کسی آزاد مثل پروانه لاچینی به خودش نگریست و بعد از خود وحشت کرد. از

اینکه هنوز مانده است. خودش را کسی می‌دید که از بس در یک‌جا مانده مثل نانی کپک زده پوسیده. شبیه تخم‌مرغ‌های فاسد یخچال زیرزمین شده بود. حس می‌کرد تنش بوی ترش نا می‌دهد. چیزی از خودش را که از چشم او می‌دید خوشش نمی‌آمد. فکر کرد شاید تصادفاً، همان‌طور که پروانه لاچینی سر از آنجا درآورده بود، مادرش یا حتی عزیز سر برسند ولی انگار این را هم نمی‌خواست. دیگر نمی‌خواست او کسی باشد که در آنجا مانده. باید هر کس او را می‌دید تغییرش را... حوصله‌ی فکر کردن نداشت. حوصله‌ی تغییر کردن هم نداشت. نمی‌دانست چه می‌خواهد فقط می‌دانست چه نمی‌خواهد. اینکه دیگر نمی‌تواند مطیع کسی باشد حتی اگر رفته باشند او نباید در جای خالی‌شان اطاعت را دوره می‌کرد. حتی همین را هم درست نمی‌دانست. از کنار مبل زوار دررفته‌ای گذشت که نشیمنگاهش آغشته از گل و پلاستیک و پایه‌اش در رفته بود. بی‌حواس پایش به تکه چوبی، بیرون زده از کمدی شکسته گرفت و سکندری خورد و بلافاصله پایش رفت روی میخ بیرون زده‌ای که به کف کتانی‌اش فرو رفت و پایش را زخم زد. آخ آهسته‌ای گفت و نشست کفش را از پا کند. کفش با زمین میخ شده بود. به سختی میخ بزرگ را از کف کفش کند و در جست‌وجوی خون جوراب از پا درآورد. خون نیامده بود. تنها فرورفتگی ملتهبی بود که دردش به مرور آرام می‌شد. دست کرد داخل جیب مانتویش و بلوتوثش را روشن کرد. بلوتوث به خش‌خش افتاد. ذوق زده همان‌جا بر مبل

کثیف نشست و به صدای خش‌خش گوش داد. فرصت نکرده بود بلوتوثش را امتحان کند و حالا این خش‌خش ظن حضور بلوتوث روشن دیگری را در او تقویت می‌کرد. بلوتوث را درآورد و در جهات مختلف ثابت نگه داشت. در یک جهت خش‌خش بیش‌تر بود. کفش وجوراب را به پا کشید و لنگان لنگان در جهت‌های مختلف پیش رفت. هیچ! جز خش‌خش، صدای دیگری نبود. فکر کرد برای امتحان یافتن بلوتوثی روشن در اطراف باید به سمت خیابان می‌رفت. باید با پروانه می‌رفت نه این‌که در این خرابه که در وقت‌های معمول هم اثری از آدمیزاد نبود دنبال کسی بگردد. در همین افکار بود که دریافت صدایی که در باند میپیچد صدای باد است و یعنی جعبه درست چسبکاری نشده است. راهش را به سمت تپه‌ی زباله پی گرفت و رسید. باد و باران تل زباله‌ی آن‌جا را به هم ریخته بود. قطعات پایینی در گل فرورفته و مانیتور بزرگی که پیش‌تر در کناره کوه زباله دیده بود زیر کوهی از ادوات دیگر پنهان بود. همان‌جا نشست و مشغول وارسی قطعات ریز و درشتی شد که خودش می‌دانست کاری با آن‌ها ندارد اما انگار آدابی بود که باید انجام می‌شد. آفتاب می‌تابید ولی مثل گذشته گرما کلافه نمی‌کرد؛ شفافیتی در هوا بود که تا پیش از این جهان را آن طور ندیده بود. در دورنما، ساختمان مجتمع، کج، برجا ایستاده بود و اگر کسی به پشت‌بام آن بالا می‌رفت دختری را می‌دید که چمباتمه زده کنار کوه زباله و خطوط پیکره‌اش در نور آفتاب می‌لرزد اما نه کسی بالای ساختمان

بود و نه آیدا نگران دیدن شدنش توسط چشم‌هایی از آن سو. از هیچ سو آدمیزادی نبود و حالا این او را می‌ترساند.

سر که بلند کرد، یک لحظه سایه را دید. سایه‌ای در آن طرف کپه‌ی زباله لرزید و بعد از کپه فروافتاد. آیدا برخاست. حالا دیگر آن‌قدر وزن کم کرده بود که نشست و برخاستنش راحت باشد. به نظرش آمد شاید جانوری چیزی از آن طرف گذشت که سایه‌اش این‌طور کوتاه بر کپه‌ی زباله افتاد و بعد پرید. قلبش به سینه می‌کوبید وقتی به آن سوی کپه قدم‌کش کرد. کسی نبود ولی باز سایه‌ای در سمت مقابلش لرزید و بعد او را دید. مردی می‌دوید. کوتاه بود قدش؛ بسیار کوتاه و کت و شلوار خاکی رنگی به تن داشت؛ فربه‌تر از آن که کودک باشد و کوتاه‌تر از آن‌که مرد باشد. گوژپشت شاید. عقب رفت. جیغ نمی‌توانست بکشد. خیس عرق دهانش بدطعم شده بود و نزدیک بود از ترس بالا بیاورد یا غش کند. همانجا که بود نشست. نفس کشید بی‌آن‌که چشم از آن جهت بردارد. کمی آرام شد. حس حضور کسی دیگر، مثل خودش، زباله‌گرد، ترس را که تا حلقش بالا آمده بود پس راند و پاهایش را به جنب و جوش انداخت و بعد خودش را دید که دارد دنبالش می‌دود. آن طرف تپه‌هایی که هیچ‌وقت پایش به آن‌جا نرسیده بود دید سه نفرند و هر سه می‌دویدند و می‌ایستادند. پشت سرشان را نگاه می‌کردند و اگر آیدا قدم برمی‌داشت باز می‌دویدند. دست مشت کرده‌اش را به سینه می‌فشرد انگار که بخواهد جلوی بیرون پریدن قلبش را بگیرد. در

سرش تقلای ترس و امید ذهنش را قفل کرده بود. گام‌ها به فرمانش نبود و با نیروی سایه‌های دور پیش می‌رفت. چندگامی پیش نرفته بود که به نظرش رسید کیلومترها از مجتمع دور شده. از نفس افتاد و روی زمین پخش شد. دید که سایه‌های کوتاه، دورترک، روی تپه روبه‌رو ایستاده‌اند. دست‌ها را سایبان چشم کرده و تماشایش می‌کنند. خطوط پیکره‌شان در هرم آفتاب می‌لرزید. دیگر ندیدشان. بی‌حس و کرخت بود و توان حرکت نداشت اما مغزش همچنان مثل چکش‌کاری ماهر تند تند کار می‌کرد و هزران تصویر می‌ساخت و دور می‌انداخت. شاید رسیده‌اند پشت تپه. شهری باید آن‌جا باشد. نه نباید... وگرنه توحیدیان نمی‌گذاشت او به راحتی تا کپه‌ی زباله‌ها برود و برگردد. شاید همه‌اش خیال بوده مثل همان زن توی مجتمع... یک لحظه تصویر زن پارچ به دست مثل برق از سرش گذشت و افتاد روی صدای جیغ عزیز که: حالت بهم خورد؟ چند بار بگم... صدای مشت‌های خودش بر در بسته‌ی زیرزمین و صدای توحیدیان در جواب او که: خفه!... صدای شرشر آب در حمام... صدای زهرا وقتی سرود صبحگاهی می‌خوا... و بعد مغز هم از چکش باز ماند. دیگر نفهمید کجاست.

*

چشم باز کرد و خود را بین جمعی دید همه چمباتمه نشسته دورتادورش؛ همه زن و خیره نگاهش می‌کردند. تاریک روشن بود. لبخند یکی را دید که نزدیکش نشسته بود با دندان‌هایی یکی در میان؛ سبزه‌رو با بینی تیرکشیده‌ای که به گونه‌های استخوانی چسبیده بود. به نظر جوان می‌رسید. هنوز درست نفهمیده بود خواب است یا بیدار که صدای بوق بوق بلند شد. زن‌ها انگار نه انگار که صدای بوق را می‌شنوند، بی‌حرکت غرق تماشای او بودند. چیزی روی سینه‌اش سنگینی می‌کرد. آمد جیبش را بجورد که متوجه شد چیزی روی بازویش سنگین افتاده و دست را بی‌حرکت کرده. به شدت سرش را تکان داد. تقلا کرد تا برخیزد و همین که بلند شد و نشست چند جل پاره از رویش پس رفت. تا نشست، زن‌ها تکان خوردند و برایش جا باز کردند. یکی‌شان رو به دریچه‌ای که خط باریک نور را به آن تاریکنا می‌رساند، به لهجه‌ای غریب با فریاد چیزی گفت. صدای بوق یک لحظه قطع شد و باز از سر گرفته شد. زن‌ها تک و توک از کنارش برخاستند. وقتی برخاستند، دید که اغلب خمیده‌قامتند، انگار گوژی نامرئی را به پشت می‌کشند. همه‌شان لباس مردانه به تن داشتند. شلوار پارچه‌ای و کت یا جلیقه‌ای مستعمل و شالی که دور سر پیچیده بودند و یا کلاه به سر داشتند. یادش افتاد به آن سه نفر که دیده بود. یکی از این‌ها بود یا... توان تشخیص نداشت. گلویش مثل چوب خشک بود و حس کرد

چشم‌هایش دارد از حدقه بیرون می‌زند. دخترهای مجتمع به او گفته
بودند وقتی دچار حمله عصبی می‌شود، چشم‌هایش مثل جن‌زده‌ها
از حدقه بیرون می‌زند و قیافه‌اش ترسناک می‌شود. حالا داشت به
هیبت ترسناک خودش جلوی آن‌ها فکر می‌کرد. کی‌اند این‌ها؟
غریبه‌هایی که دیگر نگاهش نمی‌کنند. حالا فقط یک نفر کنارش
مانده که دارد جل‌پاره‌ها را مرتب می‌کند و مدام چیزی روی پای او
می‌کشد؛ یک تکه بریده‌ی قالی، چیزی سخت مثل نمد چوب شده
و... زیرش سفت بود مثل سنگ ولی سرد، نه. ته‌رنگِ حیرت و
مهربانیِ نگاهش حالت چهره‌اش را کج و معوج می‌کرد. چشمش که
به تاریکی عادت کرد، آن‌طرف‌تر، زنی را دید خیلی پیر که برخاست
و به کمک چوب بلندِ عصامانندی خمیده به سمتش آمد. با همان
لهجه‌ی غریب چیزی به دیگران گفت. در آن تنگ‌جا، زن کنار رفت
تا برای او جا باز شود. آهسته و به‌سختی کنار آیدا نشست. در
نشستن هم خمیده بود. حالا به زبان آیدا گفت: «دخترجان، نترس!
افتاده بودی روی زمین. آوردنت این‌جا تا آفتاب خشکت نکنه.
آفتاب آدمو خشک می‌کنه.» آیدا نا به خود زبانش چرخید: «خیس
بودم؟!...» زن‌ها با لب‌های تیره، برق چشم‌ها و دهان‌هایی با
دندان‌های یک در میان، دوباره دورش حلقه زدند، زل زدند و
خندیدند. صدای بوق بریده بریده باز بلندتر شد. پیرزن رو به همان
جایی که نمی‌دید، بلندتر داد کشید. اسم ممدعلی را آیدا از بین
کلماتش شناخت. زن حرفش را پی گرفت: «نه اون‌جور خشک.

چوب می‌کنه. مثل این دختر، طناز. سه روز زیر آفتاب مونده بود. وقتی پیداش کردیم همه جاش سوخته بود. زبونش هم چوب شده بود.» آیدا حالا داشت فکر می‌کرد او را به تیمارستان آورده‌اند و این‌جا هم جمع بیماران است. اما چه کسانی او را به تیمارستان آورده بودند؟ حالا که کسی نبود. و بعد ناگهان یادش آمد. همه‌چیز در ذهنش جمع شد و مثل شعله‌ای سربرآورد. آن بهیار، بهیار بیمارستان که کلید خانه‌ها را می‌دزدید. او برای همین پیشش آمده بود که او را ببرد. بیهوشش کرده و او دیگر نفهمیده. رفتنش فقط خواب و خیال بوده. آمده بوده تا او را ببرد. اگر در را باز نمی‌کرد. هر چه فکر کرد اسمش یادش نمی‌آمد. به خودش فشار آورد که اسمش را که نوک زبانش بود فریاد بزند. آن لعنتی را که خانه‌اش را از او گرفته بود. به شدت تکان خورد، هنوز دست و پایش کرخت و بی‌حس بود. خواست جیغ بزند ولی حلقش خشک بود. فکر گربه‌ها، که گشنه در خانه حبس شده بودند. دو گربه را یادش بود و یادش آمد گربه کور بعد از رفتن «زنیکه...!» «پروانه»، اسمش این بود. گیج شده بود. زنیکه رفته بود یا قایم شده بود. آمده و او را برده بود یا خواب است، خواب می‌بیند. بیهوشش کرده و بعد او را آورده؟!

راه نور بسته شد. دید که پسرکی از دریچه ای نزدیک سقف پایین می‌آید و پایین که رسید راه نور باز شد. در تیمارستان، پسربچه‌ها نباید در بخش آن‌ها باشند. پسرکی بود ده دوازده ساله با

دست و پایی لاغر، خیلی لاغر و صورتش سفید، چنان سفید که در تاریکی گورمانند آن‌جا هم دیده می‌شد که انگار خون زیر پوست ندارد. چشم‌های درشتش بالای دماغ گنده‌اش از سیاهی می‌درخشید. انگار که اصلاً قرنیه نداشت و تمام چشم مردمک سیاهی بود که در سفیدی چشم نشسته است. بوقی شیپوری به دست داشت که در حین آمدن فشار می‌داد و مرتب صدا درمی‌آورد. آن صدا آیدا را به خود آورد. بیدار بود. بیدار است و در تیما... پسرک داد زد: «نِمودوم... بوقمه نمودوم...!» رسید کنار پیرزن. پیرزن به فارسی به او گفت: «ممدعلی! اگر این بوق را بدی من برات قایم کنم، قول میدم تقی امشب برات یک شیرینی بیاره.» دهان ممدعلی به لبخندی شکفت: «یکی نموخوم. دو تا... دو تا... سه تا... » «میگم یک جعبه برات بیاره. خوبه؟» از تجسم رنگ و مزه شیرینی، دهان زن‌ها جمع شد و آب گلویشان را قورت دادند. آیدا بافت نرم شیرینی دانمارکی را زیر زبان حس کرد. حس کرد یک گاز از شیرینی زد. یادش بود که تنها وعده غذایی‌اش از دیشب تا حالا یک تکه نان خشک بوده است. گاز پیک‌نیک با همه خوراکی‌های قابل خوردن خانه‌ی نوری تمام شده بود. همه به ممدعلی چشم دوخته بودند. ممدعلی بی‌صدا بوق را گذاشت جلوی زن و باز راه نور را سد کرد و از دریچه رفت بیرون. آیدا به مسیر رفتنش نگاه کرد. ممدعلی پا گذاشت روی نردبانی طنابی و از دیواره‌ای بالا رفت که نور هیکلش را در خود کشید و چشم دیگر او را ندید. زنی با اشاره

به سرش به آیدا فهماند که پسرک عقل درست و حسابی ندارد. یکی داد زد: «طناز! یک کاسه آب بیار برای دختر.» طناز با کاسه‌ای آب رسید. جوانی و سر و ضع دختر دل آیدا را گرم کرد که شاید بتواند یواشکی از او چیزی بپرسد تا بفهمد پروانه کجاست و چرا او را به این‌جا آورده؟ حتی فکر کردن به این زن و باز کردن در برایش او را به حالت خفه‌گی می‌رساند. اشک در چشم‌هایش جمع شد و زد زیر گریه. طناز کنارش نشست و نگاهی به زخم پایش انداخت. کاسه را داد دستش: «چرا گریه می‌کنی؟» دختری بود سیه‌چرده که انگار او هم داشت ذره ذره خمیده می‌شد اما خمیدگی هنوز چندان پیدا نبود. آب را که سرکشید توانش را جمع کرد و ناگهان برخاست و سرش خورد به سقف. «بشین دختر جان. بشین کجا می‌خوای بری؟ بشین زخم پاتو ببندم.» طناز گفت. حرف زدنش درست مثل خود آیدا بود اما صدایش حالتی سرماخورده و گرفته داشت. آیدا مثل آن‌ها کمرش را خم کرد و بعد با قدم‌های سریع لنگ‌لنگ خود را به نردبان طنابی نامتعادلی رساند که پسر از آن بالا رفته بود و از آن بالا رفت. نیمه راه نردبان بود که آفتاب چشمش را زد و سرش گیج خورد. پله‌ی طنابی بالاتر را چنگ زد و محکم خودش را نگه داشت و بعد پایش را درست گذاشت روی همان پله‌ای که دستش آن را نگه داشته بود و نزدیک بود کله‌پا شود. نردبان تاب خورد ولی آیدا خودش را نگه داشت و بعد خودش را رساند بالا. نشست و نفس تازه کرد و تازه دید که درون گودال بوده. از بیرون به داخل

گودالی که در آن بود نگاه کرد. انگار بخشی از زمین دهان باز کرده بود و در خورد فرورفته بود و سقفی نصفه نیمه بر شکاف خود کشیده بود که شده بود مجتمع زنان بی‌دندان گوژپشت. تیمارستان از ذهنش پاک شد. دور و برش را نگاه کرد. جابه‌جا سنگ‌هایی کج و کوله در زمین فرورفته بود یا تخت روی زمین خوابیده بود. بعد از حمله عصبی تا مدتی کرخت و بی‌حال می‌ماند. با این وجود سعی کرد چهار دست و پاکمی پیش برود. بعد برخاست و روی پاهایش ایستاد. آنجا قبرستان بود. قبرستانی قدیمی شاید یا قبرستانی که زمینش فرونشسته بود. پشت سرش را نگاه کرد؛ گودالی را که از آن بالا آمده بود. نزدیک به آن گودال، دری فلزی را دید که در زمین فرورفته بود و نیمی از تابلوی سر درش بیرون مانده بود: مقبره خانوادگی... گودال همان مقبره خانوادگی بود، گودالی مرکب از چندین قبر. دوباره داشت لرز سراغش می‌آمد و از ترس شروع دوباره حمله عصبی پشت به گودالی کرد که تازه از آن بیرون آمده بود. طناز با کاسه آب پشت سرش بود. کاسه را زمین گذاشت و همانجا نشست. پشتش قوز داشت و سعی هم نمی‌کرد صاف بنشیند. آیدا نگاهش کرد. طناز پرسید: «یه اسمی را مدام صدا می‌زدی. میخوام بگم هر کسی که هست اینجا نیست، در امانی اینجا.»

ـ چه اسمی؟

ـ توحیدی همچین چیزی... نامفهوم بود.

- من سمت آشغالا بودم. چطوری منو آوردین اینجا؟ کی منو آورد؟ شماها کی هستین توی قبرستون؟

طناز نگاهی به گورهای پراکنده اطراف انداخت. سنگهای شکسته، چالههایی که زمین را پست و بلند کرده بود و گفت: زندگی میکنیم. اگر اینا نبودن من مرده بودم.

آیدا هم رد نگاه طناز را گرفت و حالا دقیقتر نگاه کرد به قبرستانی متروکه که انگار مردههایش هم گذاشته و رفته بودند. «توی قبرستون زندگی میکنین؟ اون زنه بهیاره کلی خونه خالی پیدا کرده بود که کلیداشونو برداشته بود آورد پیش من. اون منو نیاورد اینجا؟»

ـ نمیدونم کی رو میگی!... نه، تو بیهوش شده بودی. ممدعلی پیدات کرد.

آیدا سر گذاشت روی حلقهی زانوان. هر دو ساکت به روبهرو زل زدند. بعد آیدا پرسید: «توی گودال؟»

ـ توی گودال بیهوش شده بودم؟

ـ اومد خبر کرد رفتن آوردنت.

ـ چرا اینجا؟ چرا توی قبر؟

ـ اینجا تنها سرپناهشونه؛ بوده تا حالا. از زمین خدا جایی به اینها نرسیده. ناراحتی تو اینه؟

ـ خود منم نصف عمرمو توی سیاهچال سر کردم. چرا نمیرین خونههای مردم. این همه خونه خالی؟!

ـ اون دورتر یک مقبره خانوادگی هست. هنوز سالمه. الان
که دیگه صاحباش نیستن بعضیا میرن اونجا شب‌ها. اما گورهای
بتونی گرمتره. این چند روزه که بارون باریده همه جا نم کشیده.

تازه به صرافتش افتاد که پابرهنه است بی‌کفش و جوراب.
به کف پایش نگاهی کرد. خون خشکیده بر کف پایش روی زخمی
گرد. کاسه‌ی آب را برداشت و سر کشید. دستش را به جیب برد و
دید که باند بلوتوثش نیست. پرسید: گوشی نداری؟ این‌جا هم آنتن
نمیده؟

ـ آنتن کجا بود دخترجان؟ خیلی وقته همه دکل‌ها از کار
افتاده. برق رفته و ... می‌بینی که...

آیدا چیزی نگفت. نگفت از وضعیت خبر دارد یا نه؟ نگفت
کجا زندگی می‌کند و نخواست بیش‌تر از این با او آشنایی بهم بزند.
فقط پرسید: «تو از خونه فرار کردی این‌جا گیر افتادی؟» طناز
چیزی نگفت. لب‌هایش را مثل میم طناب کرد و محکم فشار داد و
به او زل زد. آیدا گفت: «نترس بابا. من کاری بهت ندارم. همین که
این‌جا تیمارستان نیست و اونا سر نرسیدن دوباره، خودش برای من
کلی‌ایه. من دیگه الان میرم. به دوستات بگو کلی خونه خالی هست
توی شهر.» طناز گفت: «همه‌ی مرداشون رفتن شهر. چند وقته دیگه
نمیان. گاهی یکی یکی شون میاد سر میزنه میره. یک‌بار یکی با موتور
اومد دم گودال. گرد و خاک کرد رفت. اینا می‌ترسن برن بیرون یه
عده دیگه بیان جاشونو بگیرن. باور نمیکنن کسی نیست. حق دارن.

چون این‌جور نیست که به نظر میاد. نمیخوان جایی برن که خودشون نمیدونن به کجا میرسه.»

ـ تو چرا نرفتی؟

طناز اول سکوت کرد. بعد گفت: «خودت چرا؟»

کجا باید می‌رفت وقتی جایی را نداشت ولی این حرفی نبود که به هر غریبه‌ای بگوید. هنوز در پس ذهنش این گمان پابرجا بود که شاید پروانه لاچینی او را به این‌جا آورده باشد از وجود غریبه‌ها دلخور بود و همین به ترسش از دیگران دامن می‌زد. همان‌طور که راه افتاده بود و به سمتی می‌رفت که گمان می‌کرد به کپه‌ی زباله‌ها می‌رسد، بلند از دهانش پرید: «برم جایی که مثل شما فروبرم تو زمین؟» پیش خودش فکر کرد چقدر شانس داشته که اقلاً عزیزش او را اسیر مجتمع کرده نه که مثل این دختر چنان بی‌راه و چاه شود که مجبور شود در قبرهای خالی بخوابد. از این فکر خجالت‌زده شد؛ فکر کرد دارد به اسارتش در مجتمع فخر می‌فروشد. طناز انگار فکرش را خوانده باشد گفت: «من با پای خودم اومدم این‌جا. اومدم پیداشون کنم از این‌جا ببرمشون. هیچکی دوست نداره توی سیاه‌چال و قبر باشه. هیچکی نمیخواد... تو منو نمی‌شناسی ولی اگه بخوای میتونم کمکت...» آیدا دهانش یخ کرده بود و بزاقی لزج در آن می‌چرخید. آب دهانش را روی زمین انداخت. درست مثل کاری که طناز چند دقیقه قبل کرده بود. فکر انداختن آب دهان روی زمین بی‌نگرانی از بی‌ادبی برایش خوشایندترین کار ممکن شد.

نابه‌خود لب‌هایش به لبخندی باز شد و به طناز نگاه کرد. او هم گل از گلش شکفته بود. دوباره تف کرد و مثل بچه‌گی، با هم بازی تف انداختن روی زمین راه انداختند. «چه خوبه که هیچکی به آدم چشم غره نمیره.» حالا دیگر باید می‌رفت. سعی کرد خودش را گمشده نشان دهد: این طرفا سرپناهی هست. غیر از قبرستون البته؟

طناز شوخی جدی گفت: یه مجتمع دخترانه هست ولی درش بسته است. باید از این‌ور بری. می‌رسی به همون جایی که پیدات کردن، کنار آشغالای الکترونیکی. مستقیم بری می‌خوری به مجتمع دخترانه. دیواراشم بلند نیست. راحت میشه ازش رفت بالا.

و خندخند ادامه داد: الان داری اشتباهی میری.

آیدا خنده‌اش را نادیده گرفت. می‌دانست دیوارهای مجتمع خیلی بلند است و حالا می‌دانست که آن‌ها می‌دانند او در آن‌جا زندگی میکند و سایه‌هایی که گاه در اطراف مجتمع دیده و .... «خدایا... ظرف شیر گربه توی زیرزمین آزمایشگاه که حالا روی خود رمبیده!» برگشت و به طناز نگاه کرد. انگار بخواهد از او بپرسد کار آن‌ها بوده تا خیالش راحت شود ولی چیزی نگفت و مسیری را رفت که طناز گفته بود. طناز حرفش را پی گرفت: اون‌جا نمونی بهتره. حالا اینا که میگن جن داره ولی ساختمون داره می‌ریزه. کلاً همه ساختمونا دارن می‌ریزن. مردایی هم که رفتن شهر و گفتن خونه‌ها خالیه برای همین برنگشتن. به نظرم همشون زیر آوار موندن. فقط این‌جا، دل زمین امنه. ازین گودتر که نمیشه.

آیدا دوباره دست به جیب مانتویش برد. میخواست بپرسد احیانا باند بلوتوثش را... طناز، خودش، گفت: ممدعلی ورش داشت اون چیزی رو که داشتی. دوست داره با هر چیزی که نمیدونه چیه بازی کنه. فکر کنم خرابش کرد.

ـ بی‌زحمت برو برام بیارش. لازمش دارم. درستش می‌کنم اشکالی نداره. خودش خراب بود.

آیدا خم شد، دست به زمین گذاشت و مثل زنی کهنسال بر زمین نشست. طناز مثل کسی که رازی را در گوشش بگوید آهسته گفت: شنیدم یه دکتر میاد این‌جا گاهی. صبر کن بیاد چکت کنه. منم میخوام دستمو نشونش بدم. دستش را به آیدا نشان داد. کنار استخوان مچش برآمدگی بزرگی بیرون زده بود که اندازه خود مچ دست محکم بود. آیدا با وحشت خودش را پس کشید. پرسید: دکتر؟ از شهر میاد برای معاینه‌ی اینا؟ پس همه چی سر جاشه.

ـ نه... این یکی از قبل هم گاهی می‌اومد پیش ما، این‌جا. قطره و دوا می‌داد. شنیدم نرفته. خیلی خوبه.

لبخند محجوبانه‌ای بر لبش نشست. آیدا فکر کرد اینم از طنازی این دختر برای دکتر لابد. طناز طوری که بخواهد همدستی او را جلب کند تا خبر تازه‌ای از طریق او به دست بیاورد گفت: «دکتر رامین. اگه بهیار تو همون باشه که منم می‌شناسمش، خوب می‌شناسدش. چیزی نگفت بهت؟ دکتر جاشو به کسی نمیگه چون اگه بفهمن که فرار کرده، دوباره میبرنش. یکبار توی کاها بوده گفته

که چه بلایی سر مریضاش آوردن. منظورم زند... از همون موقع دنبالش بودن و بردنش تا... فرار کرد. حالا چو انداختن مرده. اونم بدش نیومد تا کسی نفهمه زنده است.»

ـ جالبه این روزا هر کی رو می‌بینم از اون حرف میزنه. کجاست حالا؟

ـ گفتم که جاشو نمیگه. این‌بار که بیاد بهش میگم جاتو. شاید اومد به تو هم سر زد. مریضش بودی که میشناسیش؟

ـ آخرین بار کی اومده؟

ـ میگن دیروز ولی دیروز اینا با مال ما فرق داره.

ـ شر و ور داری میگی؟ باندمو برو بیار. آره دیروز جون عمه‌ات! پس چرا اینا هنوز تو قبرن؟ نگفت دیگه دیگه کسی نیست و این‌جا نمونین؟

ـ نگفت کسی نیست ولی گفت دیگه جای ترس نیست.

ـ دکتر دیوونه‌ها رو لازم ندارم. حرفاتم باور نمیکنم. حرفای اون زنیکه بهیاره رو هم نباید باور می‌کردم از اول. تو هم بهتره ازین گودال دربیای بری. من که میرم. هر جا بشه. خودت که شنیدی کلی خونه خالی هست حالا.

طناز خنده‌اش را فروخورد: مال الان نیست، خیلی وقته خونه‌ها خالی می‌شد. زیاد توی این خونه‌ها سر کردم. بعد با بغضی آشکار گفت: دکتر بیاد میرم. تا اونو نبینم، نه. تنها جایی که میشه دکترو دید اینجاست»

آیدا شانه بالا انداخت تا نشانش دهد که او چقدر خل است. گفت: «بی‌زحمت برو بیارش اون وسیله‌مو... بعد نگاهی به خون خشکیده کف پایش انداخت: «ببخشید کفشام جامونده اون پایین...»

ـ لابد همونجا که پیدات کردن افتاده. اگه ممدعلی برداشته بود من می‌دیدم.

طناز چند قدم به سمت گودال برداشت. با همان لهجه غریب داد زد و ممدعلی پیدایش شد. آیدا دیگر نگاهشان نکرد. چشم به سنگ قبرها دوخته بود که بالا و پایین و نامنظم در زمین فرورفته و از زمین بیرون زده بود. ممدعلی از پشت سر نزدیکش شد. باند بلوتوثش را گذاشت پشت سرش. آیدا برگشت و باند را برداشت. بعد بلند شد و پابرهنه و لنگان از قبرستان متروکه دور شد. دلش به حال طناز سوخت ولی برنگشت. نگاهش نکرد. فکر کرد بگذار برای خودش بماند به امید دکتری واهی که قرار است سر راهش سبز شود و او را نجات دهد. چند قدمی بیش‌تر نرفته بود که باز هوس حرف زدن کرد و طاقت نیاورد؛ درست مثل وقت‌هایی که کرم می‌ریخت: «معلوم نیست کی بیاد. یک وقت دیدی فردا اومد. یک وقت دیدی یک هفته یا یک ماه دیگه.»

ممدعلی، باز، بوقش را به چنگ آورده بود و این‌بار بوقی ممتد و یک نفس کشید. دوید و خودش را به آیدا رساند. یک لنگه کفش را انداخت جلوی پایش. آیدا خم شد و کفش را برداشت.

پرسید: اون یکی لنگه‌اش؟...» ممدعلی زل زد به او. آیدا پرسید: «شیرینی برات آوردن؟» ممدعلی مثل کسی که از تجسم رنگ و بوی شیرینی ناتوان باشد، بغض کرد. لب‌هایش مچاله شد و زد زیر گریه. طناز داد کشید: «لعنت بهت!... گم شو برو...! ما کمکت کردیم، نتونستی منو بچزونی بچه رو می‌چزونی؟»

آیدا لب ورچید ولی دیگر روی جواب دادن نداشت. لنگ لنگان، پایی در کفش و پایی برهنه، راهش را کشید به سمت زباله‌ها و پرهیبش در نور زلال و لرزان خورشید دور شد.

*

ساختمان تا حالا چنین چیزی ندیده بود؛ سیاهه‌ی لشکری از دور به سمتش می‌آمد. در زمانی که این‌جا پادگان بود یا حتی وقتی که تبدیل شد به مجتمع دخترانه، آدم‌ها راگُله به گله در یک جا دیده بود ولی ندیده بود که در بیابان همه با هم، به میل خود به سویش بیایند. آیدا همین که رسید پشت در حیاط و آمد کلید بیندازد توی در، تازه صدای هن و هن نفسی را پشت خود شنید. ممدعلی، تنها پسر جماعت گوژپشت، پابرهنه، تنه زد به در و تا آیدا بیاید بجنبد که کلید را از در بیرون بکشد، کلید را چرخاند و در باز شده و نشده ممدعلی در حیاط بود. حالا دیگر مدت‌ها بود که آیدا جیغ کشیدن را فراموش کرده بود چون کسی نبود که جیغ او را بشنود یا احتمالاً کمکی بخواهد. مات و مبهوت نگاهش کرد و ترس از تنها ماندن با پسرک دیوانه در حیاط زیر پوستش خزید. سر که برگرداند جماعت سایه را دید. خمان‌خمان و با طمأنینه قدم برمی‌داشتند. برخی‌شان سر از زمین بلند کرده و نگاهشان به در دوخته شده بود که آیدا از درون چارچوب به آن‌ها زل زده بود. پیرزن، با عصای بلند چوبینش، پیشاپیش همه بود و در آهستگی قدم‌هایش هم انگار تند راه می‌رفت. آیدا از حیاط رفت بیرون و در را به روی ممدعلی بست و تکیه داد به در تا برسند. دوباره باز کرد و رفت داخل و از لای در به آن‌ها که مورچه‌وار و با طمأنینه پیش می‌آمدند، خیره شد. نزدیک‌تر که رسیدند گفت: «من چیزی ندارم این‌جا.» زن‌ها،

زن‌های خمیده که او آن‌ها را کوتوله دیده بود همچنان در سکوت و با سرهایی بالا گرفته پیش می‌آمدند. پیرزن- کر از نهیبِ آیدا- با لهجه‌ی غریبش چیزی به دیگران گفت که با شنیدنش بر چهره‌شان «دمای لبخندی[1]» نقش بست. آیدا، حالا ترسیده، خودش را به لتِ نیم‌باز در چسباند. بعد پشت کرد تا از جمعیت سایه بگریزد. از ترس خود ترسید. «این‌ها کسانی بودند که او را در وقت بیهوشی و تشنج غش نجات داده بودند! او از پروانه نترسیده بود پس چرا از این‌ها می‌ترسید؟» ترس عقل نداشت و راه به این حرف‌ها نمی‌داد، کار خود می‌کرد. ترس در را چهارتاق باز کرد. ترس دست شد و فوراً در را بست. حالا سایه‌ها صدا داشتند و پشت در همهمه بود. صدای پیرزن پیشقراول بود که گفت «در را بازکن دختر. ما گرسنه‌ایم. کاریت نداریم.» ممدعلی، گربه‌ی کور به بغل، خودش را انداخت پشت آیدا. هلش داد کنار. گوژ پشتش را به او کرد و در را باز کرد. ذهن آیدا در گیر و دار ترس و شرم، کشیده شد به گربه که خودش را از دیوار حیاط نوری بالا کشیده و بیرون آمده. ترس فلج شد و کنار کشید تا زن‌ها یکی‌یکی داخل شدند. در را پشت سرشان نبستند. تا یکی‌شان آمد ببندد، باز پیرزن به لهجه خودش چیزی گفت و او دست کشید. آیدا دوید تا در را ببندد. گفت: «گربه بیرون میره.»

---

[1] عبارتی از شعر محمد مختاری: «نامش را به زمزمه گفت و دمای لبخندی نقش بست بر چهره‌اش که تا آن دم جز وحشتی کبود نبود.»

زن گفت: «گربه از این دیوارهای بلند با آن سیم‌های خاردارش هم بیرون می‌رود.» بعد اضافه کرد: «اگر بخواهد!» آیدا فکر کرد اصلاً از اول چه‌طور داخل شده؟ دیوارها برای گربه خیلی بلند است؛ حتی دیوار حیاط نوری برای گربه‌ای کور که تجسمی از ارتفاع ندارد. خودش را همان گربه‌ی کوری دید وقتی که در زیرزمین مجتمع گیر افتاده بود و راهی به خروج می‌یافت.

ساختمان حالا تک و توک آن‌ها را به جا می‌آورد. همان‌ها بودند، همیشه می‌آمدند و می‌رفتند اما نه یک‌جا و همه با هم. در همان زیرزمینی که اول بار نوری کاسه‌ی شیری برای گربه یافته بود و بعد سوراخش را به بیرون درز گرفت و بعد توحیدیان کارگر آورد که آن‌جا را درست و حسابی تعمیر کنند که طولی نکشید زمین و زمان بهم ریخت. ساختمان در خود رمبید. زمین خیابان‌ها در خود فرونشست و مردم از شهرها و آبادی‌ها کوچ کردند؛ قبل از همه کله‌گنده‌ها رفته بودند. همه رفتند به جایی که نه آیدا و نه این زنان می‌دانستند کجاست. خبری از مردهایشان هم نداشتند که تا همین چندی پیش، تک و توک سوار بر موتورسیکلت‌هایی کش رفته از این‌ور آن‌ور، به گوردخمه‌شان سر می‌زدند ولی آخرین‌بار که رفتند، دیگر بازنگشتند.

آیدا گفت: «خودمم چیزی ندارم برا خوردن.» زن‌ها بی‌اعتنا به او با چشم‌هایشان، خندان، در و دیوار ساختمان را لیس می‌زدند. تک تک آجرهای حیاط، در ورودی، راه‌پله‌ی گل

گرفته‌ی زیرزمین که زمانی سیاهچال آیدا بود و زیرزمین آزمایشگاه که مردهایشان راهی مخفی به آن باز کرده بودند، همه و همه در چشمشان نشانی از خانه و کاشانه‌ای داشت که مدت‌ها بود رنگش را ندیده بودند. آن‌قدر غرق نگاه بودند که آیدا را نه می‌شنیدند و نه می‌دیدند. هنوز سیر از نگاه نشده بودند که یکی از زن‌ها همان‌جا توی حیاط چهارزانو نشست و چشم‌های خندانش را به در و دیوار میخ کرد. بعد پاهایش را دراز کرد. بقیه هم هر جا بودند نشستند و مشغول تمرین دراز کردن پا شدند. آیدا به خودش آمد که برود برایشان آب بیاورد اما دل باز کردن در خانه نوری را نداشت. می‌ترسید با باز کردن آن در، همه به آن‌جا هجوم بیاورند و جایش را بگیرند. دل این هم نداشت که بگذارد تشنه بمانند. پرسید: «آب می‌خوایین؟» یکی از زن‌ها جواب داد: «از وقتی خلوت شده، آب رود تمیزه. دیگه مثل قبل تشنه نیستیم. نان بیاور.» آیدا نان نداشت یا شاید درست زیرزمین را نگاه نکرده بود. باید جایی ذخیره نان باگت باشد اما ندیده بود، نبود. اگر هم بود تا حالا کپک نان‌ها را خورده بود. پیرزن اشاره کرد به سمت پله‌های زیرزمین. آیدا بی‌حرف اطاعت کرد و بعد صدای تلق تلق عصای زن را بر کف سیمانی حیاط شنید. تند از پله‌ها پایین رفت. دسته کلید بزرگش را در دست چرخاند و اشاره کرد به گونی سنگ شده‌ی سیمان جلوی راه‌پله زیرزمین. زن‌ها با چشم بهم زدنی گونی را کنار کشیدند و راه در باز شد. در زیرزمین را باز کرد. پیرزن گفت: «ما می‌دانستیم

این‌جا همه چیز هست. اگر می‌گذاشتید مردهای ما داشتند از دیوار آن یکی به این یکی تونل می‌زدند ولی بعد راه ما را سد کردید و خدا هم غضب کرد.» آیدا در را باز کرد و با دهان باز رو کرد به زن که حالا ته‌رنگ آشنایی از چهره‌اش رخت بربسته بود و همین آیدا را ترساند و بیمی گنگ به جانش چنگ انداخت. ترس، زبان بازکرده، گفت: «بیایین همین‌جا بمونین. حالا دیگه کسی نیست. اصلاً این زیرزمین برای شما.» زن پوزخندی زد و از پله پایین رفت. دیگران هم پشت سرش آمدند و پلک زدند تا چشم‌شان به تاریکی عادت کند. آیدا چشم چشم کرد تا ممدعلی و گربه‌اش را ببینید. گفت: «این پسر، ممدعلی، گربه رو خفه نکنه!» یکی از زن‌ها چیزی گفت و بقیه خندیدند. آیدا اخم کرد. یکی‌شان گفت: «جوری حرف بزنید که دختر بفهمه، خوبیت نداره.» بعد رو به آیدا گفت: «گفتم خفه کردن کار شما بود، نه ما.» آیدا پرسید: «ما؟!» او حالا یکی از مجتمع بود، یکی مثل توحیدیان یا آن یکی پورانی یا حتی همه آن معلم‌ها. شاید حتی نوری و ملیحه. او از آن‌ها هم بیش‌تر متعلق به مجتمع بود. حالا انگار خود مجتمع بود. خود ساختمان با تک تک آجرهایش. آیدا از تصور یکی شدن خودش با توحیدیان بر خود لرزید اما نتوانست شادی تعلق یافتن تام و تمام مجتمع به خودش را نادیده بگیرد؛ این شادی هم او را می‌ترساند. شادی رضایت از ماندن در جایی که عمری در فکر فرار از آن بود. زیرلب گفت: «من از اونا نیستم.» زن‌ها نگاهش نکردند و درهای دو یخچالِ خاموش را باز

و بسته کردند. حالا دیگر چیزی در یخچال‌ها نبود جز قوطی رب گوجه فرنگی که بی‌مصرف افتاده بود و یکی دو تخم مرغ گندیده و خرده نان‌های کپک زده. آیدا آن‌ها را به سمتی برد که بطری‌های آب معدنی روی هم تلنبار شده بود و کنارش کیسه‌های برنج زیر کابینت کوچکی که درون آن لوازم کمک‌های اولیه بود و انبار نوار بهداشتی برای دخترها. در بالاترین طبقه کابینت. زن‌ها فاتحانه به همه چیز نگاه می‌کردند. درها را باز و بسته می‌کردند و هر چه را دم دست‌شان می‌رسید بیرون می‌کشیدند. یکی، ذوق‌زده، بسته‌ی نوار بهداشتی را پاره کرده بود و در سه کنج تاریک همان‌جا هیکل خمیده‌اش را خم‌تر کرده بود تا نوار را داخل لباسش بگذارد. کهنه‌ی خونی را کناری انداخت و خندان برگشت. با آیدا که چشم در چشم شد، برگشت و کهنه را به دست گرفت و شرم‌زده پرسید، کجا بیندازدش؟ آیدا حالا دیگر باور کرد که آن‌ها او را یکی مثل توحیدیان می‌دانند؛ درست مثل خود او رئیس و بندعنق! دستش را محکم تکان داد تا لرزش خفیف بند نامرئی ساعت ظریفی را از دست بتکاند. سعی کرد مثل همان وقت‌هایش شود که جیغ می‌زد و لگد می‌پراند. گفت: «به من ربطی نداره. هر جایی میخوای بنداز! میخوای بخورش.» مکث کرد. با تمام تلاشی که می‌کرد تا شبیه خودش شود، باز دید حرف زدنش هم درست مثل توحیدیان شده است؛ مثل کسی که همه عمر در فرار از او بود و زیر دستش بزرگ شده بود. از آن همه همهمه دیوانه شد. سرش را گرفت و بالا دوید. گذاشت زن‌ها آن‌جا بمانند. هر کار

می‌خواهند بکنند. بدانند که بدون گاز و برق نه آن برنج‌های خام به کار می‌آید و نه می‌توان پنبه‌های نواربهداشتی را خورد. دوید بالا. دوید سمت خانه نوری. کلید انداخت رفت داخل حیاط. در را پشت سرش قفل کرد و تکیه داده به در نفس راحتی کشید. حالا کسی در حیاط نبود. زن‌ها دیگر به او کاری نداشتند. فعلاً کاری نداشتند. فکر کرد او این‌جا چه کار می‌کند؟ چرا تا حالا نرفته؟ چرا همان وقت که پروانه آمده بود، با او نرفت؟ او حالا خودش توحیدیان شده که قصد ماندن دارد؟ طناز از ذهنش گذشت. دخترک نیمه‌دیوانه‌ای که در آن قبرستان مانده بود به امید دکتری که دورادور عاشقش بود. فکر کرد: چرا او نیامده؟ عاقل‌ترینشان همو بود که حتماً رفته. این‌جا فقط دیوانه‌ها می‌مانند. مجتمع دیوانگان! به فکر خودش خندید. بلند و خشک! فکر کرد چرا این زن‌های لعنتی طناز را با خودشان نیاورده‌اند؟ او را در آن دخمه به نگهبانی مرده‌های قبرستان گذاشته‌اند؟ این زن‌های قوزی بیرحم که مرا با توحیدیان یکی می‌کنند! آن‌قدر خرند که نمی‌شود بهشان گفت، نه! خیلی فرق است بین من و او. اگر نرفته‌ام برای عشق و علاقه‌ام به این‌جا نبوده. فکر کرد: نبوده؟! شک کرد. من یکی دیگرم. من کاره‌ای در این‌جا نیستم. من هم مثل خود آن‌هایم. خانه‌ای می‌خواستم و این‌جا خانه بود؛ خانه‌ی نوری. صدای گروم‌باگرومبی از حیاط برخاست. فکر کرد باز تکه‌ای دیگر از زمین مجتمع نشست کرده. چشم بر سوراخ روی در آهنی حیاط نوری گذاشت. زن‌ها کیسه برنج را کشیده بودند توی

۳۷٤

حیاط و داشتند آت و آشغال‌های دیگر را بیرون می‌کشیدند. آیدا به
خانه دوید. گربه‌ی کوچکش میو کرد و خود را به او رساند. گربه را
بغل زد. دلش می‌تپید و دهانش خشک بود. کف پایش می‌سوخت
و چنان مستأصل بود که می‌خواست هم الان بدون هیچ وسیله‌ای با
گربه‌اش از در اصلی ساختمان بیرون بزند و برود. نه از این در رو
به بیابان زباله. از دری که به خیابان می‌خورد و همه از آن در بیرون
رفته بودند. ولی چه‌طور باید از وسط زن‌های گرسنه می‌گذشت. کلید
به قفل راهرو می‌انداخت و خودش را می‌رساند پشت در اصلی
بدون این‌که آن‌ها دنبالش کنند. تنهایی و خفگی این روزها او را
مانده‌تر از آن کرده بود که جانی برای رفتن در خود ببیند. حالا در
چشم این زن‌های گورخواب، او همان نگهبان مجتمع بود.
توحیدیانی که باید از او انتقام می‌گرفتند. نکند بلایی سرش بیاورند.
به فکر خودش خندید. «یک مشت زن لاجون و کم‌رمق که دنبال یه
لقمه نون افتادن.» نفهمید چقدر آن‌جا، کف اتاق، مچاله در خود،
با بچه‌گربه‌اش در بغل نشسته که صدای کوبیدن عصا را به در حیاط
نوری شنید. اول جواب نداد. عصا محکم و محکم‌تر کوفته شده.
هیاهوی بیرون اوج گرفت. انگار چیزهایی روی زمین کشیده می‌شد
و چیزهایی می‌شکست. آیدا گربه را تپاند توی کمد دم دستش و
رفت توی حیاط. زن از پشت در داد زد: «دختر کبریت بیار. کبریت
بیار آتیش طیار کردیم.» آیدا در را باز کرد و دید که تمام آت و
آشغال‌های قابل سوزاندن، چندتایی ملافه، بطری‌های پلاستیکی

خالی، جعبه‌های خالی میوه و هر آت و آشغالی که انگار برای اولین بار بود می‌دید آنجا توی حیاط روی هم تلنبار شده. چهارپایه‌ای آهنی را که معلوم نبود از کجا پیدایش کرده‌اند، (یادش آمد: همان بود که زیر پایش می‌گذاشت و از آن بالا می‌رفت تا دستش به کمد لوازم بهداشتی در آن بالا برسد)، کشانده بودند توی حیاط و هرکس مشغول کاری بود. یکی داشت بطری بطری آب معدنی را خالی می‌کرد توی دیگ بزرگی که نفهمید کجای زیرزمین بوده که ندیده. پیرزن از لای در نیم‌باز سرک کشید توی حیاط نوری و گفت: «کبریت را بده.» آیدا در را بست. برگشت به آشپزخانه. پال پال کرد تا کبریت پیدا کند. کمدها را بهم ریخت. همیشه یک بسته این‌جا دم دست بود ولی او زیاد گاز پیک‌نیکی را روشن نمی‌کرد تا مبادا تمام شود که شد و بعد دیگر کبریت را از یاد برد. پیدا کرد. دوید تا هنوز هوس هجوم به خانه‌ی نوری به سرشان نزده، کبریت را به دستشان برساند. اگر هم می‌خواستند بیایند کاری از دستش برنمی‌آمد. فکر کرد مگر قرار است تا ابد این‌جا بماند که نگران است؟! «نگهبان خونه نوری که نیستم.» کبریت را به زن رساند. «نفت نداری؟» داشت. گازوئیل داشت برای موتور برق و نمی‌خواست آن‌ها با آتش حرامش کنند. سر تکان داد که نه. رفت به جمع زن‌ها و در حیاط نوری بازماند. می‌خواست ببندد اما عمداً نبست تا به وسواسش خوراک نرساند و توجه آن‌ها را هم به خانه جلب نکند. با هر زوری بود جعبه‌های چوبی میوه را آتش زدند و

آتش را گیراندند. بعد کشان کشان چهار پایه‌ی آهنی را آوردند و گذاشتند روی آتش. دو سه نفری دیگ پر آب را روی چهارپایه گذاشتند و برنج را ریختند تویش و چنان با شوق غرق تماشای آتش و قابلمه آب شدند که انگار در بزرگترین جشن سال حاضر شده‌اند. آیدا پرسید: «ممدعلی کو؟» یکی از زن‌ها نگاهش کرد. بعد آمد پشت چشم نازک کند ولی این عشوه را از یاد برده بود. فقط زل زد و با بغض گفت: «رفته دنبال طناز. دختره‌ی دیوانه نیامد.» آیدا آمد بپرسد گربه را هم با خودش برد؟ ولی سکوت کرد. ترسید که با او بد شوند، بدگمان شوند. فکرکرد چرا خودش نرود دنبال طناز. نشست و کف پایش را نگاه کرد. باید از آنجا می‌رفت. هر جور شده باید راهی به بیرون پیدا می‌کرد. نه به آن شهر خالی که همه حرفش را می‌زدند به جایی بهتر که دیگران باشند اما نه آشنایان او. جایی برای زندگی تازه. حتماً هست. فکر برگشتن توحیدیان و مواجه شدنش با این منظره در حیاط در اعماق دلش کف می‌زد. «چه هیاهویی به راه بیندازد برای این بلبشو!» نشست و کف پایش را رو به آتش دراز کرد. پیرزن پارچه‌ای سوزاند و گذاشت روی زخم کف پای آیدا. آیدا جیغ کشید. جیغش دوباره دهان باز کرده بود و صدای خودش را یافته بود. از شنیدن صدای خودش تعجب کرد. آمد پایش را بکشد. دست لاغر زن مثل چنگکی ساقش را چسبید. بعد پارچه را که بوی گوشت سوخته میداد برداشت. گفت: «زخمت دیگه دهن واز نمی‌کنه. زود خوب میشه. برو روغن بیار.» آیدا یاد خانه نوری

افتاد که روغنش تمام شده بود. گفت: «نداریم.» یکی از زن‌ها بطری‌های روغن را از زیرزمین کشید و آورد. روی آتش روغن ریختند و شعله بلند شد. آیدا چیزی گفت مبنی بر این‌که کاری به زیرزمین ندارد و خانه‌اش آن‌ور است؛ خانه‌ی نوری را نشان داد. پیرزن از همان‌جا به حیاط نوری نگاه کرد. به لهجه خودش چیزی به زن‌ها گفت. دیگران اول به درِ خانه نوری و بعد به آیدا نگاه کردند. زن رو به آیدا گفت: «گفتم مزاحم تو در خانه‌ات نشوند. آن‌ور برای خوابیدن جا زیاد است.» آیدا گفت بهتر نیست به آن‌ها بگوید خوراکی‌ها را حیف و میل نکنند شاید تا مدت‌ها چیزی گیر نیاورند. زن مات و مبهوت نگاهش کرد و جوابی نداد. انگار حرف عجیبی شنیده باشد. آیدا فکر کرد حرف بدی زده است برای جماعتی که عمری گرسنگی کشیده است. فکر کرد روغن بماند برای چه؟ وقتی که قرار نیست خورده شود! و بعد اندیشید همین خوراکی‌ها او را این‌جا ماندگار کرد، ترس گرسنگی بود که نگهش داشت و حبسش کرد در ساختمانی نیمه‌مخروبه و خالی. به خودش و ترس‌هایش لعنت فرستاد. این زن‌ها به فکر یک ساعت بعدشان نبودند. گرسنگی چه آزادی غریبی پدید آورده بود. پیرزن گفت: «دخترها من نشستم کنار آتش تا غذا طیار شود، بروید روی تخت بخوابید.» روی لغت تخت مکث کرد. انگار نعمتی ناغافل را مزه مزه می‌کند. آیدا گفت: «ساختمان داره روی خودش می‌رمبه ها.» زن‌ها نگاهش نکردند. آیدا رفت در راهرو را باز کرد و در چشم بهم‌زدنی زن‌ها را دید که

اول دور ساک پر کلید پروانه جمع شدند و هر کدام دو سه تایی کلید برداشتند و بعد یکی یکی دستگیره‌ی درهای قفل را امتحان کردند. آیدا همه درها را باز کرد و چهارتاق باز گذاشت. در خوابگاه، تخت‌ها را امتحان کردند و از تخت بالایی به پایینی رفتند و سرانجام همه روی تخت‌های پایینی آرام گرفتند. زخم پای آیدا دیگر اذیت نمی‌کرد. دیوارها بعد از مدت‌ها خفگی و سکوت، صدای نفس‌ها را درون خود کشیدند و تازه شدند. حالا دیگر به‌کلی از یاد برده بود که در خانه‌ی نوری باز مانده است.

*

آیدا به حیاط که برگشت دید از شعله‌ی آتش خبری نیست و دیگ برنج را دم گذاشته‌اند. یکی دو زن مسن‌تر کنار دیگ نشسته بودند و با هم گپ می‌زدند و سرخوشانه تخته‌پاره‌ها و اشیای نیم‌سوخته را زیر و رو می‌کردند تا دل آتش زنده بماند. رفت به خانه‌ی نوری. در آشپزخانه، پیرزن را دید که با عصایش مشغول وارسی کابینت‌ها بود. درها را باز و بسته می‌کرد و هر چیزی را که برمی‌داشت بو می‌کشید. دلش تپید. چیزی نمانده بود به او حمله‌ور شود و بیرونش کند. شرم خودش یا ترس از فزونی جمعیت آن‌ها، او را سر جایش میخکوب کرد. آمد بگوید مگر قرار نبود این‌جا را برای او بگذارند ولی نگاهش روی چهره‌ی زن ماسید که مثل کدبانوی کارکشته‌ای بود بازآمده از سفری دور دست که قرار است نظم قبلی را به خانه برگرداند. زن چنان ولع خوراکی داشت که انگار فقط همین لحظه را زنده است و باید هر چه خوردنی هست پیدا کند تا از دست نرود. بعد از آشپزخانه بیرون آمد و رفت سراغ کمد لباس‌ها. آیدا دنبالش دوید و در چارچوب در یخ کرد. درهای کمد لباس ملیحه را باز و بسته کرد. یک روسری با گل‌های ریز قرمز از روی چوب رختی کمد بیرون کشید. بعد روسری سوارخ سوراخ خودش را کند و آن را به سر کشید. آیدا روی برگرداند تا نگاه زن را به تصویر خودش در آینه‌ی پشت در کمد نبیند. آماده بود که زن از دیدن خودش در آینه وحشت کند و از حضور او شرمزده شود. رو

که برگرداند دید آن روسری را زمین انداخته و دارد روسری دیگری را امتحان می‌کند. این یکی سبز مایل به زرد بود. حالا آیدا هم در آینه به او نگاه کرد. پلک‌های افتاده زن روی هم آمد، بعد دستی روی پلک‌هایش کشید و با لبخندی محو روسری را از سر باز کرد و باز همان روسری قرمز را به سر کرد. رو به آیدا با دندان‌های زرد یکی در میانش لبخند زد. انگار می‌خواست بگوید چشم‌هایش هنوز همان چشم‌هاست، گرچه خسته‌تر. آیدا سیخ مانده بود و طرح لبخند بر لبش خشکید. پیرزن گفت: «لباس به کار زمستون میاد. خیلی لباس داری. این را برداشتم.» آیدا تازه یادش آمده که آن‌جا ایستاده و زن او را می‌بیند که مچش را نگرفته است. یادش آمد که این‌جا خانه او نیست و دیر یا زود می‌رود. یادش آمد، زن ... زیر لب گفت: «مال من نیست.» زن محل نگذاشت و عصازنان از در بیرون رفت. انگار نه انگار که تا همین یک دقیقه پیش داشت با او حرف می‌زد. آیدا نشست روی زمین و دو دستی سرش را گرفت. فکر کرد حالا به جای توحیدیان باید با این‌ها سر و کله بزند. همیشه یکی هست که او را دهن کجی کند. بلند شد برود در حیاط را ببندد که دید همان زنی که اول بار، بعد از چشم باز کردن در گور مقبره، رو به رویش با یک دندان در دهان لبخند می‌زد جلوی در حیاط خانه نوری ایستاده و انگار خجالت بکشد که سر خود داخل شود، لبخند می‌زند. من من کرد: «لباس داری؟» و بعد همچنان که گوژ پشتش خمیده‌تر شد سر پایین انداخت. آیدا سیخ و مستأصل نگاه کرد.

حس کرد شکل نگاه کردنش الان باید شبیه شکل نگاه کردن توحیدیان باشد وقتی از او درخواستی داشتند و نمی‌خواست آن‌قدر بهشان رو بدهد که پر رو شوند و در عین حال می‌دانست خواسته‌شان طبیعی است. مثلاً وسیله‌ی بهداشتی ضروریی لازم داشتند یا می‌خواستند عروسکی را که تازه از خانه آورده‌اند نگه دارند یا یک تکه بیش‌تر میوه داشته باشند. زن، زیر نگاه بی‌جواب آیدا، مثل سگی که دمش را لای پایش بگذارد، آهسته پشت کرد، دستش را به قاب در آهنی گرفت و رفت. آیدا محکم در را بست. بعد دوید توی خانه و در هال را هم بست. به خودش در آینه‌ی کمد زل زد. لاغر شده بود. اصلاً شباهتی به خودش زمانی که هنوز خوابگاه برقرار بود و او دختر سرتق جمع، نداشت. دستش را شبیه توحیدیان گرفت و ساعت مچی فرضی را در دست تجسم کرد که بندش آویزان شده و برق طلایی‌اش به چشم می‌نشیند. مچ دستش را نگاه کرد. هنوز آن اندازه لاغر نشده بود که ظرافت دست توحیدیان را داشته باشد. با حرص و چندش دستش را انداخت. روسری‌اش را که خودش هم نمی‌دانست چرا روی سرش نگه داشته انداخت. موهایش را، چرب و نشسته، پشت سر جمع کرد. در آینه به خودش لبخند زد و یکی از پیراهن‌های ملیحه را بیرون کشید و پوشید. برای او زیادی گشاد بود. پیراهن را انداخت کنار و یک بلوز گل گلی را با طرح زمینه سبز و گلهای ریز زرد امتحان کرد. گشاد بود ولی در گشادی‌اش هم به تن می‌نشست و رنگ پوستش را یک هوا روشن

کرد. بعد شلوار سیاه را از پایش کند. ملیحه چندان دامن‌های به
دردبخوری نداشت. نه از ساپورت خبری بود و نه... یک چیزی ته
کمد یافت. ساپورت گیپور. «حتما مال دخترشه که جامونده.»
ساپورت را به پا کشید و نشست. به سرعت قیچی را پیدا کرد و
پاچه‌های شلوار لی را که در کمد یافته بود قیچی کرد. بعد فاق شلوار
را شکافت و از شلوار دامن کوتاه نصفه نیمه‌ای درآورد. باز کردن
فاق شلور لی کار ساده‌ای نبود و حدود یک ساعتی شاید عرق
ریخت. ملوسک هر چه کنارش ونگ زد محل نگذاشت. شلوار که
دامن شد. زود به پایش کشید و باز خودش را در آینه قدی کمد
ورانداز کرد. گشت دنبال یکسری لوازم آرایش که شاید از ملیحه به
جا مانده باشد. فقط یک کرم پودر پیدا کرد که تهش بالا آمده بود و
روغنش ماسیده بود. همان را چند بار به صورت مالید و رژلب
سرخی را که در کشوی کمد پیدا کرد مالید روی گونه‌ها و لب‌هایش
و لبش را چند بار بهم فشرد. از خوشحالی جیغی زد و زل زد به
ملوسک. ملوسک را بغل گرفت و باز جلوی آینه ایستاد. دوباره مچ
دستش را جلوی آینه شبیه توحیدیان گرفت تا بند ساعت فرضی
آویزان شده را نگاه کند. شباهتی به توحیدیان نداشت. باز از
خوشحالی جیغ کشید. رفت در حیاط را باز کرد و گربه به بغل
خودش را انداخت توی حیاط و کنار دیگ ایستاد و به کار زن‌ها که
مشغول زمین گذاشتن دیگ از روی آتش بودند نگاه کرد. زن‌ها اول
ندیدند و بعد با ترکیبی از خنده و تعجب نگاهش کردند. کفگیر

بزرگ را از دست یکی‌شان گرفت و خودش شروع کرد به کشیدن پلو در ظرف‌های یک‌بار مصرفی که از زیرزمین به حیاط آورده بودند. فکر کرد باز خوب شد این‌ها را توی آتش نینداخته‌اند. همین را گفت: «خوب شد که ظرف‌ها رو توی آتیش ننداختین!» و خندید. زن‌ها هم خندیدند. آن‌هایی که حالا از خوابگاه بیرون آمده بودند و دور دیگ پلو چمباتمه زده بودند با آمیزه‌ای از ترس و حیرت به آیدا نگاه می‌کردند. زیاد نزدیکش نمی‌شدند. تک تک آجرهای بنا شاهد بودند که آیدا این ترس و حیرت را از نگاه دیگران می‌چشید و فرومی‌داد. پیرزن گفت: «به چه درد می‌خورن این بشقاب‌ها؟ برای آتش خوبه.» بعد با هم چیزی گفتند که آیدا نفهمید و باز خندیدند. آیدا گفت: «بشقاب چینی هم داریم؛ اونجاس!» دوید رفت سمت خانه‌ی نوری. ملوسک توی دست و پای زن‌ها وول می‌خورد. گذاشت همان‌جا بماند. شش بشقاب چینی پیدا کرد و برداشت آورد توی حیاط. بشقاب‌هایی را که نزدیک‌تر بود توی بشقاب چینی خالی کرد. نه از ممدعلی خبری نبود و نه از گربه‌ی کور. زن‌ها برنج را با انگشت می‌فشردند و بعد به دهان‌های کم دندانشان فرو می‌دادند. انگار که سال‌هاست غذای گرم نخورده‌اند به اندازه چند پاتیل مست و خوش شده بودند. آیدا هم همین‌جور. بعد که خورد و خوراکشان تمام شد. زن یک دندان بشقاب‌های چینی را یکی یکی روی هم جمع کرد و گذاشت کنار تا آیدا ببرد. آیدا خندید و ادا درآورد: «نه تور و خدا، نمیذارم شما ظرف بشورین. خودم همه رو

بعدا میشورم.» یاد وضعیتی افتاد که در آن گیر افتاده بودند. از آن
بدتر یادش افتاد به نبود آب لوله‌کشی که خیلی پیشتر ازقضیه
فرونشست و کوچ کردن‌ها در این‌جا بود. پیرزن جدی گفت: «بعد
می‌ریم از رودخونه آب میاریم. یک نفر برود دنبال طناز و ممدعلی.»
آیدا پرسید: «ممدعلی واقعاً رفته دنبال طناز؟» پیرزن سر تکان داد
و زل زد به گونه‌های سرخ شده آیدا. آیدا بشقاب‌ها را برداشت.
دست زنِ یک دندان را گرفت و از روی زمین بلندش کرد. زن را
دنبال خودش کشاند و به خانه‌ی نوری برد. در کمد را باز کرد و
گفت: «هر کدومو میخوای بردار.» زن اول ناباورانه نگاه کرد. بعد
دهانش حالتی پیدا کرد که انگار در دلش از خوشحالی جیغ می‌زنند
و لباس‌ها را یکی یکی کنار زد و نگاه کرد. حالا بقیه هم آمدند و دور
کمد حلقه زدند. آیدا از دور نگاهشان کرد. بعد آهسته کیف رو
دوشی‌اش را برداشت. نگاهی به کامپیوترهای کنج خانه‌ی نوری
انداخت که هیچ به کار زن‌ها نمی‌آمد. یک جفت کفش ملیحه را،
درست اندازه پایش، به پا کشید و به پای گیپور پوشش در کفش
نگاه کرد. رفت توی حیاط. ملوسک را از کنار دیگ غذا برداشت و
گذاشت توی کیفش. گربه کور میو کشید. چشم چرخاند و پیدایش
کرد. او را هم از زمین برداشت و زیر بغل زد و آهسته از در حیاط
بیرون زد. دو قدم که رفت گربه کور از بغلش پرید پایین و برگشت
به حیاط. آیدا برگشت و نگاهش کرد. کسی را روی پله‌های سکو
دید. یک آن بود و بعد نبود. دوباره نگاه کرد. خودش بود؛ چاق و

خپل، روی پله‌های سکو که می‌خورد به تریبون سخنرانی مدیر. دستش را جلوی دهانش گرفت که جیغ نکشد. گربه‌ی کور خودش را به پایش مالید و میو کرد. آیدا خم شد و نگاهش کرد. زیر چشمی سکو را پایید. کسی نبود. گربه را بلند کرد و گربه باز لگد پراند. باز زمین گذاشتش و راه افتاد. پشت سرش را نمی‌خواست نگاه کند. حس کرد پیری خودش روی پله‌های سکوست با بند ظریف ساعتی روی مچ دست و مشغول سخنرانی. قدم‌هایش را تند کرد. دوید. در حال دویدن کلیدها را انداخت روی زمین و تندتر دوید. آن‌قدر که تصویر غریب خودش بر سکو از ذهنش پاک شد. انگار از تن خودش درآمد. پوست انداخت چون دید که راه رفتن و دویدنش برای خودش تازه است. هیچ‌وقت تصور نمی‌کرد که در بیرون سر برهنه و ساپورت‌پوش قدم بردارد. انگار روی هوا راه می‌رفت.

*

خدا خدا می‌کرد دکتری که طناز انگار منتظر بود تا با او برود، هنوز نرسیده باشد. خدا خدا می‌کرد طناز هنوز همان‌جا باشد و با او برود به جایی که دقیقاً نمی‌دانست کجاست اما خوشحال بود که بالاخره توانسته از مجتمع کنده شود. درست مثل معتادی که از مواد بیزار بود ولی به آن می‌چسبید، او هم به مجتمع چسبیده بود. فکر کرد از پدرش بدتر است اگر نتواند دست از مجتمع بکشد او دست از موادش کشیده بود. دایی علی می‌گفت دل به دریا زدن می‌خواهد و نترسیدن. خدا خدا می‌کرد دکتری را که طناز حرفش را می‌زد خواب و خیال نبوده باشد و او را هم با خودشان ببرند. خدا خدا می‌کرد که طناز دیوانه نباشد، راست گفته باشد و دکتری که حرفش را می‌زد واقعاً همان دکتر رامین خودش باشد. فکر کرد که او دوست طناز است چون به دوستانش جا و غذا داده، نباید روی او را زمین بزند. فکر می‌کرد و قدم‌کش به سمت گورستان می‌رفت. ساختمان، دوباره، روی پایه‌ی سنگی‌اش که حائل بین دو زیرزمین بود تکان خورد ولی دیگر فرونریخت. ساختمان یادش بود همان اول که این بنا را ساختند، در زیرسازی به سنگ بزرگی برخوردند که انگار بخشی جامانده از کوهی در اعصار دیرین زمین‌شناسی باشد. با ابزار آن زمان درآوردن سنگ ممکن نبود. از آن گذشته آن‌جا زیرزمین بود و پی سازی بنا به اندازه کافی گود شده بود. پس سنگ را گذاشتند بماند و زیرزمین را دو تکه ساختند. یک تکه تنگ و

ترش برای انبار کردن غذا و مخلفات. تکه‌ی کناری کمی بزرگ‌تر برای سکونت احتمالی از شر گرما یا زلزله و هر حادثه‌ی پا به راه که بعدها شد زیرزمینی برای استنطاق زندانی‌ها، در دوره پادگان، انبار اسلحه و برای مجتمع دخترانه، سیاهچالی برای تنبیه دخترهای سرتق و انبار وسایل. حالا همان سنگ این بنا را نگه می‌داشت و جلوی نشست بیشترش را گرفت. گرچه مثل کشتی سوراخی به سمت زیرزمین مخروبه کج شده بود و آزمایشگاه که روی آن بود، دیگر غیرقابل ورود شده بود. «چه بهتر! که دنبال خوراکی نرن آزمایشگاه و گرنه بعید هم نیست مواد شیمیایی اونجا رو برای خوردن امتحان کنن!» آیدا فکر کرد اگر در آزمایشگاه را باز کنند و فروبریزد چی؟ ولی به فکر خودش محل نگذاشت و سبکبال قدم برداشت و دورتر شد. از روی بالاترین آجرها می‌شد دید که او ریز و ریزتر می‌شود و مجتمع با نفس و صدای آدم‌هایی تازه، جان دیگری گرفته است. آدم‌هایی که نه زندانی بودند و نه سرباز و به پای خود آمده بودند تا خانه را سرپا کنند. دیوارها از آن شب دیگر زن نگران پارچ به دست را ندیدند که از درز آجری به ترک دیواری می‌رفت تا خانه قدیمی‌اش را نگه دارد. خانه زنده شده بود.

*

دیگر برای یافتن زباله‌ی به‌دردبخور به زمین زیر پایش نگاه
نمی‌کرد. در آن بلوز گل‌گلی و دامن دست‌ساز، دوست داشت موی
دم اسبی‌اش با ضرب قدم‌هایش تاب بخورد و از این رو بود که
سرش را این‌ور آن‌ور تکان می‌داد تا دم‌اسبی بی‌قرارش را ببیند.
چنان رها قدم برمی‌داشت که نگران نبود پایش به آت و آشغال‌ها گیر
کند. زیرپایش را نگاه نمی‌کرد، سرش به آسمان بود و نگاهش به
دوردستی خالی که پرنده در آن پر نمی‌زد. چنان مصمم می‌رفت که
حتی اگر طناز هم را پیدا نمی‌کرد، قرار بر ماندن نداشت. از روی
تپه‌های گل و چاله‌های آب می‌پرید. تمام ذهن و تنش خواهان زود
رسیدن به گورستان مخروبه‌ای بود که طناز نامی در آن‌جا منتظر
دکتری بود که معلوم نبود وجود خارجی داشته باشد و با تمام توان
می‌خواست از آن‌ها جا نماند. به کپه‌ی زباله‌های چوبی تخت و مبل
که رسید، سکندری خورد و نزدیک بود واژگون شود. ملوسک از
درون کیفش دست و پایی زد تا خود را پایین اندازد؛ آیدا به زور
گرفتش و در بغلش نگه داشت. گربه میو کشید و دست و پا زد. دو
پایش را چنگ کرد و محکم به شکم آیدا فشار داد. آیدا، عصبانی،
گربه را زمین گذاشت و راهش را پی گرفت. گربه وسط زباله‌ها
ایستاد و به نا در کجایی خیره شد که تا به‌حال ندیده بود و پر از
بوهای غریبه بود که او را می‌ترساند. آیدا چند قدم که رفت برگشت.
سرش را تندی چرخاند تا دم اسبی شلال موهایش بیفتد روی

شانه‌اش. می‌دانست موی وزش به این راحتی تکان نمی‌خورد ولی در طی این مدت چرب و لخت شده بود و بهتر از قبل می‌لغزید. گربه سر جایش سیخ مانده بود؛ انگار اسیر در دایره‌ای از سوزن و میخ. برگشت و تا خم شد که بلندش کند و به بغل بگیرد، گربه فرار کرد و کمی آن طرف‌تر ایستاد. پاهایش در وسوسه‌ی رفتن تعللی را برنمی‌تافت. نمی‌توانست بماند یا دنبال گربه کند. هر گام دیرتر، برایش به معنای دورتر شدن از طناز و دکتری بود که حالا در خیالِ او داشتند در راهی می‌رفتند؛ چه بسا سوار بر موتورسیکلت که او در این‌صورت اصلاً به آن‌ها نمی‌رسید. دوید و گربه را برداشت. گربه باز دست و پا زد. رو به ساختمان زمینش گذاشت و گفت: برو! و تا مطمئن شود گربه صدایش را شنیده باشد دوباره گفت: «برگرد برو خونه!... از همون‌جا که اومدیم.» گربه همان‌جا سیخ ایستاده بود و به دوردستی خیره بود که در آن، تنها ساختمان آن برهوت، کج سر پا مانده بود و هنوز خیال افتادن نداشت. آیدا پشت کرد تا برود. گربه هنوز ایستاده بود که باد بوی آیدا را به سمتش کشاند. برگشت و دنبالش میو کرد. از ذوق این صدا، آیدا شتاب را فراموش کرد. رو برگرداند و زانو زد تا گربه خود را به آغوشش برساند. حس عمیقی از عشق در دلش بالا آمد که تا حالا برایش غریبه بود. تجربه‌ای که تا به حال نداشت، دویدن کسی به سمت او برای در آغوش گرفتنش یا به آغوشش آمدن. تمام رودهای عالم انگار در دلش کف بزنند، حلقه‌ی اشک در دو چشمش جوشید و صورتش

را به ملوسک چسباند و بلند شد. «گمم کرده بودی؟ من که همین‌جا بودم تو گیج شده بودی.» بوسیدش. «نه، نمی‌خواستم تنهات بذارم. فکر کردم دوست داری بری خونه.» و فکر کرد به شکل واژه‌ی خانه، به نقاشی کودکانه‌ای از خانه که در مدرسه می‌کشید. مربعی که روی آن مثلثی سوار شده بود و دودکشی در بالایش داشت. همین! با یکی دو پنجره و یک در. اگر حوصله داشت دو طبقه می‌کشید و دو پنجره هم برای طبقه‌ی بالا می‌گذاشت و راه پله‌هایی مارپیچ به بیرون. خانه برای او تنها همین تصور کودکانه‌ای بود که از نقاشی‌هایش در خاطرش مانده بود. ملوسک خرخر خفیفی کرد و خودش را بیش‌تر به تن گرم آیدا چسباند. دیگر داشت می‌رسید. حالا دیگر به‌کلی از دیدرس ساختمان دور شده بود و بعد ساختمان دیگر نبود. فکر کرد اگر آن‌وقت‌ها که از مجتمع بیرون می‌زد، فقط کمی بیش‌تر دور شده بود و از دیدرس نگاه جاسوس مجتمع دور می‌شد، خیلی زود به گورستان مخروبه می‌رسید و آدم‌هایی که او را پناه می‌دادند و اگر موفق می‌شد دیگر همین کسی نبود که حالا هست؛ سال‌ها حبس شده در مجتمع. آه و حسرت را از سرش پراند؛ حالا هم بد نبود. بی‌پوشش راه رفتن در بیابان، با خود فکر کرد و چه بسا در شهر هم چون که دیگر کسی نیست تا او را به جرم برهنگی بگیرد، چیزی که قبلاً نصیبش نمی‌شد. شاید هم فقط گورخوابی می‌شد مثل آن‌ها ولی آزاد بود. فکر کرد او مثل آن‌ها نمی‌شد همان‌طور که طناز نشده بود؛ «دخترک دیوانه معلوم نیست

چه در سر دارد!» از دید آن‌ها او یکی بود مثل نوری و ملیحه یا پدرش و حتی عزیز که خانه داشتند و یا مثل توحیدیان که قانون وضع می‌کردند یا مثل عزیزش که به آن قانون‌ها گردن می‌گذاشت؛ هیچ‌کدام را نمی‌خواست. او طناز نبود و لابد برای همین حقش بود به جای دکتری که طناز حرفش را می‌زد کسی مثل رضا نصیبش شود. فکر کرد «لعنت بهت رضا! چرا از ذهنم پاک نمیشی؟» رامین، دکتر رامین، پزشک بیمارستان او، دوست طناز. حالا خطوط چهره‌اش درست در یادش نقش بست. دکتر خودش... باید خودش باشد... چرا تا به حال فکرش نرسیده بود. یک دکتر که بیش‌تر نداشت آن‌جا. یا او یک دکتر بیش‌تر به یاد نداشت که هم جوان باشد و هم قابل اعتماد و هم... رشته‌ی افکارش گسیخت. طناز را دید که ایستاده بود روی بلندای تپه‌ای نزدیک سنگ قبری عمود فرورفته در زمین. انگار چشم به راه کسی. شاید او. نزدیک که رسید با دیدنش جا خورد. فکر کرد «چشم به راه دکتر خیالی که نیامده!» اول او را ندید و همین که چشمش به او افتاد، گل از گلش شکفت.

ـ منتظرم نبودی ها؟

ـ نه!...

و خندید: «چه تیپی زدی آ!»

لحنش مثل کسی بود که دوستی قدیمی را بعد از یک خداحافظی معمولی در روز پیش دوباره می‌بیند. مثل کسانی نبود که مدام چشم می‌زنند که این غریبه‌ای که این‌جا ایستاده است مبادا

یکی از آن دیگرانی باشد که برای دردسر درست کردن آمده باشد. آیدا پرسید: «دکتر نیومد؟» طناز از تپه پایین آمد. گفت: «نون با خودت نیاوردی؟» حالا دیگر نمی‌گفت «نان» می‌گفت «نون» انگار لهجه‌ی خودش را بازیافته بود. آیدا گفت: «وای! خودم سیرم، فراموش کردم. چرا نیومدی؟ رفیقات یه برنجی دم کردن که باید انگشتاتو می‌خوردی. اون پیرزنه که یه کم بدجنس میزنه، اون رئیستونه؟»

— عذرا بدجنس نیست. از خیلی وقته اینجاست. برای همه‌ی اینا مادری کرده.

— برای تو چی؟

— برای من زیاد فرصت نشد. همین که بهم جا دادن و راحتم کردن از فرار و هر شب خونه یکی موندن از ترس اینکه مبادا پیدام کنن، خودش خیلیه.

— چرا فرار می‌کردی؟

طناز پشت چشمی نازک کرد که یعنی آیدا می‌داند و خودش را به ندانستن زده است. پرسید:

— خودت چرا فرار می‌کردی از مجتمعتون؟

آیدا مات و مبهوت نگاهش کرد تا بتواند در ذهنش ربط آشنایی بین مجتمع و جایی که طناز از آن فرار می‌کرده پیدا کند و ناگهان انگار دریافت که پی‌اش را نگرفت و پرسید:

— دیدی دکترت نیومد و همش خواب و خیال بود!

طناز دوید و رفت به سمت همان گودال قبری که دهان باز کرده، خاک را در خود فروکشیده بود و شبیه غاری شده بود که محل زندگی‌شان شود. از نردبان طنابی پایین رفت و زود بالا آمد. ساکی دستش بود.

ـ اومدش، چرا.

و ساک را به سمت آیدا گرفت: خودت چرا نرفتی سمت شهر؟ اومدی این‌جا؟

ـ این چیه؟

رفت سمت ساک و جلوی آن زانو زد. ملوسک خودش را از درون کیفش بیرون کشید و به محض پریدن کش و قوسی به خودش داد. طناز ذوق‌زده از دیدن ملوسک، نشست کنار ساک و زیپش را باز کرد.

ـ دکتر آورد. لباس و چیزهای ضروری‌ام که گمشون کرده بودم. باید برم سمتشون. گفت دیگه لازم نیست قایم بشم. لازم نیست دیگه این‌جا بمونیم؛ نه من نه من بقیه.

آیدا وارفته انگار امیدی از کفش رفته باشد زیرلب گفت: وای...! پس باز ما جا موندیم.... بعد از مکثی طولانی گفت: تو چرا نرفتی؟

ـ چته؟ اتفاقی نیفتاده که... قرار گذاشتیم. بهم گفت کجا برم. چون بقیه نبودن، قرار شد بمونم تا اونا رو هم از این‌جا دربیارم. همه نمیدونن کجا برن. اغلب میرن سمت شهر که ناامنه. ساختمونا

هنوز در حال ریزشه و خیلیا که برگشتن زیر آوار موندن. فرونشست زمین در بخش‌های اصلی مرکز شهر بیشتره.

ـ پهه! تازه فهمیدی!؟ پس از چی فرار می‌کردی؟

ـ من از زمین فرار نمی‌کردم... فرار ما مال قبل فرونشست بود.

به تأسف سر تکان داد: تو از چی خبر داری دقیقاً خانم؟

ـ من بیش‌تر عمر کوتاهمو توی مجتمع بودم. تو فرض کن از هیچی. اسمم آیداست.

ـ نیاز به فرض نیست؛ دارم می‌بینم. ممدعلی گفت.

ـ اون از کجا می‌دونست؟

طناز جواب نداد. با انگشت، سمتی را در آن سوی قبرستان نشان داد که جز تپه ماهورهایی که حالا از زیر گل و زباله سر درآورده بود، چیز دیگری دیده نمی‌شد: «باید بریم اون‌وری. شهر جدید اون‌ور ساخته میشه. با دست خودمون.»

ـ نه بابا! کیا هستین؟

طناز باز جوابش را نداد و آیدا پشیمان از حرفش نرمخویانه پرسید: کجا هست؟ پس یعنی هر کی توی شهر بوده رفته زیر آوار؟ پروانه ...

ـ کی؟

– پروانه لاچینی. اومد مجتمع. بعدِ همین خرابی‌ها، یه ساک پر از کلید گذاشت پیش من، خودش رفت. می‌شناسیش که انگار. همون بهیاره! خوب شد باهاش نرفتم.»

– خبر ندارم. من دارم میرم. کاش یه کمی نون آورده بودی توی راه گرسنه می‌شیم.

– مگه قرار نبود بری بقیه رو خبر کنی؟...

– چه قراری؟!...

– صبر کن ببینم!... دروغ گفتی تو نه؟ کسی نیومده سراغت. این ساک قبلاً همین‌جا بوده توی اون سوراخت؟ دکتر اومد و رفت و ... یادت رفت؟ می‌خوای سرم شیره بمالی؟ می‌ترسی تنها بری یا اصلاً کجا داری میری که باید منم باشم؟ تو اصلاً کی هستی که منو از رفتن به شهر می‌ترسونی... نکنه تو...

– مگه من بهت گفتم بیا. من گفتم برگرد این‌جا؟ اگه می‌خواست بری شهر چرا از این‌وری اومدی که به بیغوله می‌خوره؟ میخوای بگی اینم نمی‌دونستی چون تا حالا از زندون درنیومده بودی؟!

– من نمیام تا وقتی نفهمم چرا دروغ گفتی؟

– چه دروغی؟

– که دکتر اومده و بهت گفته باید بری اون‌وری؟ انگشتت میگه اون‌وری پس ما هم بریم اون‌وری. اون‌جا کجا هست، وسط بیابون؟

ـ خیلی خوب بابا! دکتر نیومده ولی می‌تونم حدس بزنم کجاست. من دیگه بیش‌تر از این این‌جا نمی‌مونم تو خواستی بیا، نخواستی خودم میرم. قبل اومدنتم داشتم می‌رفتم.

ـ آره دیدم ساکت از توی سوراخ درآورده آماده کنارت بود.

طناز دیگر چیزی نگفت. پشت کرد که برود. ولی سر جایش ماند. برگشت و نگاهی به سرتاپای آیدا کرد. بعد لبخند محوی بر لبش نشست. روسریش را باز کرد و کش را از موهای چرب چسبیده به سرش باز کرد. سرش را خاراند. تا از دل آیدا دربیاورد، گفت: چرا به فکر من نرسیده بود که دیگه نیازی نیست؟

ـ جناب‌عالی خیلی مشغول امور مهم مثل شهر ساختن و اینا بودی یادت نیومد.

هر دو زدند زیر خنده. یخ کدورتشان زود آب شد. طناز گفت، می‌رود. آیدا می‌تواند بماند تا اگر کسی برگشت سرنخی بگیرد. آیدا گفت از تنهایی در محیط باز می‌ترسد و قصد برگشتن به مجتمع را هم دیگر ندارد. لااقل یک‌بار میخواست به قولی که به خودش داده است پای‌بند باشد و دیگر به آنجا برنگردد؛ نه حالا که کسی نیست تا او را برگرداند. طناز خندید: «اینجا دیگه چیزی نیست که تو رو بترسونه.»

ـ نه برای من که عمری رو توی چهاردیواری زیر نظر مراقب‌ها سر کردم. این مدت هم که کسی نبود از توی یه اتاق کوچیک نمی‌تونستم اونورتر برم. مخصوصاً شبا.

بعد پرسید: به نظرت توی شهر، همه رفتن زیر آوار؟ یعنی مردهای اینام که دیگه برنگشتن زن و بچه‌شونو ببرن برای همین بوده؟

ـ شاید... منم مثل تو! تا وقتی این‌جا باشم از هیچی خبر ندارم.

بعد راهش را کشید به سمتی که قبلاً نشان داده بود. آیدا می‌دانست طناز اگر بخواهد به مجتمع برود تا دوستانش را خبر کند راه را خوب بلد است. حالا دیگر می‌دانست که لااقل چند نفرشان یکی دو باری از سمت خیابان به مجتمع وارد شده‌اند، از سوراخی که در فرونشست نامحسوس زمین ایجاد شده بوده خودشان را به زیرزمین آزمایشگاه رسانده و آن‌جا رفت و آمد داشته‌اند. می‌دانست که این بیابان هم باید مثل کف دستشان باشد. کپه‌های زباله را که مثل شهرک‌های صنعتی مسیر، نشانِ راه بودند دور زده‌اند و بارها به پشت حیاط نوری رسیده‌اند ولی از دیوارهای بلند حیاط خلوت و سیم‌های خاردار بالای دیوارش نتوانسته‌اند بگذرند. آیدا حالا می‌دانست که اگر یکی از آن شب‌ها که تنهایی در خانه نوری در به روی خودش بسته بود فقط یکی از این‌ها را نزدیک پنجره پشتی آشپزخانه می‌دید زهره‌ترک می‌شد. یادش بود که در تمام دورانی که مجتمع باز بود و بعد که خودش تک و تنها در آن‌جا ماند چه‌قدر از کسانی که پشت آن دیوارها بودند ترس و نفرت داشته است. طناز در حالی که ساکش را حمایل شانه کرده بود و راه می‌افتاد گفت:

راستش من از آدمای مجتمع زیاد خوشم نمی‌اومد. شاید برای همین اولش زیاد مایل نبودم تو هم باشی باهام ولی الان دوست دارم با هم بریم. تنها نباشیم؛ هر دو.

ـ چرا خوشت نمی‌اومد؟

ـ به‌خاطر فضای اون‌جا. چیزای بدی شنیده بودم.

ـ ما زندانی بودیم.

ـ زندانی‌ها هم وقتی دوره شون زیاد میشه، قوانین زندان‌بان رو می‌پذیرند. هر دو دسته زندانی و زندان‌بان در نهایت یکی میشن؛ همدست.

آیدا هم با او به راه افتاد بدون این‌که دیگر حرفی از رفتن نرفتن پیش بکشد: ولی من چند بار فرار کردم.

ـ حرفی که زدم معلوم نیست درست باشه. میگم من اون موقع‌ها این‌جور فکر می‌کردم.

آیدا دیگر سبکبالی چند دقیقه پیش را در راه رفتن نداشت. گونه‌هایش از هرم آفتاب سرخ شده بود و در سرش افکار عجیبی جولان می داد. مثل همان دشت خالی از سکنه که نسیم بی‌هیچ مانعی از جایی به جایی گذر می‌کرد. یک لحظه ایستاد و چشم چرخاند: «صبر کن! ملوسک...» طناز ایستاد و او هم دنبال بچه گربه‌ی خاکی/سبزرنگی گشت که برای استتار در باغچه و خاک و خاشاک تکامل یافته بود. طناز گفت من میرم تو هر وقت پیداش کردی از همینور بیا... البته اگه خواستی...

آیدا نشست روی زمین. پشت هر خاربوته‌ای خم شد و ملوسک را صدا زد. خبری از بچه گربه نبود و پر هیب طناز هم در آفتاب بعد از ظهر لرزان لرزان کمرنگ می‌شد. خسته و کلافه از گم کردن ملوسک، روی زمین ولو شد و پایش را دراز کرد. یک لحظه حس کرد ملوسک در زیر خاربوته‌ای جنید و مثل همیشه که با او بازی کمین گرفتن و حمله کردن راه می‌انداخت حالاست که بپرد روی او. تا آمد به خودش بجنبد، گیپور جوراب شلورای‌اش شکاف خورد و شکافش کشیده شد تا بالا. با دندان‌های بهم فشرده در حالی که داشت رد رفتن طناز را نگاه می‌کرد تا از چشمش دور نشود داد کشید: ملوسک کجایی لعنتی! بدو بیا!... و دوید سمت گودال. دو پله از نردبان طنابی پایین رفت. قلبش مثل مشتی محکم به دیواره‌ی سینه‌اش می‌کوفت و بوی نا و نم، انگار هزاران جفت چشم‌های غبار گرفته‌ی مردگان را به رویش خیره می‌کرد. از نیمه راه داد زد: ملوسک!... بدو نیام پایین و یک آن حس کرد سایه‌ای در تاریکی گودال تکان خورد. حس کرد چیزی خودش را روی پله‌ی اول نردبان طنابی انداخت و تعادلش را از دست داد و روی آن تاب خورد. سرش را رو به آسمان گرفت که در تمامِ مدتِ پایین رفتن از نردبان، آبی آسمان را پیش چشم داشته باشد نه تاریکی گور را. بر آخرین پله پایینی که رسید، پرید. نم و سکوت مثل بختک رویش افتاد. سر جایش ماند تا چشمش به تاریکی عادت کند. فکر کرد ترسش بی‌خود است، از زیرزمین مجتمع که خیلی بهتر است چون لکه‌ی

آبی آسمان را بالای سرش دارد بخصوص اگر همان‌جا که هست بماند و جلوتر نرود. از همان‌جا صدا زد. صدای خودش را خفه شده شنید، انگار که کسی یا کسانی به پچ‌پچه درباره‌اش حرف می‌زدند. تمام قدرتش را جمع کرد و جلوتر رفت. خبری از ملوسک نبود. تکه کهنه‌های پاره‌ی روی هم ریخته را کنار زد. یک نشیمن صندلی شکسته جای تشکچه یا بالش شاید. چرمش پاره شده بود و اسفنجش بیرون زده بود. یک فرفره‌ی دستی با چوب حصیر و سوزن خیاطی. سوزن به دستش فرورفت. باید مال ممدعلی باشد بچه دیگری که ندارند! و اشیایی که از شکل خود خارج شده بودند و پس از زباله شدن شی دیگری شده بودند با کاربرد دیگری در آن گوردخمه. ظرف‌های یک‌بار مصرف پاره به جای کاسه بشقاب. و آن آخر آخر یک لیوان کاغذی که درون آن ساقه‌ی نحیف گیاهی رونده فرورفته بود و آب لیوان خشک خشک بود. گیاه را برداشت و چشمش افتاد به بطری آب معدنی کوچکی کنار دستش. از همان مارک بطری‌های مجتمع بود و تا نیمه آب داشت. فکر کرد: پس واقعاً این‌ها به مجتمع دستبرد می‌زده‌اند. توحیدیان حق... سرش را تکان داد که حق نداشت. بطری‌های آب که ارث پدرش نبوده! از خودش بدش آمد. دوباره ملوسک را صدا زد. بعد گل و بطری را برداشت و به سرعت به همه جا چشم چرخاند. قلبش انگار آمده باشد توی دهنش، دهانش باز و خشک مانده بود. ملوسک را دید زیر چیزی شبیه تشکچه کمین گرفته بود. «ای وروجک... موش پیدا

کردی؟!» ملوسک را زیر بغل زد و بالا آمد. نفسش را بلند و پر صدا بیرون داد. یک لنگه ساپورتش کلاً از مچ تا ران جر خورده بود. به پارگی ساپورتش خیره شد و ملوسک را انداخت توی کیفش و زیپش را کشید. فکر کرد: عجب قیافه‌ای انگار توی عروسی بودم که یه بمب بهم خورده و فرار کردم. نشست روی زمین و ساپورت را از پایش کند. زخم پایش اذیت کرد. گیاه را هنوز به دست داشت که قدم‌هایش را تند کرد و دوید به همان سمتی که طناز رفته بود و حالا فقط هاله‌ی دور و محوی از او را در دید داشت. کمی که دوید، طرح اندام طناز رنگ گرفت و خیالش راحت شد که به او رسیده ولی نفسش تنگ شده بود و دیگر نتوانست بدود. صدایش زد. طناز ایستاد. نشست روی زمین. بعد آهسته دراز کشید تا کوبش قلبش را آرام کند. حالا طناز داشت به سمت او می‌دوید. پرهیبش را می‌دید که انگار از درون پاره‌های ابر به سمتش می‌دود. خیالش راحت شد و چشم‌هایش را بست. نفس کشید. چشم باز کرد. طناز بالای سرش بود. بازی نسیم را روی پوست عریان پاهایش حس می‌کرد. حمله‌ی اضطراب از او گذشته بود؛ از روی سرش رد شده و خفتش نکرده بود. نفس نفس‌زنان به طناز اشاره کرد دراز بکشد. طناز نگران نگاهش کرد و دراز کشید. به ابرها اشاره کرد و آبی آسمان. اولین بار بود که زیر آسمان خدا، در حالی که نه دیواری جلوی رویش بود و نه سقفی بالای سرش و نه ترسی در دلش، پوستش تن هوا را در خود می‌کشید. چرخید و به طناز گفت: حالا خوبم! گاهی نفسم بند

میاد... یک لحظه انگار تمام مرده‌های اون گودال ریختن روی سرم. طناز خندخند گفت: «مرده‌ها از گورها بیرون می‌پرند، زنده‌ها در آن پناه می‌گیرند.[۲]» بعد جدی گفت: پودر شدن رفتن پی کارشون، لابد خاطراتشون ریخته تو سرت.

ـ نگو تو رو خدا بیش‌تر ترس میندازی توی دلم!

طناز انگار خواهر کوچک‌تری را آرام کند دستش را بالش سر او کرد. گفت: انگار خیلی ترس خوردی تو زندگی‌ات! آیدا چشم‌هایش را دوباره بست و لبخند را روی لبش کاشت: به‌خاطر این وروجک تا ته‌گور رفتم. از حرفی که زد شرمنده شد که آن گور تا همین یک ساعت پیش خانه‌ی طناز بوده. برای پوشاندن خرابکاری‌اش گفت: مراقب باش این وروجک دوباره نپره بیرون. آفتاب ذره ذره تنش را گرم کرد. گفت بیا حالا که کسی نیست یه لحظه همین‌جا یه چرت بزنیم تا نفسم برگرده. طناز بی‌حرفی، همان‌طور که دست راستش را زیر سر او داشت، آرنجش را صاف کرد و به پشت دراز کشید و زل زد به دل آبی بعد از ظهر آسمان.

---

[۲] شعر از مرتضی ثقفیان

***

شلوغ بود. رگه‌ای آبی مثل گیاه نازکی دریایی در تمام هوا
جریان داشت. همه بودند. همه کسانی که ندیده بود ولی خوب
می‌شناختشان. برو بیایی در جریان بود. مثل همان راه رفتن‌های دم
به دم زنان گورخواب از حیاط مجتمع به زیرزمین و برعکس. هر
کس گوشه‌ی کاری را گرفته بود و مشغول بود و آیدا شرمزده از
بیکاری نگاهشان می‌کرد و دنبال طناز می‌گشت تا از او چیزی بپرسد.
همه‌جا پر از صدای جیک جیک گنجشک و میوی گربه و هاپ هاپ
سگ‌های بازیگوش بود که قاطی قهقهه‌ی پراکنده‌ی خنده‌ای می‌شد.
گاهی این همه جمعیت داخل مجتمع بودند و باز از مجتمع تبدیل
به جایی دیگر می‌شد. بعد دکتر رامین آمد. همان دکتر بیمارستان
کاها بود. در دستش برگه‌ی آزمایشی بود و رو به او می‌خندید:
«به‌خاطر چی فکر کردی باید حامله باشی وقتی هنوز... بکارتت
هست؟» آیدا آمد چیزی بگوید که انگار دکتر در جریان همان رگه‌ی
نخ‌مانند آبی هوا گم شد. زن یک دندان به او تنه زد و با خوشحالی
گفت: همه دکتر مهندس‌های گور ما دارن این شهرو می‌سازن ببین
چقدر قشنگه! و آیدا سر بلند کرد و جلوی رویش قصری دید از
شیشه و بلور که زیر نور آبی هوا می‌درخشید. ممدعلی یک پایش را
کشید و گفت: آب هم داره. آبش از فاضلاب درست میشه. یک
عده شروع کردند دست زدن. آیدا نگاه می‌کرد و سرش گیج
می‌خورد. طناز روی سکویی شبیه تپه‌ی قبرستان ایستاده بود و قصر

آبی پشت سرش بود و برایش دست می‌زدند. روسری سرش نبود و موهای سرش چرب و بهم چسبیده بود. بینی‌اش به قلقلک افتاد. عطسه زد و بیدار شد. طناز داشت پر نازکی را روی بینی‌اش می‌کشید.

ـ خوابم برد؟ دیر شد؟

ـ شاید فقط ده دقیقه. داشتم باهات حرف می‌زدم.

ـ فکر کنم یه چیزایی شنیدم. از فاضلاب آب می‌گرفتین.

ـ هههههه... معلومه یه چیزایی شنیدی نه این‌جور. پاشو اگه حالت بهتره بریم.

در حین حرف زدن دستش را از زیر سر او بیرون کشیده بود و بلند شد نشست. نگاهی به پاهای عریان آیدا انداخت و لب گزیده به خنده، دامنی را از توی ساکش درآورد و سمتش گرفت. آیدا دامن را پس زد و بلند شد: رفتی و برگشتی؟

طناز خندید.

ـ لباس درست حسابی از کجا؟

ـ مال خودمه. توی ساکم بود.

بعد که دامن در دستش ماند، آن را دوباره چپاند توی ساک کوچکش. آیدا نگاه معناداری به ساک انداخت و چیزی نگفت. طناز گفت «مال خودمه. خودم درستش کردم از گونی برنج. همه‌ش کار دسته. خوشگله؟»

آیدا درگیر در دلشوره رفتن و خوابی که دیده بود پرسید: «بگو ببینم این قضیه‌ی دکتر که میگی راسته؟»

ـ چی بگم؟ یه بار که گفتم آره. خودتم که می‌شناسیش. راستشو بخوای....

ـ چی؟

ـ من هر چی بگم بی‌فایده است. باید خودت ببینی که ما کی هستیم و چه کارها می‌کردیم و تازه معلوم نیست بعدش از ما خوشت بیاد؟

ـ یعنی شما... تو... با این گورخواب‌ها نبودی؟

ـ پاشو بریم دیگه شب شد. چقدر حرف می‌زنی منو یه لنگه پا نگه داشتی من باید برسم به جایی. دوستام اونجان. می‌دونم و گرنه نمی‌رفتم. می‌خوای نیا!

آیدا بلند شد و کیفش را روی شانه انداخت اما هنوز منگ از حالتی که دچارش شده بود گفت: اون روز که دیدمت خم بودی و پشتت قوز داشت ولی الان اون‌جوری نیستی.»

طناز در خود فرورفته و کمی دلخور گفت: به اختیار خودمه که چه جور بشینم و پاشم. می‌خواستم شبیه اون طفلیا باشم.

ساک را انداخت روی دوشش و قدم‌کش بدون این‌که به آیدا نگاه کند جلو زد. آیدا نگاهش کرد. او در لباس‌های شندره پندره، موهای چرپ ژولیده با وقاری راه می‌رفت که انگار کسی را به سالن بزرگ سخنرانی دعوت کرده‌اند. شبیه زن‌هایی که در فیلم‌ها دیده

بود که وقت راه رفتن دست‌هایشان مزاحم‌شان نبود و نگران نگاه کسی نبودند. آهسته گفت: «ببخشید...» و بعد دنبال طناز راه افتاد. گیاه درون بطری آب در دست طناز بود. حالا آیدا بود که پشتش خم شده بود انگار می‌خواست با این جور راه رفتن به حس او در شبیه شدن به زنان گورخواب نزدیک شود. فکر کرد لابد آن‌ها هم در مجتمع، به چشم توحیدیان و معلم‌ها همین‌جور شانه‌هایشان خم بوده و خودشان خبر نداشته‌اند. یادش آمد به زهرا که وقتی توحیدیان سرش داد می‌کشید خود به خود کوچک می‌شد و سرش درون شانه‌هایش فرومی‌رفت. یاد رضا افتاد که یک‌بار به او گفت چرا به جای او، زمین را نگاه می‌کند و با انگشت چانه‌اش را بالا داده بود. یادش آمد حتی معلم‌ها هم خمیده بودند به نسبت پورانی و توحیدیان. همه جز معلم تاریخ تمدنشان که یکراست می‌آمد سر کلاس درس می‌داد و می‌رفت و زنگ تفریح هم از کلاس بیرون نمی‌رفت. پایش را به دفتر توحیدیان نمی‌گذاشت. بچه‌ها پشت سرش پچ‌پچ می‌کردند که با توحیدیان و پورانیان قهر است و مجبور است بیاید این‌جا درس بدهد. می‌گفتند تبعیدش کرده‌اند ولی خودش هیچ‌وقت چیزی نگفته بود. می‌گفت دوست دارد به آن‌ها درس بدهد و به این جای دور بیاید. طناز گفت: «هیچ‌کس دوست نداشت اون‌جا زندگی کنه، حالا خیال می‌کنن مجتمع همه چیزه. احمق‌ها خیال میکنن می‌تونن اون‌جا بمونن و آب و غذا تا ابد هست... هر زندانی بالاخره یه روز خراب میشه.» آیدا خندید.

صورتش باز شد و گفت: «فکر کنم تا همین حالا هر چی خوراکی بود تموم شده.» طناز زیر لب لند لند کرد: «فقط که خوراکی نیست همه چیز.» و همان‌طور که داشت می‌رفت، دست کرد توی ساک و ملوسک را داد به آیدا. آیدا ملوسک را گرفت و نوازش کرد و توی کیف خودش گذاشت.

گفت: ولی همچین زندان زندانم نبود ها. برای ما مثل خونه بود با پدر مادرای سگ اخلاق. ولی خونه‌ی سرایدار خوب بود. خودش و زنش هم خوب بودن باهامون. عین پدر مادر واقعی.

ـ پدر مادر واقعی ندیدی که اینو میگی. توی همچین جاهایی هر کی به فکرخودشه که چه جوری سر بقیه رو شیره بماله و گلیم خودشو از آب بکشه بیرون. به‌خصوص مستخدم جماعت که محرم راز این رئیس رؤسان.

هر دو ساکت شدند. دیگر حرفی نبود. هر حرفی شاید به زخم زبانی نامرئی ختم می‌شد. به اندازه یک قدم از طناز عقب افتاده بود، کمی تند کرد تا به او برسد. نفسش هنوز تنگی می‌کرد ولی آن‌قدر نبود که اذیتش کند و نگران ترس حمله باشد. فکر کرد وقتی رفت آن پایین، الکی خودش به خودش هیجان وارد کرد. گربه را از توی کیفش درآورد و بغل گرفت. تا حرفی زده باشد که سکوت بین‌شان نیفتد، گفت: سرو کله یه گربه کوره پیدا شده. به نظرت مادرشه؟

طناز گفت: «گربه‌ها بچه‌های ضعیفشونو ول میکنن.»

ـ پس بچه‌های قویش کجا بودن؟

طناز شانه بالا انداخت. آیدا گفت: «آدما هم ول میکنن. مثلاً من و تو رو...» طناز گفت: «منو کسی ول نکرد. خودم اونا رو ول کردم.» و خندید. آیدا این خنده را نشان دوستی گرفت و دست بر شانه‌اش گذاشت و باز قدم‌هایش را تند کرد تا به او که باز هم تندتر راه می‌رفت برسد.

ـ راست میگی، حرف بیخودی زدم. ما حتی همدیگه رو نمی‌شناسیم.

طناز زیر لب چیزی گفت که آیدا نشنید. پرسید چه گفته؟ طناز باز من‌من کرد: «به وقتش...» انگار دل و دماغ حرف زدن نداشت و همین آیدا را ساکت کرد.

یک نفر داشت پشت سرشان می‌دوید و هوار می‌کشید. هر دو ایستادند و به رد غباری که نزدیک می‌شد نگاه کردند.

*

سوار بر دوچرخه‌ای که لق می‌زد و لنگر می‌انداخت، پرهیب کسی پیش می‌آمد که ناگهان از صدا و نفس افتاد. دوچرخه کج شد و سقوط کرد و سوار مثل پرکاهی از روی آن به زمین درغلتید. از آن فاصله، همه چیز محو و درهم بود. طناز زیر نگاه بهت‌زده‌ی آیدا به سمت دوچرخه دوید. ساکش را روی زمین انداخت و تندتر دوید. آیدا اول، ترسان و بعد با قدم‌های مطمئن‌تری به سمت‌شان رفت. زن با صورت به زمین افتاده بود و روسری‌اش انگار گلویش را گرفته باشد دور گردنش پیچیده بود. طناز زانو زد و زن را به پشت خواباند. نگاه کرد. آیدا تا برسد به آن‌ها دید که طناز دارد نبضش را می‌گیرد و بعد سر گذاشته روی سینه‌ی زن تا صدای نفسش را بشنود. آیدا لب‌های داغمه بسته و پوست تیره شده از خاک و آفتاب پروانه را شناخت. پروانه این‌جا چه می‌کرد؟ به مجتمع رفته بوده و در نبود او، لابد به آدرس زن‌ها، به سمت قبرستان آمده. خم شد. نشست. پرسید: سرش خورد زمین؟

ـ نه، به نظرم از تشنگی غش کرد.

فکر غش آیدا را یاد خودش انداخت. زود جنبید و کیف رودوشی پروانه را از زیرش بیرون کشید. زیپش را باز کرد و چشمش به بسته قرص‌های تیله مانند زردی افتاد که عزیزش گاه و بی‌گاه می‌خورد. قرص را زیر زبان زن سراند. بعد از بطری آبی که به همراه

داشت، مشتی آب به صورتش پاشید. طناز در این مدت ساکت نگاهش می‌کرد. بعد پرسید: می‌شناسیش؟ برا قرص مطمئنی؟

- پروانه‌ست. همون زنی که گفتم تو بیمارستان باهاش رفیق شدم. قضیه قرصا رو نمی‌دونم، ولی فکر می‌کنم کسی که ازین قرصا داره، مرض قلبی داره باید زود بهش برسه.

طناز انگار تازه یادش آمده باشد که کجا او را دیده، کیفش را گرفت و او هم به جست‌وجو پرداخت. پروانه ناله‌ای کرد و آهسته چشم باز کرد. صورت گرد و سبزه‌ی آیدا با موهای وز فرفری‌اش جلوی خورشید را سد کرده بود و به رویش سایه انداخته بود. لب‌های خشکش را جنباند و بی‌حال دست آیدا را گرفت: خوب شد دیدمت.

نیم‌خیز شد که برخیزد. نتوانست. هنوز رمق به تنش نیامده بود. دنبال کیفش می‌گشت و همین را به آیدا گفت. آیدا کیف را از دست طناز گرفت و کنار دست پروانه گذاشت. پروانه به طناز نگاه کرد. ردی از شک و ترس در چشم‌هایش دوید. به آیدا اشاره کرد که او کیست؟ آیدا اشاره‌اش را بی‌پاسخ گذاشت. گشت و از توی کیفش پاکتی درآورد. پاکت را باز کرد و از لابه‌لای کاغذهای دیگری که در آن بود، تکه کاغذی را بیرون کشید.

ـ علی، پسرم... این‌جاست. از محمود خبری ندارم. پسرم توی این زندان بوده، برده بودنش این‌جا. بعدش دیگه کسی ازش خبری نداره.

نفس بریده دمی ماند. به آرامی دم گرفت و باز گفت: بالاخره ردی ازش پیدا کردم. محمود می‌دونسته نمی‌خواسته من بفهمم. یکی از دوستای دکتر داد. به چی قسمت بدم بری دنبال این آدرس...

انگشت گذاشت روی کاغذ: هر جا می‌خوای بری، برو بچه منم پیدا کن. من همینجا توی مجتمع با بقیه می‌مونم. حالت انکار را که در چهره‌ی آیدا دید، غباری از غم چهره‌اش را تیره کرد و زیر چشم‌های گودافتاده‌اش را گودتر کرد. طناز داشت بقیه کاغذها را نگاه می‌کرد. پرسید: «از دکتر رامین خبر داری؟ این مهر اونه؟»

پروانه سر چرخاند به سمت طناز و بعد دست ستون زمین کرد و نشست. آیدا گفت: ما نمی‌تونیم اونجا بریم. از کجا می‌دونی اونجاست؟ از کجا می‌دونی خراب نشده؟ طناز کاغذ را از دست آیدا بیرون کشید: اون بالاهاست. ما هم وسیله‌ای نداریم. تازه ما داریم این‌وری... شما دکتر رو دیدین؟

پروانه از رمق افتاده پلک‌هایش را بست. بعد باز کرد. جرعه‌ای آب خورد: همه‌شون هسن. دکتر و دوستاش. میان... اونام میان. من تو رو خوب می‌شناسم دختر!... تو بدبختم کردی. گرچه که از پسرم خبر نداشتم. کابلای برق و تلفن راه می‌افته. همه چی درست میشه ولی جگرگوشه‌ی من نیست. میگن یه شب قبلش آتیش‌سوزی شده اونجا. یه عده فرار کردن ولی کسی از علی من

خبر نداره. کسی رو ندیدم که خبر داشته باشه. اگه این قلبم میذاشت خودم می‌رفتم. شایدم... شایدم ... باباش تا حالا پیداش کرده باشه... اگه... اگه خودش زیر آوار نرفته باشه.

طناز دوباره پرسید: تو خودت دکترو دیدی؟ خودش گفت کجا میاد؟ من یک‌ماه بیشتره منتظرشم.

- توی بیمارستان جلوی منو گرفتی که رد دکترو بگیری. چرا به کاری که می‌کنی فکر نمی‌کنی؟ فکر نکردی چی به سر من اومد؟!

طناز جواب نداد. در سکوت پیش آمده پروانه گفت: دکتر خبر داره. دکتر که میگم نمی‌دونم چه جور جون به در برده، فرصت نشد خیلی ولی خبر داره. مث من اونم زنده دراومده از زیرزمین.

- از کجا مطمئنی؟

- خودم دیدمش.

- این را گفت و به سکسکه افتاد. آیدا زد به پشتش. باز کمی آب به او داد. پروانه دست کرد توی کیفش و قرص دیگری بیرون کشید و با آب خورد. به روی آیدا لبخند زد و ورق قرص را روبه‌رویش گرفت: اینم از غنیمتی‌های این روزاست. داروخونه‌ها همه باز. پیدا نمیشد این قرص که! آیدا دلش به رحم آمده از چیزهایی که سر او و پسرش آمده، منگ از اتفاقاتی که در نبود او در دنیا روی داده. آهسته به او گفت: می‌برمت مجتمع... اون‌جا استراحت کن. من میرم پسرتو پیدا می‌کنم. مثل خودت با همین

دوچرخه. شایدم ماشین پیدا کردیم. آهسته خندید و به طناز نگاه کرد. طناز با گرهی در ابرو گفت: ما باید بریم این‌وری. تهران خبری نیست. یه شهر زیرزمینی اون‌جا هست که خیلی وقته ساخته شده. بچه‌ها همه اون‌جان. دکتر هم باید اون‌جا باشه. اگه برسیم همه چی درست میشه.

پروانه گفت: مثلا تو میخوای چی رو درست کنی که با نبودت چیزی درُس نمیشه؟

- تو از کجا خبر داری که ماها چه خون دلی خوردیم که به این‌جا رسیدیم.

- تو از کجا خبر داری که چند نفر رفتن زیر خاک ولی من و تو الان این‌جا نشستیم با هم یکی بدو می‌کنیم. خبر داری که دکترت، اگه همون دکتر بیمارستان ما منظورت باشه، داشت از دست می‌رفت؟ خبر داری که پسر من، اونو یواشکی دربرده؟ بعد زیر لب زمزمه کرد: خیال می‌کردم توی دانشگاه زنجان داره درسشو میخونه که جمعه به جمعه دیگه سر بهمون نمیزنه. از کجا خبر داشتم پسرم مرد شده من هنوز گیر یک قرون دوزارم...

قطره اشکی، آمیخته به غبار روی صورتش را با سرانگشتش پاک کرد. بعد گفت: علی من ... علی من با دوستاش خودشونو جای کسایی جا زده‌ن که دکترو قرار بوده... دار بزنن. جای اون غریبه‌های عجیب غریب. مثل همونا به صورتشون نقاب زده بودن. یکی دیگه رو جای دکتر قالب می‌کنن با صورت بسته. دکتر آش و

لاش بوده اما زنده. درش میارن... بعد خودشونو میگیرن... دکترتم همینو میخواد که علی و دوستاش پیدا بشن. نمی‌دونیم... نمی‌دونن کجای اون زندانن... یا اصلاً اونجان یا جای دیگه...

- شاید شهر دیگه باشن.

همه جا مثل همین‌جا شده آیدا جان... اونایی که باید می‌رفتن. سرگشته‌ها هم قاطی‌شون شدن رفتن. موندگارا موندن. زندانا و بیمارستانا باز شده... دلم روشنه که علی هست.

آیدا گفت: پسرت هست. میارمش پیشت. پاشو بریم مجتمع. راه زیادی نیست که با دوچرخه اومدی. ولی با همون برمی‌گردیم.

طناز پشت کرد تا به راهش ادامه دهد؛ با غیظ و دلخوری. آیدا صدایش کرد: کجا میری؟ بیا بریم مجتمع بعد برمی‌گردیم. از من که بیش‌تر از اونجا بدت نمیاد! طناز همان‌جور پشت کرده گفت: من به کار خودم می‌رسم، به راه خودم، شما به راه خودتون. آیدا که پروانه را بلند کرده بود با حسرت به رد رفته طناز نگاه می‌کرد. نمی‌دانست کدام طرف را برود. پروانه گفت: دنبالش برو. من خودم راهو بلدم. آدمای خوبی بودن بهم جا میدن. الان دیگه بهترم. آروم آروم میرم. این دوچرخه رو هم ببر. به درد من دیگه نمی‌خوره. آیدا بطری آب را به او داد. پروانه که داشت می‌رفت، آیدا پشت سرش داد کشید: توی زیرزمین تا دلت بخواد آب معدنی هست. نذاری حیف و میل کنن. برای خوردنه. پروانه دستی تکان داد و با پشت

خمیده قدم به قدم دور شد. آیدا زیپ کیفش را باز کرد. ملوسک میوی آرامی کشید. بیرونش آورد و بوسیدش. بعد به رد طناز رفت.

*

ممدعلی با گام‌هایی شبیه هفت که در هر جهش دو پا را از هم دورتر می‌کرد به هر زحمتی بود خودش را به آن‌ها رساند. آیدا بلند داد کشید: این‌جور که تو راه میری به جای اینکه نزدیک بشی، دورتر میشی.

طناز که جلو افتاده بود ایستاد و نگاه کرد. بعد آمد سمت آیدا. آیدا گفت: چه تقلایی هم می‌کنه؟ طناز همان‌طور که ایستاده بود و خیره به رد آمدن، ممدعلی نگاه می‌کرد گفت: نقص مادرزاده. یعنی متوجه این نشدی؟

ـ می‌دونم.

ـ پس به‌خاطر نقص مادرزاد کسی رو سرزنش نمی‌کنن.

ـ چشم خانم معلم! حالا تو روکم داشتم چیزی یادم بدی؟

حالا دیگرچیزی نمانده بود که ممدعلی برسد. اول به پروانه رسید. جلویش مکث کرد و باز به سمت آن‌ها به راه افتاد. آیدا نگاه کرد: انگار قدش کمی بلندتر شده بود چون صاف‌تر ایستاده بود. بعد زیرچشمی نگاهی به طناز انداخت تا گوژ پشت او را ورانداز کند. اثری از آن نبود. او هم در لباس‌های شندره‌اش صاف ایستاده بود. طناز که رد نگاه او را خوانده بود، گفت: این‌قدر که باهاتون بد حرف زدن خودتونم همون‌جوری شدین.

ـ خودمون؟... من چند نفرم؟ ما کی هستیم کلاً که خودمون و خودتون داریم؟

ـ تو و همون دخترای مجتمع.

ـ کدومشونو دیدی؟

بعد فاصله گرفت، دوچرخه را با خودش کشید و جلو جلو
رفت. طناز همچنان ایستاد تا ممدعلی رسید و دستش را گرفت.
بعد سلانه سلانه با او به راه افتاد. آیدا خوب که پیش افتادـ در
راهی که نمی‌دانست به کجاست و قرار است به کجا برسدـ
دوچرخه را به خودش تکیه داد و در کیفش دنبال گوشی موبایل
نوکیای گوشکوبی زهراگشت. نبود. نشست روی زمین و دوچرخه
را خواباند. ملوسک را در بغلش نگه داشت و یکی یکی وسایل
کیفش را بیرون آورد و ته کیف را نگاه کرد. اثری از گوشی نبود.
یادش نمی‌آمد کی گوشی را از کیفش درآورده. باز یادش آمد وقتی
از مجتمع بیرون می‌آمد گوشی را در کیفش گذاشته بود. خاطرات
بیرون آمدنش درهم ریخت و مغشوش شد و سرانجام فکر کرد که
حتماً گوشی را هم مثل وسایل دیگر جا گذاشته است. برای گوشی
هم شده بود باید برمی‌گشت. همان‌جا روی زمین پخش و مستأصل
نشست. ساق‌های عریانش زخمی و پرخاک شده بود. باند بلوتوثش
را برداشت و روشن کرد و به خش خش صدایی که از آن می‌آمد
گوش داد. طناز و ممدعلی به او رسیدند. طناز پرسید «این چیه؟»

ـ بلوتوثه. اگه کسی این اطراف باشه و گوشی موبایل داشته
باشه و بلوتوثش روشن باشه میشه پیداش کنیم یا اگه پیامی فرستاد
بگیریم.

ـ بله میدونم ولی از کجا؟

ـ خودم درستش کردم دزدکی. توی مجتمع.

ـ پس از این چیزا هم بلدی؟

ـ نه فقط شماها عقل و کمالات دارین. از توی آشغالا لوازمشو پیدا کردم... ببخشید که به شماها نرسید، آشغالا افتاد دست من.

طناز چیزی نگفت و لب ورچید. آیدا نرمخوتر گفت: توی مجتمع فکر می‌کردم وقتی توی زیرزمین حبسم دوستم زهرا میتونه از بالا با گوشی کوچیکش برام آهنگ بفرسته. ولی به اون‌جاها نرسید. حالا همون گوشی زهرا رو هم گم کردم. باید برگردم مجتمع دوباره.

طناز دست برد به جیب ساک دستی‌اش و گوشی موبایل را رو به آیدا گرفت.

ـ دست تو بود؟

ـ فکر کردم شاید تو نخوای بیای لازمم بشه.

ـ از توی کیف من درش آوردی؟ دزدیدی؟ کی؟ وقتی داشتم داروهای پروانه رو می‌دادم؟ تو دیگه کی هستی!

طناز جواب نداد و قدم‌هایش را تند کرد. آیدا گوشی را روشن کرد. خط‌دهی آنتن را چک کرد که همچنان اثری از آن نبود. بعد بلوتوثش را روشن کرد و یکی از آهنگ‌های گوشی را فرستاد به باند بلوتوثی خودش. صدای موسیقی بم و پر خش در بیابان افتاد.

صدای زنی بود که می‌خواند اما کیفیت صدا آن‌قدر بد بود که چیزی شنیده نمیشد. آیدا خوشحال باند را خاموش کرد. بعد با بلوتوث گوشی به جست‌وجوی بلوتوث‌های احتمالی افتاد. اثری از هیچ وسیله‌ی الکترونیکی در آن اطراف نبود. نگران تمام شدن شارژ گوشی، خاموشش کرد. تصمیم گرفت هر صد قدم یک‌بار گوشی را روشن و چک کند. فکر کرد صد قدم کمه. هر هزار قدم. هزار قدم؟ این همه باید راه بریم؟ کجا میریم اصلاً؟ از همان‌جا که عقب افتاده بود داد کشید: «کجا میریم طناز؟ خودت میدونی کدوم وری؟» «من میرم تا سمت رودخونه... از قدیم گفتن هر جا آب باشه آبادی هم هست. اون‌جا معلوم میشه کجا بریم.»

آیدا خودش را به آن‌ها رساند. رودخانه کم جان پشت مجتمع را دیده بود که روزگاری چیزی نبود جز فاضلاب کارخانه که آب را آبی فسفری و پر کف کرده بود که اگر پایش به آن می‌رسید زخم می‌شد و تاول می‌زد اما نمی‌دانست رودخانه‌ی دیگری هم هست. طناز انگار فکر او را خوانده باشد ایستاد و به او گفت: «همون رودخونه که اون پایین جاری بود بالاتر پر آب‌تره و حالا هم که کارخونه تعطیله آبش تمیزه.» آیدا ملوسک را از کیفش درآورد و روی دوچرخه نشاند و پرسید: اگه بهم بگی چقدر باید برم من با دوچرخه میام.

ممدعلی از دوچرخه آویزان شده بود و می‌خواست سوارش شود. آیدا ملوسک را برداشت و توی کیفش گذاشت و ممدعلی را هل داد تا از دوچرخه جدا شود: تو بلد نیستی، می‌افتی بچه جان!

ـ راستشو بگو طناز، تو چند وقته اینجا قایم شدی از رفیقات خبر نداشتی؟ مثلاً معلوم شد خبر نداشتی که دکتر... همین الان پروانه گفت.

طناز بغض کرده و خشمگین گفت: لازم نیست دوست کلید دزد تو حتماً راست بگه. شک ندارم نصف حرفاش داستان بود.

ـ کیفشم که گشتی. حواسم بود. فقط اون دزده یا کسی هم که گوشی کسی رو که خودش هم حی و حاضره اونجاس، برمیداره دزد حساب میشه؟

طناز داد کشید: بفرما دادم که بهت. برای خودت می‌خواستم. برای خودتون. ... خدایا چرا شماها نمی‌فهمین؟!

با جیغ طناز، ممدعلی که همچنان آویزان دوچرخه بود زد زیر گریه. گریه‌ای زوزه‌وار و افتاد به برگشت از راه آمده. طناز صدایش زد. ولی دنبالش نرفت. آیدا گفت: «خیلی خوب بیا سوار شو.» ممدعلی حالا می‌دوید و راه آمده را برمی‌گشت با همان گام‌های هفت هشت. طناز گفت: «بذار بره. نمی‌موند که... نمیشه که با خودمون ببریمش.»

آیدا همچنان دلخور گفت: چقدر هم که راه دوری طی کردیم. در همین فاصله چهل نفر بهمون رسیدن و برگشتن ما هنوز

سر جامونیم. دوچرخه را گرفت تا سوار شود و پرسید: همینو برم
می‌رسم به رودخونه؟ طناز سر تکان داد. آیدا اول با ترس و نا متعادل
بر زین دوچرخه پرید. کمی کج و معوج رفت و بعد مثل روزهای
کودکی‌اش که با دوچرخه‌ی پسر همسایه کوچه‌ها را گز می‌کرد و
پسرک به او نمی‌رسید تا دوچرخه را از دستش بگیرد تند رکاب زد
و نقطه‌ای شد در عصر بیابان.

آفتاب عصرگاهی انگار طناز را در لباس‌های شندره‌اش
نمی‌سوزاند و موهای ژولیده‌ی چربش که با کش تنبان پشت سرش
جمع شده بود از ضرب گام‌هایش تلوتلو می‌خورد. بعد خورشید کج
شد و سایه‌اش جلویش قد کشید. دست برد به جیب لباسش و تکه
کاغذی را که از کیف پروانه کش رفته بود جلوی چشمش گرفت.
یک نسخه بود با مهر و امضای دکتر رامین. روی مهر و امضا دست
کشید. نسخه را خواند و سعی کرد نام داروهای نسخه را کشف رمز
کند. سر درنیاورد. پروانه لابد بلد بود. خیلی وقت بود از آن‌ها جدا
افتاده بود. درست از وقتی که دید بگیر و ببندها زیاد شده. ترسید و
خودش را کنار کشید بدون این‌که به آن‌ها بگوید ترسیده یا می‌خواهد
خودش را کنار بکشد. یادش آمد از هر سایه‌ای و هر تکانی
می‌ترسید. به نظرش می‌رسید که همه دنبالش می‌کنند. به نظرش
می‌رسید دوستانش بیش‌تر کارها را سر او می‌اندازند. یک‌بار به
رامین این را گفت و رامین فقط دستش را گرفت و گفت: «ترس
همزاد ماست، چاره ای از آن نداریم. با ترس جانمان را نجات

می‌دهیم. این غریزه است و هیچ اشکالی هم ندارد.» انگار با این حرف حکم فرار او را داده بود. فرار کرده بود؟ حالا داشت می‌فهمید اسم کاری که کرده است فرار است. نتوانست از مرز بگریزد. نه کسی را آن طرف داشت و نه به کسی در این طرف اطمینان داشت تا او را بگذراند. می‌خواست گم شود، دور شود تا از سایه‌ها در امان باشد. می‌خواست کسی او را نشناسد. چادری پیدا کرد. به سر کشید و رفت به امامزاده‌ای نزدیک فنفورمان. امن نبود. ممکن بود او را بشناسند. امامزاده‌ها بیش‌تر از همه‌جا خبرچین داشتند. تازه محلی‌ها هم همدیگر را می‌شناختند. سیم‌کارت موقتی خرید و به رامین زنگ زد. گوشی روی پیغام‌گیر بود و این یعنی خوب بود. هنوز خوب بود. هنوز همه چیز امن بود. هیچ خبری نداد از کارهایی که می‌کند. بلافاصله سیم‌کارت را پاره کرد و دور انداخت. رامین هیچ نفهمید او کجا رفته. بعد دیگر بی‌ارتباط ماند و بی‌خبر. نسخه را برگرداند. پشت برگه به خطی ریز به فارسی نوشته شده بود. عینکش را خیلی وقت بود گم کرده بود. تا توانست چشم‌هایش را ریز کرد که بخواند جز یکی دو کلمه که انگار برای آشنایی کسی به دست پروانه داده بود چیز دیگری نبود. چرا پروانه این کاغذ را به آیدا نداد؟ چیزی که به او داده بود چه بود؟ به نظر یک آدرس مسخره بود. لابد، بالای اوین. روی تپه‌ها.... چرا نگاه نکرده بود؟ چرا فکر کرده بود کارهای همه مسخره است جز خودش. از خودش لجش گرفت. رامین او را فراموش کرده بود. ترسو بودنش را همان‌وقت

که به او گفته ترس همزاد ماست، فهمیده بود. گفته بود جایی مخفی باشد تا بعد هم را ببینند. چرا طناز فکر کرده بود هم را ببیند یعنی دوستت دارم و بعداً می‌بینمت. یا بعداً پیکی سراغت می‌فرستم. چرا فکر می‌کرد او هنوز هم با آن‌هاست. از آن‌ها که جانشان را کف دستشان گرفتند و ... پس پسر بهیار چی؟ کسی او را نمی‌شناخت همان‌طور که خود بهیار را... فکر کرد و فکر کرد... نه، او هم بخشی از آن‌هاست و پیدایشان می‌کند. فکر کرد، حالا که آب‌ها از آسیاب افتاده؟ چه خواهند گفت؟ هر چه می‌خواهند بگویند. او هم کسی بوده. دربه دری کشیده. گورخواب شده. به زن‌ها کمک کرده... فکر کرد دارد وسواس فکری می‌گیرد. همه‌شان مثل همند. حق با آیداست. همه‌شان که مانده‌اند. هر کس یک گوشه‌ی کار را گرفته و بعد زمین. در اصل زمین به کمکشان آمد یا نه؟ از سر تصادف بود که فرونشست همه جا را گرفت؟ همه شهرها را؟ طناز نمی‌دانست و داشت از تشنگی و گرسنگی و خستگی هلاک می‌شد. کاش این دختر چیزی برای خوردن آورده بود.

*

اول صدا بود. صدای شلپاشلوپ رود شور. دوچرخه‌ی آیدا روی زمین افتاده بود. خودش نبود. آسمان یک هوا تاریک شده بود؛ گرگ و میش. حالا کنار رودخانه بود و با دهان باز خیره به آبی بود که از بلندی سکومانندی سیمانی به پایین می‌ریخت. در پایین حوض می‌شد و راه خود را از میان شن بیابان باز می‌کرد و پیش می‌رفت.

آیدا آن طرف رود بالای سکو بود.

طناز ساکش را زمین گذاشت. لباس‌هایش را همان‌جا از تنش درآورد که اول آستین بلوزش و بعد پارچه نازک شلوارش جر خورد و پاره شد. کش مویش را باز کرد و از داخل ساکش شامپویی بیرون کشید و پرید توی آب. آیدا با دهان باز نگاهش کرد. همان‌جا کنار آب نشست و گذاشت که ملوسک برای خودش به این‌ور آن‌ور سرک بکشد. می‌دانست زیاد از او دور نخواهد شد. طناز از دور دست تکان داد که او هم برود داخل آب. آیدا جانِ تکان خوردن نداشت. از سکو پایین رفت و کنار ساک طناز بر زمین یله شد. طناز سرش را برد زیر آب. تخته سنگی درشت راه بر آب بسته بود و حوض مانندی ساخته بود که رود کم جان عمقی می‌یافت که تا کمرگاه طناز را زیر آب می‌برد. در آن‌جا غوطه خورد و سر بلند کرد و قیه نفسش را به سبکی و شادمانه بیرون داد. بعد به شکم خود را روی آب انداخت و مسافت کوتاه را با پا زدن روی آب خوابیده

رفت. بعد ایستاد و باز برای آیدا دست تکان داد که بیاید درون آب. آیدا دیگر نگاهش نکرد، فکر کرد «از من هم بهتر! شنا هم بلد است! من که عمرم توی سیاهچال و خوابگاه مجتمع سوخت شد رفت» حواسش پرت شده بود به خطی از افق که انگار زمین را از آسمان جدا می‌کرد. داشت فکر می‌کرد از کی آسمان را چنین پهناور روبه‌رویش ندیده است و یادش آمد او هیچ‌وقت آسمان را به این فراخی ندیده است؛ حتی در بچه‌گی. آسمان برای او همیشه تکه رنگی سربی بالای سرش بوده یا در شهر شلوغ بالای خانه عزیزش یا در مجتمع که کم پیش می‌آمد سر بلند کنند و به آن نگاه کنند. حتی وقت‌هایی که از آموزشگاه در می‌رفت و زیر هرم آفتاب خودش را می‌رساند به کپه‌ی زباله‌هایش — تنها شیطنت ممکنی که در آن‌جا برایش مقدور بود- باز هم فقط زمین زیرپایش را نگاه می‌کرد و در برگشتن با چنان شتابی از هراس می‌دوید که جز ضربان قلبش صدایی نمی‌شنید. یک لحظه نگاه کرد و طناز را نیافت. دفعه دوم که نگاه کرد طناز از پشت تخته سنگ به آب برمی‌گشت و بعد شامپو روی سرش کف کرد و طناز درون کفی که بر آب ساخته بود محو شد. آیدا با انگشت خطی کشید بر گل کناره‌ی نهر. خط را دراز کرد و بیش‌تر کشید. بلند شد و باز هم ادامه داد و دوباره برگشت نشست به شیاری که بر خاک انداخته بود نگاه کرد. باز به آسمان نگاه کرد و بر خط افق خیره شد. بعد نوشت خطی می‌کشم به یادگار. نوشته را با دستش پاک کرد. فشار دستش زیاد بود و شیارش گود شد.

نوشت خط همان وزن است. سنگینی من بر زمین، فشار دستم، ترازوی من. من بر این ترازو ایستاده‌ام و آونگ... دیگر یادش نیامد چه بنویسد. طناز از درون آب صدایش زد. سر بلند کرد. صدایش را درست نشنید. بلند شد و رفت جلوتر. طناز می‌گفت بیاید توی آب. اشاره می‌کرد برود پشتش را لیف بکشد. آیدا کفشش را درآورد و پا داخل آب گذاشت. از سردی آب کف پایش مورمور شد و بعد جای خود را به لذت غریبی داد. با لباس‌هایش به آب زد اما نتوانست آن‌قدر برود که آب بالاتر از زانویش برسد. صدایش زد که نزدیک‌تر شود. بر پشت طناز لیف کشید و طناز زود از او دور شد. آیدا تازه فهمید که طناز بی‌لباس در آب غوطه می‌زد در برهوتی که جز خودشان دو نفر کسی نیست و قرار است او را برساند به جایی که گویی دلباخته یا معشوقی چشم به راهش است یا خیال می‌کند که هست. از آب که برگشت پاهای خیسش را تکان داد. موهایش را باز کرد و گذاشت فرش وز بخورد در نسیم خنکی که از سمت آب می‌وزید. موهای طناز بر آب یله شده بود و او حالا روی آب خوابیده بود و با دو دستش آب را از کناره‌ی بدنش هل می‌داد. اندیشید «خواب در آب! در آن گوردخمه بین زنان گوژپشت چه می‌کرد؟» فکر کرد یکی از دختران مجتمع است که پیش از او آن‌جا بوده و فرار کرده و توانسته بر خلاف او خود را به جایی رساند. به جایی که کسان دیگری باشند. طناز از آب بیرون آمد. دستش را جلوی بدنش گرفته بود و بی‌خجالت جلوی آیدا ایستاد. لبخندی زد

و خم شد حوله را از درون ساکش برداشت. ملوسک باز رفته بود توی ساک و آیدا باز یادش آمد که او را فراموش کرده است. فکر کرد مثل مادر خودش. بی‌مقدمه پرسید: «تو قبلاً توی مجتمع نبودی؟ منظورم قبل از من...» طناز که حالا حوله را دور خودش گرفته بود و چنان راست و خدنگ ایستاده بود که دیگر هیچ اثری از خمیدگی‌اش نبود در حالی که خم می‌شد تا حوله شلال موهایش را بگیرد گفت: «فقط یک شب. ترسناک بود. بدتر از گور. بیرونم انداختن. بعدش اومدم این‌جا.» و وقتی دید آیدا دارد با دهان باز ناباور نگاهش می‌کند خندید. گفت: «نذاشتم هیچ‌وقت پام به دارالتأدیب یا زندان برسه. قبلش فرار کردم.»

در نظر آیدا، حالا چه‌قدر این دختر زیبا بود. داشت لباس می‌پوشید. گفت: آخیش!...من این مدت، هفته‌ای یه بار می‌رفتم حموم عمومی بخش. اما از وقتی این وضع درست شده دیگه حمومی وجود نداشت. نمی‌تونم با چرک و کثافت سر کنم. تو چرا نرفتی خودتو بشوری؟ آیدا جواب نداد و نگاه بی‌حواسی به خط افق انداخت. موهای بلندش را طناز شانه کشید و چند بار تکان داد و موها ذره ذره جعد زیبایشان شکل گرفت و بعد پشت شانه‌هایش رها شد. پیراهن سفید مردانه‌ای پوشید با شلور لی و کفش‌های نیمدارش را به پا کشید. روسری را تا کرد و برگرداند داخل ساک. بعد دست برد و پرتش کرد بیرون. آیدا دوید و روسری را برداشت: «حیفت نمیاد آب به این تمیزی.» طناز خنده خنده روسری را گرفت

و گذاشت زیر سنگ کنار جوی و چشمش افتاد به خط و نقش آیدا بر خاک. «شعر نوشتی؟!...» آیدا شانه بالا انداخت: «گمونم توی اینترنت خوندم یا شایدم روی دیوار مجتمع کنده شده بود.» بعد پرسید: «تو دقیقاً چه جور با اون زن‌های خل و چل بُر خورده بودی؟»

ـ حرف دهنتو بفهم. اون زن‌ها، به‌خصوص خاله اگه نبود من تا حالا مرده بودم. منم یکی مثل تو ولی با کمی تفاوت. چون می‌دونستم چی میخوام. ...»

ـ اون روسری رو از زیر سنگ بردار. لااقل ما دیگه آشغال از خودمون جا نذاریم.

ـ بفرما! اینم روسری. یه حرف درست ازت شنیدم همین بود.

آیدا حوصله این حرف‌ها را نداشت: پاشو بریم تا شب نشده. واقعاً جایی هست؟

طناز ساکش را انداخت روی دوشش: هست.

ـ: پس کی میرسیم؟

ـ بیا بریم. همین نزدیکی‌ها اتاقک‌های کارگرا هست. خدا رو چه دیدی؟ شاید کسی اون‌جا بود.

آیدا ملوسک را بغل گرفت و بسته ماست فاسدی را که با خود برداشته بود باز کرد. انگشت درون ماست فرو برد و گذاشت جلوی دهان ملوسک. ملوسک مک و مک ماست را لیسید. بعد

همان‌طور که راه می‌رفتند جعبه ماست را جلوی دهان ملوسک گرفت که بخورد. پرسید: قبل این‌که بیای این‌جا، چی‌کار می‌کردی؟

ــ عروسک می‌ساختم. من عروسک‌سازم.

*

چقدر زمان گذشته بود کسی خبر نداشت. نه تقویمی بود و نه ساعتی و نه کسی در بند گذر روز و شب. زندگی چنان در آن‌جا زیر پوست زن‌ها دویده بود که تنها چیزی که مهم نبود گذر زمان بود. در حیاط مجتمع بلبشویی بود. زن‌ها هر چه دیگ و ظرف و ظروف و اجاق گاز و خرت‌پرت در زیرزمین یافته بودند همراه با لوازم داخل دفتر و آزمایشگاه و غذاخوری، کشیده بودند توی حیاط و داشتند یکی یکی را وارانداز می‌کردند؛ هر کدام را به کارشان می‌آمد کنار می‌گذاشتند و هر وسیله‌ای را که به دردشان نمی‌خورد، آن‌طرف‌تر کپه می‌کردند. کپه‌ای هم بود که مخصوص لوازمی بود که کارکردشان را نمی‌دانستند یا استفاده از آن‌ها را بلد نبودند مثل آمپیلی فایر میکروفون مدیر. فعلاً کاری به میز و صندلی‌ها و تخت و ملافه‌ها نداشتند. کمد بچه‌ها تقریباً خالی بود. زیور گفت: «انگار دست خالی آمده و دست خالی هم رفته‌اند.» پنج شش حوله حمام جا مانده بود که مچاله درون کمدها مانده بود. خاله عذرا زیر لب جواب داد: «صاحب این چند تا حوله، حتی همینارو هم نبردن. شاید فرار کردن و باید توی همین بیابان‌ها باشن.» هرچه بقیه می‌گفتند دیگر کسی را در بیابان‌های اطراف نیافته‌اند زیر بار نمی‌رفت. فقط هر چند وقت یک‌بار سر بلند می‌کرد و با لهجه‌ی غریب خودش، که دیگران هم یاد گرفته بودند، داد می‌کشید: «ممدعلی، یک سر به طناز بزن، زیاد دور نشده باشه.» و ممدعلی

هم هر بار لب ورمی‌چید و به زبان‌بستگی می‌گفت: «ر...فتن. رفتن. دورِ ... دور.»

هنوز نوبت خرت و پرت‌های خانه‌ی نوری نرسیده بود ولی خاله عذرا از قبل به آن‌ها گفته بود به آن خانه کار نگیرند؛ انگار که حریم خانه‌ای را نگه دارد گرچه نه امیدوار بود و نه دوست داشت صاحب‌هایش برگردند بلکه آن‌جا را جایی متعلق به آیدا می‌دانست که شک نداشت یا امید داشت دیر یا زود همراه طناز برمی‌گردد. در و دیوار و آجرها حالا ذره ذره داشتند به این هیاهوی تازه با لهجه‌های غریب گوش می‌کردند. دیوارها ندیدند که کسی از ترس سر زیر پتو برد و صدای هق‌هق خفه‌ی حزنش را به کف موازییکی خوابگاه برساند. ندیدند که کسی دیگری را دست بیندازد و دسته‌جمعی به او بخندند اما می‌دیدند که آن‌ها گاهی می‌خندند؛ با هم می‌خندند و گاهی از هم دلخور می‌شوند و قهر می‌کنند اما چندان نمی‌پاید. دیوارهای دفتر، کسی را ندیده بود که پشت میز بزرگ توحیدیان نشسته باشد و نگاهش به دل‌ها ترس نیندازد. همه چیز برای در و دیوار تازگی داشت حتی رنگ خنده‌ها و شکل گام‌ها. سرها اگر پایین بود مال همه پایین بود در خیره شدن به چیزی و گام‌ها اگر محکم بود یا سست ناشی از ضعف بدنی یا پیری و جوانی بود نه ترس یکی و اعمال قدرت دیگری. گوژها ذره ذره داشت از پشت‌ها رخت برمی‌بست و زن‌ها- با این‌که هنوز هم کاملاً سیر نمی‌شدند و گرسنگی می‌کشیدند- انگار یکی دو سانتی قد کشیده

بودند و صورت‌هایشان باز شده بود. همه تر و تمیز شده بودند اگرچه نه نو نوار آن‌طور که ملیحه بود که حالا کمد لباسش هم داشت ذره ذره او را از یاد می‌برد.

حالا اول ممدعلی بود که درِ باریک حیاط را هل داد و خودش را انداخت توی حیاط و بعد پای راستش را دنبال خود کشید و لحظه‌ای زل زد به آن‌همه اشیا که کف حیاط ریخته بود و وسوسه به جانش انداخت که خود را میان اشیا گم کند درست مثل کپه‌ی زباله که به هیجانش می‌آورد تا بگردد و یکی‌یکی راز اشیایی را که دور ریخته شده بود کشف کند تا بفهمد هر چیز چیست و برای چه کاری بوده و چرا دور انداخته شده. اما تا آمد خودش را درون کپه‌ی اشیا گم کند، پشت سرش را نگاه کرد و از همان‌جا که ایستاده بود با حنجره‌ی نیمه‌گنگش جیغی خفیف کشید و بعد که نفسش جا آمد به اولین زنی که رسید آستینش را گرفت و گفت دارند می‌آیند. زن اول توجه نکرد تا این‌که چهار نفر را جلوی در باز حیاط دیدند. خیلی وقت بود دیگر در اصلی ساختمان به کار کسی نمی‌آمد. «آمدن» و «رفتن» از در حیاط بود که به سمت برهوت آن‌ها باز می‌شد. دو مرد بودند و دو زن. نه جوان و نه پیر. لبخندی روی صورتشان بود که معلوم نبود ناشی از شرم حضور ناگهانی‌شان است یا خوشحالی از یافتن آدم‌هایی در این برهوت خالی شده از آدمیزاد. سه سگ هم پشت سرشان بود که ورجه ورجه می‌کردند و با فاصله از صاحبانشان روی دست‌هایشان ایستادند و منتظر به درون خیره

شدند. زنی که آستینش هنوز در دست ممدعلی بود، زبانش بند آمد و انگار که آن‌ها را سر دزدی گرفته باشند جیغ کشید و عقب رفت. آستینش از دست ممدعلی بیرون کشیده شد و خودش نزدیک بود بخورد زمین. زن‌های دیگر هم یکی یکی دیدند و از جایشان برخاستند و دویدند به راهرو خوابگاه، برخی خودشان را به زیرزمین رساندند که در حافظه‌ی خیالشان همیشه امن‌تر از دیگر جاها بود. چهار تازه‌وارد، دو زن و دو مرد، همچنان دم در ایستاده بودند و پیش‌تر نیامده بودند و مردد بودند که باید گام به درون بگذارند یا بمانند تا کسی به آن‌ها اجازه‌ی ورود دهد. در سر و وضع آن دو زن چیزی برایشان تازگی داشت؛ زن‌ها روسری به سر نداشتند و همین آن‌ها را برای گورخواب‌ها عجیب‌تر کرده بود. یکی‌شان، بعد فروکش کردن اندک تب و تاب اول جرأت کرد و یک قدم به داخل حیاط برداشت و همان‌جا دم در ایستاد و در زد. صدا زد: صاحبخونه! صدا در گوش آجرهای حیاط پیچید و به رگ و پی سست و کج بنای ساختمان رسید و از آن‌جا به خاله‌عذرا. خاله‌عذرا که خودش از شتاب بی‌صدای زن‌ها که خودشان را زیر تخت‌ها و لای ملافه‌ها و هر جای دم دست پنهان می‌کردند، پکر شده بود آمد بیرون ببیند چه خبر است که با شنیدن صدا، کمر راست کرد و چشم‌هایش را زیر نور تند آفتاب ریز کرد و به در زل زد.

ـ صاحبخونه!

آجرها تا حالا این لغت را نشنیده بودند و یکی‌یکی به گوش هم خواندند. تق تق عصای عذرا با کمر خمیده‌ای که سعی داشت راست نگهش دارد آرامشی به جان آن خانه انداخت و چهار تازه‌وارد به لبخند خود بازگشتند. چهار نفر که داخل شدند، عذرا توانست سایه‌های دیگرانی را ببیند که پشت در کمین کرده بودند و سایه‌شان در آفتاب کم‌رمق چنان قد کشیده بود که امکان استتار نداشت. عذرا با تق‌تق عصایش که مثل نشانه‌ای از تفاخر با خود پیش می‌برد جلو رفت. به زنی که داخل آمده بود نگاه نکرد و از او گذشت بعد به چارچوب باریک در رسید و چون نایستاد سه تازه‌وارد جلوی در برایش راه باز کردند و او به کوچه رفت و خودش را به سایه‌ها رساند. کم نبودند. عذرا نمی‌توانست هیکل‌های درهمِ تیره در نور روز را بشمرد. خطوط اندام‌شان در هم می‌شد و باز از هم دور می‌شد. فکر کرد شاید بیش‌تر از ده نفر، که دید یکی‌یکی از پشت تپه و کتل‌های اطراف بیرون می‌آیند و رو به خانه شتاب می‌گیرند. ممدعلی هم حالا پشت عذرا بود که رو به آن‌ها دوید. عصای عذرا از رفتن ایستاد وقتی به آن تکیه کرد و باز چشم‌هایش را ریز کرد تا بتواند بهتر ببیند. اول صداها را شناخت و بعد چشم کم‌سویش دست از لجبازی کشید و حالا خطوط اندام هر یک را توانست از هم جدا کند. مرده‌ها بودند؛ مرده‌های خودشان که با این تازه‌واردها آمده بودند یا این تازه‌واردها را با خود آورده بودند. مرده‌ها دور عذرا

حلقه زدند و مثل گذشته‌ها سر به سرش گذاشتند. با لهجه خودمانی‌اش پرسید که کدام گوری بوده‌اند تا حالا؟

تازه‌واردها هم حالا در حلقه آن‌ها بودند و یکی از مردهای خودشان داشت برای آن‌ها توضیح می‌داد که «لهجه‌اش رومانوست مال طرف‌های زرگر.» تازه‌واردها هنوز گیج نگاه بودند که عذرا پرید توی حرف مرد و به لهجه آشنای همه گفت: حالا لازم نیست اسم و رسم من را صاف کف دست همه بگذاری. از کی تا حالا این‌قدر با غریبه‌ها پسرخاله شدی؟ مردی از میان تازه‌واردها زبان باز کرد که: خاله، ما غریبه نیستیم.

ـ ما جایی نمی‌آییم. همین‌جا هستیم.

حالا زن‌ها یکی یکی از خوابگاه بیرون می‌آمدند. اول کمی روی ایوان این پا و آن پا کردند و بعد جرأت کردند و نزدیک و نزدیک‌تر شدند و با دیدن مردهای خودشان لبخند شاد و غمگین‌شان درهم شد. بعضی‌شان به این مردها نزدیک بودند. بعضی زن و شوهر حساب می‌شدند یا بودند و بعضی مادر و پسر یا برادر یا همسایه و فامیل. در هول و ولای پرس‌وجو، عذرا که دورش شلوغ بود اول ندید که تازه‌وارد روی زانو نشسته و دارد دهان ممدعلی را نگاه می‌کند. تا آن‌جایی که میتوانست با عصایش تند برود خودش را به آن‌ها رساند و عصا را به سر مرد زد که: بی‌پدر ولش کن! چه‌کارش داری؟

یکی از دو زن تازه‌وارد که مانتو به تن داشت، داشت برای آن یکی که بلوز و شلور سفیدی به تن داشت و مویش را دم اسبی بسته بود، توضیح می‌داد که زرگر روستایی است در اطراف قزوین یا طالقان که زبان مردمش رومانو است اما چندان هم که باید لاتین نیست بلکه ترکیبی است از ترکی و تاتی و فارسی و همین زبان که سرچشمه‌اش معلوم نیست از کجاست؛ رومانو.

ممدعلی که از زیر دست مرد تازه‌وارد فرار کرد، مرد بلند شد و گفت: فقط می‌خواستم وضع سلامتیشو چک کنم. فکر کنم الان همه باید مراقب خودمون باشیم. دکترم من خاله! زنی که مویش را دم اسبی بسته بود دوید سمت عذرا که: دیگه چیزی برای ترسیدن نیست!

ـ ترس؟ ما از چیزی ترسیدیم؟ هه! کی گفت ترس؟

یکی از زن‌ها داد کشید: یعنی ما رو از این‌جا بیرون نمی‌کنین؟

دیگری که جلوی آب‌خوری حیاط ایستاده بود فریاد کشید: هنوز آب قطعه!

زیور، با یک دندان در دهان، در آن هول و ولا خودش را به دکتر رسانده، انگشت در دهانش کرده بود داشت دهانش را به دکتر نشان می‌داد. عذرا شنید که دکتر گفت: چرا نشه. دندان مصنوعی برات درست می‌کنم. اگه هم بخوای می‌کاری. زیور به لغت کاشتن دندان خندید و این حرف را به شوخی گرفت. تازه‌واردها لابه‌لای

جمعیت گیج و مستأصل بودند. هر کدام‌شان داشت برای دسته‌ای از زن‌ها حرفی را تکرار می‌کرد که مردهای خودشان هم به یاری آن‌ها می‌آمدند و توضیح را سخت‌تر و شلوغتر می‌کردند. از حرف‌های جسته گریخته کاشف به عمل آمد که زمین فرونشست کرده و همه رفته‌اند.

ـ این را که خودمان هم می‌دانیم.

ـ موضوع فقط این نیست که به‌خاطر فرونشست رفته‌اند. مردم عادی از ترس فرونشست رفتند ولی اصل کاری‌ها ...

ـ کله گنده‌ها؟!

ـ بله، از ترس رفتند...

ـ کجاها فرونشست کرده؟!

ـ میگن یه مرض اومده که همه ترسیدن و ازش فرار کردن...

ـ چه مرضی؟!

ـ مرض ترس.

عذرا گفت و بقیه بلندبلند خندیدند؛ جسته گریخته. برخی نمی‌دانستند به چه می‌خندند اما خنده‌ی جمعیت خنده را می‌کشاند به همه سو و ساختمان از گرمای آن همه خنده آجرهایش بر هم آرام می‌گرفت و از دندان قروچه سالیان رها می‌شد. آجرها سبک بر هم مانده بودند.

دکتر به رفقایش گفت: بیماری پارانویا... بیماری مخصوص
کله‌گنده‌ها.

خودشان خندیدند. مردی از گورخواب‌ها نگاهش کرد و
بعد گفت: مسریه... (حالت چهره‌اش جدی بود اما چین ریز
شیطنتی در گوشه‌ی چشم، لو داد که شوخی می‌کند).

یکی از زن‌ها شیشکی کشید: چرا به شما تسری نکرد؟

ـ به ما نکرد... نه به ما چهار تا و...

زن مانتوپوش گفت: چون ما را بردند...

- بردن؟ شما که اینجایین.

- همه‌مان را نه، بعضی‌مان فرار کردیم ولی دکتر...

یکی از مردهایشان به شوخی دستش را کشید روی صورت
دکتر تا ببیند روح است یا جسم. باز خندیدند. خنده حالا اوج
گرفت. به درز و ترک دیوارها هم رفت. لای کنج‌های تاریک
زیرزمین سیاهچال خانه کرد و بر رد جیغ‌ها و گریه‌های از سر ترس
دخترهای تنبیه شده نشست. خنده از یک دهان به دهان دیگری
غلتید. مردها خندیدند. زن‌ها و زیور با دهان بی‌دندانشان خندیدند.
عذرا خندید. ممدعلی خندید. دکتر خندید. و درِ باز حیاط چون
دهانی گشوده به خنده رو به بیابان خندید و سگ‌ها را جست و
خیزکنان و شادی‌کنان به حیاط کشاند و واق واقشان صدای زندگی
را به تن خانه سراند. دیگر کسی به آنجا مجتمع نمی‌گفت،
ساختمان اسمش را پس گرفته بود؛ خانه. خانه رو به بیابان

می‌خندید. و پروانه را با حال زارش بیرون کشید و قاطی خنده‌شان کرد. ساختمان، تخت، روی خودش ماند و دیگر به رد انگشت‌های توحیدیان بر در و دیوار نگاه نکرد. صبر کرد تا رد آن نگاه و اثر انگشت در طنین خنده از همه جا روفته شود.

صدایی گفت: ما هم مرده بودیم...

شوهر زیور زنش را تنگ درآغوش می‌فشرد و روسری از سرش باز می‌کرد.

از مردهای تازه‌وارد یکی که جوان‌تر بود و موهای مجعد زیبایی داشت، دستی به ریش چند روزه‌اش کشید و گفت: زباله‌ها رو دیدین؟ حالا دیگه ندیدین. هنوز کلی کار هست. یکی از مردهای گورخواب که بیلی از خانه نوری پیدا کرده بود به زمین زد و گفت: اینجا می‌خوام یه باغچه بسازم. برای آبیاری هم، آب از رود شور میارم.

پیرمردی تکیه داده به عصایش گفت: پنجاه سال از خدا عمر گرفتم، پنجاه سال دیگه باید صبر کنم ببینم چی میشه. (و باز خندید.)

به خنده‌اش خندیدند. جوانک مجعدمو به سمت مرد رفت و گفت: پنجاه سال اول پیرت کرد ولی پنجاه سال دومت را به جوانی سر کن. پیر نیستی، شکسته شده‌ای.

- مرا شکستند... خدا خیرت بده پسرجان. خیر از جوو...

زن مانتوپوش دست‌هایش را بهم کوفت: حرف از پیری و خستگی غدغن. حالا زن‌ها و مردهای گورخواب مشغول جدا کردن زباله‌ها شدند. هر کس کار خودش را بلد بود. دو زن تازه‌وارد هم به آن‌ها ملحق شدند. نیازی به چک و چانه نبود، هر کس می‌دانست هر قطعه را کجا بگذارد.

ممدعلی با پاهای یکی در میان کجش رقصید و دکتر گوشی به گردن به این طرف و آن طرف ساختمان سرک کشید تا به آزمایشگاه رسید و در سالن بزرگ را که حالا در اثر ریزش کج شده بود باز کرد. یکی موتور برق خانه‌ی نوری را راه انداخته بود و حالا حیاط خانه نوری برق داشت. چند تا از زن‌ها داشتند توی خوابگاه ترانه‌ای را می‌خواندند و دست می‌زدند. بار ساختمان از روی دوش خودش افتاده بود. خاطره‌های مرده داشتند از او پرواز می‌کردند و می‌رفتند و خانه می‌رفت که بنایی تازه شود. آجرهای بالایی کسی را دیدند که در تاریکی دم غروب، خسته و کم‌رمق به خانه نزدیک می‌شود. طناز بود و وقتی جلوی در رسید، ایستاد. ممدعلی دوید سمتش. پروانه از درگاه خانه‌ی نوری، پارچی را که به دست داشت زمین گذاشت و به سمتش رفت.

آیدا نبود. دکتر و مرد جوان همراهش در سالن آزمایشگاه بودند. طناز به پروانه نگاه کرد: «نیومد. هر چی گفتم برگرده گوش نکرد. روز سوم یک نفرو دیدیم. گفت توی شهر خبری نیست. باید برگردیم همین‌جا. همه میان این‌جا. آیدا گوش نکرد. رفت. با همون

دوچرخه. موبایلش خط می‌داد. نفهمیدم چطور.» و روی زمین نشست. دکتر و همراهانش حالا برگشته بودند روی ایوان. طناز به دیدنشان روی زمین نشست و نفسی از آسودگی کشید. دیگر نا نداشت تکان بخورد. تکیه داد به دیوار و پاهای برهنه‌اش را دراز کرد. موهایش روی صورتش شلال شد و رو به تازه‌واردی که به سمتش می‌آمد پرسید: «رامین هم این‌جاست؟» پروانه گفت: نه!

مؤخره

ساختمان زیر شب داشت خودش را می‌تکاند و انگار نه انگار که شب بر آنجا افتاده باشد رفت و آمدی و شور و شوقی بود. همه جمع شده بودند دور خرت و پرت‌هایی که به حیاط کشیده بودند و اشیای به درد بخور را از اشیای کم‌تر به درد بخور جدا کرده بودند. عذرا رو به یکی از زن‌ها داد می‌زد: آشغال به درد نخور نداریم. همه‌چیز به درد می‌خوره. هیچ آشغالی از بین نمیره تا وقتی که ازش استفاده کنیم و شنید که یکی از تازه‌واردها در تأیید حرفش خندخند گفت: زباله‌ها تا ابد باهامونن.

پروانه رفت کلیدهای ساکش را کنار زباله‌های فلزی خالی کرد و به آپارتمانی فکر کرد که چند روز را در آن سر کرده بود. اتاق خوابی به رنگ صورتی چرکمرد با سه عروسک بر مبلی با روکش قرمز تند. مو بور و مو خرمایی و مومشکی که چشم‌شان به سقف باز مانده بود. عروسک‌ها حالا اینجا توی کیفش بودند. کیفش را برداشت و هر سه عروسک را به دیوار حیاط مجتمع تکیه داد و خودش کنارشان نشست. گربه‌ی کور از کنارش گذشت و او و عروسک‌هایش را بو کشید و همان‌جا کنار آن‌ها لم داد. هر پنج نفرشان پشت به دیوار سیمانی حیاط انگار در یک نقاشی نشسته باشند نگاه‌شان را دوخته بودند به روبه‌رو؛ به هر کسی که آن تابلو را

نگاه می‌کرد. تابلوی زنده که هم تو را نگاه می‌کرد و هم وادارت
می‌کرد نگاهش کنی. انگار که یکی از اسناد آن ساختمان. شاهدی
بر آن‌ها که آن‌جا بودند، هستند.

یکی از زن‌ها که از کنار آن تابلو می‌گذشت، یک لحظه مکث
کرد، بعد دستش را طوری تکان داد که انگار فکری را مثل مگس
از سرش بپراند و رو به تابلو پرسید: آیدا نیامد؟

از ۱۳۹۹ تا ۱۴۰۲

پایان

بیوگرافی

محبوبه موسوی، معلم پیشین، نویسنده و پژوهشگر ادبی اهل نیشابور است. در دانشگاه، تاریخ خوانده است و اولین فعالیت ادبی‌اش انتشار داستانی برای گروه سنی الف بوده است با اقتباس از داستان «زال و سیمرغ» شاهنامه به نام «یک پرنده، یک پسر» که در سال ۱۳۸۱ شمسی منتشر شد. سپس به همکاری با ناشران خراسان در زمینه‌ی ترجمه و ویرایش پرداخت و سال ۱۳۸۶، اولین ترجمه او از روی اثری از «ناتالی بابیت»، نویسنده‌ی کانادایی به نام «زندگی ابدی خانواده تاک» منتشر شد. اولین رمان او به نام «سکوت‌ها»، نخستین بار با همکاری «خانه هنر و ادبیات گوتنبرگ» و «نشر ارزان» سوئد در سال ۲۰۱۲ میلادی منتشر شد که چند سال بعد همین رمان، در ایران مجوز گرفت و توسط نشر مرکز در تهران منتشر شد. «خانه‌ای از آن دیگری»، مجموعه دو داستان بلند است که توسط همین انتشارات منتشر شده است و در فضایی ترسناک و وهمی، نگاهی به دو مسأله‌ی اساسی انسان، مرگ و اروتیک، دارد که علی‌رغم جدال درونی، دوشادوش هم پیش می‌روند. مجموعه داستان «طرف تاریکی»، گزینش و ترجمه‌ای است از داستان‌های جهان که باز هم فضای وهمی و ترسناک را دنبال می‌کند.

محبوبه موسوی، در این سال‌ها در کنار تدریس به ترجمه‌ی چند رمان به سفارش ناشران مختلف پرداخت، از جمله رمان پرخواننده‌ی «دختری در قطار» که اولین ترجمه از این اثر را به بازار فرستاد.

در سال ۱۳۹۵ به دعوت انجمن ادبی اتریش و مجله بخارا، در شب نویسندگان ایران و اتریش، داستان «نقطه کور» او خوانده و ترجمه شد. این داستان بعدها در مجموعه داستان «بازخوانی چند جنایت غیرعمدی» منتشر شد که به مرگ‌های غیرعادی در جریان روال عادی زندگی می‌پردازد. داستان‌های

مجموعه علی‌رغم استقلال از یکدیگر، موضوع واحد خرده جنایت‌های رفتارهای جمعی را دنبال می‌کند. «خرگوش و خاکستر» دومین رمان او در فضایی رئال است که به اشتیاق زنان برای رهایی از سلطه‌ی مردانه و شوق زندگی با هنر در زنان و مردان می‌پردازد.

او که تجربه‌ی زندگی در مناطق مختلف ایران از جنوب تا شمال کشور را دارد، ردپای هر منطقه در داستان‌هایش خود را نشان می‌دهد از آبادان جنگ‌زده در «سکوت‌ها» تا گیلان بارانی در «لنگه کفش‌ها» و «بازخوانی...» و خراسان در «خرگوش و خاکستر» و حاشیه‌ی تهران در «فرار از مجتمع دخترانه». موسوی علاوه بر نوشتن رمان و داستان کوتاه به کارهای پژوهشی هم پرداخته است و «انسان و زمین؛ بررسی ادبیات داستانی از منظر زیست محیطی» به نقد محیط زیستی داستان‌هایی از نویسندگان ایران و جهان پرداخته است که دغدغه‌ی حفظ زمین و محیط زیست در داستان‌هایشان هویداست. او که همچنان مشغول نوشتن کار تازه‌اش است، مهم‌ترین دغدغه‌اش را ادبیات خلاق می‌داند تا با خلق جهان‌های دیگر، نقبی به معنای بودن بزنند. بودن در جهانی که در اثر زخم زدن‌های انسان، روز به روز کوچک‌تر می‌شود؛ خلق معناهای فراخ فقط در ادبیات و هنرها میسر است.

انتشارات آسمانا (تورنتو) منتشر کرده است:

پژوهش‌های علمی و دانشگاهی

- *Music on the Borderland: Remembering and Chronicling the 1979 Revolution's Shadow on Iranian Music*, by K. Emami, 2024.
- *Whispers of Oasis: Likoo's Poetic Mirage*, by M. Ganjavi, A. Fatemi and M. Alimouradi, 2024

- *زبان، انسان و جامعه: ادبیات و زبان‌های اقلیت در ایران*؛ ویرایش امیر کلان؛ مهدی گنجوی، آنیسا جعفری و لاله جوانشیر، ۲۰۲۴.
- *تنگلوشای هزار خیال؛ جستارهایی در ادب و فرهنگ*، رضا فرخفال، ۲۰۲۴
- *دلالت‌های تحلیل طبقاتی در سرمایه‌داری امپریالیستی*، محمد حاجی‌نیا و شهرزاد مجاب، ۲۰۲۴
- *شبِ سیاه و مرغان خاکسترنشین؛ شعر نیما در دهه‌ی دوم*: ۱۳۲۱ ـ ۱۳۱۱، ۲۰۲۴
- *حافظ و بازگویی*، تالیف رضا فرخفال، ۲۰۲۴
- *زنان کُرد در بطن تضاد تاریخی فمینیسم و ناسیونالیسم*، تالیف شهرزاد مجاب، ۲۰۲۳
- شورش دهقانان مکریان ۱۳۳۲ ـ ۱۳۳۱ *: اسناد کنسولگری، مکاتبات دیپلماتیک و گزارش روزنامه‌ها*، پژوهش امیر حسن‌پور، ۲۰۲۲

تصحیح انتقادی

- *تاریخ شانژمان‌های ایران*، تالیف میرزا آقاخان کرمانی (به کوشش م. رضایی تازیک)، ۲۰۲۴
- رستم در قرن بیست‌ودوم (تصحیح انتقادی و مصور)، تالیف عبدالحسین صنعتی‌زاده (ویرایش م. گنجوی و م. منصوری)، ۲۰۱۷

شعر

- *خمار صدشبه*، شعر از منصور نوربخش، ۲۰۲۵.
- *دفتر الحان*، شعر از امیر حکیمی، ۲۰۲۴.
- *با سایه‌هایم مرا آفریده‌ام*، شعر از هادی ابراهیمی رودبارکی، ۲۰۲۴
- *شهروندان شهریور*، غزل از سعید رضادوست، ۲۰۲۴
- *آینه را بشکن*، شعر از نانائو ساکاکی، ترجمه مهدی گنجوی، ۲۰۲۴
- *عجایب یاد*، شعر از امیر حکیمی، ۲۰۲۳
- *کهکشان خاطره‌ای از غروب خورشید ندارد*، شعر از مهدی گنجوی، ۲۰۲۳
- *غریبه‌هایی که در من زندگی می‌کنند*، شعر از مهدی گنجوی، ۲۰۲۱
- *تبعیدی راکی*، شعر از علی فتح‌اللهی، ۲۰۱۸

داستان

- *An Iranian Odyssey*, a novel by Rana Soleimani, 2025
- *مستیم و خرابیم و کسی شاهد ما نیست*، رمان از مهدی گنجوی، ۲۰۲۵.
- *اسباب شر*، رمان از جواد علوی، ۲۰۲۵.
- *جلوی خانه ما یکی مرده بود*، مجموعه داستان از اکبر فلاح‌زاده، ۲۰۲۴
- زینت، رمان از وحید ضرابی‌نسب، ۲۰۲۴
- *فیل‌ها به جلگه رسیدند*، رمان از کاوه اویسی، ۲۰۲۴
- *درنای سیبری*، نمایش‌نامه از علی فومنی، ۲۰۲۴
- *مقامات متن*، رمان از مرضیه ستوده، ۲۰۲۴
- *انتظار خواب از یک آدم نامعقول*، مجموعه داستان از مهدی گنجوی، ۲۰۲۰

برای ارتباط با نشر آسمانا:

Asemanabooks.ca

Escape from the Girls' Complex

Mahbobe Mousavi

Asemana Books
2025